九年◎著

金城出版社有限公司
·北京·

图书在版编目（CIP）数据

惊天大狗．第三部 / 九年著．—北京：金城出版社有限公司，2020.7
ISBN 978-7-5155-2018-6

Ⅰ．①惊… Ⅱ．①九… Ⅲ．①幻想小说－中国－当代 Ⅳ．①I247.5

中国版本图书馆 CIP 数据核字（2020）第 076375 号

惊天大狗·第三部

作　　者	九　年
责任编辑	雷燕青
责任校对	丁洪涛
责任印制	李仕杰
开　　本	880 毫米 ×1230 毫米　1/32
印　　张	16.25
字　　数	210 千字
版　　次	2020 年 7 月第 1 版
印　　次	2020 年 7 月第 1 次印刷
印　　刷	天津旭丰源印刷有限公司
书　　号	ISBN 978-7-5155-2018-6
定　　价	66.00 元

出版发行	**金城出版社有限公司**　北京市朝阳区利泽东二路 3 号　100102
发 行 部	(010) 84254364
编 辑 部	(010) 84250838
总 编 室	(010) 64228516
网　　址	http://www.jccb.com.cn
电子邮箱	jinchengchuban@163.com
法律顾问	北京市安理律师事务所（电话）18911105819

目
录

第五十四章　智商充值

张老师和李师傅已处在崩溃边缘。

张老师是小光的妈妈，优秀的中学教师。多年来，她亲手把数百名中学生送进名牌大学。李师傅是出租车司机，每天睁开眼睛就出去挣钱，标准的与世无争小市民。

这两口子怎么也想不到，自己会遇到这场无妄之灾。

和万岁妈妈一样，张老师和李师傅捶胸顿足声泪俱下地哀求警察救他们的儿子。为了救儿子，张老师仪态尽失，完全放弃了人民教师的尊严，在镜头面前跪下，求警察营救小光。她一遍又一遍地告诉记者和胡言，小光从小到大都特别懂事儿、特别乖，好多孩子都很喜欢他。他除了学习成绩差点儿，简直没有一点儿缺点。

罗局长总感觉瓜子儿似乎认识小光，指示视频组重查瓜子儿的所有视频资料，也没有发现瓜子儿和小光有过任何交集。

罗局长安排胡言负责调查。

胡言问张老师和李师傅，小光近期有没有接触过小动物。他们给不出准确答复，便老实地告诉胡言，他们也不是一天二十四小时跟小光在一起。但是，他们言之凿凿地保证，小光非常有爱心，喜欢小猫小狗，还喂过流浪猫。他不可能伤害任何小动物，更不可能伤害瓜子儿。

刑警们把小光手机通讯录和微信通讯录里的人，统统走访一遍，没有任何收获，没有人知道小光近几个月和狗有没有过接触。

当张老师和李师傅得知警方找到瓜子儿和小光，又把他们放走了，顿时崩溃，连声质问警方为什么不对瓜子儿开枪。

为什么不对瓜子儿开枪的问题，不用南岛警方回答，也不用网友回答，张老师的任何学生都能回答。

但是，张老师下一个问题学生回答不了，警方也回答不了，网友答得也是乱七八糟。

这个问题，放在以前，是非常简单的问题。自从瓜子儿出现后，这个问题就变复杂了：

“狗和人，哪个更重要？”

毫无疑问。

瓜子儿和小光呢？

……

大多数人认为同等重要。

那么，现在瓜子儿是施害者，小光是受害者。为了营救

小光，可不可以对瓜子儿开枪？

最后又绕到瓜子儿生死的问题上。

这一番论战，在线上线下都吵得十分激烈。参与讨论的人，主要是普通网民和微博大V。学者、法学家、社会学家等各界专家一致认为，在不得已的时候，为了救人，是可以对瓜子儿开枪的。人就是人，畜生就是畜生，没有商量的余地。

网民大多反对公知和专家的建议，理由是，瓜子儿是国宝，怎么能说杀就杀呢？

普通网民的观点普遍比较偏激，不理性，尽管声势浩大，但没有说服力。

逛一逛国际旅游集团公司高层主动发声，唐董和高层领导旗帜鲜明地保护瓜子儿，愿意接受小光家属提出的任何赔偿和补偿条件。

张老师和李师傅不要赔偿，不要补偿，只要儿子。

争论进行了三天三夜。

三天三夜里，警方又多次围住瓜子儿。

由于李刚强把一个跟踪器粘在瓜子儿身上，警方能时时锁定它的位置，但也一直没能救出小光。警方尝试过各种办法，就是无法抓住瓜子儿。

瓜子儿猜透小兮要救小光的意图后，连小兮和兔牙都无法靠近它了。

警方也试过闷香弹，没想到瓜子儿了解闷香弹的特点，不等它落地，它就叼着小光蹿出几十米，就算它不小心吸入一点儿，也达不到麻醉的效果，最多暂时眩晕几秒钟。

瓜子儿在水下闭气的时间比游泳健将还长，能轻松叼着小光逃过闷香弹攻击。

三天过去了，越来越多的人开始担心小光的生死。

小光被瓜子儿拖着，在深山里跑来跑去，三天内没吃没喝，一般人都受不了的。万岁虽然被蟹王挟持四处乱跑，但从头到尾不过个把小时。如果再不把小光救出来，罗局长和小兮最担心的事情有可能真的要发生——越来越多的网民选择支持公知和专家的建议，在巨大舆论压力下，上级会以行政命令的方式，责令南岛警方马上击毙瓜子儿。

小光的律师已经在自媒体上对警方提出明确要求——人命关天，警方必须击毙瓜子儿！

在小光父母求告无门、孤立无援时，一家刚刚成立的律师事务所挺身而出，免费为小光提供法律援助。一位秦姓律师负责小光的案子，并且第一时间在自媒体上发布消息。

这家律师事务所和秦律师，一夜之间名扬天下。

陈天涯说：“这家律师事务所和红中生物一样，典型的投机分子。两者唯一的区别在于有无良知。”

案情并不复杂，谁接谁就能名扬天下，日后必定财源广进。

罗局长要市委对这件事负责，因为当初他们答应过小兮，如果瓜子儿出现意外，可以免责。事前，小兮还让省委出具

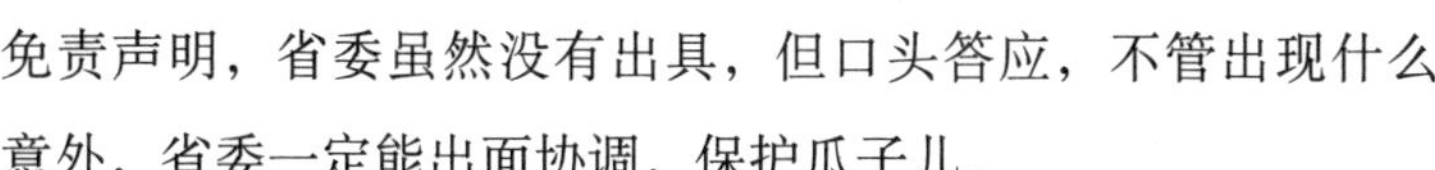

免责声明，省委虽然没有出具，但口头答应，不管出现什么意外，省委一定能出面协调，保护瓜子儿。

省市两级领导的承诺，可能会成为瓜子儿的免死金牌。

市委理直气壮地向省委打报告，要求省委兑现当初的承诺。

省委的领导既然承诺过，即便他们不能兑现那个承诺，至少也不能见死不救吧？

市委希望省委至少不能被网络舆论左右，或者想办法“协调”一些公知，再找些动物保护方面的专家呼吁一下，扭转舆情。

这个要求难度太大，省委答应不了。

省委指示南岛市委，必须想尽一切办法，不惜一切代价救出小光。救出小光，就等于救出瓜子儿。

这还用指示吗？

罗局长从未放弃营救小光，向市委、省委讨护身符，只是预防最坏的情况出现，但两级领导的态度却让他很失望。万一南岛警方救不出小光，是不是就意味着瓜子儿必须死？

南岛警方设计的各种营救方案都试过了，无一奏效。现在，连小兮都无法靠近瓜子儿。

罗局长愁得额头长包时，一位英雄坐着轮椅进入他的办公室。

“让我去试试。”

三天前，苏劦的伤口在伤心崖崩裂后，又被送进医院。大夫缝合好伤口后，对他千叮咛万嘱咐，即便身后洪水滔天，也不能做剧烈活动。他不听医嘱，还在伤心崖上和瓜子儿拔河。伤口可不惯着他，说裂就裂。

苏劢遭到医生一顿埋怨后，在医院又躺了三天。三天内，他也没闲着，一直研究狗的习性。

得知没人能靠近瓜子儿后，他主动请缨："只有我能靠近瓜子儿。"他拍着胸脯，信誓旦旦地说。

小兮都无法靠近瓜子儿，苏劢却十分自信，罗局长只好决定让他试一试。有病乱投医，有枣没枣打一竿子吧。不过，他还是十分担心苏劢的身体撑不住。

"我能坚持，没问题的。"苏劢说。

此时，瓜子儿和小光躲在展翅山深处，距离最近的公路十公里。

小兮和苏劢坐在直升机里，全程她没怎么说话，也没敢看苏劢。

苏劢坐在她身边，让她的心情很复杂，既内疚，又感激，又心疼。

三天前，苏劢在伤心崖教她胸腹式呼吸法时，她居然忘记前一天傍晚他还坐在轮椅上。在那种情况下，他居然跟着他们跑了一宿。他的伤口崩裂，浑身是血，被李国根和郑中天扶到一边躺下时，她都没发现。

苏劢仍旧像以往那样冲小兮微笑。小兮曾经被这样的笑容深深打动，一度让她产生一种不讲理的安全感。今天，她又一次把全部希望寄托在他身上。

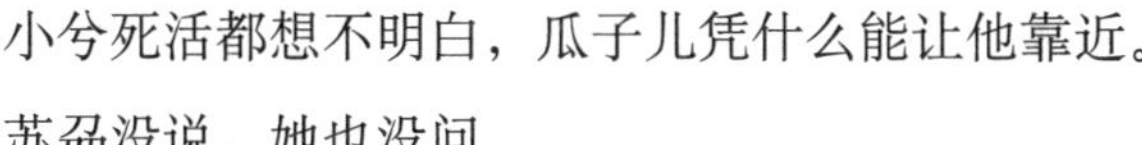

小兮死活都想不明白，瓜子儿凭什么能让他靠近。

苏刕没说，她也没问。

苏刕担心直升机的轰鸣声会吓跑瓜子儿，要求直升机距离瓜子儿三公里处停下。

通过望远镜，苏刕和小兮看到瓜子儿正龇着牙、伸出血红的舌头威胁小光。

温柔说，这几天瓜子儿一直对小光做这个动作。有两次，它叼起小光的大腿把他扔出去，但没有进一步的伤害行为。

直升机停稳后，特警和两个消防员想用担架把苏刕抬过去，遭到苏刕拒绝。他执意自己走过去。

重伤未愈的苏刕，背着装满食物的大包，爬行三公里山路，来到瓜子儿身边。

苏刕距离瓜子儿五十米时，瓜子儿就警告他不要靠近。

苏刕已经走不动了，每走一步都十分痛苦，便就地倒下，衣服再次被鲜血浸湿。

瓜子儿注意到苏刕的状态，也嗅到他身上散发出来的血腥味儿，有些不放心，小心翼翼地朝他走过去。

小兮忽然明白苏刕为什么那么自信了，就无法抑制住眼泪。

苏刕没有告诉罗局长和小兮，其实他用的就是苦肉计。这也是他执意走过去接近瓜子儿的原因。

狗的直觉比人的直觉靠谱，它们能从人的动作中判断出真假。苏刕不敢冒险，必须真实地走到伤口崩裂，才能博得瓜子儿的同情并为他担心。

瓜子儿知道苏劦的伤势很重。上次在伤心崖，它就闻到苏劦身上有血腥味儿，也看到他实在支撑不住倒下去。

此时的苏劦，确实十分虚弱。瓜子儿试探着走到他面前，继续观察。

苏劦对瓜子儿笑了笑：“瓜子儿，我没事儿。”

苏劦放下背包，拿出纸巾，擦净手上的血，从包里拿出几根粗大的香肠。

瓜子儿几天水米没打牙，真的饿坏了。见苏劦没有生命危险，它放心了，接着又有些感动。他拖着虚弱的身体，费这么大劲儿走到这里，就是为了给它送吃的，绝对是真朋友。

瓜子儿或许能抵御诱惑，但抵御不了饥饿。

感动归感动，尽管瓜子儿很信任苏劦，但它知道自己做了什么事儿，仍旧对他保持一层戒心。它仔细地嗅着几根香肠，不肯轻易下口。它曾经被毒包子毒倒过，不能被一块石头绊倒两次。

确认香肠没问题后，瓜子儿调整一下角度，确保苏劦和小光都在它的视野之内，然后小心翼翼地吃了一根香肠。虽然它饿极了，但依旧细嚼慢咽，慢慢品味。以前它生病时，小兮经常把药裹在香肠里喂它，被它发现一次后，以后每次都能轻松吃掉香肠，吐出药片。

瓜子儿担心苏劦在香肠里夹带麻醉药。

小光三天没吃没喝，见到面前出现这么多好吃的，馋坏了。

苏劦似乎不关心小光，一直望着瓜子儿微笑。

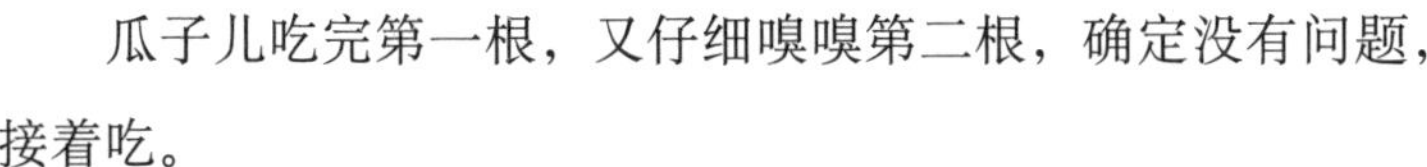

瓜子儿吃完第一根，又仔细嗅嗅第二根，确定没有问题，接着吃。

香肠确实没问题，只是有点儿咸。也不是特别咸，就是正常的香肠。宠物犬平时吃的食物偏淡，以免过量摄入盐分诱发疾病，所以它们格外喜欢带点儿咸味儿的食物。

苏劦把包里的东西倒出来，全是瓜子儿喜欢的各种肉类食品。

小光见瓜子儿的注意力集中在食物上，便悄悄起身，想趁机逃走。

“你别动。”苏劦说，“你跑不掉的。”

小光只好坐在五十米外，流着涎水看瓜子儿吃肉。

“你是不是以前就认识瓜子儿？”苏劦问小光。

小光拼命摇头：“以前我只在网上见过它。”

“你接触过正常的泰迪犬吗？”

小光又摇摇头：“见到瓜子儿之前，我都不知道泰迪犬什么样。”

“其他的狗呢？你仔细想想，最近两三个月内，有没有接触过狗？”

小光十分肯定地说：“绝对没有。”

对于小光所述，苏劦将信将疑。

瓜子儿吃光所有食物后，苏劦拿出一个盆，倒入一大瓶矿泉水。瓜子儿本来就口渴，这会儿嗓子已经冒烟儿了。它见到水，就伸出大长舌头舔。

瓜子儿太渴了，贪婪地舔食盆里的水。

喝下一半后，瓜子儿才意识到水有问题，因为它的舌头麻了。

接着，它的眼皮越来越重。

“汪，苏劢，你是大骗子！”瓜子儿意识到自己上当后，大骂苏劢几声，转身朝小光奔去。

它踉踉跄跄地跑出十几米，庞大的身躯轰然倒地。

苏劢挣扎着走到瓜子儿身边，心疼地抚摸它的脑袋，心里有点儿难过。这次，他确实利用瓜子儿的善良欺骗了它。

在人类世界里，很多骗子就是利用人们天生的善良和同情心行骗，以致世人被骗得越来越冷漠。

苏劢知道，他这次彻底把瓜子儿得罪了，但是为了救它和小光，他别无选择。

小光又哭了，一瘸一拐地走过来，急切地问苏劢：“还有吃的吗？”

“都被瓜子儿吃了。你再忍一会儿，到医院就随便吃了。”

小光一分钟都不能忍了，看到瓜子儿啃剩下的羊骨头上有些残肉，贪婪地啃起来。

苏劢没有阻拦他。

小光已经饿得节操全无。

三天不足以把人饿到这种地步。现在城市里一些小白领中，流行一种辟谷养生法，经常三五天不吃东西，该上班上班，该干活儿干活儿。在这三五天里，就算把食物送到她们

嘴边，她们都视而不见。

小光仅饿了三天，却饿得连狗啃剩下的骨头都不放过。

一架直升机接走了苏劢和小光。温柔、小兮、文丽等人从另一架直升机下来，坐到瓜子儿身边，等它醒来。

小光获救的视频传到网上，登顶热搜，全网沸腾，所有关心瓜子儿的网民都松了口气。他们实在没想到，棘手的问题能如此轻松解决。以前那些必须击毙瓜子儿、人比狗重要之类的话题，让他们紧张两三天。

半个小时后，直升机降落在南岛市人民医院。几名特警用担架抬着小光走向门诊大楼，上百名记者拥上来围观，反而忽略了救人的苏劢。

苏劢的伤口再度崩裂，无法动弹，孤零零地躺在担架车上，由医护人员送进手术室。

小光父母和秦律师拦住记者。秦律师大声对小光喊："小光，我是你的辩护律师，一切听我的。现在你什么都不要说，先检查身体。"

小光一切治疗费用，肯定由警方承担，所以小光父母强烈要求警方把小光送到南岛市医疗条件最好的人民医院。

但是，警方怎么也想不到，小光确实不应该入住人民医院。

这个错误，全世界都没有一个人能预料到。

就在小光在医院接受全面检查时，瓜子儿恢复意识，睁开眼睛。它的体型庞大，摄入的麻醉药剂量有限，半个小时后就恢复常态。

小兮和警方对瓜子儿醒后做了各种推测。小兮认为，最糟糕的情形是，瓜子儿再次发飙，六亲不认，毕竟它之前有过整治兔牙的前科。

小兮让所有人退到三百米外，藏在山石或树后，她自己陪瓜子儿。她确信，不管瓜子儿如何生气，也不会伤害她。

瓜子儿看见小兮坐在眼前，骨碌一下爬起来，摇着尾巴围着小兮转圈，似乎完全忘记了小光。

小兮松了口气，悬着的心渐渐放下来。

还没等心归位，一下子又提起来。

瓜子儿兴奋十几秒后，忽然停下来，也不摇尾巴了，走到小光啃骨头的位置嗅了嗅，随后追到直升机降落的位置。

小兮意识到瓜子儿又想起小光，急忙跑过去，不停地抚摸它的脖子，试图转移它的注意力。

瓜子儿忽然扭头，愤怒地冲小兮吼叫一声，与刚才判若两狗。

它望着直升机离去的方向，沉默五秒钟，然后丢下小兮，奋力狂奔。

特警们急忙闪身出来，试图拦住瓜子儿。瓜子儿一个鱼跃，轻松从他们头顶飞过去。

特警们猜不出瓜子儿要去哪里。小光乘直升机离开，它不可能循着小光的气味追踪。

以防有失，他们赶紧登上直升机，跟踪瓜子儿。

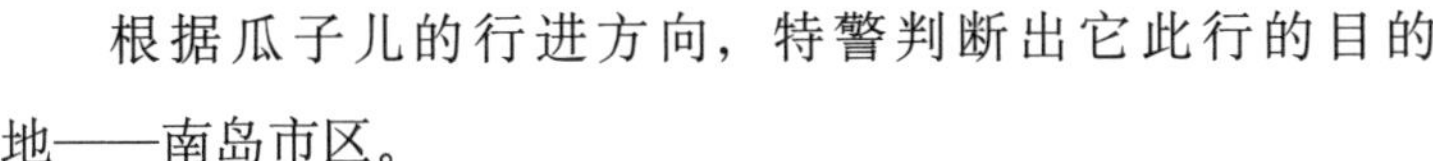

根据瓜子儿的行进方向，特警判断出它此行的目的地——南岛市区。

看来，瓜子儿一定是到南岛追击小光。还好，小光乘坐直升机离开，就算它抵达市区，也无法找到他。

为了避免瓜子儿发飙，给市民造成伤害，罗局长立即下令，南岛市实行交通管制。

谁也想不到，现在的瓜子儿和以前的瓜子儿不一样了，太不一样了。

警方低估了瓜子儿的智商，小兮也低估了瓜子儿的预判力。

瓜子儿进入南岛市区，直奔解放路时，罗局长心里开始有些隐隐不安。

人民医院就在解放路上。

难道瓜子儿知道小光躲在人民医院？

罗局长忽然想起一件事，急忙通知胡言，立即把小光转移到其他医院。

负责陪伴小光接受检查的人，除了小光父母和秦律师，还有几名刑警。胡言要查清瓜子儿袭击小光的原因，因此带领几名刑警负责小光的安全。

胡言接到罗局长的通知时，瓜子儿距离人民医院还有五公里，两分钟就能达到，他肯定来不及转移小光。

小光刚进入核磁共振仓，就算立即停止检查，退出来也需要时间。核磁共振室在三楼，瓜子儿循着小光的气味追寻，最多耗时一分钟。

胡言焦急地等待小光从核磁共振仓退出时，苏劢打来电话：“快去控制电梯，把小光先转移到楼上藏起来。”

苏劢重新接受手术时，还在关注事态发展。瓜子儿踏上解放路，他立即中止手术，让陪伴他的消防员，把他推到核磁共振室。

胡言是破案高手，但苏劢是处理危情、险情的专家。于是，胡言爽快地接受苏劢的建议，把小光先藏到比较安全的地方。

情形万分危急。医生虽然停止检查，但小光出仓的速度十分缓慢。没办法，机器就是这么设置的，无法加速。以这个速度，恐怕小光连核磁共振室都出不去。

“红灯！”小兮忽然想起瓜子儿遵守交通规则的好习惯，立即向罗局长建议，把解放路上所有信号灯调成红色。

罗局长立即通知交管部门，把解放路所有信号灯调成红色。

瓜子儿果然在一个路口的斑马线前蹲下，焦急地等待信号灯变化。

“既然瓜子儿已经停下，一时半会儿赶不到医院，现在把小光转移出去更安全。”秦律师说。

张老师和李师傅立即附和。

“万一它等得不耐烦，闯红灯呢？”苏劢反问。

苏劢和胡言认为，瓜子儿一旦发觉自己受骗，就会强行闯进医院，坚持把小光藏到楼上。但是，小光父母却执意带小光逃离险境，因此双方争执不下。

苏劢急了：“别吵了，我们没有时间了！处理这种险情，

我比你们有经验！我知道哪种方案更安全，听我的！”

“不行！”李师傅认为小光在医院里，就是坐以待毙，远离是非之地才是上策，于是怒吼道，“我的儿子的死活我说了算，他必须马上走！”

李师傅说完，背起小光就往楼梯口跑。

“人命关天，你负得起责吗？”苏劢少见地大声咆哮。咆哮这个动作，现在确实不太适合他做。他刚喊一声，猛地捂住腹部，衣襟再次被鲜血染红。

“我儿子是生是死，我负责！”李师傅不顾刑警阻拦，背着小光顺着楼梯往下跑。

胡言没办法，只好带几名刑警跟随。

出租车司机的体力，大得出乎常人的意料。李师傅背着一百多斤的小光，仅用三十秒就从三楼来到一层大厅。

众人簇拥着李师傅和小光往外跑，罗局长的声音忽然从胡言耳麦里传来：“快回去！瓜子儿距离医院仅有三百米。”

难道瓜子儿真的闯红灯了？

瓜子儿永远是遵守交通规则的好孩子，绝对不会闯红灯。

它被红灯拦住，等了半分钟，红灯也不变，就决定不等了。

但它没有闯红灯。

瓜子儿右转，跑出一百多米后过马路，掉头又回到解放路，继续向前疾行。

这货已经学会利用交通规则的漏洞了。

瓜子儿以同样的方式过了两个路口，仅用三分钟就抵达人民医院门口。

这拨操作，不但超过狗界智商第一的边牧，恐怕也能超过女司机。

此时，李师傅的肠子都悔青了，立即扭头往楼上跑。

想回去？哪有那么容易！

颜力、公羊千川等百余名守候在大厅的记者，见小光出来，一拥而上，把几十个话筒送到小光面前。

胡言和几名刑警一边阻拦记者一边呼喊："快疏散！快疏散！瓜子儿来了！"

刚才还不可一世振振有词的李师傅，此刻已经呆若木鸡、六神无主了。

万分危急时刻，电梯口忽然传来一声大喊："快，这边！"

推着苏劢的消防员站在电梯口，拼命地冲李师傅等人招手。胡言等刑警推开记者，护着李师傅和小光往电梯口跑去。

小光也急了，失声高喊："爸，你把我放下！"

"别动，别出声！"李师傅厉声喝止小光。

小光从李师傅背上挣脱，三步并作两步跑向电梯口，速度比他爸还快。

就在小光距离电梯口还有三米时，医院门口突然传来"哗啦"一声巨响。

医院保安也接到警方指示，关闭楼门。他们正在上锁时，瓜子儿就闯到门前，一头将玻璃门撞碎。

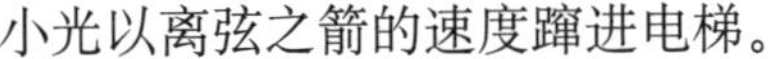

小光以离弦之箭的速度蹿进电梯。

电梯里，苏劢坐在轮椅上，问小光："既然你能跑这么快，为什么还让你爸爸背你？"

小光不耐烦地吼道："他愿意！"

消防员摁下电梯关门键。电梯门缓缓关闭，小光松了口气。

瓜子儿进入大厅，环顾四周，没有看到电梯里的小光。

电梯门关到三分之二时，李师傅忽然扒住电梯门。电梯门自觉地缓缓退回去。

小光见状，气急败坏地冲李师傅吼道："你他妈的进来干吗？它又不认识你！"

李师傅愣了一下，心想："也对啊，我他妈的进来干吗呢？"

消防员再次摁电梯关门键。

晚了。

小光气急败坏的吼声，被瓜子儿听见了。虽然大厅里人声嘈杂，小光的声音仍旧没有逃脱瓜子儿超强的听力，它一下子辨别出小光的位置。

电梯门关到一半时，一只巨大的狗爪子伸进来。

电梯门再次自觉地缓缓退回去。

瓜子儿第一眼看到的人，不是小光。

苏劢坐在轮椅上，微笑着面对瓜子儿。

瓜子儿低下头，冲着苏劢怒吼三声。

苏劢的耳朵瞬间失聪，彻底规避了瓜子儿下面的痛骂。

瓜子儿骂了苏劢几句，然后一口拽出小光，叼着他奔出医院，绝尘而去。

李师傅捂着脸蹲在大厅里，懊悔地薅头发："小光，是我害了你啊，我对不起你呀！"

线上线下，舆论再度哗然。

全民都在思考一个问题——善良的瓜子儿，跟小光到底有什么仇什么怨？

从瓜子儿机智过人的行为来看，公众确实冤枉了陈天涯，害得红中生物的股票白白跌停三天，市值蒸发几个亿。

瓜子儿失常，应该和药物副作用无关，甚至有人认为，它服用生长抑制剂，等于给它的智商充值，发掘了它的潜能。不然远在深山的它，怎么可能一下子就能判断出小光藏在市区的位置，并且还能在不违反交通规则的情况下，绕到医院，再次成功掠走小光呢？

现在，它简直就是二郎神的哮天犬。

瓜子儿和小光肯定有过节。

问题再次回到原点，怎么办？

苏劢这次成功营救出小光，只能证明一个问题——即便把小光救出来也没用。以瓜子儿现在的智商，既然它能找到人民医院，也就能找到小光的家。只要小光在南岛市，瓜子儿不是他的初一，就是他的十五，恐怕这辈子他都摆脱不了瓜子儿的纠缠。

只有罗局长和小兮明白，瓜子儿为什么能一下子找到小光。

上次苏劢受重伤，小兮在伤心崖杀死变异大老鼠后，骑

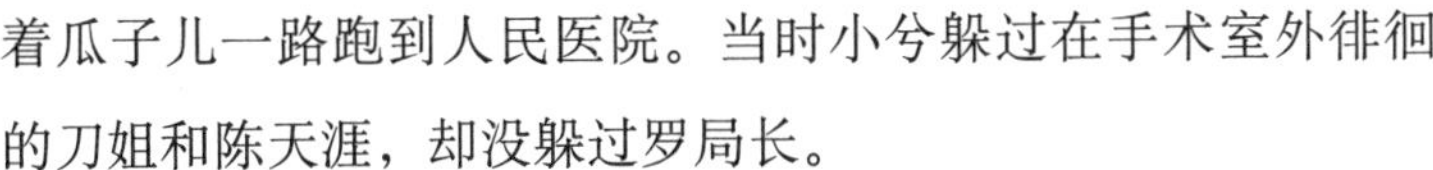

着瓜子儿一路跑到人民医院。当时小兮躲过在手术室外徘徊的刀姐和陈天涯，却没躲过罗局长。

这次，小光的伤势虽然不太重，但毕竟受伤了。所以，瓜子儿理所当然地想到小光会到人民医院医治。在它的思维里，只有人民医院能疗伤。

在瓜子儿踏上解放路时，罗局长就感觉到，小光父母主动把小光送到瓜子儿嘴边，立即通知胡言，把小光转移他处。

为了防止民众恐慌，在新闻发布会上，罗局长对瓜子儿能顺利找到小光的事儿，给出如下解释：

以前，一位警察受伤到人民医院接受医治，小兮曾经带瓜子儿到此看望那位警察，所以，瓜子儿也认定受伤的小光会到人民医院医治。如果小光在另外任何一家医院，瓜子儿就未必能找到。

罗局长的解释，没有说服记者和公众。他们认为，如果瓜子儿找到小光是惯性思维，那么，它绕过红灯抵达医院和智斗蟹王的两次神操作，惯性思维根本解释不了。种种迹象标明，让它服用生长抑制剂，等于变相为它智商充值。

所有人都愿意相信，现在的瓜子儿变聪明了，不再是普通的宠物犬。以它的思辨能力，不管小光藏到哪里，都会被它找到的。

公众的美好愿望，却成为杀死瓜子儿的理论支撑。秦律师就是很好地利用了这一点，对数家媒体记者表示：“现在所有迹象和证据表明，只有击毙瓜子儿，才能确保小光人身安全！”

第五十五章　令人发指的真相

秦律师要求警方击毙瓜子儿的主张，得到各界公知和专家认同。

逛一逛国际旅游集团公司高层却坚决反对，并提出严正声明：必须在查出真相后，才能决定如何处置瓜子儿。

逛一逛国际旅游集团公司所有员工和股民都在网上为瓜子儿奔走呼号；丁奇一家三口、胡语和他的同学在网络上四处发帖；万岁、成晶和龙山市民等“西瓜粉”更是不遗余力。

成晶为自己踩到烈士遗体感到十分懊悔，这几天一直在网上四处道歉。成晶父母像谭香父母一样，逢人就替儿子辩解，说他不是故意踩踏罗千雅的，是别人把他推到她的遗体上去的。

成晶为此事和父母大吵一架，振振有词地质问父母：“我现在都想把自己再扔出去一次，你们还替我狡辩啥？谁都不

是智障！”

万岁原谅了成晶。成晶来到南岛，向罗千雅父母和荣杰道歉。小光和成晶同属啃老大学在读博士，但成晶接受的素质教育似乎更好些。相比之下小光就逊色多了，逃进电梯的瞬间，他居然还质问他爸爸“你他妈的跟进来干吗”。

成晶和万岁一样，时刻关注着瓜子儿，一直在号召龙山市民声援瓜子儿。

尽管有众多人响应，但依然压不住主流声音。人命大于天，为了救小光，畜生瓜子儿必须死。

市委通知罗局长到市政府五楼曾经决定过瓜子儿命运的会议室开会。那场会议中，刀姐曾经戴着伊丽莎白狗脖套端坐在会议室里，让数位领导的眼睛很忙很累。

今天，仍旧在这个会议室里，他们再次决定瓜子儿的命运。

会议开始十几分钟后，市委领导才踌躇地传达了上级指示，不管瓜子儿之前有过多么辉煌的战绩，为城市做过多大的贡献，当它对人类构成威胁时，必须要击毙。市民人身安全高于一切，这一点没有任何商量的余地。

“上级领导给小兮的承诺呢？”罗局长问。

市委领导很无奈，上级已经严肃批评了当初负责和南岛市委沟通的那位官员，理由是，作为代表政府的官员，随意随便地做出这样的承诺，是置人民生命财产安全于不顾、极不负责任的行为！

罗局长凄然地笑了笑，站起来，缓声说道：“要想让南岛警方对瓜子儿开枪，除非撤了我！”

“上级领导考虑到南岛警方和瓜子儿的感情，决定派部队执行这项任务。”主持会议的市委领导也缓声说。

罗局长摘下大檐帽，重重地摔到桌上。大檐帽掉下桌子，在地上滚了大半圈儿，最后被罗局长一脚踢到犄角旮旯里。

大部分与会者和罗局长的观点一致，认为在没有调查清楚之前，做出这样的决定过于草率。但草率归草率，事情发展到这种地步，还能怎么办？小光毕竟是人，不管他对社会有没有贡献，就算他是身患绝症、行将就木的老人，也要尊重他的生命，警方有责任有义务保证他的人身安全不受侵害。

罗局长心里很清楚，上级做出这个决定也是出于无奈，就算他是上级，恐怕也得这么做。瓜子儿是国民萌宠，它抓走小光属于公共事件，对它做出的每个决定都必须在公众眼皮底下进行，都必须经得起论证。

他摔帽子是因为他当初担心瓜子儿状态不正常，坚决反对让它出战，现在他的担心变成现实，领导们居然连自己做出的承诺都不认了。

就算放个屁，也得臭一会儿吧？

记者追问市委领导，市委领导无奈地传达了上级指示。人命大于天，为了救小光，必要时就得采取必要措施。

这个消息传出后，网上罕见地没有出现轩然大波。

事实上，在瓜子儿从人民医院再次劫走小光后，公众已经预料到它会有这个结果了。这个决定，只是官方迟来的宣

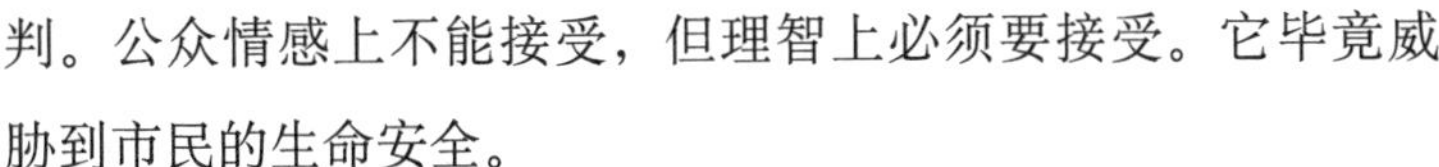

判。公众情感上不能接受，但理智上必须要接受。它毕竟威胁到市民的生命安全。

瓜子儿错就错在它不是人，而是畜生，哪怕它是精神病患者，也有缓和的余地。

逛一逛国际旅游集团公司高层没有放弃瓜子儿。唐董通过各种媒体、自媒体对南岛市委、市政府提出严正抗议，强烈要求警方查出真相，再决定瓜子儿的命运。

逛一逛国际旅游集团公司高层的抗议，改变不了官方的态度。人命大于天，人命永远高于狗命，这是不需要论证的。

数百名记者扛着数十台摄像机奔赴伤心崖，要记录下击毙瓜子儿的画面，记录下瓜子儿生前的最后一刻。

南岛周边的瓜粉们，自费从四面八方拥向伤心崖。

上一次，小兮凭直觉判断出瓜子儿把小光带到伤心崖，她的直觉是对的，只不过延后了三天。瓜子儿这个行为让她产生一种不祥的预感，三天前，她在这里把它唤回来，它再次来到这里，说明它不想再躲了。

在这里，瓜子儿目睹变异大老鼠走上绝路，难道它也要在这里做个了断？

曾经创造辉煌的战场，如今可能要成为它的葬身之地。

上级再下新指示，命令南岛警方到伤心崖维持秩序。武警部队派出十架直升机，执行击毙瓜子儿的任务。

“一只破狗，就别给部队添乱了！”罗局长说，“让我们自己来吧。”

市委领导沉默良久后，问："老罗，我知道警方对这个畜生有感情，你能确定一举击毙它吗？"

"瓜子儿是与南岛特警一起出生入死的战友，如果武警部队在他们眼前击毙战友，我不确定会发生什么事儿。"罗局长说。

"还能发生什么事儿？"市委领导问，"难道南岛特警会为了一个畜生和部队开战？我相信特警还是有这点儿政治素养的。"

"就算瓜子儿罪不可赦，它的战友也有必要送它最后一程。"罗局长缓声说。

市委领导当然不可能理解同生死、共患难过程中产生的感情。他们认为，既然特警视瓜子儿为战友，按理说警方就应该主动回避。他们对瓜子儿开枪，不是折磨自己嘛，罗局长的理由不但站不住脚，而且不得不让人怀疑。

一个洪亮的声音从会议室门口传进来。

"如果由南岛特警队执行，说不定瓜子儿还有一线生机。"一名消防员把轮椅上的苏劦推进来。

小光被瓜子儿从人民医院叼走后，苏劦被送回手术室强制接受治疗。他在接受治疗的过程中，一刻也没有停止思考。数百次救火、救援的历练，早已使他具有超越常人的品质——不到最后一刻，绝不放弃。

很多已经放弃生命的人，都是在最后一刻被他们救出来的。

为了保持头脑清醒，苏劦不让医生麻醉自己，致使他在整个治疗过程中十分痛苦。当手术进行到一半时，他忽然捂

着伤口走下手术台，直奔市政府，任何人都拦不住。

“什么生机？”市委领导问。

“部队官兵以服从命令为天职，和瓜子儿也没有感情。他们会利用先进的武器，在最短时间内击毙瓜子儿，而南岛特警不到万不得已，绝对不会开枪。毕竟，击毙瓜子儿很简单，但造成的损失却是无法估量的。”苏劢恳切地望着在座的各位领导。

市委、市政府的领导，当然知道瓜子儿是南岛的摇钱树，只要有正当理由让它活下来，他们当然不遗余力。市委领导立即向上级请示，击毙瓜子儿的任务由南岛警方执行。

遗憾的是，上级没批。

罗局长拿出手机，给胡言打电话，询问案情进展情况。

胡言说，再给他半个小时。

市委领导立即向上级请示，再给南岛警方半个小时。

上级批了。

“今天没有安排直播吗？”罗局长问宣传部部长。

宣传部部长愣了一下，看看市委领导，说：“视频网站一直在强烈要求，但我们觉得这种情形不合适。当然，如果有需要，直播随时可以开始。”

“警方会全力配合网站，并提供一切他们需要的帮助。让他们尽快开始直播吧，对公众也有一个交代。”罗局长对宣传部部长说。

见市委领导点头，宣传部部长急忙出去安排。

罗局长对市委各位领导说："半个小时后，如果如我所料，出现转机，希望各位领导一起努力，为瓜子儿争取最后一次机会。"

这半个小时显得十分漫长，罗局长在会议室外焦灼地来回踱步。

小兮的声音从耳麦传来："罗局，我要去伤心崖。"

"有什么方案？"罗局长问。

"没有。我只是想尝试一下，看看能不能救出小光。"

"批准。"

瓜子儿一直把小光摁在大爪子下面，虎视眈眈地望着悬崖上空的六架直升机。六架直升机悬停在伤心崖上空，温柔、文丽、李国根、李刚强、时间、郑中天等二十多名特警举着枪，心疼地望着瓜子儿。

时间从龙山回来后，一直在医院养伤。大夫嘱咐他至少休息一个月，不要做剧烈活动。

罗局长这次的部署是，由与瓜子儿一起战斗过的老特警，执行击毙瓜子儿的任务，送它最后一程。新队员与警察负责外围警戒，维持秩序。

时间听到这个消息，主动请战。他明白罗局长如此部署的用意。与其说让老队员击毙瓜子儿，不如说让他们给瓜子儿争取最后一线生机，所以他不能不来。

瓜子儿望着黑洞洞的枪口，明白现在自己和他们的关系。那些平时和它嬉笑打闹、出生入死的兄弟，此时都端着枪看

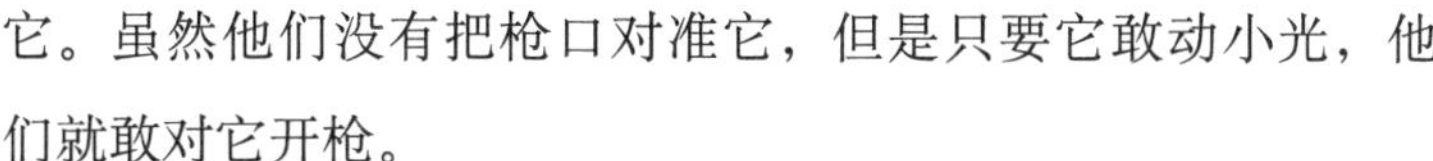

它。虽然他们没有把枪口对准它，但是只要它敢动小光，他们就敢对它开枪。

瓜子儿现在还有一个选择，放过小光，也就放过自己。

它对这一点很清楚，但它的态度却十分坚决。它可以死，但绝不会放过小光。

又有两架直升机飞来，其中一架在瓜子儿上方悬停，一根绳索抛下来，一个人顺着绳索降下来。

瓜子儿闻到了熟悉的气味儿。

这一次，它没有拒绝小兮靠近。

出乎它意料之外的是，小兮一直不看它。

小兮面无表情，眼睛里没有眼泪，一步步走到瓜子儿和小光面前。

小光已经被瓜子儿的大爪子压得快窒息了，憋得满脸通红，艰难地向小兮求救："小兮姐姐，你让瓜子儿轻点儿，我的脑袋快被它摁扁了。"

小兮没有回应，忽然做出一个所有人都没有想到的动作，蹲下身子，一拳打在小光脸上。

小兮的举动，也出乎瓜子儿的意料。它愣住了，下意识地抬起爪子，等于把小光让出来。

小兮摁住小光，对其拳打脚踢。

市委领导都诧异地望着屏幕，惊得目瞪口呆。罗局长立即用对讲机询问："小兮，什么情况？"

小兮没有回答。

苏劢咳嗽一声，对罗局长微微摇头。

罗局长这时才注意到，会议室内，只有苏劢胸有成竹，不动声色。

市委会议室里也有一台摄像机，但罗局长和苏劢的眼神互动，没有被导播捕捉到。导播的注意力一直集中在小兮身上。

小兮摁住小光，十几拳全部招呼到小光的脸上。

张老师和李师傅见状，顿时疯了。

“她凭什么打我儿子？为什么打我儿子？这么多警察，就眼睁睁地看着她行凶犯罪？为什么没有人制止她？”李师傅对着镜头怒吼。

“救救我儿子，别打了，别打了……”张老师在另一个画面里声泪俱下。

“我抗议！”秦律师在摄像机前大声疾呼，“我严正声明，请警方立即制止行凶者，保护我的当事人人身安全！”

所有的弹幕和留言评论都在追问小兮殴打小光的原因，偶尔也冒出几句刺耳的话：

“打得过瘾！”

“小兮，给你一百个赞！”

“小兮，打死他，我替你顶罪！”

……

令人感到意外的是，后来被人肉出来，发布这些弹幕和留言评论的人，居然都是张老师的学生。

得知张老师的儿子被瓜子儿抓走，张老师的所有学生都

高兴坏了，力挺瓜子儿为民除害。

这些学生跟老师得有多大的仇？

一位学生用一句话形容张老师：“一部电影里有句台词，你们还记得吗？‘给我送过礼的人，我已经不记得了；没给我送过礼的人，我却记得清清楚楚’。老师敲诈学生家长，一点儿都不手软。”

学校里的老师要是都这样，估计学生也就不会这么恨。见怪不怪，习惯成自然嘛。主要是，学校里的其他老师并不这样，唯独这位张老师，利用一切机会索贿，而且索求无度。

罗局长刚想指示温柔下去制止小兮，被苏劢阻止。他指指手表，示意罗局长看时间。

距离约定的半个小时，还差三分钟。

从苏劢的反应看，他不但知情，很可能还是此举策划人。

罗局长有点儿担心。他做了一个局，建议网络直播就是为了做大这个局。苏劢和小兮显然也做个局，但他不知道。他现在害怕两个局会发生冲突，闹出大乌龙。

罗局长悄声问苏劢：“到底怎么回事儿？”

苏劢微微摇头。

罗局长很生气：“连我也信不过？”

就在这时，刀姐突然出现在屏幕上。

直播开始后，公安局的一个小会客厅外也设置一台摄像机。小会客厅里的人，正在讨论瓜子儿的话题，导播偶尔切一个这里的镜头。摄像机只能拍摄到门，门里的情况拍摄不到。

刀姐是被胡言和陈少南从小会客厅里拉出来的。他们连拉带拽，刀姐像疯婆子似的，冲着小会客厅破口大骂。

她满脸泪痕，满手鲜血，挣扎着要进去跟里边的人玩命。

小会客厅的房门大开，画面中显示，里面此时和伤心崖下一样火爆。陈天涯抄起一把椅子，重重砸在一个人身上。那个人满脸鲜血，双手格挡一下，但无济于事，被砸倒在地。

陈天涯和荣杰很像，浑身散发着音乐家的艺术气息，连动粗都和街头流氓打架截然不同，抬脚踢人的动作都和电视剧里武术指导设计的一样唯美。

文质彬彬的上市公司老总都动粗了，陈少南只能把愤怒的陈天涯也推出小会客厅。

守在小会客厅外的两名记者急忙问刀姐："里面到底发生了什么事儿？"

泪流满面的刀姐不搭理记者，拿出手机，哆哆嗦嗦地拨通小兮的手机，一边抹着眼泪一边咬着后槽牙恶狠狠地说："小兮，让瓜子儿咬死那个杂种，能扯多烂就扯多烂！"

罗局长让刀姐和胡言进入小会客厅是事先预谋的。他了解刀姐的性格，有些胡言不方便做的事儿，她可以做。

这几天，胡言带领众多刑警排查和小光有过接触的人，足有一百多。这些人对警察大多比较坦诚，知无不言，但有几个人一直联络不畅，即便打通他们的电话，他们也是支支吾吾，或说没有时间，或说不在南岛，明显在回避警方。

他们不回避还好，低级的回避等于不打自招。警察很快

就找到了小光的发小山药。

山药这几天在梦里都躲着警察。小光被瓜子儿叼走之后，他就明白是怎么回事了。在警察找到他之前，他就和其他几个人商量对策，打造攻守同盟。可惜这种同盟在胡言面前不堪一击。

胡言是老刑警，山药刚满二十岁，两者交锋半个小时后，山药便全线崩溃。

罗局长给胡言打电话时，山药就已经把瓜子儿和小光之间恩怨的来龙去脉全盘托出。胡言要求罗局长再给他半个小时，恢复山药手机里的数据，因为山药的手机里有一段重要视频被删除了。

胡言和陈少南在小会客厅里向山药“了解情况”，不是正式审讯，刀姐作为瓜子儿的“家属”，可以旁听，甚至可以参与询问。

陈天涯这几天一直陪着刀姐，也跟着旁听。

罗局长没有授意刀姐做任何事，他了解她的脾气，知道她知道真相后会怎么做。

还没看完恢复出来的视频，刀姐就怒不可遏地挠花了山药的脸。别说暴脾气的刀姐，就连陈天涯这种有身份、有修养的绅士，也控制不住心中的怒火，抄起椅子把山药砸趴在地。

刀姐把那段让她忍无可忍的视频转发给小兮，又转发给直播车里的导播。导播看后也很生气，不计后果地播放出来。

于是，亿万观众看到了本该打码播出的画面。

南岛市内有一条五十米宽的河，小光、山药和两男一女在河边烧烤。

五个年纪相仿的小青年，一边烧烤一边喝啤酒时，一只标准型泰迪犬走过来。

那只狗，就是刚开始变异的瓜子儿。

饥饿的瓜子儿一边走一边找吃的。他们开始都没有注意，直到瓜子儿来到烧烤摊前，捡食他们扔下的骨头。

小光首先看到瓜子儿，突发奇想："嘿，咱们把这只狗活烤了，是不是很刺激？"

随着一阵附和声，瓜子儿被五个人围住了。

五个人并不是专业偷狗贼，想抓住瓜子儿也没有那么容易。最后他们决定先把瓜子儿打死，开膛破肚，再上烧烤架。

四个男青年手持棍棒殴打瓜子儿，一个女青年兴奋地用手机拍摄。

即便是一只普通的流浪狗、流浪猫，如此被人虐待，也会让人恨得牙根儿痒痒，更何况是瓜子儿这样的国民萌宠、文武双全的超级战犬！

每个看视频的人，都恨得咬牙切齿，气得泪流满面。

小兮站在悬崖上，捧着手机的双手不停地战抖。小光虽然没有看到视频，但能清晰地听见手机里传出他的声音。

瓜子儿也听到了让它难忘的声音，"汪"地大叫一声，然后蹿出去——

它并没有扑向小光。

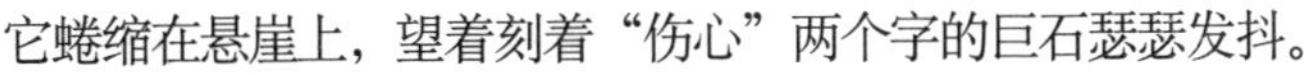

它蜷缩在悬崖上，望着刻着“伤心”两个字的巨石瑟瑟发抖。

它在小兮家门口被砖头等人群殴过，按理说它不至于被手机里的声音吓成这样。

视频里的瓜子儿被四个小青年殴打五分多钟后，不再躲闪，被小光、山药等人按倒在地。

小光在瓜子儿面前蹲下，又萌生一个更刺激的想法：“瘦成这 × 样儿，没啥肉，把它点天灯，是不是更刺激、更好玩？”

其他小青年都觉得这个建议确实很刺激，一起附和：“好玩儿，刺激，点，点，点……”

小光举着冒着最大火苗的打火机，笑嘻嘻地盯着瓜子儿的眼睛。

瓜子儿极度惊恐，拼命挣扎，但它的四条腿和脖子被三个小青年死死摁住，动弹不得，只能撕心裂肺地哀叫。

“小破玩意儿，你害怕了吗？”小光把打火机在瓜子儿眼前晃来晃去。瓜子儿越恐惧、越绝望，他就越开心。

瓜子儿生来怕火，却不得不眼睁睁地看着火苗慢慢靠近自己。

直升机里的特警队队员看着视频，也心疼得泪流满面。小光邪恶变态的眼神，让每个人心中怒火中烧。

小光在瓜子儿极度惊恐的哀叫声中，嬉笑着点燃它耳朵上的长毛。毛发极其易燃，燃烧速度超乎所有人预料。它的耳朵刚被点燃，“轰”的一声，烈火瞬间燃遍全身，让它变成一个大火球。

摁着瓜子儿的三个小青年，没有料到狗毛燃烧速度会如此之快，吓得他们急忙松手。

瓜子儿疼得在地上不停地打滚，叫声十分凄惨。

缩在伤心崖上的瓜子儿听到小兮手机里传出自己的惨叫声，再次想起被火焚烧的痛苦。视频里的瓜子儿和伤心崖上的瓜子儿，让无数人潸然泪下。一大一小两只狗的凄惨叫声，触及所有人的内心柔软处，也点燃他们心中的怒火，恨不能冲上伤心崖，把小光也点了。

瓜子儿的高智商在关键时刻救了它。

如果不是在河边，它必死无疑。

那团火球在五个人脚下乱滚一阵后，忽然风驰电掣地蹿向河边，滚入水中。

火球终于熄灭了，瓜子儿朝对岸游去。

小光等人笑得前仰后合，不约而同地唱起来：“你就像那，冬天里的一把火，熊熊火光，燃烧了我……”

瓜子儿爬上对岸时，浑身血红，像一个烧红的铅球。

女观众都捂着脸不敢看、不忍看。瓜子儿全身被烧伤，如果是别的流浪狗，只能苟活三五日，但变异后的它，却具有神奇的自愈能力。

已经愤怒到极点的小兮大喝一声，把手伸到腰间拔枪。

她现在心里只有一个念头，一枪毙了这个心理变态的杂种。

小兮没有摸到枪。

她是公安局的临时工，只有执行剿杀变异动物任务时才会配枪。这几天，她的任务是营救小光，警方不给她配枪。如果她真佩带枪支，在情绪失控的情况下，没准儿就把小光驱逐出地球。

不过警方还是给小兮配备了一根警棍——旋矛。小兮拔出警棍，朝小光猛扑过去，劈头盖脸地打。

她这次和刚才不一样。刚才她用拳脚，还不发全力。警棍是特制高强度钢材制成，硬度可想而知。关键是，愤怒的她已经忘记一切，下了狠手，把近期积攒的能量全部发泄到小光身上。

瓜子儿虽然停止惨叫，但仍旧缩在悬崖上发抖。它永远忘不了小光邪恶的眼神。那些日子里，那个眼神一直死死盯着它，在梦里都能把它盯醒。那段时间，它看到人就害怕。

小光彻底颠覆了它对人类的印象。

小兮曾经以为，瓜子儿对人类的恐惧是砖头等人造成的。现在看来，和小光等人的残忍相比，他们对瓜了儿造成的伤害属于挠痒痒级别。

小光已经血流如注，一边伸胳膊抵挡，一边苦苦哀求："小兮姐，我错了，那时候我真不知道它是瓜子儿……"

没有人想阻止小兮。

罗局长也陷入愤怒的沉思中。

此时，大批民警和记者来到现场，因有罗局长批准，记者们纷纷从山坡上走下来，近距离对瓜子儿、小兮和小光进行拍摄。瓜子儿缩在巨石下瑟瑟发抖的画面，看得每个人都心疼、心碎。那段视频点燃了亿万人心中的怒火，网友发出了和刀姐一样的怒吼——

“瓜子儿，咬死那个杂种！”

“小兮，打死那个变态！”

……

所有人都觉得小兮下手太轻，都想冲上去朝那个杂种脸上踹几脚。

只有两个人除外——小光的父母。

李师傅仍旧振振有词：“他还是不懂事儿的孩子，就算他虐狗了，他错了，但他也没犯死罪。你们赶紧让她住手！”

夫妻俩也刚刚看完那段虐狗视频，但他们没有向瓜子儿和小兮道歉，也没有谴责儿子，而是强烈要求警方出面制止小兮的施暴行为。

在张老师和李师傅的催促下，秦律师被迫软绵绵地说：“小兮，我理解你的心情，但不管出于什么原因，你打人就是犯法的。”

他不说还好，他的话相当于抛砖引玉，引来数万条暴力语言攻击。接着他接到一个电话，他的律师事务所大门上被人泼粪了。

直播镜头切给罗局长。

罗局长和苏劢一直淡定地望着市政府会议室里的大屏幕。此时屏幕上同时出现一组画面，左上方是小兮狂虐小光，右上方是小光的父母，左下方是秦律师，右下方是罗局长和苏劢。

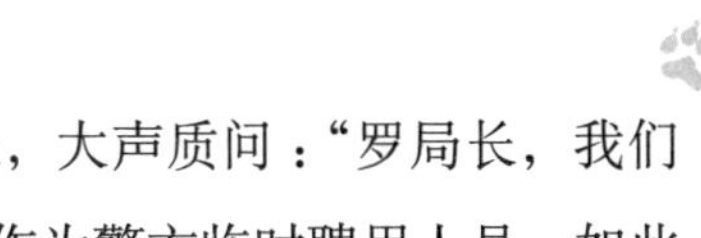

秦律师在屏幕上看到罗局长，大声质问：“罗局长，我们都能理解小兮现在的心情，但她作为警方临时聘用人员，如此殴打我的当事人，不妥吧？难道警方一点儿表示都没有吗？”

“你觉得她哪里不妥了？”罗局长反问秦律师。

秦律师愣了一下，市委领导也愣了一下，所有网民也愣了一下。

虽然大部分人都恨小光，但以罗局长的身份，面对小兮施暴，却反问律师“她哪块不妥”，确实有些不妥的。

更不妥的地方出现了。

苏劢用罗局长的对讲机开始指点小兮：“小兮，办事要讲究方式方法，打人不打脸嘛，你懂的。”

苏劢此言一出，网民破涕为笑。这位明星消防队队长太可爱了。

张老师听苏劢这么说，无法用语言形容他对罗局长和苏劢的憎恨，直接哭到背气。

李师傅见儿子被打，老伴哭昏，声嘶力竭地咆哮：“这是公安局局长说的话吗？你们眼里还有没有王法？老天爷呀，你睁开眼吧！你不能看着这么多人欺负我儿子啊……”

秦律师抓住罗局长和苏劢言语中的破绽。一个堂堂公安局局长，一个明星消防队队长，当着亿万观众的面，说出如此不负责的话，他们还能公平公正地对待小光吗？

就冲这几句话，他们的局长和队长恐怕当到头了。

市委领导的手机响了。他看看号码，皱起眉头，硬着头

皮接通，“嗯嗯”两声就挂断了，然后悄声对罗局长说：“上级来电话了，提醒你们注意自己的言行，尤其是苏劦！”

“好的，我会注意的。”苏劦虚心接受市委领导的提醒，接着用对讲机对小兮说，“小兮，你在特警队白练那么多天了啊？你想想牺牲的三位战友，他们的在天之灵，能接受他们喜欢的瓜子儿遭受这种虐待吗？”

小兮闻言，双手抓住小光的胳膊，使出一招过肩摔，把小光摔到瓜子儿面前。

“苏劦！”市委领导终于发怒了，对罗局长吼道，“老罗，好好管管你的人！”

“他已经不是我的人了。”罗局长提醒市委领导后，警告苏劦一句，“苏劦，你说话要注意点儿分寸！”

市委领导真急糊涂了。改制后，消防划入应急管理局，不再归公安局管辖。苏劦刚被提名为应急管理局副局长人选。

罗局长警告完苏劦，继续给直升机里的特警下命令：“温柔，安排几个人下去，你知道应该做什么。”

网民也知道特警下去要做什么，根本不用罗局长明说。

不得不说，罗局长这是要逆天行事。

市委领导彻底抓狂了。

第五十六章　瓜子儿的最后三分钟

温柔接到命令，迟疑一下。如果她真的按照罗局长的命令派人下去，他的公安局局长肯定干到头了。他真能为了瓜子儿把乌纱帽丢了？

“罗局都不怕，咱们还怕什么？让我下去！看我怎么打死那个小兔崽子！”时间主动请缨。

众特警纷纷要求下去揍小光。

张老师醒过来，坐在地上，双手拍地号啕，听不出她是求饶还是求助，不过看上去挺可怜的。儿子再不是东西，也是从娘身上掉下来的肉。娘身上掉下来的不只是粑粑，也有肉，还可能是一块看上去很帅的肉。

“我坚决抗议！我严正声明！你们这是教唆犯罪！你们在众目睽睽之下滥用职权，光天化日之下当众施暴！你们已经影响了整个公安队伍的形象！我现在要求市委立即剥夺公安

局局长的权力！有关部门应该立即出面，所有正义有识之士应该站出来，制止犯罪！”秦律师义正词严地大声疾呼。

他从未喊得如此底气十足。因为他确定，眼前这位局长熬不到直播结束。

指挥中心静默了。

连屏幕前的观众都静默了。

所有人都明白，罗局长和苏劢应该做好了离职准备，不然他们不会如此冲动。

载着温柔、时间、文丽、李刚强的直升机悬停在伤心崖上方，他们迫不及待地要下去，忽然被一个声音阻止。

“谁也不许下去！”市委领导大喝一声，接着他又盯着罗局长吼道，“老罗，苏劢，你们再这样闹下去，我立即撤你们的职！”

沉默了许久的一位公知忽然发言：“罗局长、苏队长和小兮这是在救小光，你们真的看不出来吗？”

这次直播连线了多位法学专家，他们的画面随时会切换进来，接受网民唾骂。公知们基本都主张击毙瓜子儿，因此一直扮演着十分不讨好的角色。在小光等人虐待瓜子儿的视频播出后，那些公知们便选择沉默。从情感上，他们也憎恨小光，但从法理角度，他们必须为小光发声。

这位发言的政法大学教授，不知道想卖弄小聪明，还是真想替罗局长和苏劢解围。

“这位教授，请你不要自作聪明！”罗局长打断教授的话。

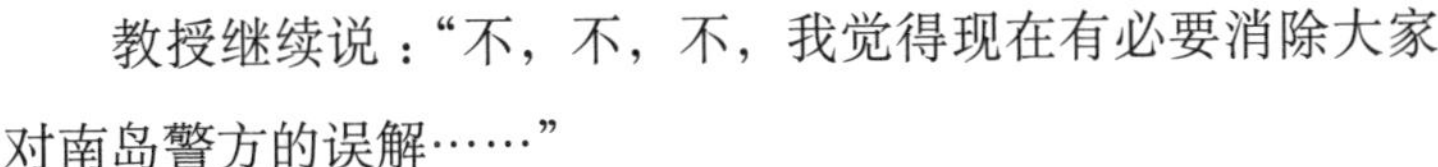

教授继续说："不，不，不，我觉得现在有必要消除大家对南岛警方的误解……"

"请您闭嘴！"苏劦也阻止教授。

"导播，请你把他们的画面切下去，让我把话说完。"教授终于怒了，心想，"没见过你们这样的粗人！我好心替你们说话，你们反倒阻止我！"

导播急于知道教授想说什么，应了教授的要求，切换了罗局长和苏劦的镜头。

教授侃侃而谈："瓜子儿对小光仇深似海，之前它一直被人误解，没有人知道它曾经遭遇过什么，但它现在仍旧保持克制，并没有做出过多伤害小光的行为。现在它的主人知道了真相，并且当着它的面为它报仇，也许就能化解它对小光的仇恨。只有化解了它对小光的仇恨，它才可能从此放过小光，同时救了自己。"

网民再次沉默。

导播把镜头切回市政府会议室。

苏劦叹息一声："教授，你泄露了天机。"

"瓜子儿又听不懂我们的对话。"教授不服。

"它确实听不懂，但它能看懂。如果它看出我们在它面前演戏，它会更加愤怒，还会加倍报复小光。"

揍小光的主意，是苏劦在手术台上想出来的。他没有打麻药，咬牙忍受手术产生的剧痛，忽然灵光乍现——如果瓜子儿看到它的仇人被主人如此折磨，会不会化解它记忆中的

仇恨呢？

于是，他迫不及待地走下手术台，把这个想法告诉小兮。

那时，他还不知道会全网直播，但他断定小光虐待过瓜子儿。

得知网络直播后，他怕罗局长阻止小兮，才来到市政府会议室。但是，他不敢告诉罗局长真相，怕泄露天机，表演就不真实了。没想到，在虐待瓜子儿的视频出现后，罗局长忽然明白了苏劢和小兮的意图，转而支持小兮为瓜子儿报仇。

虐待瓜子儿的视频出现之前，小兮确实在表演。视频出现后，小兮就不再表演了，真为瓜子儿报仇了。

小兮毕竟受过训练，心里又充满仇恨，罗局长担心她会把小光打残废，才让特警下去帮她给瓜子儿“报仇”。特警比她知道轻重，动作既能做得很逼真，又不会真正伤及小光。

自作聪明的教授点破这个局，观众恍然大悟，心中豁然开朗。

网民为苏劢和罗局长点了百万个赞，同时也为教授点赞，因为他终于能说句人话了。

秦律师沉默了。

一堆嘲讽他的弹幕出现在屏幕上。

李师傅不再咆哮，张老师也不再号叫。两口子揪着心看着屏幕上的小兮“解救”他们的儿子。

但是，市委领导仍旧阻止特警下去：“这么多特警下去群殴手无寸铁的年轻人，媒体记者又喜欢断章取义，这个画面

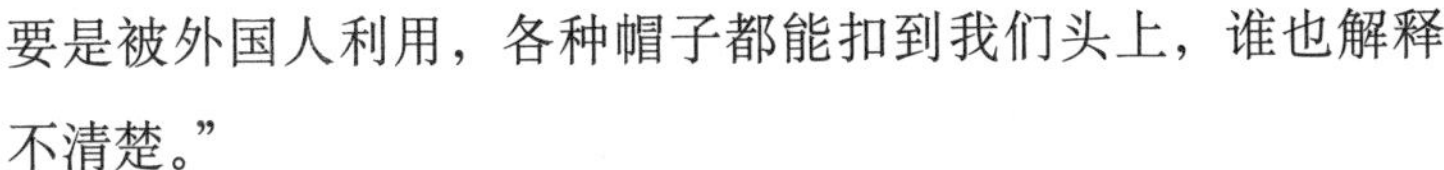

要是被外国人利用，各种帽子都能扣到我们头上，谁也解释不清楚。”

罗局长最怕这个。我跟你讲救人于水火，你跟我讲政治站位、讲政府形象、讲国际影响。现在可以为了顾及形象，因噎废食，那日后瓜子儿再找小光算账，还能这么客气吗？

“没事儿的，没事儿的！让特警下去吧，只要以后瓜子儿不再惦记我儿子，你们怎么做都行。”张老师急忙央求市委领导。

张老师都跪下了：“我求求你们了，让特警下去打他一顿吧！这么大的怪兽，以后要报复我儿子，我儿子可就真没命了！”

张老师和李师傅的要求没有得到满足，因为省委和市委的领导坚决阻止特警下去揍小光。

张老师和李师傅十分担心，连他们都听出小光的呻吟声有点儿假了，他们的表演能瞒得过聪明的瓜子儿吗？

现场记者在近距离拍摄的同时，也在看直播。教授的拆穿之语从一部手机里传出来，钻进小光的耳朵里。小光明白后开始配合小兮，叫得越来越惨，叫声越来越大，偶尔还偷瞄瓜子儿。

他的演技太差了，小兮的拳脚还没落到身上，他就开始号叫。

瓜子儿已经停止战抖，安静地蹲在一边看小兮替它报仇。对于小光的哀号，它一直无动于衷，既没有上前阻止，也没有冲上去跟小兮一起施暴。

最后，小光倒在地上不动了，呻吟声越来越微弱。

小兮走到瓜子儿身边，心疼地抚摸它的脖子，再次流下眼泪："瓜子儿，妈妈也恨他，但咱们不能因为恨他，把自己的命也搭进去。他的命，没有你的命金贵。我们走，好吗？"

瓜子儿忽然愤怒地冲小兮"汪"了一声。

它对小兮发怒了。

这场演技极其拙劣的戏，所有人都能看出来，瓜子儿当然也能看出来。它本身就是大戏精嘛。

狗会看人的脸色。小光不但叫得很假，还偷偷看瓜子儿的反应。他那几眼，全被瓜子儿尽收眼底，一眼没落下。

苏劦不恨秦律师，却恨到处刷存在感的教授，一盘好棋毁在他那张破嘴上。

瓜子儿一步跨到小光面前，叼起他的腿，甩头把他扔出去。

小光飞向悬崖边上那块巨石，重重撞在那个"伤"字上。他惨叫一声，跌倒在地，一口鲜血喷出来。

伤着心了。

小兮打他那么多下，都没这一下伤得重。小光这声惨叫，和之前的号叫截然不同，这一声是绝对具有真情实感的，是发自肺腑的惨叫。

斯坦尼斯拉夫斯基在《演员的自我修养》中指出，演员必须要切身体会到角色的真实感受，只在外表神情上下功夫，只会让人感觉假。

小光虽然长得帅，却没有表演天赋。瓜子儿在教他真正

的惨叫应该怎么叫。

小兮担心小光被瓜子儿摔死，急忙跑过去，试图阻拦瓜子儿。瓜子儿用大爪子推开小兮，一口叼住小光，像之前那样冲着小兮低声呜呜。

它的主人居然和小光联手做戏欺骗它，它扎心了。

当然，它更愤怒。

小光失败的表演，把难题又拉回原点，怎么办？

“这种情况下，只有击毙瓜子儿，才能解救小光。”秦律师再次对警方提出要求，并且得到了连线的法学专家支持。只有那个教授没做声，他一个字都不敢说了。

就算小光是死刑犯，现在也得救。

各国这样的案例屡见不鲜。死刑犯遇到危险，警方都会历经千辛万苦、不惜代价把他救下来，然后再枪毙。

有一则很奇葩的新闻。美国一个青年举枪要自杀，被其母发现后报警。警方为了阻止该青年自杀，开枪击毙了他。

不管小光曾经对瓜子儿做过什么，现在警方都必须救他，哪怕救下来之后立刻枪毙。

以现在的情形，只有击毙瓜子儿，才能救下小光。

这次网民不再沉默，纷纷反对击毙瓜子儿。公知们饱受网民各种谩骂、攻击，但仍旧坚持自己的观点。

法学家表示，这是人类社会的法则。瓜子儿生活在以人类为主导的社会里，就得无条件接受这个法则。如果哪天犬类主导了社会，它们才不再受这个法则约束。

市委领导遗憾地告诉罗局长，上级领导指示，希望尽快结束这件事，并要求南岛警方，为了保证小光的人身安全，必须击毙瓜子儿。如果警方拒不执行，就由部队执行这个任务。

唐董连线直播，发布了逛一逛国际旅游集团公司官方声明，只要南岛市委撤销击毙瓜子儿的命令，该集团公司愿意答应小光家属提出的一切条件；如果警方或者部队击毙瓜子儿，该集团公司将撤销南岛分公司，终止与南岛一切合作项目，并且呼吁全行业封杀南岛。

网民严重支持唐董，并表示，如果南岛市委不撤回击毙瓜子儿的命令，全国网民将会自发封杀南岛，号召所有人抵制南岛，号召所有人从此不再踏上南岛一步。

南岛市委领导心里也很清楚，南岛是旅游城市，一旦击毙瓜子儿，在经济上肯定要付出巨大的代价。即便旅游界不封杀南岛，南岛旅游业也会遭受重创。虽然这口黑锅是上级领导打造出来的，但必须由南岛市委背。

人命大于天。逛一逛国际旅游集团公司的声明改变不了上级领导要求击毙瓜子儿的决定，全网抵制也起不了作用。

罗局长大步走出市政府，回到公安局，走进监控中心，久久地望着屏幕上瓜子儿和小兮。

如果他不下达这道命令，上级就会调部队来。即便他辞职，也改变不了瓜子儿的命运。

苏劢一直在会议室里，和市委领导们看直播。他盯着画面，试图为瓜子儿寻找最后一线生机。

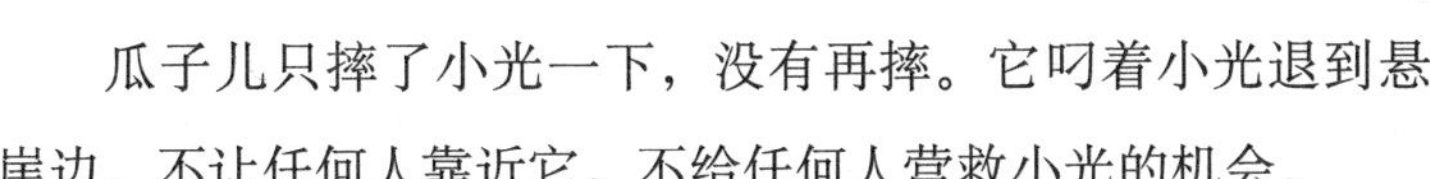

瓜子儿只摔了小光一下，没有再摔。它叼着小光退到悬崖边，不让任何人靠近它，不给任何人营救小光的机会。

再往前走一步，它和小光就会一起掉下悬崖。

小兮万分担心，连连后退，表明自己没有一点儿要救小光的意思。不但她后退，她还让近距离拍摄的记者后退。

瓜子儿半个后脚掌已经悬空。

就在这万分危急时刻，直播屏幕上再次切入了刀姐的镜头。她此时在公安局的停车场，一边大步朝前走一边对着镜头战抖着说：

“他们真敢为了救那个社会渣滓杀了瓜子儿？那个社会渣滓把瓜子儿虐成那样，他们居然为了救他杀瓜子儿，还他妈的有天理吗？就因为它是狗啊，我那只狗为了保护你们干了什么，你们看不到吗？不烦劳你们瞎 ×× 分析了，我现在就去伤心崖，把那个社会渣滓踢下去！”

刀姐说完那段极具煽动性与献身精神的话，冲上自己的越野车。

陈天涯也追上来，拉开车门钻进去。

“李莉煽动群众犯罪，已经触犯法律，警方应该立即拘捕她，制止她的杀人行为！”秦律师在直播中向南岛警方严正要求。

在线的公知也纷纷呼吁南岛警方立即拘捕刀姐，以免造成更严重的后果。

刀姐的话，的确具有煽动性，再度引爆网络，距离远的观众没有办法，但南岛周边各市县的网友立即自发奔赴伤心崖，要与瓜子儿共存亡。

罗局长还沉浸在要不要击毙瓜子儿的纠结中，没有做出任何回应。

市委领导的电话又打过来。刀姐煽动群众前往伤心崖的行为，可能引发群体事件，他们已经命令武警部队的十架直升机就位。

如果南岛警方再不执行上级的命令，二十分钟后，将由武警部队接管。

罗局长不得不拿起对讲机，双手有些战抖，声音有些哽咽："南山、罗千雅、靳南、方尔镇四位同志尸骨未寒，现在，我们不得不对另一个与我们一起出生入死的战友开枪。它不但帮助我们战胜了那么多变异动物，还救过我们很多同志的命。如果没有它，我们牺牲的人数不知道还要增加多少倍。但是，现在我们别无选择，部队已经进入战备状态，二十分钟后即将到达。如果我们不开枪，他们就会接手……"

罗局长实在说不下去了，用衣袖擦了擦无法控制的泪水。

网民安静地听罗局长讲话，市委领导集体沉默、叹息。他们心里很清楚，瓜子儿是南岛的骄傲，击毙它，将给南岛造成无法计算的损失。

罗局长停顿十秒钟，做了一个深呼吸，继续和瓜子儿做临终告别：

"这句话，我本来不该说，但现在不得不说。为了一个人

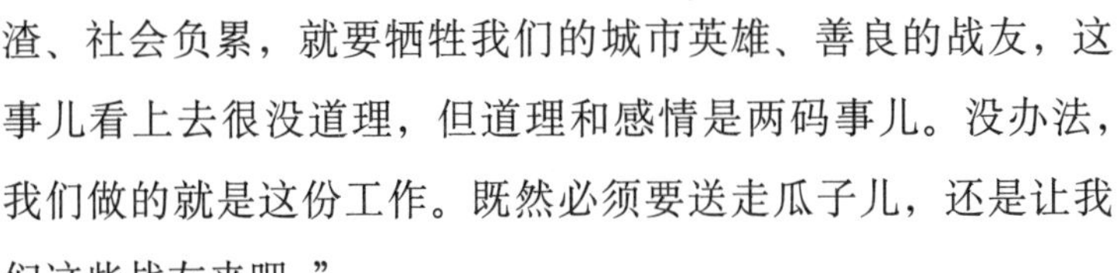

渣、社会负累，就要牺牲我们的城市英雄、善良的战友，这事儿看上去很没道理，但道理和感情是两码事儿。没办法，我们做的就是这份工作。既然必须要送走瓜子儿，还是让我们这些战友来吧。”

八架直升机呈环形悬停在伤心崖上空，温柔、文丽、李国根、李刚强、时间、郑中天等二十多名老特警流着泪听完罗局长的话，手中的枪沉重得举不起来。

同时，他们心里还有一个疑问，既然部队二十分钟就到，如果真要击毙瓜子儿，为什么还要让我们自己干？我们下得了这个手吗？我们的良心不得自责一辈子啊？罗局，你为什么要做出这个残忍的决定？

瓜子儿听到特警们的哽咽声，叼着小光转身，望着直升机里的战友，看到每位队友都是泪流满面。

小兮也听到了罗局长的话，这一刻她非常淡定，没有哭泣，甚至没有流泪，一步步走到瓜子儿面前，挡在瓜子儿前方。

瓜子儿本来就站在悬崖边上，因为转身面对直升机，前方正好留出一步的位置。小兮走过来，填补那一步，也站在悬崖的边上。

她站在那里，逼得瓜子儿不得不后退两步。它怕小兮掉下去。

小兮望着直升机里的队友，平静地说：“要杀瓜子儿，那就先杀我吧。”

网民再度陷入沉默。他们除了和特警们一起伤心流泪，还高度紧张。

瓜子儿后退两步，放下小光，转身绕到小兮身前，用前爪搂着小兮的腰，把她从悬崖边往自己身前拢了两步。

它这个暖心的动作，瞬间又萌化了亿万人的心。

上一刻，它还在愤怒地朝小兮狂吼。

小兮泪流满面，对特警们、对罗局长、对所有观众哽咽地说：“这件事，从头至尾都不是瓜子儿的错，它是无辜的。是我们人类的错误，才导致今天这个结果。如果你们想用一个错误掩盖另一个错误，那就从我开始吧。”

小兮说得没错，让罗局长内心万分纠结。

就在这时，山坡上忽然冲下一群人，为首的人正是万岁和成晶，后面跟着胡语、孙三亚、丁奇、丁丁等人。他们一直被民警拦在山坡上，但随着人数越来越多，为数不多的民警根本挡不住。一部分人冲开警戒线，冲下山坡，冲到伤心崖，在瓜子儿前面组成人墙。

现场的记者也被感染，和志愿者们一起拥到瓜子儿面前，和小兮并肩站在悬崖边，把瓜子儿挡在身后，一起挥舞双手冲直升机大声呼喊，阻止特警射杀瓜子儿。

他们的行为，反而让瓜子儿害怕了。它伸出两个爪子，把靠近悬崖的志愿者全部搂进它的怀里，后退几步，让志愿者远离悬崖，远离危险。

这个动作，又是一颗威力极强的催泪弹。

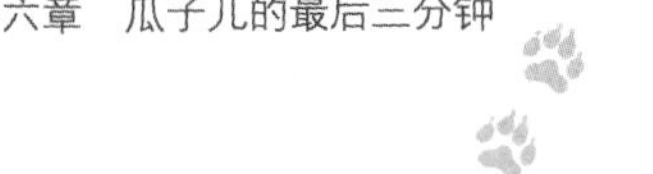

谁能忍心对这样的萌宠开枪？

特警的枪刚举起来，又缓缓放下。

嘈杂的呼喊声中忽然传出嘹亮的声音：“把那个人渣推下去！”

不知道谁喊的。

成晶等十几个成年人纷纷转过身，扑向瓜子儿，要抢小光。

如果这群失去理智的人真把小光推下悬崖，那就真没有必要击毙瓜子儿了。

镜头前，张老师和李师傅哭天抢地、声嘶力竭地喊：“警察，警察，你们快阻止那群疯子啊，他们要杀我儿子，我儿子碍他们啥事儿了！？”

秦律师继续大声疾呼：“这是光天化日下的蓄意谋杀！请问公安局的罗局长，上级领导已经责成你们击毙大狗，你们为什么还不开枪？你们这是严重渎职，是要受到法律制裁的！”

特警都在直升机上，没法阻止。

现场的民警在山坡上维持秩序，拥上山坡的人越来越多，他们设置的警戒线眼看就要崩溃，根本无法顾及悬崖边上的几十个人。

小兮也没有阻止。

她没有回头。几十个人在她身后乱成一锅粥，此时她心已成冰，根本没有心情看。

网民此时也十分紧张，十分急切地希望成晶等人赶紧把那个人渣推下去。尽管他们知道这是犯罪，是群体施暴行为，有些人会为此付出高昂的代价……

但这是保住瓜子儿的唯一办法。

全世界的人，都希望把小光推下悬崖，除了小光的父母。

可惜成晶等人无法从瓜子儿的大瓜子下抢走小光。

瓜子儿救了小光。

瓜子儿"汪"地怒吼一声，喝退众人。

瓜子儿不知道眼前的人想用这种极端办法救它。它只知道，要从它爪下抢走小光，没门！

小光惊恐地望着众人，紧紧地抱着瓜子儿的大腿。在他看来，愤怒到极点的人，远比愤怒的瓜子儿可怕得多。现在，他宁愿被瓜子儿再多摔几下。

瓜子儿救了小光，却害了自己。

它叼起小光，越过人墙，朝山坡上跑去，完全暴露在特警的枪口下。

这是难得的射杀瓜子儿的好机会。

"你们快开枪啊！为什么还不开枪？"李师傅声嘶力竭地喊。

瓜子儿叼着小光跑上山坡，跑了五六十米停下来。

小兮等人在后面追瓜子儿，但他们的速度比瓜子儿差远了。这时候特警开枪，他们根本无法阻止。

罗局长拿起对讲机，迟疑着，又放下了。

他期盼在最后一刻，能出现奇迹。

他希望苏劦的大脑能再次灵光乍现。

可是，苏劦的电话一直没打过来。

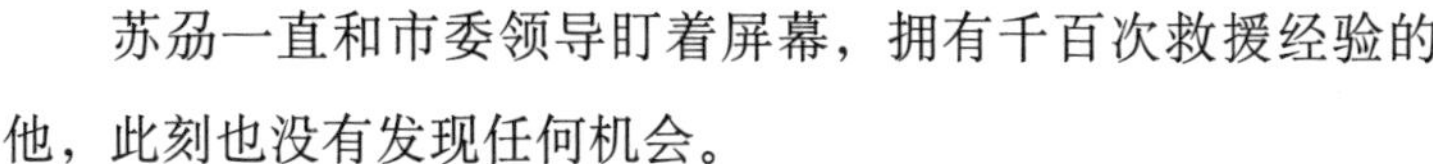

苏劢一直和市委领导盯着屏幕，拥有千百次救援经验的他，此刻也没有发现任何机会。

没有意外，只有秦律师的吼叫：“警察明显不作为，严重失职！！南岛市政府应该立即提请市人大常委会罢免这个无能的公安局局长，由市委接管特警队！！”

秦律师的话音落下之后，直播视频里出现五秒钟静默，接着传来罗局长低沉的声音——

“特警队，准备！”

温柔、文丽、李国根、李刚强、时间、郑中天等二十几名特警眼含热泪，缓缓地把枪口对准瓜子儿。

就在千钧一发之际，罗局长期待的奇迹终于出现了。

“阿弥陀佛！”一位漂亮的尼姑挡在瓜子儿身前。

众人定睛一看，均感觉这位尼姑有点儿眼熟。

谭香每次都在千钧一发之际获救，这次，她仍旧在千钧一发之际，挡在瓜了儿身前。

谭香在四度惊魂之后，终于看破红尘，找到一座不卖门票的寺庙，剃度出家，法号明尘。不是所有的寺庙都搞经营创收，真正修行的人还是大有人在的。

谭香已经死去，明尘师父再生。

明尘师父非但不要工资，反而将自己所有财产都捐给寺庙，开始青灯古佛的修行生涯。修行的人，也不是两耳不闻窗外事，不谙人情世故怎么修行呢？所以，明尘师父在剃度的第二天就回到南岛，与很多志愿者一起赶赴伤心崖。她来此唯一的目的，就是拯救瓜子儿。为此，她可以舍生取义。

“贫尼明尘，此生罪孽深重，多次承蒙瓜子儿和警方相救，才得以苟且偷生。如果瓜子儿必须去死，就让贫尼代它受过吧。”

到底是新手，说话有点儿不讲理。法制社会，死罪是你想替就能替的？

还有，出家人说话，也不是这样拿腔拿调的。出家人说话也是现代语境，很生活很浅显的。明尘师父属于饰演出家人，而且还没读过斯塔尼斯拉夫斯基的大作。

明尘师父毕竟刚出家两天，道行尚浅，那些高深的佛法还没来得及参悟，能悟到现在这样已经不错了。更多的佛家大道理，她讲不出来了，只能在瓜子儿前面盘腿坐下，双手合十，开始念经。

这段经文还是她昨天刚学的，背得不太熟，总磕巴。

其实，明尘师父是挡不住瓜子儿的。她虽然挡在瓜子儿身前，还是坐着，这高度……她光溜溜的脑袋距离瓜子儿光溜溜的肚皮还有一米的距离，啥都挡不住。

小兮冲上来，和明尘师父一起挡在瓜子儿身前。成晶、丁奇等人也追上来，和小兮一起护住瓜子儿。

山坡上冲下来的人越来越多，和下面冲上来的人一起护住瓜子儿。

只可惜，他们更像围着瓜子儿合影。

受山坡坡度影响，那些挡在瓜子儿身前的人，最高的人也挡不住瓜子儿的肚皮，两边和身后的矮个子更不必说。瓜

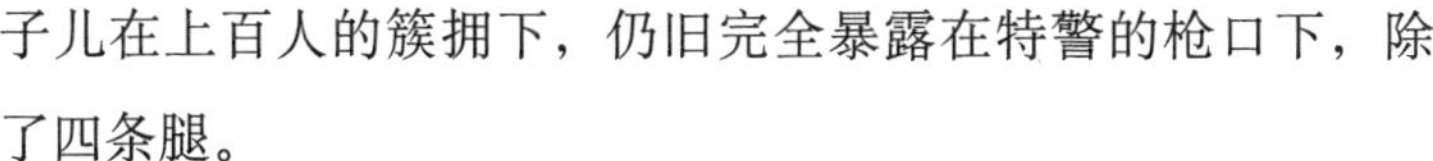

子儿在上百人的簇拥下，仍旧完全暴露在特警的枪口下，除了四条腿。

他们这次没抢小光，瓜子儿也不再躲闪。它已经看明白了，这些人是在保护它。

“我严正要求南岛警方立即开枪，击毙大狗，确保我的当事人人身安全！”秦律师再次正告南岛警方。

罗局长的手机响了，上级领导打来的。

“立即撤回特警队。武警部队距离伤心崖还有三分钟路程。既然你们无视上级命令，那就让部队执行吧。”上级领导冷冷地说。

罗局长沉默十秒后，不卑不亢地说：“瓜了儿是南岛特警队的战士，我们辛辛苦苦把它培养出来，它和我们一起出生入死，就算必须送它走，也应该由我们来送！”

“老罗，人命关天，你不要意气用事！”上级领导的声音也很伤感。

“我没有意气用事！”罗局长坚定地说。

“好吧，再给你三分钟。”

罗局长极力克制着情绪，沉吟十秒钟，再次把对讲机举到嘴边：“我们和瓜子儿只有三分钟了。也许，我们只能用这三分钟，好好回忆一下和瓜子儿曾经一起战斗的美好时光了。”

伤心崖上方被一股浓稠的伤心情绪笼罩，所有特警放下枪，泪眼中的瓜子儿一片模糊。每个人使劲擦着眼泪，希望能清晰地多看几眼瓜子儿。

李国根的哭声最大。在黑风镇，当他被变异大闸蟹夹着跑了一公里，生命危在旦夕时，瓜子儿及时赶到，救了他一命。

“真没有别的选择了吗？”文丽流着泪望着温柔，悲伤堵住她的喉咙，几乎听不出她是柔弱的林妹妹。

三名女队员中，温柔的心理最强硬，和她的肌肉一样强硬，属于典型的钢铁女汉子。她毫无疑问会成为下一任特警队队长。文丽希望她能想出办法救救瓜子儿。

然而，此刻的温柔早已失去往日的镇定，她的身体在悬崖上方的直升机里，心却像悬在空中。

“罗局……您……再想想……再想想……还有没有办法？”

罗局长的耳麦里传出温柔的恳求声。她的声音无比低沉，短短一句话，几度被哽咽打断。

“再好好看一眼瓜子儿吧。”罗局长说，“特警队注意，听我命令。我和你们一样难过，但我们绝对不能忘记自己肩负的使命，必须无条件执行命令。”

罗局长特意把“无条件执行命令”七个字，一字一顿地说出来，每个字的语气都很重。

他的这句话，等于扼杀了众人最后一线希望。

第五十七章　众望所归

苏劢听到罗局长最后的告白，沉默十秒钟，双手转动轮椅车轮，缓缓走出市委会议室。

陪伴苏劢的消防员要帮他推轮椅，被他制止："我想一个人静一会儿。"

消防员没有坚持。他知道，也许苏劢想回忆一下和瓜子儿在一起的时光，也许不忍心看到瓜子儿被击毙的画面，也许因为没能救下瓜子儿而内疚……

瓜子儿从众人的眼泪中感觉到了痛苦。那些眼泪里，似乎有一种诀别。它能听到曾经的战友们流泪时，口中喃喃地叫着它的名字。

瓜子儿也伤感起来，但它仍旧不相信曾经一起出生入死的战友真的会对它开枪。

三分钟太短，泪水太多，流不完。

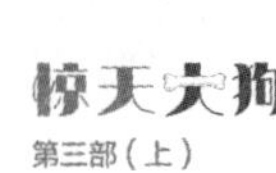

“时间到，特警队应该救人了。”秦律师提醒罗局长。

罗局长的声音终于传到每个特警的耳麦里：“准备，瞄准！”

二十几名特警举起枪，把枪口对准瓜子儿。

瓜子儿体型太大，锁定它很容易，每个人都有把握既能击毙它，又不会伤及周围群众。

瓜子儿仍旧执着地望着直升机里的每个特警，那些熟悉的面孔，那些令它心碎的眼泪，那些黑洞洞的枪口……

“倒计时开始……”罗局长哽咽着说。

“还用什么倒计时？为什么不直接开枪？”李师傅大声质问。

“瓜子儿是南岛特警队训练出来的，多给他们十秒钟也没什么。”这次反倒是秦律师劝慰李师傅。

“十……”罗局长开始读秒。

特警们的思绪又回到两个月前，那时特警队里还有南山、王亮、罗千雅、方尔镇，他们隐蔽在凤凰桥上，像死神一样等待击毙瓜子儿。那是他们第一次见到瓜子儿，当时罗局长也在读秒。

小兮的思绪也回到那一刻。那是她第一次骑着瓜子儿，在南岛大街上驰骋、飞翔，她第一次感受到速度的魅力……那一次，当罗局长数到五时，接到了苏劦的电话。苏劦把小兮和瓜子儿从死神的手指缝里抠出来。

这一次，他还会那样做吗？

罗局长再次数到五。

没有期待中的介入。

苏劢，你去哪里了？

苏劢独自坐在会议室外的轮椅上，手里握着手机，却没有打开。

他没有看网络直播。

他此时对现场的情况一无所知，又好像什么都知道。

他紧闭双目，等待最后一刻到来。

罗局长艰难地读出一个数时，都希望有奇迹出现，因此，他读得十分缓慢。

“四……三……”

当罗局长读到“一”时，终于控制不住，泪水夺眶而出，哽咽起来。

这次没有意外，也没有奇迹。

罗局长的耳麦里传来上级的命令：“武警部队距离你们还有一分钟路程。老罗，把你的人撤下来，让武警部队上。”

武警部队的直升机一直在待命。原本十秒钟的倒计时，被罗局长读了一分多钟。上级领导感觉罗局长故意拖延时间，就命令部队马上代替特警。

“不需要。”罗局长说，“让他们原地待命，必须我们自己来。”

罗局长擦擦眼泪，对特警下达最终命令：“准备！”

温柔、文丽、李国根、李刚强、时间、郑中天……每个人再次泪如雨下，每根搭在扳机上的手指都在战抖。

瓜子儿一直望着直升机上的特警，此时它好像已经明白，战友们的眼泪是为它流的，那些枪是打它的。

难道他们真会对自己开枪？它不信。

终于，罗局长哽咽着下达最后命令："射击！"

二十几名特警忽然同时声嘶力竭地呐喊："啊——"

他们必须喊出来，不喊出来，根本扣不动扳机。

"嗒嗒，嗒嗒……"

子弹伴随着眼泪从八架直升机里射下来，数百颗弹头一起扑向瓜子儿——

每个特警都含着眼泪把扳机扣到底，打光了弹夹里所有子弹。

"嗒嗒，嗒嗒……"

"嗒嗒嗒……"

"嗒嗒……"

……

瓜子儿蒙了。

那些每天陪它嬉戏打闹，跟它出生入死、亲密无间的战友，真的对它扣动了扳机。

瓜子儿的内心被击溃。

小兮的内心也被击溃。

密集的枪声止住了刀姐的脚步。她和陈天涯已经跑到山坡上，看到了聚集在山坡上的那群人。枪声响起，她的脚步骤然停住，瘫倒在地上号啕大哭。

两个月前，特警要在凤凰桥击毙瓜子儿时，刀姐在巡警大队扫黄办公室清晰地听到罗局长读秒。在罗局长读到"一"

时，她瞬间崩溃。

这次，所有撕破空气的弹头像击中她一样，让她感到万箭穿心般疼痛。她再次哭到椎心泣血，倒在陈天涯怀里。

躁动的人群忽然安静下来，他们最后一丝希望彻底被弹雨浇灭了。

罗局长下达射击命令，同时瘫倒在椅子上。特警撕心裂肺的呐喊声、密集的枪声和监控中心此起彼伏的呜咽声，抽尽了他最后一丝气力。他摘下耳麦，不想听到耳麦里传出的声音，不敢看屏幕上弹头射向瓜子儿的画面。

瓜子儿至死都不会相信，它的亲密战友真会对它开枪。

苏劢不知道罗局长已经下达射击命令。他一直坐在轮椅上，紧闭双眼，双手把手机举到胸前，像虔诚的教徒，为瓜子儿做最后的祈祷。

小兮也痛苦地闭上眼睛。

尽管她已经有了足够的心理准备，但当这一刻真的来临时，她仍然接受不了。

她虽然站在瓜子儿前面，但她毫不怀疑，那些密集的弹头没有一颗能击中她，会全部钻进瓜子儿的身体里。

如果知道最后是这个下场，当初她宁愿让小耗子那么大的瓜子儿在大垃圾桶里支腿拉胯地挥舞四肢，向世人表达不满。

如果瓜子儿被别人捡去，也许就不会跟她去滨海大道，不会变异。

她从来没想过自己会养出一只惊天萌宠，养出一只超级战犬。战犬，这个称号本来就不应该属于泰迪犬。

瓜子儿让她变成女神，让她一年之内实现了赚一个亿的小目标，让她住进做梦都梦不到的豪宅。

她曾经不止一次地想到瓜子儿会被安乐死。在她设想的各种死法里，这是最残忍的一种，死于它最亲密的战友之手。

特警们的呐喊声撕碎了她的心。三天前，瓜子儿还与他们并肩作战，在生死瞬间，它和温柔互救对方一命。仅仅过了三天，温柔就对它开枪了。

小兮知道温柔绝对不愿意对瓜子儿开枪，每个特警都不愿对瓜子儿开枪，但是，他们是警察，只能违心地服从命令。

罗局长也不愿意。小兮能体会到他下此命令时的艰难。

小兮不知道枪声响了多久，只觉得十分漫长。她也不知道瓜子儿中了多少枪，也不知道枪声什么时候停下来的，直到一阵喊声把她从回忆中拽回现实。

“瓜子儿，快跑！”

小兮猛地睁开眼睛，看到直升机上的温柔流着泪，冲着瓜子儿大吼：“瓜子儿，快跑啊！”

文丽胸中的小宇宙也爆发了，爆发出谭维维式的吼声：“瓜子儿，快跑啊！”

小兮可以看到李国根脖子上的青筋。李刚强、时间、郑中天……直升机里每个特警都运足丹田之气，一起喊：“瓜子儿，快跑啊！”

巨大吼声飞出直升机，在山谷里久久回荡。

小兮回头一看，瓜子儿身上完好无损。

特警队执行了命令，扣动了扳机，朝瓜子儿射击了，但密集的弹头全都落在瓜子儿、小兮、群众身边的岩石上、山体上……

没有一颗弹头碰到瓜子儿。

小兮再度泪奔。

泪光中，特警们焦灼的面孔背后，十架绿色军方直升机远远飞来。

“阿弥陀佛，瓜子儿，快跑！”明尘师父大声提醒小兮。

小兮来不及多想，翻身跨上瓜子儿的后背，大喝一声：“驾！”

瓜子儿忽然明白特警们的用意，低头看了一眼踩在爪下的小光。

小光已被枪声吓傻。瓜子儿抬起爪子，转身驮着小兮朝山坡上方跑去。

瓜子儿终于放过了小光。

或许是战友们的眼泪感动了它，或许是战友们撕心裂肺的呐喊声唤醒了它。

它在最后一刻学会了宽恕。

明尘师父望着瓜子儿的萌腚，再次双手合十：“阿弥陀佛，是佛祖在保佑瓜子儿。”

瓜子儿驮着小兮跑到山坡上，停下来，扭头朝八架直升机望去。

温柔、文丽、李国根、李刚强、时间、郑中天等战友们含着热泪笑了，二十几个人一起拼命地朝瓜子儿挥手。

山坡上的群众被民警拦着，看不到伤心崖的情况，只能通过枪声判断。枪声停止，他们和民警一起沉浸在悲痛中，哽咽声一片、呜咽声一片，啜泣声一片。

正当他们心碎时，忽然看到小兮骑着瓜子儿跑上来，他们的声调陡然提高八度，不约而同地跳跃，欢呼声响彻山谷，几乎震聋大山。

刀姐正在椎心泣血，看到这种情形，"嗯"了一声，抬眼望去。

"汪！"无比熟悉的一声巨吼传来。

刀姐忽然甩掉两只高跟鞋，也狠狠地"汪"了一嗓子，张开双臂发疯般地朝人群和瓜子儿跑去。

陈天涯也擦了擦眼泪，捡起刀姐的高跟鞋追上去。

山坡上的人太多太密集，刀姐挤不过去。她一边挤一边喊："让一让，让一让，我是李莉，我是刀姐，我是瓜子儿的大姨妈……"

刀姐的喊声被欢呼声淹没。群众过于兴奋，没有人注意她。

所有网民的眼泪与欢呼声齐飞。

瓜子儿最后选择宽恕，不但救了自己，也救了小光，这个结局完美得不能再完美了。

和决胜变异大老鼠、决胜蟹王相比，群众这次的情绪要复杂得多，因此他们对这次胜利也格外兴奋、激动。

是的，是胜利，是人性的胜利。

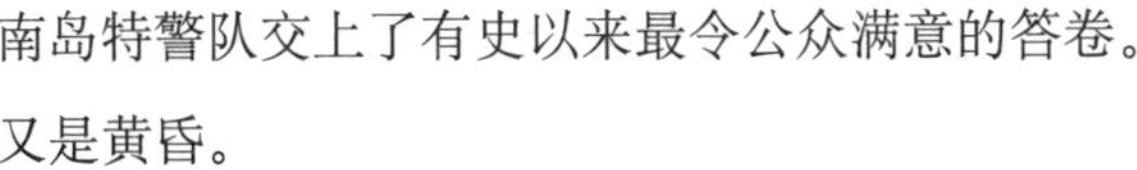

南岛特警队交上了有史以来最令公众满意的答卷。

又是黄昏。

血红的夕阳被残云撕裂，放射出万道红霞，把瓜子儿和小兮笼罩其中。

瓜子儿最后朝八架直升机叫了一声，在响彻山谷的欢呼声中，在战友们牵挂的目光中，驮着小兮奔向茂密的森林。

那个背影被制作成慢镜头，晚霞，矫健的瓜子儿驮着英姿飒爽的小兮，配上浑厚而悠扬的交响乐，在各个媒体反复播放，成为一代人无法抹去的童年记忆，成为无数年轻人辗转难眠的梦……

当欢呼声传来时，罗局长的泪水终于滑下脸庞，泪眼蒙眬地望着监控中心欣喜若狂的民警。大家跑过来，和罗局长紧紧拥抱。罗局长从来没见过他们如此兴奋过，即便在小兮一矛刺穿变异大老鼠的喉咙、一矛刺进蟹王口腔时，他们兴奋的程度也比现在差一公里。

这就是罗局长安排老队员执行此次任务的良苦用心，他怕新队员没有这种默契。

但即便如此，在最后一刻，他仍旧不敢确定所有队员都能领会他的意图。

“我们绝对不能忘记自己肩负的使命，必须无条件执行命令”这句话中，“绝对不能、无条件”是加重口气的，也是暗示。

只要开枪了，就执行了上级命令。开不开枪，是态度问题；能不能打中，是技术问题。肯定有几个人能听懂他的暗示，但想让执行任务的二十几名特警全部领会，太难了。

因为那个暗示太隐晦了。

他是公安局局长，在公众和公知的眼皮底下，他只能做到这种程度。

罗局长宣布射击时，几乎不抱任何希望。他的悲痛不是装出来的，是发自肺腑的悲痛。

让他没想到的是，二十几名特警全部把枪口偏离目标。

听到市委领导们的欢呼声从会议室里传来，苏劢终于睁开眼睛，目光落在手机上。他慢慢地打开手机，点开微信，删除朋友圈里那条“枪口抬高一厘米”的典故。

那个典故，讲的是柏林墙被推倒前，民主德国有几个人企图翻越柏林墙逃到联邦德国，结果被民主德国的卫兵射杀。几个月后，柏林墙被推倒，射杀逃跑之人的卫兵因为杀人被审判。卫兵的律师称，卫兵仅仅是执行上级的命令，他没有选择的权利，不应该获罪。而法官却提出，作为卫兵，不执行上级命令是违反纪律的，但打不准不违反纪律。

如果那名卫兵把枪口抬高一厘米，就能救下很多无辜之人的命。

罗局长在下达命令时，故意强调最后七个字，一字一顿地说“无条件执行命令”。苏劢听懂了罗局长的暗示。一年前的一次会议上，罗局长讲过那个典故，当时南山也参加了那

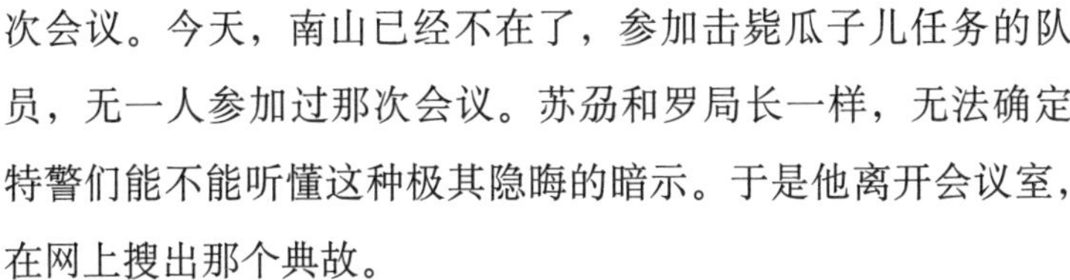

次会议。今天，南山已经不在了，参加击毙瓜子儿任务的队员，无一人参加过那次会议。苏劢和罗局长一样，无法确定特警们能不能听懂这种极其隐晦的暗示。于是他离开会议室，在网上搜出那个典故。

即便在最后一刻，苏劢也没有放弃瓜子儿，但他不确定特警们都能看到他在微信朋友圈转发的内容。

原本在这种情况下，特警是不可能看手机的，但每架直升机里的四五个手机同时“叮”地响了一声，肯定不正常。于是，二十几位特警一起看到了那个典故。

即便如此，他们仍旧不确定其他直升机里的特警是否也看到那个典故，是否能领会“枪口抬高一厘米”的含义。

只要有一个人没看到，或者看到没有领会，瓜子儿就难逃一死。

所以，在最后一刻，他们都在赌。

押上自己的仕途，赌人性。

因为谁也无法预料后果如何。

没有人能想到瓜子儿在最后一刻放过小光。如果小光因此丧命，南岛警方这次公然渎职的行为，会成为整个公安系统的反面教材，会遭到所有公知声讨。一旦小光死掉，除了参与行动的特警、罗局长之外，甚至连市委领导都要承担连带责任，不知道有多少人会因此下课。

因一次矿难导致省委领导下课的案例屡见不鲜。

谢天谢地谢人，他们赌赢了。

特警们不约而同地把枪口抬高了……或者偏离……不止一厘米。

照顾苏劢那名消防员高喊着跑出会议室，激动地向苏劢报告瓜子儿脱险的消息。

苏劢微微一笑："我们回医院，接着缝肚子。"

"你怎么出这么多汗，身上都湿透了。"消防员诧异地问。

苏劢一直沉浸在极度紧张的情绪中，浑身出大汗再正常不过了。

小光获救，南岛警方完全可以把"枪口抬高一厘米"说成是营救小光的策略。

不管你信不信，反正小光获救了。

这是一次完美的配合，一次只可意会不可言传的配合。

真的赌赢了吗？

他们高兴得太早了。随着一阵直升机发动机的轰鸣声传来，十架军方直升机已经追到伤心崖上方，几名狙击手已经朝森林里举起枪。

经过严格训练的他们，有把握一枪击毙瓜子儿，而且不会伤及瓜子儿背上的小兮。

特警的耳麦里传出罗局长铿锵有力的命令："保护瓜子儿！"

八架警用直升机忽然爬升，拦住十架军方直升机。警用直升机的大喇叭里传出温柔嘹亮的声音："人质已经获救！我们接到上级命令，保护瓜子儿和小兮。请你们立即停止追击，等待上级撤销击毙瓜子儿的命令。"

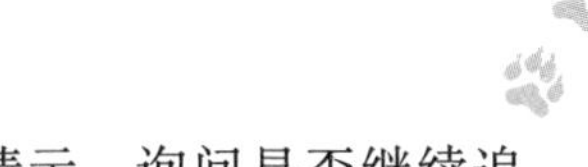

狙击手们放下枪。指挥官向上级请示，询问是否继续追击瓜子儿。

上级没有撤销命令。

欢呼的人群再次静下来，紧张地望着空中对峙的军警双方十八架直升机。

哪里又出了岔子？

难道南岛特警队和武警部队，要因为一只狗干起来？

小光已经安全，他们为什么还不肯放过瓜子儿？

各方在直播中展开激烈辩论，小光父母指责警方故意放水，要求他们必须击毙瓜子儿，确保儿子安全。

罗局长据理力争，警方已经成功营救出小光，瓜子儿已经放过小光，它已经原谅了小光，没有击毙它的理由。

秦律师自然要维护委托人的诉求，认为瓜子儿就是一个畜生，根本不会真正放过小光。他认为，瓜子儿只是仓促间来不及向小光下手，日后难保它不会卷土重来，再次把小光捉走，所以警方必须击毙瓜子儿，确保一劳永逸。

公知这次站在罗局长这边，认为当前已无击毙瓜子儿的必要。

在双方激烈的争论中，直播镜头频繁切换给小光，解说员也在不断提示各方，小光已经获救，并没有受伤。

军用直升机里终于传出指挥官的声音："我们接到上级最新指示，撤销击毙瓜子儿的命令，和南岛警方一起护送瓜子儿和小兮回家。"

温柔回答："谢谢各位军爷，护送瓜子儿和小兮回家的事儿，就不麻烦你们了，会让他们误以为你们在追杀的。"

指挥官请示上级后，命令所有军方直升机掉头返航。

事情到这里，本该画上一个圆满的句号了。

瓜子儿获救，小光获救，皆大欢喜。

然而，这只是一个省略号……

尽管上级已经撤销击毙瓜子儿的命令，但小光的父母仍然要求击毙瓜子儿，否则他们的儿子就不会安全。

在小光父母的一片聒噪中，画面中插入一声佛号："阿弥陀佛。"

伤心崖上有很多记者，明尘师父主动要求对小光父母说几句话，摄像记者便把摄像机对准她。

"种什么因得什么果，瓜子儿已经宽恕小光，这段因果可以告一段落了，也希望两位施主宽恕瓜子儿，以免种下新的恶因，产生新的恶果。"

明尘师父毕竟是大学生，对佛法领悟得还是很快的。这段话，如果出自其他出家人的口中，小光的父母八成也就听了，偏偏这位明尘师父，他们太熟悉了。

"滚一边儿去吧，假秃驴，当我不知道你是啥变的啊？"李师傅毫不客气地痛斥明尘师父，"你这种忘恩负义的人，也配出来教育我们？哪儿凉快哪儿待着去吧！"

明尘师父没有生气，微笑着对着摄像机说："正因为我为自己种下的恶因付出了惨重的代价，才希望你们不要重蹈我

的覆辙。”

小光父母不再搭理明尘师父，继续逼迫警方击毙瓜子儿，确保他们的儿子永远安全。

教授给出一个建议，如果他们担心瓜子儿还会找小光复仇，让小光离开南岛即可。

“我儿子在南岛出生在南岛长大，凭什么让他离开南岛？”李师傅扯着脖子喊，“我儿子招谁惹谁了？”

话一出口，李师傅就后悔了，“招谁惹谁了”是他的口头禅，话赶话赶出来的，毫无逻辑，说出来等于给自己挖坑。果然，他的这个大破绽被教授抓住了。

教授好不容易抓住一次改变自己形象的机会，岂能放过？于是他大声说：“全世界的人都知道，他招惹瓜子儿了！”

此话一出，教授立刻看到自家祖坟上方的黑烟越来越淡。他乘胜追击，想彻底吹散那股黑烟：“别忘了，是小光虐待瓜子儿在先，其行为令人发指！”

秦律师一直盯着屏幕，预感到情况不妙，悄声对小光父母说：“你们不要再坚持了，小光现在的处境不太好。”

他提醒晚了。

网民彻底愤怒了。

那个人渣已经得救了，他们还不依不饶地要击毙瓜子儿，这种父母忒恶毒了，忒自私了，怪不得教育出如此变态的儿子。

网民愤怒倒不可怕，最多隔着屏幕恶毒地问候小光的祖宗十八代。可是，小光身边的人也愤怒了……

成晶等人本来就一直想把小光从悬崖上推下去，消除社会负担。

伤心崖和山坡上的群众见军方直升机迟迟不走，都焦急地想知道到底发生了什么变故。他们停止欢呼，纷纷拿出手机看直播视频。

李师傅那句“招谁惹谁了”，彻底激怒了他们。教授那句“别忘了，是小光虐待瓜子儿在先，其行为令人发指”，点燃了他们压抑在心中多时的怒火。

他们瞬间想起了身边的小光。

“打死这个变态杂种！”

一呼百应，成晶等人一拥而上，要打死小光。

明尘师父伸展双臂，用身体护住小光：“阿弥陀佛，各位施主不要冲动。”

如果换作别的尼姑，估计能阻止众人。熟悉谭香黑历史的他们，和小光父母一样，只把她当作光头的谭香。

成晶一把拉开明尘师父，众人上前就要揍小光。

“都别动！”胡言大喊一声，率领五名刑警从山坡上冲下来，拦住冲向小光的人。

在秦律师和公知们纷纷要求拘捕刀姐的同时，胡言和陈少南等人追上去，阻止刀姐的“犯罪行为”。他们到现场并没有找到刀姐，就想把小光带回去。

他们刚走下山坡，群众就被小光父母的言行激怒了，要对小光施暴。他们担心事情闹大，无法收拾，赶紧阻止愤怒

的人群。

五名刑警虽然拦住成晶等人，但没能拦住从山坡上冲下来的人群。

愤怒的人群排山倒海般冲破民警的警戒线，洪流一般扑过来。

李师傅和张老师悔青了两根肠子，后悔没听明尘师父的话，不知所措地望着冲下山坡的愤怒人流。

罗局长急忙命令特警：“特警队把小光带上直升机，立刻返回，防止造成不必要的伤亡！”

军方直升机离开后，八架警用直升机飞向森林寻找瓜子儿和小兮。他们已经飞出几公里，听到命令后急忙掉头返航。

小光吓坏了。密密麻麻的人从山坡上黑压压地冲下来，这么大阵势，他只在好莱坞大片或者八一电影制片厂拍摄的战争电影里见过。他战战兢兢地缩在明尘师父和五名民警中间，祈祷他们能挡住愤怒的洪流。

胡言也没见过这种场面，面对排山倒海、雪崩一样的愤怒人群，五名刑警根本挡不住。

胡言拔出手枪，推弹上膛，朝天“砰砰”开了三枪。

没用。

山坡很陡，有些人是滑下来的，根本停不下来。

眼看人群汹涌而至，小光吓坏了，忽然推开一直保护他的明尘师父，往山坡下逃去。

这货……这货竟然把明尘师父推下山坡。明尘师父是第一个站出来保护他的，一直和五名刑警把他围在中间。她本来就站在斜坡上，被小光一推，立足不稳，便从山坡上滚下去。

明尘师父现在是佛祖的人，他的孽可造大了。

报应来得太快，令小光来不及防备。他本来就受了很重的伤，现在又仓皇而逃，脚软无力，没跑出两步，就跌倒在地，朝悬崖边滚去。

胡语和万岁目送小光撞在一块山石上，溅起一团血花。

小光的位置距离悬崖边还有五六十米，中间遍布各种大大小小的山石。他翻滚的姿势不标准，脑袋撞到一块凸起的山石上，顿时血花飞溅。

这时山坡上已经躺着十几个人，包括明尘师父，还有源源不断地从上面滚下来的人。胡语和万岁也被后面滚下来的人撞倒，也滚下山坡。

胡言等人本想阻拦群众殴打小光，现在却变成阻拦群众往下滚，但随着滚下来的人越来越多，五名刑警也先后被撞下去。

还好，伤心崖上方有一块篮球场大小的平地，这些人不至于滚下悬崖。

直升机赶到，二十余名特警陆续顺着绳索降落在伤心崖上，但是，场面太壮观了，他们根本阻止不了。

事后统计，这次从山坡上一共滚下来一百零八位群众，不知道和水泊梁山之间有啥玄机，总共摔断十八条腿，二十条胳膊，三十四根肋骨，但没有一个人有生命危险。

包括明尘师父，也只是受点儿皮外轻伤，头上划出几道口子。

唯独小光，一动不动了。

小光已经被瓜子儿叼着跑了三天三夜，刚才又被小兮打够呛，还被瓜子儿摔了一下，能活到现在已经是奇迹了。

胡言探探小光的鼻息，呼吸极其微弱。

陈少南急忙叫来医护人员。几名医生嘁里咔嚓一通操作，忙活了半个小时，终于还是把小光送走了。

明尘师父盘腿坐在小光身边念经，刚开始是祈祷佛祖保佑小光，佛祖说，“你甭管了，我带走好好教育教育”。

佛祖一口京片子味儿。

于是，明尘师父又改作为小光超度。

帅哥小光停止呼吸，撒手西去，众望所归。

第五十八章　恐怖山洞

小光为自己的变态行为付出了惨重的代价。所以，那些虐待动物的人，要好好想一想，种了那样的因，必然会收获那样的奇葩果。

小光死了，再也没有击毙瓜子儿的必要了。

尴尬的是，没有人为小光的死承担责任，你说气不气人？

成晶等人虽然叫嚣着要打死小光，但被胡言等刑警拦住，他们连小光的汗毛都没碰着。

从山坡上冲下来的那些人应该为小光的死负责，虽然他们也没有碰到小光的汗毛，但他们导致小光放弃警察的保护，滚下山坡，没滚好，摔死了。但是，从山坡上冲下来的人，不是一两个，而是数百个，谁是直接责任人呢？法不责众，所以，也就没有人承担责任。

除了刀姐。

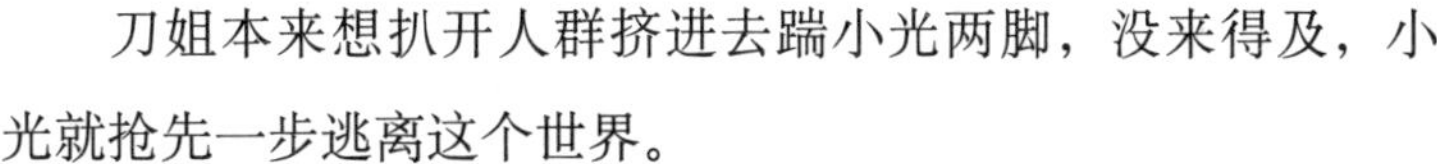

刀姐本来想扒开人群挤进去踹小光两脚，没来得及，小光就抢先一步逃离这个世界。

秦律师认为，刀姐煽动群众的情绪。才导致小光遇难。群众却纷纷表示，他们的情绪，是被小光父母和秦律师煽动起来的。

刀姐的确有煽动群众情绪的行为。她虽然不用为小光的死负责，但要为煽动群众情绪的行为负责。按照治安管理处罚法，本应处以十到十五天以下拘留，警方却象征性地让她在拘留所里待了一天，还把很多对她的采访安排在这里，甚至没耽误她晚上回豁子坟别墅和陈天涯缠绵。

是的，就是在这天晚上，刀姐和陈天涯缠绵了。

刀姐起初不愿意和陈天涯缠绵，斥责他不应该对小兮的闺蜜下手。他不得已说出真相，刀姐石化了。

逛一逛国际旅游集团公司的股票涨停，红中生物股票涨停。逛一逛国际旅游集团公司在这次危机中表现出来的担当精神，得到广大股民赞赏。红中生物沉冤昭雪，股票报复性上涨。

总体上来说，都很圆满。

尘埃落定。小光死了，悬在瓜子儿头顶上的达摩克利斯之剑终于消失了。罗局长急忙联系小兮，让她带瓜子儿归队。

不料——

小兮和瓜子儿失踪了。

小兮貌似失踪了，用对讲机呼叫不回，打手机不接。

温柔给小兮发微信，告诉她小光死了，瓜子儿彻底安全了，可以踏实回家了。按理说，小兮听到这样的消息，应该不会怕警方找到她，立刻和警方会合才对。

但是，小兮彻底失联了。

罗局长责令特警队进山搜索。瓜子儿身上粘着跟踪器，小兮携带手机，通过定位技术找到他们并不难。

特警们在距离伤心崖三十公里的森林里找到了跟踪器。跟踪器粘在一棵大树上；他们循着脚印往前搜索五十米，又发现了小兮的手机；再往前走一百米，看到了小兮的对讲机。

什么情况？小兮和瓜子儿遇险了？

夜幕降临，特警们的搜索难度加大。八架直升机并排向前推进，横向视野达到十公里。但是，他们辛苦搜索一夜，也没有发现小兮和瓜子儿的任何线索。

第二天，罗局长又调动上千名警力进入展翅山，展开地毯式搜查，同时请求当地武警部队增援。双方共出动三十多架直升机，从巨龙山脉的龙头搜到龙尾，仍旧没有发现任何线索。

数百位记者守在山下的指挥中心，等着采访、拍摄归来的小兮和瓜子儿。瓜子儿和小兮迟迟未归，网上再度炸窝。

小兮、瓜子儿在深山里失踪了一天一夜，让广大“西瓜粉”很难淡定。

粉丝的力量有多大？根本用不着这么狂热的“西瓜粉”，随随便便一个“小鲜肉”“小鲜花”在大山里失踪了，都会引

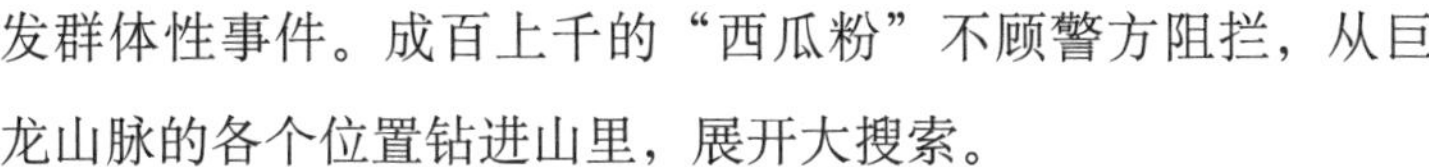

发群体性事件。成百上千的“西瓜粉”不顾警方阻拦，从巨龙山脉的各个位置钻进山里，展开大搜索。

巨龙山脉绵延几百里，最窄的地方也有几十公里，警方根本防不胜防。

在这么大的山里想要找到一人一狗，如同大海捞针。

一种不祥的预感爬上罗局长的心头。

自从小兮失联，这种不祥的预感就时隐时现。随着时间推移，这种感觉越来越清晰。一夜一天搜索无果后，他几乎肯定了自己的这种推测。

小兮和瓜子儿已陷入极度危险之中。

别了，苏劢。

别了，刀姐。

别了，罗局长、温柔、文丽、李国根、李刚强、时间、郑中天……

别了，神獒特警队。

别了，我的豁子坟大别墅，亿万身家……

小兮主动揭下瓜子儿身上的跟踪器，扔掉手机和对讲机。

她不是怕警方和军方继续追杀瓜子儿，她看到了温柔发来的微信。

她现在只有一个念头，和瓜子儿一起远离人类社会。

三天前，她就产生了这种念头。她不得不带领瓜子儿剿杀蟹王时，她的心就已经凉了。她对这个社会失望至极。身体状况极其糟糕的瓜子儿，被公众逼上战场，去面对它根本不可能战胜的对手。

一些人只想娱乐至死，根本不顾及别人的死活。

毫无疑问，如果再次出现相同的情况，公众仍旧会像那次一样，把瓜子儿逼上战场，以此打发他们难以消磨的寂寞。那次瓜子儿侥幸取胜，下次它还能这么幸运吗？

好运气，也是有限的。

尤其龙山市民对待四位为了保卫他们的安全、英勇牺牲的战友的态度，更让小兮心凉到底。回到南岛，她看到夹道欢迎的市民面对四位烈士的遗体，没有一丝悲悯，而是大声欢呼。她的心彻底凉透了。

虽然三天里公众给予小兮和瓜子儿无限支持，按理说，她应该感激他们，但是，感激归感激，心凉归心凉。为了瓜子儿的安全，她必须选择离开，否则瓜子儿很可能会成为市民下一个欢呼的对象。

舆论是天使，也是魔鬼，能救瓜子儿，也能杀瓜子儿。自从瓜子儿变异后，她就无法左右瓜子儿的命运，包括她自己的命运。南岛警方、南岛市委也左右不了。以前是这样，以后更是这样，谁知道以后还会出现什么奇葩的人、奇葩的事儿？

小兮累了。她想和瓜子儿回归大自然，像小龙女和杨过一样，从此躲开人世间的是是非非，在一个永远不会被人找到的山谷里，和瓜子儿做一对神仙眷侣。

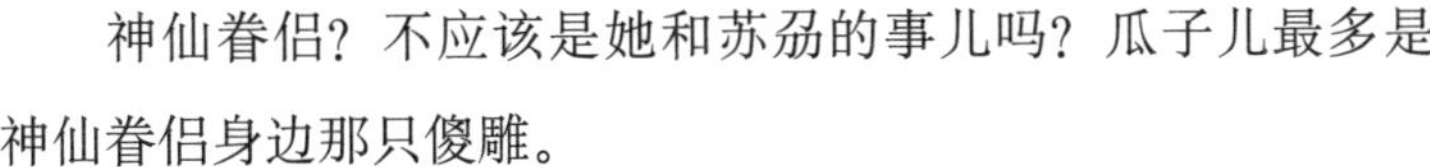

神仙眷侣？不应该是她和苏劦的事儿吗？瓜子儿最多是神仙眷侣身边那只傻雕。

虽然刀姐已经退出了，陈天涯已经默契地靠近刀姐，她和苏劦可以顺其自然地缓步前行，但是……

瓜子儿这一关怎么过？

总能想出办法的。但是，小兮不愿想了，她累了。

惹不起就退出吧，人类世界太复杂。

小兮扔掉所有可能找到她的现代化通信设备，骑着瓜子儿一直朝大山深处走，也不知道翻过多少座山，越过多少道岭。

展翅山是巨龙山脉的龙头，瓜子儿驮着小兮穿过龙头、龙颈，跑出南岛市的管辖范围，跨过省界。

他们越往前走，越是人迹罕至，道路越来越崎岖陡峭。

其实，前方根本没有路，有路他们也不敢走，他们走的全是只属于他们的路。

小兮不能再骑着瓜子儿了，要和瓜子儿一起爬山。在特警队接受的体能训练，帮了她的大忙，再加上做导游时攒下的底子，她和瓜子儿一口气攀爬一个小时，都没觉得累。

山路陡峭还好说，就是比较耗体力，穿行荆棘密布的灌木丛就十分讨厌了。尽管小兮穿着防刺服，脸上仍旧被那些带刺的枝枝杈杈划破。

小兮虽然扔掉手机、对讲机和跟踪器，但依然带着警用手电、匕首、旋矛等装备，她觉得这些装备对于野外生存有帮助。

她左手持旋矛，右手拿匕首，一路披荆斩棘，穿过三公里的荆棘丛，累得两条胳膊都快抬不起来了，瘫在阿哥岭的山坳里。

巨龙山脉里散布着大大小小五片原始森林。最大那片叫隐仙湖，方圆百公里。最小那片方圆十几公里。阿哥岭是距离南岛市最近的原始森林，方圆三十多公里。

瓜子儿也走不动了。一个人、一只狗瘫倒在草地上。瓜子儿急促地喘气，小兮喘气的节奏都被它带乱了。

“瓜子儿，以后就咱俩过日子了。”

小兮仰望夜空，还有一丝伤感。今天是农历十五，月光皎洁。山里空气好，能见度很高。阿哥岭见到的月亮，要比南岛市区见到的月亮更亮、更透彻，能清晰地看到吴刚还在砍树。千百年来，他不知道疲倦或者乏味。

亿万年来，月亮一直周而复始地围绕地球旋转，不知道她旁观多少代人的悲欢离合。不过，这么大的狗，她肯定第一次看见。她之前见过的恐龙，已经是六千五百万年前的事儿了。

人的一生如此短暂。而狗，更短，只有十几年而已。

两串泪珠从小兮眼角滑下，掉进耳朵里。南山、罗千雅、方尔镇和靳南的葬礼，应该在两天后举行，她却不能送他们最后一程，很遗憾。

瓜子儿仿佛能感觉到小兮的伤感，用脑袋摩擦她，两个大眼睛冲她眨呀眨，让她不要伤心。

小兮环顾四周，发现五十米外有个山洞，洞口和龙山体

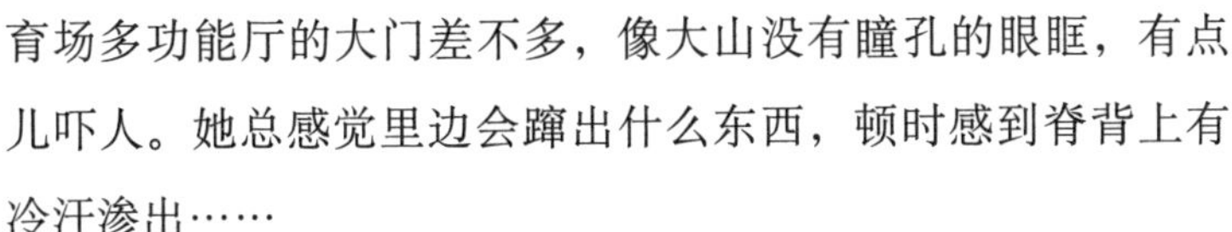

育场多功能厅的大门差不多，像大山没有瞳孔的眼眶，有点儿吓人。她总感觉里边会蹿出什么东西，顿时感到脊背上有冷汗渗出……

里面住着野兽的可能性很大。这里是原始森林，传说当年有一位新婚不久的阿哥来到这里打猎，就没有回去，从此这里才更名为阿哥岭。

小兮带瓜子儿回归大自然是临时起意，并没有做好周详的计划，对即将面临的凶险完全没有任何准备。从繁华的城市进入远离人类的原始森林，转变太快，她心里忽然产生各种后怕。

做出这个决定，是不是太仓促了？买件衣服还得合计半天呢。跑到深山老林中来，只要脑袋没被开水煮熟，至少得准备点儿野外生存工具吧？想想吃什么、喝什么、生病怎么办吧？

还有，自己真具备野外生存的能力吗？一个山洞就把自己吓得屁滚尿流，原始森林深处肯定还有更多难以预料的恐怖、凶险候着呢。

小兮越想越害怕，不只是山洞，月光在山坳里投下无数诡异的斑驳阴影，都让她感觉无比恐怖。

她正想带瓜子儿离开，换个柔和一点儿的地方休息，忽然被夜空中无数闪烁的流星吸引了。

今夜有流星雨吗？

不对，流星雨没有这么亮、这么散乱。

小兮看清楚了，那是十几个探照灯，横七竖八地在大山上方来回摇曳，像迪厅里的激光灯一样，八架直升机在空中一字排开，缓缓飞来。

战友在寻找她。

她知道，直升机配备高倍夜视镜和灵敏的夜成像仪，她站在野外，很难躲过那些高科技产品。

她环顾四周，只有那个恐怖的山洞可以藏身。

来不及多想，小兮拉着瓜子儿朝山洞跑去，边跑边不住地低声祈祷 ："阿弥陀佛，佛祖保佑，里面千万别有不干净的东西……"

来到洞口，小兮拿出警用手电筒，摁下开关，一束强光射进山洞——

上千只眼睛在洞里盯着她。

小兮感到头皮阵阵发麻，浑身像触电一样。

上千只眼睛忽然密密麻麻地朝她扑过来，她顿感裤裆里热乎乎一片，真吓尿了。

小兮扭头要跑，脚下却被一块石头绊住，扑倒在瓜子儿爪下。

瓜子儿也被扑面而来的上千只蝙蝠吓了一跳，伸出爪子抄起小兮，倒退三步，本能地"汪"了一声。

这一声"汪"，把小兮的理智瞬间抓回来，急忙朝直升机方向看了看。直升机因为处于搜索状态，飞得比较慢，距此还有一段距离，不知道他们听没听到瓜子儿的叫声。

小兮内心非常纠结，没有金刚钻，就别揽这个瓷器活儿了。大自然虽然有可爱的一面，但也有恐怖的一面。刚到这儿，就把她吓尿了，接下来还不得吓出屎来啊？

就这么灰溜溜地回去，是不是太丢人了？虽然她跟谁都没说自己要隐居深山，但是老天爷知道，自己的良心会痛的。

不就是蝙蝠嘛，已经飞出去了，自己身边还有大狗呢，怕啥？

小兮鼓起勇气朝洞口走了两步，继续向里面照射、观察。

山洞在纵深十米处拐弯了，判断不出下面到底有多深。四壁上的岩石极不规则，每个角落都透着阴森恐怖。尤其拐弯儿里面那部分，神秘莫测，根本无法判断，她实在不敢往里走了。

直升机越来越近，瓜子儿抬头朝直升机张望。它对这些直升机和直升机上的人都很熟悉，想和他们打招呼。

小兮发觉瓜子儿的意图后，急忙蹦起来用双手捂住它的嘴，不住地对它“嘘嘘”。

“哗哗……”瓜子儿也尿了。

小兮发出的“嘘嘘”声太连贯了，瓜子儿本能地以为主人让它撒尿。

一边是苦心寻找她的队友，一边是神秘莫测的恐怖山洞。

是进还是退？是继续凶险的大自然之旅，还是回到豁子坟豪华大别墅？

如果决定回去，现在她只需把手电筒往地上一戳，战友们就会顺着光柱爬下来，把她和瓜子儿接走。

小兮还没想好，便关掉手电筒，以免暴露她和瓜子儿。

直升机探照灯的光束已经掠过山顶，朝山坳里照过来。小兮在这一刹那，做出决定，拉着瓜子儿走进山洞。

一束探照灯光掠过洞口。

险险地掠过去。

接着又掠回来。

直升机在山洞上方停下来，探照灯往洞口照了十秒钟，又飞走了。

小兮松了一口气，左手不由自主地扶住一侧石壁。

石壁很凉，有点儿湿滑，有点儿柔软。

柔软？

小兮感觉到柔软，左手立刻像触电似的缩回来。接着，她觉得身子一紧，被捆上了。

蛇！肯定是蛇！

小兮和绝大多数女孩子一样，在所有已知的动物里，最怕蛇。别看她已经见过那么多可怕的变异动物，还亲手杀死变异大老鼠和蟹王，但在蛇面前，她毫无免疫力。

小兮魂飞天外，无底线地尖叫起来："瓜子儿！"

瓜子儿已经从小兮的惨叫声中判断出情况不妙，嗅出小兮身体里散发出的恐惧，还闻到一股腥味儿，但它无法判断出小兮到底遇到了什么危险。山洞里一片漆黑，它不敢贸然下嘴，怕误伤小兮。

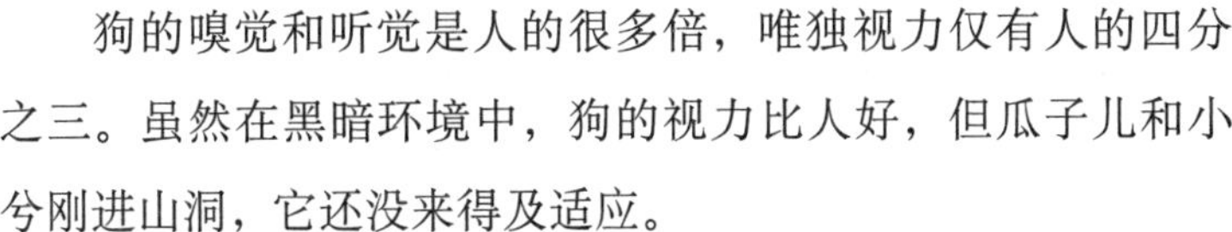

狗的嗅觉和听觉是人的很多倍，唯独视力仅有人的四分之三。虽然在黑暗环境中，狗的视力比人好，但瓜子儿和小兮刚进山洞，它还没来得及适应。

“啪”的一声，小兮再次打开手电筒。

看清之后，她几乎晕厥过去。

不是蛇。

是蟒。

不但是蟒，还是蟒中的战斗蟒——网纹蟒。网纹蟒，也叫霸王蟒，已经濒临灭绝，不知道这里为什么藏着一条。

现在，小兮后悔到心脏失重。如果可以，她宁可不惜一切代价，把时间往回拨三十秒，会在洞外用手电筒光束拼命地呼救，顺着光束爬上直升机。

这条六七米长的巨蟒，比小兮的腰还粗。它把小兮缠了两圈，脑袋和小兮的脸相距不到三十厘米，吐着芯子，张开血盆大口。

这是纯正的“血盆大口”。巨蟒张开的嘴，足有一个脸盆大小，满嘴尖利的牙齿清晰可见，白森森的，十分恐怖，朝小兮面门咬过来——

这条蟒能轻松吞下一只羊，稍费点儿力就能吞下一头猪，再加把劲儿就能吞下一头牛。

巨蟒一口就把小兮的脑袋吞进口腔里，闪电一般快。瓜子儿还没看清楚，也没反应过来，小兮就进去了。

“啥玩意？你把我的小兮吞进去了？变异大老鼠没做到，

蟹王也没做到，你是什么东西，竟敢把我的小兮一口吞进肚子里？”瓜子儿愤怒了，猛扑过去。

它扑空了，一头撞到石壁上，眼前立刻星光灿烂。

瓜子儿摇摇晃晃站起来几次，又跌倒了。

巨蟒吞下小兮时，昂着头，保持和小兮差不多的高度，现在已经全部躺在地上。

在瓜子儿不断跌倒爬起的过程中，巨蟒又疯狂地吞咽几次，停留在口腔里的小兮只剩下两只脚了。

如果是一头牛或者一头猪，巨蟒至少得一个小时才能咽下去。牛和猪的身体太粗大了，吞下去之后巨蟒就没有战斗力了。就算是一只羊，它也得吞半小时，羊支腿拉胯的，头上还有角，又蹬又踹的，不好整。

小兮比羊细，比猪更细，比牛……就别比牛了。

小兮身材苗条，粗细适中，也没有挣扎，几十秒钟就被巨蟒轻松吞下去了。

瓜子儿逐渐恢复神志，看到一丝幽暗的光在巨蟒肚子里不断朝前移动，判断出那是小兮的手电筒发出的光。那个部位它不敢下嘴，如果咬错位置，就把小兮咬死了。

瓜子儿逐渐适应了洞里的黑暗，一口咬住巨蟒的尾部，把它拖出山洞。洞外月光皎洁，它就知道往哪儿咬了。

瓜子儿错了，在洞外它也占不到便宜。小兮这么细长的食物进入巨蟒体内后，甚至都不会影响巨蟒的身材，对行动更没有影响。巨蟒被瓜子儿拖行过程中，扭过头来缠住瓜子

儿，一口咬住它的肩膀。

瓜子儿身穿防刺服，巨蟒虽然牢牢地咬住它，却咬不透。

瓜子儿放弃巨蟒的尾巴，一口咬住巨蟒头部下面的部位，那里正是巨蟒的“七寸”，以瓜子儿现在的咬合力，能轻松咬断巨蟒。即便咬不断，这一口下去，巨蟒也得挂了。

巨蟒没挂。

瓜子儿要挂了。

网纹蟒号称世界上绞杀力最强的蟒蛇。瓜子儿从来没见过这样强大的对手。它庞大的身体被巨蟒缠住，勒得它几乎窒息，完全发不出力，四肢毫无章法地乱抓乱蹬。

瓜子儿眼前刚才消失的金星，又被巨蟒勒出来，嘴巴已经无力咬合，只好松开巨蟒。

瓜子儿虽然身经百战，连蟹王那样超级强大的对手都能靠智慧搞定，但它对蟒蛇却全不了解，仅在北湾村养殖场见过一个类似的大泥鳅。它以为巨蟒也会用嘴作战，不料这货的拿手绝技竟然是缠。

以瓜子儿的知识量，想破狗头也想不出巨蟒会这招，一交手就被巨蟒死死缠住了。

不出意外的话，瓜子儿恐怕就要驮着小兮去西天取经了。

意外来了。

就在瓜子儿被勒得脸红脖子粗、灵魂已经出窍时，缠绕它胸部位置的巨蟒肚子忽然射出一枚暗器——

一道寒光直奔瓜子儿面门而来，刺中它的咽喉。

是小兮的旋矛。

小兮在巨蟒肚子里刺出一矛。

这不是乌龙了吗？

以巨蟒的猎食习惯，一般先把猎物勒死才吞下去。这是蛇类祖先亿万年前就总结出来的经验，晚辈一般都不会违背。但巨蟒今天一下子见到两个猎物，便打算先吞下瘦小的小兮，然后再勒死硕大的瓜子儿。

铁扇公主把一个活猴吞进肚子里，你看看她被折腾的惨样。

巨蟒肚子里的这个“猴”终于反应过来了。

小兮进入巨蟒肚子后反倒冷静下来。既然都进来了，还有啥紧张的，最恐怖的那一刻已经过去了。她一只手摸到腰间的警棍，摁了一下警棍上的按钮，旋矛“噌”地蹿出来，刺破巨蟒的肚皮，刺中瓜子儿的咽喉。

瓜子儿没有被一矛封喉，它的钢脖套挡住矛头。

巨蟒肚子被刺破，剧烈的疼痛降低了它的绞杀力。瓜子儿终于松口气，但仍旧无法摆脱巨蟒。

旋矛杆是圆的，没法把巨蟒的肚子割开。巨蟒的肚子里几乎没有氧气，小兮快要窒息了。她憋住最后一口气，奋力把腿蜷起来，右手使劲往下探，抽出作战靴里的匕首，收回手臂，在自己面部位置扎出去，再朝下用力一划，割开一个口子。

小兮急忙把脑袋伸出去，一股新鲜空气扑面而来。

瓜子儿已经处在濒死状态，一眼看到巨蟒肚子里钻出一个黏糊糊的脑袋，差点儿笑怀孕——二货，你出生了？

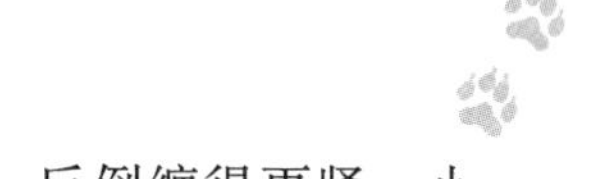

这次疼痛没有使巨蟒再降低绞杀力，反倒缠得更紧。小兮一只手握着匕首，一只手伸到巨蟒体外，摁住刀背，大喝一声，把巨蟒肚皮劐开一米多。

小兮终于爬出来了。

被剖腹的巨蟒终于松开瓜子儿，再次张开大嘴，朝小兮咬来。眼看小兮要被二次吞噬，巨蟒嘴边忽然闪出一串耀眼的贼光，伴随着一串“啪啪”的电击声，巨蟒浑身战抖一下，“嗖”地一下退出三米多。

特警的手电筒不但能照明，还有电击功能，能轻松击倒五大三粗的壮汉。小兮在巨蟒肚子里就想电击它，那时她和巨蟒融为一体，万一电不晕巨蟒，还得把自己电晕了。

幸亏小兮没有那么做，否则她真会胎死腹中，连翻盘的机会都没有。

手电筒的功率虽然能电晕壮汉，但对巨蟒却显得弱了点儿。巨蟒没被电晕，退出三米后，再次昂起脑袋，又发动攻击。

巨蟒的肚子被劐开一米多长的大口子，竟然没有丧失斗志。

“瓜子儿，你还行吗？”小兮看了一眼瓜子儿。

瓜子儿正躺在地上“哈哈”地喘气，神志还在阿哥岭上空飘摇、看风景。

小兮把匕首插回作战靴，把手电筒塞回腰里，脚尖一挑，五米长的旋矛便飞到手中。她把长矛一挥，矛头直指巨蟒。

别管能不能打得过，先扮酷五秒钟，可惜此时没有摄像机。

一寸长，一寸强。有五米长的旋矛，小兮就放弃手电筒。

“七寸，七寸，七寸……”小兮一边嘀咕一边寻找巨蟒的七寸。

七寸只是一个概念。蟒的长度不同，七寸的位置也不一样。巨蟒再度缓慢地朝小兮移过来。她决定主动出击，朝它头部下方一米左右的部位刺过去。

这条巨蟒六七米长，小兮估计它头部下方一米的部位就是七寸，于是猛下杀手！

没想到……

受伤的巨蟒移动速度依旧奇快。矛头即将刺到时，它忽然扭转身子，躲过矛头，同时用身体卷住矛杆。

长矛脱手而出，飞出几十米。

小兮傻眼了，只好再次抽出匕首。

巨蟒忽然张开大嘴蹿过来，令小兮猝不及防。

小兮双手握住匕首，朝巨蟒的血盆大嘴迎上去。在距离巨蟒还有一米时，她忽然双膝着地，给巨蟒跪下了。

小兮双膝跪地，身体后仰，双手举起匕首，刀尖朝上——

巨蟒一口咬空，但从下颚到脖子下方，被小兮用匕首划开一尺多长的口子。

小兮知道自己力弱，所以双手握住刀柄。这次刺得比较深，整个刀身全部没入巨蟒身体里。

这次该到位了吧？脖子都被劐开了，巨蟒还能战斗吗？

还能。

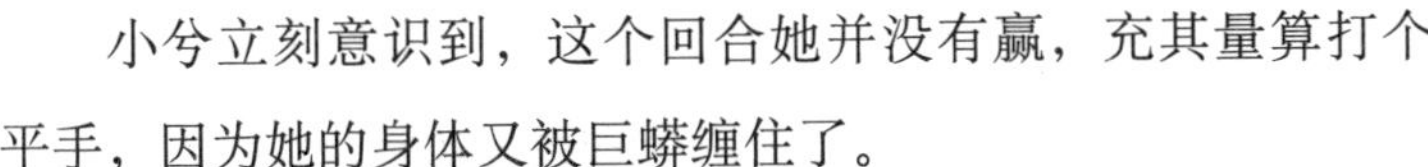

小兮立刻意识到，这个回合她并没有赢，充其量算打个平手，因为她的身体又被巨蟒缠住了。

巨蟒的脖子虽然被劐开，但仍旧没有失去猎食意志。

巨蟒的绞杀力太强大了，小兮觉得自己都快被勒出屎了。

屎没有勒出来，“扑”，小兮放了一个屁。

巨蟒不乐意了：“你严肃点儿，咱们打仗呢！”

小兮双手再次握住匕首，一刀扎进巨蟒身体里，奋力朝左边划，来了环切。

巨蟒左半身被切开，小兮觉得胸前陡然一松，急忙脱离巨蟒的身子，又把匕首插进巨蟒身体，朝上方划出一米左右，和第一次划开的刀口会合。

匕首划到巨蟒的骨头，卡住了。

巨蟒确实是坚强战士，至此，它仍旧没有放弃战斗，扭身甩开小兮，再次缠过来。

小兮不敢使用电击，怕电晕自己，想去捡旋矛，可惜离得太远，几次都没得逞。

一番辗转腾挪，她又被巨蟒缠住。

小兮身上唯一能用的武器只有牙齿了，要想咬死巨蟒，难度还是蛮大的。

就在这时，小兮看到一个跳动的东西。

在绞杀小兮的过程中，巨蟒缓缓转动，豁开的肚子裂开了，小兮看到肚皮里有颗心脏在跳动。

这难道就是传说中的七寸？

第五十九章　请叫我兮爷

小兮看到巨蟒的心脏，如果把它暴力摘出，巨蟒就挂了。但是，她距离那颗心脏还有一米远，而且身子仍被巨蟒缠着。

她奋力挣扎，只挣出三寸。

还能挣出三寸？

小兮看出端倪。她浑身沾满巨蟒体内的黏液，黏液起到润滑作用，以致她浑身滑溜溜的。于是，她双手摁住巨蟒，不断扭动，以在迪厅里蹦迪的动作，奋力将腰部以下的躯体朝外挣。

腰出来了。

臀部也出来了。

臀部出来就好办了，越往下越细。

小兮费了九牛二虎之力，才挣脱巨蟒，朝那颗心脏扑过去。眼见一把就能抓住那颗跳动的心脏，没想到，她的双腿

再次被巨蟒缠住，“啪”的一声平摔在地。

不等巨蟒把她的双腿完全缠住，她就地一滚，双腿便脱离巨蟒，一个鲤鱼打挺，凌空翻起来。

没错，就是鲤鱼打挺，标准的传武动作，完成得十分完美。传武实不实用另说，但要论动作的漂亮，还是毫无争议的。

小兮纵身扑向那颗心。

巨蟒预感到不妙，脑袋摇摆过来，猛地朝小兮后脑咬下来。

同时，小兮一把抓住巨蟒的心脏。

就差百分之一秒，巨蟒一口咬下来，小兮闪过去，把那颗心摘下来。

巨蟒的大嘴咬在自己的身上。

小兮暗自庆幸，虽然巨蟒的下巴已经豁开，但咬合力依然不可小觑，数颗尖利的牙齿切入它的体内，最外侧那颗牙，距离她的脸不到一寸，在惨白的月光照耀下，显得格外瘆人。

失去心脏的巨蟒，疯狂地扭动身子。五分钟后，它像一堆乱麻一样，瘫在地上不动了。

徒手干掉一条巨蟒，恐怕连小兮的师父李刚强、时间、文丽、女汉子温柔都无法做到吧?

小兮做到了。

一个少女——说熟女更合适点儿，伫立在月光下的阿哥岭上，高举一颗保龄球大小的蟒心，威风凛凛地仰视夜空，冲着月亮长啸一声——

“牛 × ！”

小兮使用胸腹式呼吸法，长啸之声响彻夜空，阿哥岭群山中回荡着最后那个字。

然后，她软软地躺在地上，呈“大”字形。

想当年武松赤手空拳打死一只老虎，如今小兮赤手空拳干掉一条巨蟒，两者谁更勇猛？

武松是孔武有力的山东硬汉，小兮可是柔弱的江南水乡软妹子。

武松从小练武，小兮从小习文。

问天下谁是英雄？

瓜子儿终于恢复神志，一步步走到小兮身边，看了看小兮，又看了看巨蟒，有点儿难以置信，开始碎碎念：

“你干的？”

“你一个人干的？”

“厉害了，我的小主儿！”

瓜子儿在小兮身边趴下，把脑袋放到小兮手上，求盘。

“瓜子儿，从今以后，你叫我兮爷！”

兮爷！今天的小兮，担得起这个称号。

这一战，让小兮信心爆棚。

公平地说，这一战，瓜子儿几乎没帮上什么忙，自己还差点儿被巨蟒勒死，是小兮独自战胜了巨蟒。

连如此天神级的对手都能打败，她还有什么好怕的？

小兮坚定信心，要继续挺进大自然！

不过，那应该是明天的事儿。

因为怕被直升机发现，小兮强忍疲倦，和瓜子儿一起把巨蟒的尸体拖进洞里。蝙蝠飞走了，巨蟒也死了，洞里应该没有什么危险了。她拐过洞里那道弯儿后，便有点儿失望，说好的神秘莫测呢？咋啥都没有呢？

虽然已经累成狗，但是小兮仍旧希望能洗一个澡。黏液已经凝固，在她身上结痂，衣服都板结了。但是，在这样的荒山野岭，到哪儿去找水？往回走十公里倒是有条河，瓜子儿还在那里喝了肚儿歪。但是，让已经精疲力竭的她再披荆斩棘往回走十公里……她想想都觉得累。又累又困的她，只想闭上眼睛美美地睡一觉。

想睡觉？没那么容易。

更大的敌人来了。

小兮恨得一直“啪啪”打脸，打得瓜子儿都心疼了，用大爪子捂住她的脸：“我不让你打，不让你打，不让你打……”

小兮打开手电筒，照着自己的脸让瓜子儿看。瓜子儿瞪大狗眼一看，吓得“噌”地一下倒退三步，缩在洞的一角不断地冲小兮“汪汪”大叫：“你这货从哪儿来的？”

瓜子儿已经认不出小兮了。不管小兮怎么解释，它就是不信：“姆们家小兮哪有这么丑？你把姆们家小兮交出来！”

一只蚊子又落在小兮脸上，瓜子儿才看明白，伸爪朝小兮脸上拍过来。

勇猛的兮爷径直飞出洞口。

现在瓜子儿一爪的力量有多大？小兮没计算过，反正她飞出两三米远不说，下巴还差点儿摔脱臼，一只耳朵一直轰鸣。失聪半分钟后，她蠕动几下，没爬起来。

又过了半分钟，小兮才“哇”的一声哭出来。

瓜子儿心里十分不安、愧疚地望着小兮，伸出前爪心疼地把她搂到怀里，像搂着一个孩子，不住地摩挲、安慰、道歉，并且用大爪子捂住她的脸，帮她挡蚊子。

躺在瓜子儿柔软、温暖的怀里，小兮的眼皮彻底抬不起来了，哭了两声便睡着了。

瓜子儿的怀里比席梦思床垫还柔软、舒服、安全。小兮像瘫在沙发里一样，无比香甜地睡去，瓜子儿山崩地裂的呼噜声都没能吵醒她。

小兮实在太累了。身体累，心更累，这三天她几乎没睡过一次好觉。

她一觉睡到第二天上午九点多钟，睁开眼睛一看，瓜子儿不见了，随之一股恶臭味儿扑鼻而来。

巨蟒这么快就臭了？

小兮走到巨蟒尸体前闻了闻，没味儿啊！

一定是瓜子儿拉屎了。小兮四下一看，洞口果然有一堆金黄色的东西，表面还油光锃亮，像包浆挂瓷一样。难道这货特意把那玩意儿拉在洞口，堵住她出洞的路？太臭了！她捏着鼻子走过去，忽然“嘿嘿”笑起来，捧起那玩意儿，一口啃下去。

我去！

太恶心了！

好多女孩子都喜欢吃臭东西，比如臭豆腐、螺蛳粉、榴莲之类。所以，有些人习惯把女孩子叫臭丫头，就是打这儿来的。在这一点上，小兮和刀姐臭味相投。刀姐经常偷偷点两份螺蛳粉，或一份臭豆腐，把小兮叫到她的办公室一起分享，结果把办公室弄得臭气熏天。为了不影响公司的观瞻，刀姐不得不开窗放半天味儿。

冰清玉洁、威猛无敌的小兮，当然不会吃屎。再说，瓜子儿的屎也不可能这么黄。

“谁这么好心，把几个榴莲放在洞口呢？”小兮一边吃一边抬头看，发现不远处有一棵榴莲树，瓜子儿刚好摘下一个榴莲叼回来，咬开后，蹲在地上看着小兮吃。

此举把小兮感动坏了。

俗话说，狗改不了吃屎。这说明狗不排斥臭味儿，但榴莲除外。瓜子儿对榴莲过敏。它一岁时，小兮喂了它一块，结果它刚吃两口，便当场呕吐。

瓜子儿对榴莲反应十分强烈，但此时此刻，它居然能强忍自己难以忍受的刺激味儿，给小兮摘来几个榴莲，还帮她咬开放在洞口。

在小兮的记忆里，从来都是她喂瓜子儿，现在瓜子儿却反过来喂她。这几天，瓜子儿只吃了一顿肉。苏劦为了救小光，给它几十斤肉吃。那些肉，虽然很实在，量也足，但毕

竟是一天前的事儿。一天多时间，它什么都没吃，运动量又这么大。在这种情况下，它不但不去给自己找吃的，还想先把小兮喂饱。

三年的养育之恩，终于得到回报了，小兮感动得不行，搂着瓜子儿就要亲它。没想到瓜子儿却“噌”地一下躲开了，可能是嫌她嘴臭。

小兮吃掉两个榴莲，肚子饱和感顿增。她望着那条巨蟒，心里开始纠结。它可是国家一级保护动物，虽然自己为了自卫不得不杀它，但要是吃它的肉，还是要承担法律责任的。

瓜子儿虽然饿得没有狗样，但它却没有打蟒肉的主意。当然，可能和它不吃生肉的好习惯有关。它小时候偷吃过一块生肉，结果被小兮狠狠教训一顿。从那以后，它就认为生肉绝对是不能吃的，就像不能闯红灯一样。

把生肉变成熟肉，很简单，小兮有打火机，找点儿柴火烤熟就行。

望着瓜子儿瘪瘪的肚子，小兮把心一横，去你妈的，善良的狗都快饿死了，管你是不是保护动物呢！老天爷管不了那么多，老百姓顾不了那么多。

小兮捡拾一堆干柴，点燃火，然后用匕首割下几块蟒肉，用木棍串起来，放在火上烤。

瓜子儿美美地饱餐一顿蟒肉。蟒肉确实很香，但小兮却有没吃，一是因为她吃下两个榴莲，二是她没吃过蟒肉，发自内心地抵触。

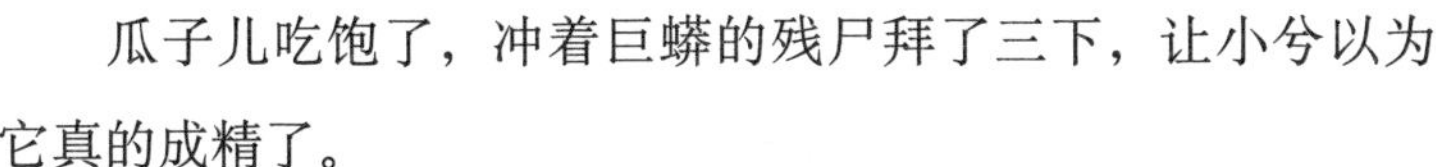

瓜子儿吃饱了，冲着巨蟒的残尸拜了三下，让小兮以为它真的成精了。

小时候，瓜子儿经常以作揖的动作表示感谢，但这时候它做这个动作，却有了一种非凡的意义。尽管小兮被巨蟒吞过一回，但此时她仍旧感到几分悲凉。

对不起了，珍稀保护动物。

这里距离南岛市区太近，小兮担心地面搜救队很快就会找到她，于是确定下一个目的地——脚趾山。

脚趾山是巨龙山脉中距离南岛市区最远的原始森林。小兮认为，只要距离南岛市区远一点儿，她被警方找到的可能性就小一点儿。

她之所以要选择原始森林，是因为原始森林人迹罕至，很多驴友对此都望而却步。她干掉了一条巨蟒，身边又有超级神犬保护，觉得自己可以在原始森林里生存。

丁是，她牵着瓜了儿上路了。

小兮和瓜子儿走了两个小时，终于在山谷里发现一条四五米宽的小溪。一人一狗兴奋地扑过去，以同种姿势，把整张脸压进小溪里大口喝起来。

瓜子儿作为水猎犬，见到水自然异常兴奋，喝饱之后就扑进水里。

小兮观察一下，见溪水最深的地方，刚到瓜子儿小腿第一个关节，判断溪水深度只能到自己腰部，于是脱个精光，扑进水里。

小兮知道，面前这个泰日天要是发起骚来，不比西门庆差。自从它变异之后，她就没有当着它的面大小便，更没有在它面前呈现裸体。这个几乎成精的家伙，就算它是自己的亲狗也得防备点儿。于是，她把身体藏在水里，偷偷脱，偷偷洗。

她长这么大，身上也没有这么脏过。上次她在北湾养殖场滚了一身泥，但那是泥啊，哪有巨蟒腹中腥臭的黏液恶心？

小兮把浑身上下搓了个遍，差点儿就搓秃噜皮了。她搓净身子搓衣服，足足洗了一个多小时才上岸。

她穿上湿漉漉的衣服正要上路，看到瓜子儿在溪边不远处嗅着什么：“瓜子儿，别找了，里面没有鱼，赶紧走吧！”

瓜子儿警觉地抬起头，环顾四周。

小兮判断瓜子儿可能发现了什么，赶紧走过去。凭借在特警队得到的经验，她在瓜子儿身边仔细查找了一会儿，结果连个脚印都没有发现。

但是，她确认瓜子儿绝对不会无故做此动作。

南岛警方的搜救队肯定不会到达这里。她已经走出南岛警方的管辖范围，即便他们想来到这里，也必须得到当地警方配合才行。

难道当地警方搜到这里了？

如果是当地警方，为什么地面上一个脚印都没有呢？

抑或巨蟒曾经来到这里？瓜子儿闻到了巨蟒的味道？巨蟒已经死了，它不可能这么警惕呀。

难道还有其他蟒蛇？

一切皆有可能。但不管是哪种可能，现在小兮的选择只有一个——赶紧离开这里。

小兮牵着瓜子儿想继续往前走，瓜子儿却死活不走。它勉强过了小溪，又开始不停地嗅。

它往前走几步，回过头，示意小兮跟它走。

“瓜子儿，回来！ 咱们必须离开这里，往另一个方向走。”小兮喊道。

瓜子儿拗不过小兮，只好跑回来，在她身边趴下。她刚骑上瓜子儿，瓜子儿却快速跑过小溪。

“掉头！掉头！”小兮拼命拉缰绳，瓜子儿却死活不掉头。

小兮死死拉住缰绳，瓜子儿只好停下来。

小兮翻身下狗：“瓜子儿，你是怎么回事儿？咱们不能跟他们走，得避开他们！”她说完转身往回走。

瓜子儿发出“嗝”的一声表达抗议，但抗议无效，只好低头跟着小兮回到小溪对面，走上一条通向危险的路。

离开那条小溪，往前走了一公里左右，小兮发现自己错怪瓜子儿了。瓜子儿边走边嗅，走走停停。路上一直有那股味道。

小兮明白了，瓜子儿和她想的一样，要避开那股味道，她却理解成瓜子儿要去追踪那股味道。

这次小兮没有跟瓜子儿争执，按照它选择路走。

狗对危险的预判，从来都强于人类。

小兮现在极度怀疑瓜子儿闻到了巨蟒的味道。它差一点儿被那条巨蟒勒死，巨蟒必然是它恐惧的对象。

但是，小兮和瓜子儿都失算了。一人一狗虽然避开那股危险的气味，但行进的方向却和危险一致，仍旧距离危险越来越近。

一天一宿都没找到小兮和瓜子儿，苏劢心里开始惴惴不安，罗局长甚至有点儿恐慌。

苏劢没有想到小兮要隐居。

苏劢原本以为，他终于有了可以和小兮进一步发展的机会，因为他已经和刀姐解释清楚，二神归位。陈天涯貌似正在靠近刀姐，刀姐也没有甩脸子拒绝，这绝对是一个阶段性完美。

他绝不可能想到小兮想要逃离尘世，除非她心里没有他，但这又是万万不可能的。

罗局长的恐慌，源于李国根。李国根乘坐直升机进行第二次搜寻时，在阿哥岭发现了一个山洞。他下了直升机，在山洞里发现一具网纹蟒尸体。蟒身缺少几块肉，现场还有灰烬，那几块肉应该被烤了。

山洞外面十分凌乱，有明显的打斗痕迹，可见是一场激烈的恶斗。虽然网纹蟒尾部有几个洞，有点儿像大型猛兽的牙印，但从勘查结果来看，这条网纹蟒应该是被人所杀。

是小兮和瓜子儿？小兮有这种能力吗？绝对不可能！

杀死这么大的一条网纹蟒，即便是两个接受过正规格斗训练的特警联手，恐怕都难以做到。

还有一种可能，这条网纹蟒被盗猎分子所杀。警方的直升机一直在巨龙山脉搜寻，盗猎分子杀死这条网纹蟒后，来不及运走就逃了。

如果是盗猎分子所为，那就恐怖了。二哥团伙就是贩卖珍稀保护动物的，必然和盗猎分子有勾结。

负责追捕二哥团伙的刑警队队长杨黎明，感觉很没面子。

杨黎明觉得刑警队拖了南岛警方后腿。出现变异动物危机后，南岛警方各个警种的表现都很出色，特警队就不用说了。同样是刑警队队长，胡言屡立战功，甚至跑到境外指挥一场抓捕，带回赵川，挖出非法生物科技公司。

就连已经脱离公安系统的消防队都表现抢眼，苏劢已经成为国民男神。

唯独杨黎明麾下的这支刑警队，不但被二哥遛了好几次，最后还彻底失去线索，十几个人和一批数目庞大的变异虾蟹，在他们眼皮底下，轻飘飘地消失了。

更让杨黎明团队感到羞愧的是，公安局给他们提供全方位立体式的支持，除了各地警方，罗局长还协调军方帮助他们。他们把整个巨龙山脉里里外外翻了好几遍，也没有找到任何有价值的线索。

杨黎明判断，二哥团伙已经不在境内，因为他们是在边境附近消失的。巨龙山脉有一部分和邻国接壤，自从他们逃进巨龙山脉后，大批边防官兵进行严密布控，展开地毯式搜查，都没有发现他们的踪迹。

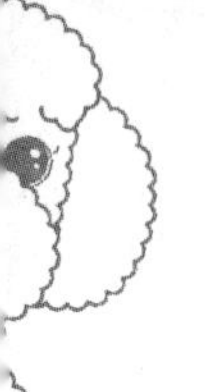

南岛警方也请求周边邻国警方协查。邻国警方积极配合，在丛林里发现了两只变异小龙虾，体型和被瓜子儿剥掉外壳那只虾王差不多，已经造成数十人伤亡。该国派出部队，花了一个星期才剿杀它们。

杨黎明亲自到邻国实地核查，发现二哥在该国根基深厚。二哥的大哥梁文是该犯罪集团的老大，总部就设在该国。各种迹象表明，二哥和那批变异虾蟹都藏在该国。

可惜的是，邻国情况非常复杂，警民矛盾很大，以致杨黎明等人几乎寸步难行，花钱都不好使了。专案组甚至还遭到当地武装分子袭击，差点儿就回不来了。

在这种情况下，罗局长只好撤回杨黎明团队。

灰溜溜回来的杨黎明，连归隐深山的心都有了。他从警这么多年，还没折得这么脆过。每次回到公安局见到兴高采烈的同事，他都不好意思直视。不过，他低头也没用，身高近两米的他，低头正好撞上别人的目光。

罗局长只好把案情上报，通过公安系统高层负责人与邻国警方高层负责人协调。该国警方高层负责人十分重视，立即调集大批警力、军力进行搜索，却不让南岛警方插手。

小兮也认为二哥团伙和那批变异虾蟹已经离境，不然她绝对不敢只身进入巨龙山脉。

罗局长不敢如此乐观，因为边防支队的官兵，坚决认为二哥团伙不可能从他们的防线逃出去。

任何一种可能都是存在的。

万一二哥团伙没有逃出国境，还藏在巨龙山脉里呢？

当罗局长把这种担心在会上讲出来，所有特警队队员都慌了。他们在心里暗自祈祷二哥团伙已经逃到境外。如果他们还藏在巨龙山脉里，小兮和瓜子儿的处境将极其危险。

虽然巨龙山脉绵延数百里，他们碰面的机会微乎其微，但是，不怕一万，就怕万一，凡事无绝对。

盗猎团伙擅长猎杀瓜子儿这样的稀有动物。在原始森林里找个东西，他们比特警在行。

刀姐强烈要求和特警队一起进山寻找小兮。

陈天涯“招供”后，刀姐气急败坏，羞愧得无地自容，埋怨他不早说。

“每个人都以各种办法给予你各种暗示，可你就是一点儿反应都没有！”陈天涯无奈地说，“其实，我第一次就暗示过你，我喜欢的人是你，可好为人师的你，非得把我推给小兮，害得我挨顿暴揍。”

“既然你喜欢我，我让你去追小兮，你就去追啊？我让你死，你就视死如归啊？”刀姐的嘴依然如刀。

陈天涯微笑不语。

刀姐催促半天，陈天涯才低声问道：“你刚才说什么来着？”

刀姐有点儿诧异，既然他一直惦记她，现在她就在他眼前，怎么还心不在焉呢？

刀姐半夜醒来，见陈天涯还在发微信，让公司办公室主任给他订机票。他告诉刀姐，生长抑制剂研制工作已经告一段落，公司里还有一堆业务等他处理，他要乘坐明天早班飞机回总部。

刀姐心里一沉，认为陈天涯一定是见到她的素颜后，感觉自己上当受骗了，急着摆脱。

天还没亮，陈天涯就匆匆走了，刀姐也没拦着。她独自对着镜子看了半个小时，对自己再也无法起色心了。

对于陈天涯的失望或者绝望，刀姐是有心理准备的。她在这方面，因为经历，所以懂得。这些道貌岸然的男人，虽然善于掩饰，但逃不过她的眼睛。这一次，让她感到意外的是，陈天涯没有丝毫掩饰，转身就跑，连南岛都不敢待了。至于吗？她还能碰瓷咋地？

平心而论，素颜的刀姐确实像掉色的墙皮，一下子浅了很多，但也能看得出来，底版质量还是不错的，跟那些靠滤镜靠美颜工具维持的美女主播，还是有明显区别的。

在微信里，刀姐把陈天涯拉入黑名单。他转身就走，虽然不至于让她伤心，但还是有点儿伤自尊心。近些年和她交往的男人，最后都是礼节性撤退的，从来没有人敢如此简单粗暴。

刀姐也没觉得自己吃了多大亏。这种事儿，不是第一次，也不一定是最后一次。吃亏的人，应该是陈天涯，最起码他洗完脸没掉色。

天亮后，刀姐来到医院，坦然面对苏劢。她来兴师问罪，

指责苏劢为什么不早点儿告诉她。

苏劢坦言，他之所以不愿意拆穿，是怕破坏她们闺蜜之间的感情。

“你和她一样，闷骚！”刀姐厉声喝道，“你的闷骚，害了我，也害了她。如果你早点儿说出来，她就不会走！”

“她的出走，可能和这件事没关系。”苏劢纠正道。

“你觉得我不值得她这样做，是吗？”

刀姐又自作多情了。她以为小兮是因为无法面对她才离开的，其实让小兮离开的诸多因素里，唯独没有这一条。

鉴于刀姐和小兮、瓜子儿的特殊关系，罗局长批准刀姐加入警方的搜救队。

让刀姐感到意外的是，陈天涯居然很快给她打来电话，再三道歉，再三声明公司确实有批紧急业务需要他处理。一旦他处理完那些业务，就会立刻回南岛见她。这次，就是为她而来，跟瓜子儿没有关系。

放下手机，刀姐有点儿拿不准了。以陈天涯这种有较高修养的人，确实不应该跑得那么简单粗暴。身为上市公司总裁，为了救瓜子儿，这两个月他几乎一直窝在南岛，很少回总部，得耽误多少正事儿？

冤枉了陈天涯，刀姐有点儿内疚，又把他加为微信好友。

穿过阿哥岭原始森林，前方的路平坦多了。小兮再度骑上瓜子儿，一路走走停停。半天下来，一人一狗又前行一百多公里。

瓜子儿再也没有闻到那股味道。

小兮早上只吃了一点儿榴莲，现在已经饥肠辘辘，实在走不动了，便在一片树林里停下来，拿出一个榴莲，刚想吃，又觉得对不起瓜子儿。

榴莲是瓜子儿摘给她的，现在她吃，让同样饥饿的瓜子儿看着，实在太残忍了。

离开山洞时，小兮本想带点儿蟒肉，但网纹蟒昨夜死的，白天气温高达三十多摄氏度，蟒肉半天就会腐烂，她就没有带。

小兮决定再忍一忍，等瓜子儿找到吃的，再一起吃。

一个严峻的问题摆在小兮眼前，回归大自然，靠什么维持生活呢？这个问题，绝对不是靠勇气就能解决的。

小兮正在沉思时，看到瓜子儿抓住一只野兔。它抓住之后又放开，待野兔跑出一段距离，又被它一爪子摁住。小兮跑过去，揪住兔子耳朵拎起来。她看看野兔可怜巴巴的样子，内心纠结了。

现成的猎物，让不让瓜子儿吃掉？

到现在为止，除了水里游的，瓜子儿基本不杀生，连变异的小龙虾和大闸蟹它都不杀。丛林是弱肉强食的世界，十分残酷，小兮昨晚已经领教过了。不教会它狩猎，一人一狗在大自然里恐怕无法生存。

这原本是很简单的问题，没什么可纠结的。她既然决定带瓜子儿回归大自然，就必须教会它野外生存的技能。但是，

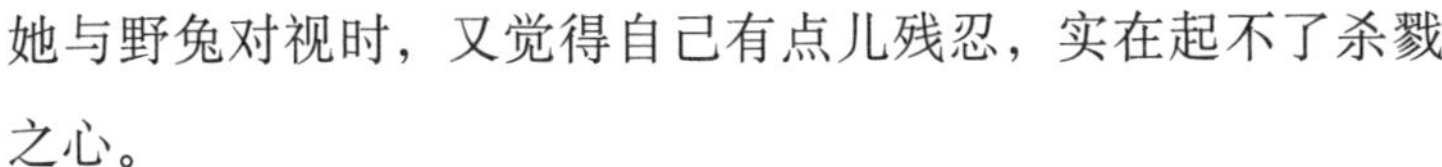

她与野兔对视时，又觉得自己有点儿残忍，实在起不了杀戮之心。

野兔在小兮手中“吱吱”乱叫，求生欲望十分强烈。

小兮正在纠结时，抬头看到前面有棵李子树。

“有李子果腹，至少不用立刻学会杀戮。”小兮给自己找到一个非常勉强的理由。

“瓜子儿，兔子和李子，你自己选一个。你想吃什么，我都不会反对。你听明白了吗？”

瓜子儿能听明白才怪。

小兮把野兔放在地上，野兔便像离弦的箭一般蹿出去。这次，瓜子儿没有追它，伸着大长舌头，“哈哧哈哧”地看着小兮。

“是你放它走的，跟我没关系。咱俩摘李子去吧。”小兮说着，带着瓜子儿去摘李子。

小兮没敢让瓜子儿吃太多李子。狗可以吃水果，但每种水果都不能过量，否则会引起不良反应。

她把防刺服里边的上衣脱下来，扎住袖口，变成简易口袋，装了两袋李子，然后骑着瓜子儿继续往大山深处走。

一人一狗往前没走出多远，又看到一地野生菠萝。小兮只好把李子倒掉一半，再塞进几个菠萝。没走多远，又看到一片芭蕉林。芭蕉是瓜子儿最爱吃的水果，于是小兮又把简易口袋里的水果全部倒掉，塞满芭蕉……

阿哥岭那一带确实没有什么野果子，但这一带却到处都是，各种各样。小兮和瓜子儿一路上几乎不停地吃，到后来索性不装了，走到哪儿吃到哪儿。

在深山里生活，貌似没有想象那么艰难。

其实，女孩子这种物种，比男人更适合在野外生存，因为她们只要有水果就行。小兮就是水果狂魔，只要有水果，她可以不吃粮食。

瓜子儿是杂食动物，啥都能吃，给啥吃啥，不挑食。陈天涯的生长抑制剂，貌似真好使，目测瓜子儿没有再生长的迹象。自从停药之后，副作用也消失了，它再也没有出现过那种痛苦的反应。

黄昏时分，小兮和瓜子儿爬过一段陡峭的山路，正想坐在地上休息时，耳边忽然传来一阵喊声：

“小兮——瓜子儿——”

小兮大吃一惊，心里暗想：“难道自己被人发现了？”

第六十章　仙境偷衣贼

听到有人喊小兮和瓜子儿的名字，瓜子儿本能地要回应，小兮急忙操作一阵“嘘嘘”，生生把它“嘘”住了。不过这次瓜子儿没撒尿。

小兮听出来了，喊声在群山中此起彼伏，毫无针对性，应该没发现她和瓜子儿。这些声音很陌生，有男有女，其中一个声音很稚嫩，喊话的人应该只有十五六岁，刚过变声期。

这是一群“西瓜粉”无疑。

小兮通过喊声，大致判断出他们的位置，带着瓜子儿悄悄地绕过他们，继续往前走。

小兮和瓜子儿不敢停留，一直走到天黑，最后实在走不动了，就像前天一样，瓜子儿抱着小兮，捂着小兮的脸，将就睡了一宿。瓜子儿震天的呼噜声，仍旧没有影响小兮的睡眠质量。

都市里那些在席梦思床垫上失眠的人，应该都是闲的。

如果他们都累成小兮这样，想失眠都难吧？

接下来的路越发难走，小兮基本没有骑行的机会。瓜子儿走得那么吃力，她还怎么好意思骑它？尽管瓜子儿一再趴在地上，拼命摇尾巴，她都狠不下心来。

一天下来，一人一狗只走了十几公里。

好在第二天的路又好走了。

几天下来，一人一狗几次躲过天上的直升机和地面的搜救队。直升机有军方的，有警方的，地面搜救队中有警察，也有志愿者，小兮甚至在一支志愿者队伍的旗子上，看到了逛一逛国际旅游集团公司的标志，略略有点儿感动。老色鬼唐董虽然冒犯过她，但后来的表现还可以。尤其这一次，他坚定不移地保护瓜子儿，这就是人性的复杂之处。

第五天中午，小兮和瓜子儿遇到一个很大的挑战。

小兮觉得，如果给面前这座山峰取名，必须叫宝剑峰，因为它像一把造型古朴的上古神剑，斜插在天地之间，目测海拔应在千米以上。从她的位置看，也有四五百米高。山体陡峭至极，坡度近乎七十度。

小兮几乎要放弃爬山，想绕过去，但是瓜子儿不放弃。翻过那么多山，它已经忘记什么叫困难了。不等小兮下命令，它“噌”地一下蹿上去。

小兮只好跟着瓜子儿往上挪。

攀山过程可谓险象环生，如果不是瓜子儿死不回头，小兮早就放弃了。这哪里是爬山，分明是攀岩。瓜子儿这个二

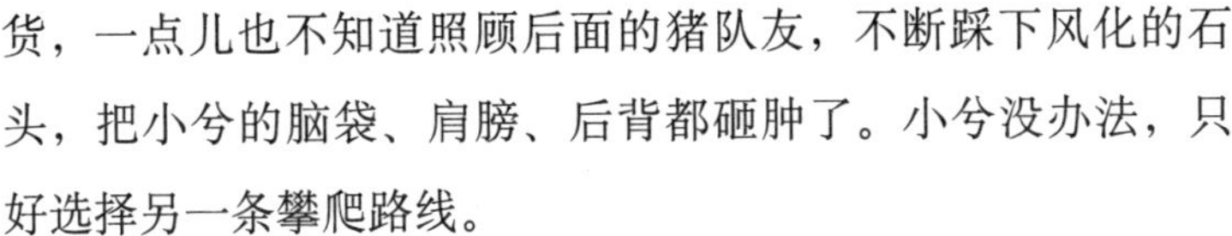

货，一点儿也不知道照顾后面的猪队友，不断踩下风化的石头，把小兮的脑袋、肩膀、后背都砸肿了。小兮没办法，只好选择另一条攀爬路线。

经过九九八十一难，小兮和瓜子儿先后登上宝剑峰峰顶。

小兮往下一看，无法抑制的泪水喷涌而出。

她被眼前的景色美哭了。

脚下祥云环绕，一个清澈见底的湖泊平静地铺在宝剑峰脚下。离湖面三百米，都能清晰地看到湖底的鱼。

湖面上飞翔着只有在电影电视里才能见到的仙鹤。登高眺望，此湖有十几公里长，七八公里宽，湖心点缀着几个条形青翠小岛。小岛绿得像专门调制的专色，连成一个……很像一个……

小兮忽然知道自己来到哪里，也顿时明白这里为什么叫隐仙湖。

几个条形小岛连在一起，不就是草书的“仙”字嘛，而且还是大家手笔，有王羲之的风范。

小兮利用自己的职业便利，游遍祖国的名山大川，阅尽各地湖光山色，苍山洱海、西湖、千岛湖、喀纳斯湖、漓江、九寨沟……都留下了她的足迹，但是，现在她不得不承认，她还没有见过美到如此通透的湖泊、如此奇妙的岛屿。

瓜子儿久久注视着脚下的隐仙湖，或许它也学会了审美，被眼前的鬼斧神工之作震慑住了。

小兮不由自主地伸展双臂，用胸腹式呼吸法，用俄罗斯王子歌手维塔斯的嗓音仰天长啸：“啊——”

尽管小兮知道，现在山下还有很多人在苦苦寻找她，仍旧情不自禁地喊起来。

瓜子儿也连连吼叫。

“瓜子儿，我们跳下去，游到岛上去。”小兮说。

瓜子儿瞪着车灯似的大眼睛，好像在说：“傻娘们儿，几百米呢，摔碎了，鱼都不吃！”

小兮从小到大，每次站在一个高点上，都有一种跳下去的冲动，但她从来没有跳过。

这时小兮才看清楚，宝剑峰背面是七十度的斜波，正面却是九十度的悬崖峭壁，像宝剑，更像楔子。她本以为爬到山顶就可以翻过去，现在看来，翻跟头下去，是唯一的选择。

小兮只好和瓜子儿灰溜溜地返回去，从峰底绕行十多公里，才来到湖边。

湖边景色的美，用任何词形容，都是不准确的。小兮琢磨了半天，觉得只有“仙境”二字，还能勉强凑合着用。

这里每寸地方都是清澈的，干净到一尘不染。小兮忽然觉得自己浑身污浊，连鼻腔呼出的气体都是污浊的。她下意识地屏住呼吸，生怕污染了这片纯净的地方。

小兮突然意识到，人间、仙境、地狱，其实都在地球上，分布在各个角落，一不留神就可能去了仙境，一不留神就可能去了地狱。

地球上其实什么都有，就看你选择哪片土地。

小兮闻到了纯正的大自然气息，不想再走了，希望能和

眼前的美景融为一体，死也要死在这里。

通过观察，她对隐仙湖的地理位置已经有了大致的了解。这片原始森林，位于大山深处，四周均有高耸入云的大山，进来十分困难。连她这样专业的导游都不知道这里有个隐仙湖，更别说其他人了。

亲水的瓜子儿，扑进湖里，清澈的湖底被它掀起一股白浪。小兮实在控制不住自己，摘掉警棍、手电筒等警用装备，衣服都没脱，就扑进湖里。

由于一眼看到湖底，小兮一点儿都不害怕，往前跑了十几步，湖水才没到大腿根儿。她正要停下来时，就“咕咚”一声沉下去了。

难道水下有陷阱？

小兮感觉脚下陷下去一点儿，以为只有半米多，没想到这是视觉误差。事实上，那个坑极陡极深，湖水一下子就没过她的头顶，而且还没有触及坑底。

“瓜子儿……”小兮的喊声刚离开嘴唇，就被湖水生生堵回去，并狠狠塞死，喊声化作几个气泡浮出湖面，变成微弱的“咕嘟”声。

接着，两只耳朵也发出“吱吱”的声音。

小兮像当初沉入大海一样，手忙脚乱地跳起广场舞。

她后悔极了，家里有那么大的游泳池，怎么就没抽出时间学学游泳呢？身边随便拽过一个人都能教她。别说特警队那些战友，刀姐都是游泳健将级别的。

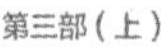

此刻，小兮无比想念苏劦。当初她在大海深处六神无主时，苏劦用坚实的胸膛倚住她的后背，环抱着她，把她从水里抱出来。

小兮一边挣扎一边朝瓜子儿望去。水底太透彻了，能见度非常高，可以看见瓜子儿正拖着那股气泡，专注地撅着萌腚往前刨，看都不看小兮一眼。

小兮连灌十几口水，挣扎半分多钟后，沉到湖底。

脚底踩到硬物，小兮心里好像忽然踏实了，不再惊慌。就像她被巨蟒吞掉时一样，来到巨蟒肚子里，反倒冷静下来。她观察一下水底的环境，抬头朝头顶看了看，咦，挣扎半天，怎么才下沉这么点儿距离？

湖底距离水面只有三米多，她在湖中挣扎时，身体并没有下沉多少。

这不是坑，而是“断崖”。

小兮停止挣扎，反倒觉得脚下有一股力量把她往上推，就像苏劦在下面把她推出水面一样。她低头看了看，下面绝对没有苏劦。如果有，也是苏劦的魂儿。

她已经半分多钟没有呼吸了，还喝了一肚子水，如果再不吸口气儿，肯定要憋死的。她的目光落在身边几乎垂直的“断崖”上，用手摸了摸，是黄色的泥土层。

小兮像在太空里一样，缓慢地调整身形，双手抠进黄土层里，借力往上爬行。

这比攀岩轻松多了。小兮感觉身体好像一点儿重量都没

有，“噌噌”几下就爬出湖面。

小兮急忙爬到安全地带，弯着腰，贪婪地吸了几口空气。

湖里的瓜子儿，还专注地撅着屁股往前游，根本没有发现她刚才经历了一次生死。

小兮回忆一下刚才经历的可怕过程——

好像也没有那么可怕嘛。

刀姐说过，人在水里，只要克服恐惧，就可以随心所欲，畅所欲游。

恐惧，小兮已经克服了，刚才她都沉到湖底了，不也爬上来了嘛！

小兮还想再试试，只是觉得衣服重了好几公斤，有点儿累赘。她回到岸上，脱掉衣服，赤裸着身子又回到那个“断崖”处。

虽然是光天化日，小兮知道这里绝对不会有人，瓜子儿又游远了。她看看瓜子儿，它的目的地应该是“仙”字“亻”旁的那一撇。那个岛，目测距离岸边八百米左右。

小兮深吸一口气，气沉丹田，试探着从“断崖”边溜下去。这次她没有挣扎，四肢放松，果然没有下沉。

但躯干浮不起来，脑袋始终无法探出水面。

小兮回忆游泳比赛中“蛙泳”的动作，双臂划了一下水，双脚蜷起，往后蹬去，手脚动作配合得不是很好，但还是往前滑行了一尺左右。她又一划、一蹬，又滑行了一尺……

她连续做了十多个这样的动作，就憋不住了。

整个人沉在水里，怎么换气？

小兮刚才只顾着回忆手脚的动作，忘了换气的事儿，这时再想已经来不及了。

她急忙调转身体，往前一看，已经游出三四米。

她这一路是潜过来的。

她实在憋不住了，又喝了口水，急忙往前游，再次爬上“崖顶”。

不管怎么说，她绝对是活着游回来的！

“我学会游泳了！”小兮兴奋至极。

小兮学会的第一个泳姿居然是潜泳，这不是游泳中最难的项目吗？

歪打正着，本来想学蛙泳，结果却学会了潜泳。

小兮休息一会儿，又下水了。

折腾几个来回，小兮终于能把脑袋露出水面，学会了换气，而且是毫不费力地换气——她学会了仰泳。脸朝上躺在水面上，只要有体力，想游多远就游多远。掌握这个技巧之后，她游出了十多米。

瓜子儿已经在对面的小岛登陆了，回头看了小兮一眼，大叫一声。

瓜子儿在岛上一通狂奔，为它发现的新大陆兴奋无比。

小兮又游了半个小时。瓜子儿跑累了，回到岸边趴下。看到小兮在水里不停地“挣扎”，可把它吓坏了，赶紧起身扑进水里，拼命往回游。

小兮游累了，抬头看到瓜子儿已经游过湖面三分之一，

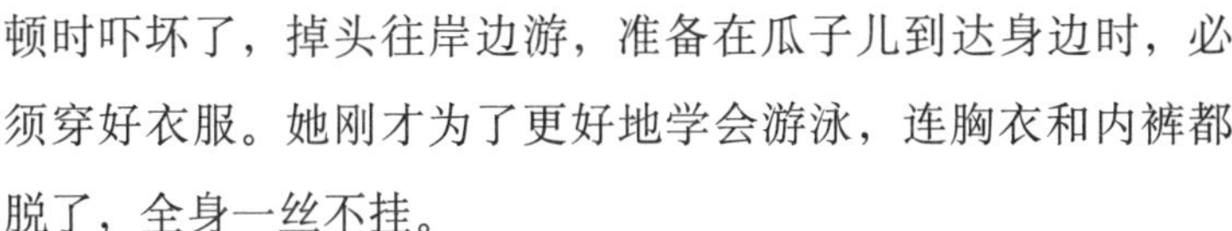

顿时吓坏了，掉头往岸边游，准备在瓜子儿到达身边时，必须穿好衣服。她刚才为了更好地学会游泳，连胸衣和内裤都脱了，全身一丝不挂。

还没等她游到岸边，就惊呆了！

衣服不见了。

难道这片原始森林里还有人？

小兮跑到岸上，四下寻找，也不见衣服的踪影，急哭了。她现在赤身裸体，要是被人看见，或者偷拍卖给不良网站，细思恐极……

热闹的都市里，经常有偷女孩子内衣的变态，没想到原始森林里也有，而且不止偷内衣，除了鞋子，全都偷走了。

小兮想到那些被拐卖到山区给老光棍生孩子的女大学生。不过，她现在和那些手无缚鸡之力的女大学生不一样，能独自干掉一条巨大的网纹蟒，身边还有一只忠诚的巨型守护神，到时候谁给谁生孩子还不一定呢！

奇怪的是，这个贼拿走衣服、警棍和手电筒，却没有拿走作战靴，靴子上的匕首还在。

小兮急忙穿上作战靴，握着匕首一步步地朝湖边森林里走去，悄悄地向森林里探视。

她现在心里十分矛盾，如果那个贼突然出现，该怎么面对？以她现在的胆量，倒是不怕贼，但是光着身子和陌生的贼打斗，恐怕刀姐也没有这种勇气。

看来只能让瓜子儿帮她找回衣服了。小兮回过头，看到瓜子儿才游到一半儿，于是赶紧招手，示意它快点儿游，这里出现紧急情况。

瓜子儿看到小兮着急的样子，快速上岸，然后一脸不解地盯着光溜溜的小兮，实在搞不懂她为什么把自己捯饬成这样。

小兮顾不得害羞，急忙跑过去，牵着瓜子儿往森林里跑："瓜子儿，我的衣服被贼偷走了，你赶紧帮我找回来。"

瓜子儿已经累瘫了，不管小兮怎么碎碎念，趴在地上就是不起来。

小兮又是踢，又是拽，又是比画，不知道瓜子儿是听不懂还是装听不懂，趴在地上一动不动，还直勾勾地盯着小兮看。

瓜子儿看了十几分钟后，不知道是不是感觉太辣眼睛，还是看腻了，才慢吞吞地站起来，在小兮丢衣服的位置闻了闻，然后领着小兮跑进原始森林。

原始森林里到处都是上千年的参天大树，造型千奇百怪，有的像利剑穿空直入云霄，有的斜躺着像一尊卧佛……

小兮牵着瓜子儿穿行其中，像走进根雕博物馆。树下青草遍地，点缀着各种野花，错落有致，简直就像误入《阿凡达》里的潘多拉星球，又像进入迪士尼世界。

一位高明的画家，在如画的美景中，寥寥几笔，添加了一个浑身赤裸、只穿着作战靴的美少女，牵着一只大型猛兽，画风立刻变成二次元，丝毫没有违和感。人体和大自然完美结合，美轮美奂，美少女如果穿上衣服反倒显得多余。

在这幅画里，小兮光滑如玉的身体，丝毫不会让人产生

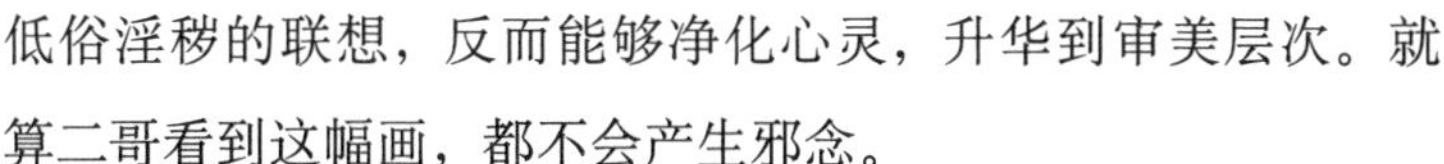

低俗淫秽的联想，反而能够净化心灵，升华到审美层次。就算二哥看到这幅画，都不会产生邪念。

任何一丝邪念都是对美的亵渎。

就连急于寻找衣服的小兮，都被美到窒息的画面感染了，不由自主地停下脚步。

如果这里没有其他人，她宁愿就这样赤裸着，这才是最原始的、最本真的大自然，就算有衣服，她也不舍得穿。任何一丝人工雕琢，都是败笔。

小兮恨不能把眼睛变成照相机、摄像机，把眼前的这些美景全部拍下来，不错过每个细节。

在如画的美景中穿行一公里左右，小兮忽然看到前方一百米处，人影一闪，消失不见了。

“瓜子儿，快！”

小兮终于想起她的衣服，率先追上去。瓜子儿一跃超过小兮，身影转眼就在密林里消失了。

被大自然净化了内心的小兮，似乎忘记羞耻，紧随瓜子儿追出五百多米，终于看到那个偷衣服的变态。

不是一个，是一群变态。

瓜子儿蹲在地上，抬头冲树上的变态们连声怒吼。

又是你！

一只猴子蹲在一根两层楼高的古树枝上，手握警棍，当金箍棒耍着玩。

旁边树杈上蹲着那只猴子，脑袋顶着小兮 B 罩杯的文胸，像“二战”时期的飞行员。

另外几十只猴子散落在周边的几棵树上，有的抱着小兮的防刺服，有的抱着小兮的警服，还有一只挥舞着小兮的蕾丝内裤，“叽叽喳喳”地向小兮宣示主权。

看到猴子们的贱样儿，小兮气笑了。

唉，不是人偷的就好。面对人类的近亲，小兮没有羞耻感了，反正大家都光着，谁也别笑话谁。

这群猴子和在CS真人游戏基地附近调戏瓜子儿那只不同，那是金丝猴，这是猕猴，货真价实的“大圣”。《西游记》里有一只六耳猕猴，就是那个假孙悟空，天上地下的鬼神都分辨不出来。由此可见，孙悟空的真身就是猕猴。

小兮仔细观察一会儿，拿着警棍的那个猴子体型最大，尾巴翘得最高，叫声最大，应该就是猴王。猴子是通过翘尾巴显示权威的，底层猕猴的尾巴绝对不敢翘那么高。

以前，小兮经常带游客去各个景区参观猴山、猴园，对猴群的组织结构有一定的了解。猴群里等级森严，每个猕猴群都有猴王、二猴王和低级子民。猴王在猴群中，拥有至高无上的权力，主要负责保卫猴群的安全。当猴王很爽，好吃的它先吃，好玩儿的它先玩儿，还可以在猴群里任意选老婆，所有母猴都是它的妻妾。

二猴王在猴群中的地位，仅次于猴王，相当于宰相，管理猴群中的日常事务。

那只拿着小兮裤子的猕猴，应该就是二猴王，因为在所

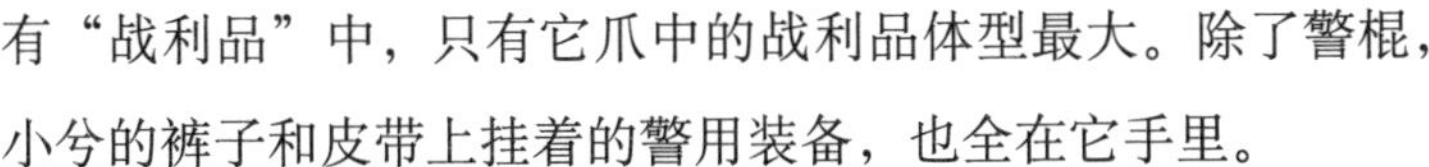

有“战利品”中，只有它爪中的战利品体型最大。除了警棍，小兮的裤子和皮带上挂着的警用装备，也全在它手里。

“瓜子儿，把这群变态给我揪下来！”小兮指指蹲在最低处的一只猕猴说。

那只猴子品性最贱，一直朝小兮挥舞着内裤。

瓜子儿俯下身子，“呜呜”地低吟几声，慢慢后退三四十米，忽然加速，猛地向上方跳起，蹿起七八米高。

挥舞内裤的猕猴忽然看到一只庞然大物蹿上来，“吱吱”地叫了几声，纵向躲过瓜子儿的大嘴，抓住五米外的藤条朝前一荡，再次飞出五六米，落在另一棵树上，继续冲瓜子儿和小兮挥舞内裤。

瓜子儿落地，傻呆呆地望着那只猕猴，开始怀疑狗生：“这货轻功太好了，咋练的呢？”

这只猕猴是猴群里个头偏小的，看上去比较瘦弱。瓜子儿的弹跳力那么好，也只能跳七八米高，而这只瘦弱的猕猴轻轻一纵，就能跳到十米开外，毫不费力。

瓜子儿的拙劣轻功，把其他的猕猴吓得“吱吱”乱叫，纷纷往古树上方攀爬十几米，确保瓜子儿抓不到它们。

从猕猴爪中夺回衣服根本不可能。小兮和瓜子儿正在望猴兴叹时，忽然看到二十多米高的树杈上，警棍在猴王手中“噌”地一下暴增五米，化作一支旋矛，朝地上的小兮扎下来。

警棍突然变长，吓得猴王立即松开爪子，旋矛直接扎向小兮。

小兮大吃一惊，本能地侧身躲闪，矛尖擦着她的前胸扎在地上。

小兮的动作虽然迅速，但胸前两个累赘稍稍滞后一点点，被擦破一点儿皮。

幸亏是小兮，要是刀姐，肯定得被扎漏了。

小兮把匕首插回靴子里，拔出旋矛，朝猴王一指，喝道：“命令你的手下，把衣服给我扔下来！”

高傲的猴王，冲她撇撇嘴，根本不搭理她这茬儿。

小兮无计可施时，忽然听到树上传来一阵“啪啪”的电击声，接着“宰相”从树上跌下来，被枝枝杈杈挡了几下，然后结结实实地摔到地上。

原来“宰相”把腰带上的手电筒抠出来，到处乱摁，结果摁到电击键，把自己电晕了。

其他猴子纷纷从树上窜下来，蹲在离地面最近树杈上“叽叽喳喳”乱叫，貌似给“宰相大人”叫魂。

小兮和瓜子儿走过去，看看直挺挺的“宰相”，伸手摸摸它的心脏，还在跳；探探鼻息，还有呼吸。

小兮像当初救瓜子儿那样，双手摁在“宰相”胸部心脏的位置，开始给它做人工复苏。

小兮足足按了五分多钟，“宰相”才缓缓睁开眼睛。

小兮松了口气，扶它坐起来，想看看它的伤势有多重。“宰相”摇摇摆摆，有点儿站不稳。虽然它在下落的过程中，被树枝格挡几下，地上的草皮比较松软，但毕竟是从二十多

米高的地方摔下来，神志不可能恢复那么快。

小兮把“宰相”抱在怀里，轻轻抚摸它的脸，亲亲它，想跟它套磁。以“宰相”在猴群里的地位，跟它搞好关系，没准儿就能让它们把衣服还给她。

“宰相”虽然跌下来，但小兮的裤子仍旧挂在树杈上，而且已经落到另一只猴子手中，连手电筒在下落的过程中，也被一只眼疾爪快的猕猴抄去。

受伤的“宰相”伏在小兮怀里，忽然想起母亲的怀抱，忘记浑身的疼痛，撒起娇来。小兮看到“宰相”愿意跟自己互动，又亲亲它，直至瓜子儿吃醋，她才预感不妙。

瓜子儿岂容泼猴跟它共享小兮？即便是共享时代也不中啊，脑门顿时醋意盎然。

小兮想把“宰相”放下，没想到“宰相”却搂紧她，不舍得下去。

不知道什么时候，群猴悄悄来到地面，与小兮和瓜子儿保持着安全距离。看到“宰相”在小兮怀里幸福的模样，它们既想上前，又有点儿不敢。猕猴的智商比狗高，目睹电晕的“宰相”被小兮救活，便对小兮不再持有敌意。只是瓜子儿实在太过庞大、威猛，它们无法确认它是不是危险。

小兮看到几只猕猴拿着她的衣服，伸出手，轻声说：“过来，给我吧。”

猴王冲离它最近的那只猕猴伸出爪子，那只猕猴把内裤交给猴王。

小兮觉得有戏，冲猴王伸出手。

就在这时，瓜子儿忽然猛扑过来，叼住小兮怀里的“宰相”甩出去。

“宰相”朝小兮斜上方飞出十几米，顺势抓住树枝。

群猴吓得四散奔逃，纷纷蹿上树。

这也不能怪瓜子儿脾气不好，动作粗鲁。“宰相”刚跟小兮见面，不但不愿意从小兮怀里出来，还偷偷亲她一口，让瓜子儿忍无可忍，孰不可忍！

小兮恨不得立即支起烤架，把瓜子儿活活烤了。猴王既然肯把内裤还给她，其他衣服一定也会陆续归还。没想到成功触手可及时，却被瓜子儿一嘴归零。

随着猴王几声尖叫，群猴如听到命令一般，一起朝前方的森林里奔去，转眼间跑得一干二净。

小兮只好骑上瓜子儿追赶，拿不回衣服，她只能一直追踪它们。

群猴行进的速度非常快，像吊着威亚在树林上方穿梭，一个都没掉下来。“宰相”虽然受伤，跑在猴群最后，但也没落单。

猕猴在丛林里的时速，最高可达五十公里。每只猕猴都是非常优秀的动作演员，不用武术指导，就能把动作做得非常漂亮。

小兮骑着瓜子儿追出四五公里，忽然看到猴群大呼小叫地跑回来，从她头顶穿梭而过，动作十分慌乱，叫声十分惊恐。

什么情况？小兮勒住缰绳，示意瓜子儿停下。

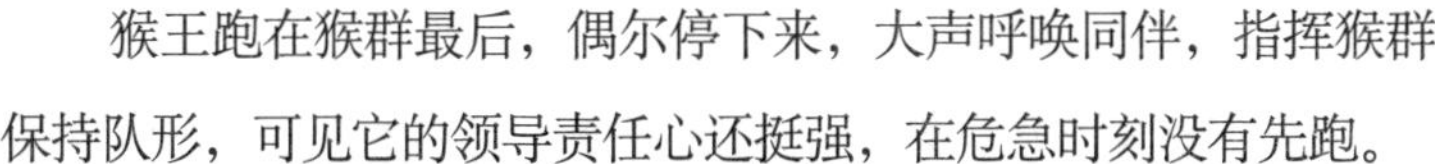

猴王跑在猴群最后，偶尔停下来，大声呼唤同伴，指挥猴群保持队形，可见它的领导责任心还挺强，在危急时刻没有先跑。

小兮仔细观察一会儿，发现猕猴好像比刚才多了。它们除了在树上穿梭，还有母猴抱着幼崽在地上跑。最值得注意的是，她的衣服不见了。

一定是群猴遇见了不可阻挡的天敌，慌忙中把她的衣服丢掉了。

小兮必须找回自己的衣服，一摁警棍伸缩键，矛头再次蹿出，斜指西南方向，大喝一声："来将通名！"

小兮实在不知道该喊什么口号，就想起长坂坡的桥段，想做一个光腚殿后的女张飞。

来者要是人呢？

小兮根本顾不上了，顾得上也没用，裸就裸吧。

正在逃跑的群猴见小兮和瓜子儿停下来，纷纷在小兮和瓜子儿身后的树枝上停下，驻足张望。

"呼"，一阵阴风从前方森林里吹来。小兮没有衣服护体，浑身上下每个毛孔都感到凉飕飕的寒意，不由打了个寒战。

心惊胆战更确切。

一只斑斓猛虎忽然从浓密的树林中蹿出来。

果然是这货，传说中的百兽之王。

《水浒传》里管这货叫大虫，不但把老虎的虎威叫没了，连英勇的武松都显得没出息。武松打虎，没读过书的文盲都能听出他是威风凛凛的硬汉；武松打虫，谁也无法确定是不是纨绔子弟斗蛐蛐。

小兮和瓜子儿盯着眼前的华南虎，有些纳闷：“你们家族不是绝种了吗？你咋出来了呢？”

猴王护着一只抱着幼崽的母猴，跑在猴群最后。要论在地上跑，猕猴的速度比老虎可就弱爆了。听到老虎的脚步声，猴王急忙蹿到一棵树上，回头“叽叽”地冲母猴伸出爪子，母猴急忙抱着幼崽往那棵树上攀爬。由于抱着猴崽子，母猴爬不快，刚爬到三米，老虎追上来，一口咬住母猴。

“汪！”一声惊天巨吼，把老虎吓得肝胆俱裂。

老虎的注意力一直集中在母猴身上，没有观察周边环境。它定定神，循声望去，看见一只庞然大物朝它扑过来，后背上还驮着白花花的人，白花花的人手中握着一杆尖利的长矛，刺向它的咽喉。

虽然独自杀过巨蟒，但面对名声在外的百兽之王，小兮还是需要鼓一鼓勇气的，可惜瓜子儿不给她盘算的时间。就在老虎追到树下扑向母猴母子时，见到欺负弱小就搂不火的瓜子儿，如离弦之箭一般蹿过去，明晃晃地向老虎宣战了。

小兮想跑都不行了。

好在老虎的注意力全集中在母猴身上，没有注意到小兮。等它看到小兮时，长矛距离它的咽喉只有三寸，它根本来不及躲闪。

和剿杀变异大老鼠那次不一样。那次是变异大老鼠自己撞上矛头的，这次小兮虽然是被动出击，但完全有把握一矛封虎喉。

第六十一章　新一代美猴王

就在长矛即将刺穿老虎咽喉时，矛尖忽然偏离，从老虎头顶上方滑过，接着长矛杆重重地拍在虎头上。

小兮在即将刺穿老虎喉咙的刹那间改变了主意。

这种华南虎确实是稀有之物，存世没有几只。小兮放弃杀死它的念头，把矛头上扬，狠狠地敲打它一下。

紧接着，瓜子儿的大嘴就到了，一口咬住老虎的脖子。

大老虎和瓜子儿一起翻滚。

小兮自然被瓜子儿甩出去。

瓜子儿和老虎在空中翻滚的同时，就把小兮甩出去了。好在草地松软，她借势连滚几下，化解了冲击力。就在她想起身时，瓜子儿和老虎的巨大身躯向她砸过来。她急忙又往前滚出一段距离。

老虎虽然被瓜子儿扑倒，但依旧不放开嘴里的母猴。也许是它在咬住母猴的瞬间被瓜子儿吓着了，没有使上力，也许是出于别的原因，反正母猴没有被它咬死。

母猴在老虎嘴里“吱吱”乱叫，但仍旧紧紧抱着猴崽子不放。

瓜子儿落地后，就死死地摁着老虎，想让老虎放了母猴，老虎却一直不松口。

“虎口夺食”一直是小兮和瓜子儿的拿手好戏。她和瓜子儿还没接受特警训练、在社会上做游民时，都能从变异大闸蟹的钳子下把丁丁救出来。

小兮冲上去，一把抓住母猴怀里的猴崽子，想把它救出来。没想到，母猴虽然极度惊恐，但仍旧死死地抱着猴崽子不放。

“快把孩子给我，我是救你们的。”小兮焦急地跟母猴商量。

母猴肯定听不懂小兮说什么。它刚才不在猴群里，不知道小兮救过“宰相”的事儿。但是，高智商的它，似乎看懂了小兮的手势，也意识到自己根本保护不了猴崽子，就迟疑地把猴崽子交给小兮。

小兮救出猴崽子，正不知道把它往哪儿放时，一眼看到猴王和几只猴子在四五米高的树上焦急地冲她叫。

“接着！”小兮冲猴王大喊一声，然后把猴崽子扔上去。

猴王手疾眼快，判断神准，伸爪一接，就把猴崽子搂在怀里。

小兮转身跑到老虎面前，想把母猴也救出来，但是她越往外拉母猴，老虎咬得越紧。她怕老虎把母猴咬死，不敢再拉。焦急中，她看到地上那根旋矛，灵机一动，捡起长矛，插进虎口，大喝一声，撬开了虎口。

母猴终于挣脱虎口，往前挪了几步，摔倒不动，可能是被老虎咬断了骨头。

小兮抽出长矛，因怕长矛利刃误伤老虎和母猴，便把长矛缩成警棍，习惯性地往腰间一挂，伸手去抱母猴。

警棍"啪"地掉在地上。小兮光着身子，腰间啥都没有，根本挂不住。

小兮捡起警棍，抱着母猴离开老虎和瓜子儿。这时，猴王已经把猴崽子交给别的猴子，从树上探下身子，准备接母猴。小兮把母猴举过头顶，交给猴王。猴王用一只前臂搂住母猴，拖到树上。

小兮转过身来，冲瓜子儿大喊："瓜子儿，盘它！"

瓜子儿松开老虎，和它对峙起来。

现在瓜子儿的体型，比老虎大好几倍。上次它在动物园逃出虎园时，那只狮子被它盘得生无可恋，所以，它根本不把这只大猫放在心上。

老虎经常攻击体型比它大得多的动物，如比瓜子儿还大的大象、长颈鹿，都经常被它攻击，因此它根本不把身材娟秀的瓜子儿放在眼里。虽然第一个回合它被瓜子儿扑倒在地，但瓜子儿属于偷袭，不太光彩。

老虎稳定身形，调整攻击姿势，怒吼一声，猛扑过来，张开大嘴要咬瓜子儿。

瓜子儿根本不把它当回事儿，也张开大嘴迎上去，准备以嘴还嘴。

森林里的动物还没有不惧这个姿势的，老虎也吓了一跳，急忙刹车，想弄明白瓜子儿是啥套路。

瓜子儿张开的大嘴，足以把虎头吞下。老虎发现，自己冒失地冲上去，就等于把自己的脑袋往对方嘴里送。

老虎庆幸自己刹车及时，又调整攻击目标，一口咬住瓜子儿的前腿，狠狠用力后，却发现根本咬不动。

瓜子儿扭头咬住老虎的后脖颈儿，施展拿手绝技，轻轻抬头，就把它甩出去。

可惜，它甩的方向不对。

老虎朝小兮快速砸过来，小兮来不及躲闪，就地一滚，从老虎身下滚出去。

老虎撞到小兮身后的树上，刚落地，就看见距离它仅有一米的小兮，连个预备动作都不做，张嘴就咬小兮的喉咙。

瓜子儿在十几米外，想救她也来不及。

面对近在咫尺的老虎嘴，小兮忽然把手中的警棍伸进去。

警棍竖着进去的，撑住老虎的上下颚，老虎的大嘴合不上了。

如果小兮这时摁下旋矛按键，老虎的上颚必然被矛尖穿透，丧失攻击力。

小兮真心不想杀死老虎，于是想把警棍抽出来，但是实在抽不动。老虎的颚部球形肌在猫科动物里是最发达的，咬合力达到四百五十公斤。小兮的臂力，还不到老虎咬合力的十分之一，只好放弃警棍。

小兮这时本可以退到一边，把老虎交给瓜子儿处置，但是，一个奇怪的念头忽然在她脑海闪现。她翻身骑到老虎背上，抡起拳头照着虎头一通捶。

这个画面是不是有点儿眼熟？

小兮想效仿武松。

小兮知道自己的小粉拳根本打不死老虎，她这样做，主要为了摆造型，做给猴子看。另外，一旦哪天回归尘世，自己也有吹牛 × 的资本。

有瓜子儿在，小兮一点儿都不担心自己的安全。瓜子儿确实走过来，但没有给小兮搭把手，而是歪着脑袋打量老虎。

虎口被警棍卡住，让老虎痛苦不堪，吞不下去又吐不出来，样子比较滑稽，根本顾不上背上的小兮。小兮在自制的“嘿嘿哈哈”电影动效中，抡圆粉拳捶虎头，把树上的猴子们镇得不要不要的，“叽叽噢噢”地为小兮加油助威。

小兮一边打一边感到遗憾，自己这种壮举，可惜没有人给摄像，哪怕照相也行啊……

还是别拍了，光腚拉碴的，这要拍下来，弄不好还得落个传播淫秽作品罪。

老虎挣扎半分多钟后，大嘴一歪，上下颚一错，把警棍吐到地上。

老虎早就受够小兮不专业的按摩手法了，晃动虎躯把小兮掀下来，张嘴就要一雪前耻。

瓜子儿怎么可能给它刷脸的机会，一头把老虎撞出几米。

小兮骨碌一下爬起来，喊道：“瓜子儿，接着整！”

小兮一边喊，一边捡起警棍，摁下伸缩键，矛头“噌”地蹿出来。老虎毕竟不是猫，不是想盘就能盘的。现在老虎急眼了，她不敢大意，准备用长矛自卫。

老虎被撞出几米后，翻身站好，确定对手是瓜子儿后，一个虎扑，扑向瓜子儿。

还不等老虎落地，瓜子儿举起巨大的前爪，稍微用力，就把老虎扇个跟头，接着扑过去叼起老虎甩出去。

老虎又飞出去十几米。还没等它起身，瓜子儿又到了，叼起它又甩出去……

老虎被瓜子儿甩出七八次后，终于明白，彼此实力相差悬殊，根本不是一个公斤级选手。与其爬起来被甩出去，还不如趴下不动。

不管瓜子儿怎么撩拨老虎，老虎就是一动不动，一脸的生无可恋。

瓜子儿见老虎服软，伸着大长舌头走到小兮面前趴下，邀功请赏。小兮搂着它的脖子，抚摸脑门，亲了两下，以资鼓励。

老虎趁瓜子儿懈怠，“噌”地蹿出去。它虽然被摔伤多

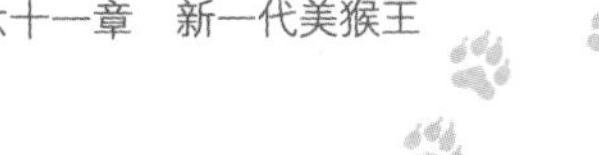

处，但也不想错过逃命的机会。

瓜子儿见老虎要跑，起身要追，被小兮拽住。

虽然小兮知道，放虎归山，日后它仍旧是这些猕猴的威胁，但这是丛林法则，无法改变。再者说，华南虎的数量，全世界都没有几只，绝对不能再杀。

老虎走后，小兮一直绷紧的神经突然放松，倒身瘫在柔软的草地上，大口喘气。

瓜子儿从隐仙湖那个岛上游回来后，就已经透支体力了，又被小兮拽进森林，和老虎进行高强度厮杀，现在也累坏了，也跟着小兮趴在地上“哈哧哈哧”地大喘气。

群猴见小兮和瓜子儿把老虎活活打跑，不再害怕。尤其猴王，曾经和小兮有过两次默契配合，救下母猴母子，对小兮更是感激涕零，因为那只猴崽子是它的儿子。

猴王一声呼啸，率领群猴跑向森林深处。

小兮歇了一会儿，感觉体力恢复一些，又听见猴子“吱吱”乱叫，翻身坐起一看，欣喜地发现，群猴不但把她的衣服送回来了，还采来两堆果子，像摆在墓碑前的供果一样，一堆摆在她面前，一堆摆在瓜子儿面前。

衣服一件不少，但还是湿漉漉的。小兮觉得穿在身上不舒服，也懒得穿了。再说，她和群猴赤身裸体合作半天了，也不急这一时。

那只受伤的母猴一直在外围呻吟，小兮走过去，想查看它的伤势。它把小兮视为救命恩人，一点儿也不躲闪。

小兮也不会外科检查，查了半天也无法确定母猴到底断了几根骨头，目测它无法抬起的前肢应该有问题，但也不知道怎么治疗，只是觉得应该给它绑块夹板。怎么绑呢，又是一个问题。

实在没办法，小兮折了几根树枝，撕下树皮，编了几根绳子，用匕首把树枝削断，做成十几根筷子，用绳子拴好，连接成山寨版夹板，绑在母猴的前肢上。

虽然夹板很山寨，但毕竟把母猴前肢固定住了。

群猴虽然看不懂，但还是知道小兮在救治母猴。

用野果填饱肚子后，小兮接下来要找栖身之地，就拿着衣服、牵着瓜子儿往湖边走。她现在唯一能确定的事儿，就是栖身的地方不能离水太远。

没想到，小兮和瓜子儿走到哪儿，群猴就跟到哪儿。小兮和瓜子儿也不介意，就让它们跟着。

回到隐仙湖畔，望着对面那个岛，小兮觉得岛上应该没有大型猛兽，应该更安全。在湖这边，那只老虎随时可能出现的。

小兮把洗净的衣服挂在树杈上，继续在水里练习游泳。群猴蹲在岸边，目不转睛地注视着她，生怕她遇到危险。

小兮虽然可以骑着瓜子儿游过去，但还是希望自己能游泳。一旦途中出现意外，自己还能有足够的自救能力。

群猴看见小兮下水，也纷纷扑进水里，跟着游起来。有几只猕猴的水性特别好，轻松游出几百米。不是所有猴子水

性都好，有十几只猴子一直在岸边徘徊，不敢下水。

小兮发现，有两只猴子一左一右蹲在挂衣服的树杈上，不时地朝衣服看一眼。这两只猴子居然替她看守衣服。

练习一下午，小兮终于掌握了换气要领，掌握了蛙泳技巧。

黄昏时分，夕阳的余晖倒映在湖面上，湖天一色，又是一个完全不同的绝美画面。小兮呆呆地看了十几分钟，扭头想让瓜子儿过来一起欣赏，却看到瓜子儿像雕塑一样，一动不动地伫立水中。

“瓜子儿，过来。”小兮冲瓜子儿招手。

见瓜子儿没有回应，小兮刚想起身过去看个究竟，瓜子儿忽然没有任何征兆地把脑袋扎进水里，叼出一条大鱼。

水猎犬的本性又暴露了。

这条鱼足有一米长。

“湖里还有这么大的鱼？”小兮十分震惊。

小兮忽然想起来，站在距湖面三百米的宝剑峰上，都能看到湖底的鱼，可见那些鱼有多大。瓜子儿抓到这条鱼，肯定不是最大的。

瓜子儿把鱼送到小兮面前。小兮接过鱼，感觉足有五六十斤，抱着都吃力。

小兮亲亲瓜子儿的脑袋：“瓜子儿，好样的！你继续抓，咱们今天晚上就吃它。”

瓜子儿虽然不杀生，唯独对鱼例外。没办法，它祖上就以捕鱼为生。

小兮跑进树林捡柴火，十几只猴子也跟着她捡。她率领十几只猴子抱着柴火回到湖畔时，瓜子儿已经抓来五条鱼，最小的几斤，最大的七八十斤。几只猴子试图靠近鱼，遭到猴王呵斥。

小兮把相对小一些的四条鱼送给群猴，但群猴只是守着四条鱼，不但不吃，还直直地看着小兮。

猴子不吃鱼吗?

小兮生起一堆火，用匕首把大鱼处理干净，穿在长矛上，架在火上烤。

群猴见到火起，四散奔逃，惊慌地躲到五十米外不敢靠近。它们滑稽的动作和表情，把小兮逗得哈哈大笑。

群猴见小兮和瓜子儿在火堆前安然无恙，才小心翼翼地围拢过来。

把鱼烤熟后，小兮仔细地把鱼刺儿挑出来，才把鱼肉给瓜子儿。在吃鱼方面，猫和狗完全不一样。猫吃鱼，根本不用担心鱼刺儿的问题，它比人还会吃。狗就不行，不把鱼刺儿挑出来，一定会卡在它的嗓子里。

群猴见小兮和瓜子儿吃鱼，也开始吃剩下的四条生鱼。它们能吃鱼，而且吃鱼的动作十分娴熟，还知道用爪子拔鱼刺儿，也会吐鱼刺儿。

看来它们是一群吃鱼高手啊，刚才为什么不吃呢?

小兮把一块烤熟的鱼肉递给一只猴子。那只猴子看了看，

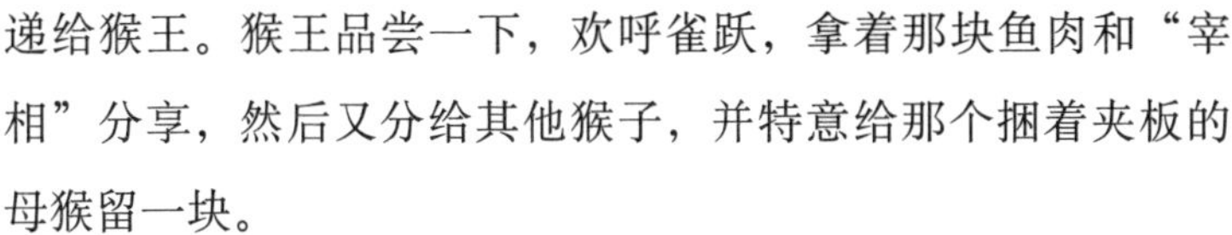

递给猴王。猴王品尝一下，欢呼雀跃，拿着那块鱼肉和“宰相”分享，然后又分给其他猴子，并特意给那个捆着夹板的母猴留一块。

猴王率领几只猴子开始抬鱼。大的它们抬不动，就把小鱼抬到小兮面前，比比画画，好像请她烤。

小兮觉得好玩，就把所有的生鱼都烤了，喂给群猴。

群猴吃得十分惬意，围着小兮和瓜子儿又蹦又跳，有节奏地“吱吱”叫。

夜幕降临，困意上头，小兮连连打哈欠。这几天，她的作息时间十分规律，天黑后，眼皮就抬不起来。她穿好衣服，把自己裹得严严实实，钻进瓜子儿的怀里。

瓜子儿已经习惯抱着小兮睡觉了。它用大爪子捂着小兮的脸，帮她挡蚊子。

那些小猴子也是这样在妈妈怀里睡觉的。

群猴仍旧没走，栖息在湖畔的树上，抱着树枝，身体蜷缩一团。

它们似乎跟定小兮和瓜子儿了。

第二天早上，小兮睁开眼睛，看到面前又出现一堆野果子，还有几十条小鱼，甚至连柴火都捡来了，横七竖八地堆了一堆。

这些猴子太聪明了，不仅会捉鱼，还会做烤鱼前的准备工作。

小兮又命令瓜子儿捉来几条大鱼，全部烤熟后，分给群

猴。但是，群猴捧着鱼，愣愣地看着小兮，看着猴王，想吃不敢吃。

猴王也是如此。

小兮试着吃了一口，猴王见状，也学着吃了一口，然后猴子们才兴高采烈地吃起来。

看到群猴对自己恭敬的模样，小兮顿时明白了，肯定是昨晚群猴通过决议，一致推举她为新一代猴王，好吃的必须她先吃。她不吃，群猴绝对不敢吃，包括让出王位的猴王。

猴王自动降为“宰相”，原来的“宰相”降为“副宰相”，两个“宰相”帮小兮打理猴群的日常事务。

小兮知道，猴王的竞争十分残酷，它们的权力都是通过血腥厮杀得到的。每个猴王的权力宝座上，都黏满了同类鲜血。她和瓜子儿通过战胜老虎，保护了猴群，才登上猴王宝座，拥有猴群内一切处置权，除了交配权。

当然，这项权力她也有，只是不想独断。

这项权力，前猴王本不想交出来，但它得维护现任猴王的权威，只能放弃。

它有没有放弃此项权力，小兮不知道，但群猴肯定知道。它不是猴王，就不再拥有属于猴王的任何权力。

吃饱喝足，淫欲必来。两只猴子情不自禁地抱在一起，欲行苟且之事。

画面太污，小兮一脸坏笑地看得津津有味。可能前猴王觉得有失体统，扑过去冲着公猴大声呵斥。公猴吓坏了，急

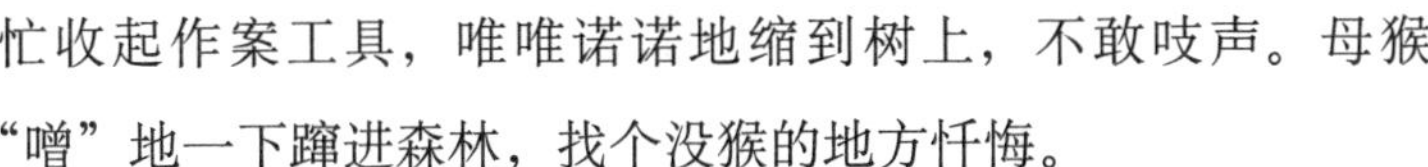

忙收起作案工具，唯唯诺诺地缩到树上，不敢吱声。母猴“噌”地一下蹿进森林，找个没猴的地方忏悔。

小兮觉得前猴王的做法有点儿简单粗暴，这不是棒打鸳鸯扼杀天性嘛。她起身走到前猴王面前，比古论今地讲了一番大道理。

她知道前猴王听不懂，其他猴子也看不懂，便让前猴王站住别动，唤回那只公猴，用手势命它找回母猴，把它俩的爪子牵到一起。

虽然得到现任猴王的允许，两只猴子还是不敢太造次，一起可怜巴巴地望着前猴王，似乎在征求前猴王的意见。

小兮无奈，只好把它俩按原来的姿势重新摆好，然后走到前猴王身边。

见瓜子儿又去抓大鱼，小兮把前猴王抱在怀里，谆谆教导：“你看它们在一起多幸福，你干吗强行干涉呢？以后不许你这样做了。”

前猴王难过地搂着小兮，“嗯嗯”地表述自己的委屈。

其他猴子一直在观察事态的发展，见前猴王与现任猴王意见达成统一，便急不可待地找到自己的另一半，开始秀各种恩爱，场面十分温馨浪漫。

只有浪，没有漫，尺度忒大了。

小兮估计自己是猕猴界唯一女猴王。

也是学历最高、个头最高、身材最好、颜值最高、当之无愧的美猴王。

在小兮的人生规划里，有过各种美妙的幻想，唯独没有这个“称王”的规划，但现在却实现了。

小兮“登基”之后，号令群猴，颁布第一道圣旨：“兄弟们，操练起来！”

她要争取尽快率领群猴横渡隐仙湖，找到属于自己的水帘洞。

从早上练到下午，小兮最远一次游出四百多米，来到湖边与“亻”形岛中间，大批猴子也跟着她游到此处。

只练习一天，就能游出四百多米，这对于一般人来说绝对做不到。小兮之所以能游这么远，一是因为她体力好，二是因为她找到了最省力的泳姿——仰泳。以这种泳姿游，根本不用考虑呼吸的问题。游累了，就躺在水面上休息，手脚稍微给水面一点儿力，身体就不会下沉。

经过两天刻苦训练，小兮感觉横渡时机成熟，便把群猴召集起来，分成两部分，水性好的三十只猴子站到左边，水性不好的二十四只猴子站到右边。通过两天的训练和观察，她决定把水性不好的猴子留下来，水性好的猴子跟她跨湖探险。

前猴王不放心，特意把“副宰相”留下来，管理水性不好的群猴。小兮对前猴王的安排十分满意，对它竖起大拇指。

下水前，小兮命令猴子抹去她和瓜子儿留在湖边的所有痕迹，然后把衣服卷好，用皮带系在瓜子儿的脖子上，率领瓜子儿和三十只猴子横渡隐仙湖。

仰泳虽然省力，但有个缺点，容易偏离方向。为了节省

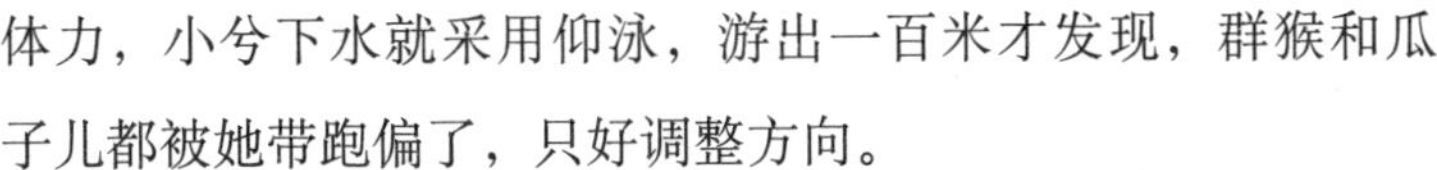

体力，小兮下水就采用仰泳，游出一百米才发现，群猴和瓜子儿都被她带跑偏了，只好调整方向。

她吸取教训，游几十米就确定一下方向，发现偏离，就用自由泳泳姿矫正。

虽然走了一些冤枉路，整体还算顺利，一个小时后，她和瓜子儿率领三十只猴子顺利抵达“亻”形岛，没有一个猴子溺水或掉队。

小兮率领瓜子儿和群猴花了半天时间，走遍全岛，发现这个岛三公里长，半公里宽。岛上景色美不胜收，既有湖边原始森林里没有的奇石怪岩，奇花异果，还有原始森林里的参天古树。那些古树树根造型奇特，树身千姿百态，绝对是顶级艺术家都难以构思的作品。

最令小兮兴奋的是，她真的找到了自己梦想中的水帘洞。

那个洞藏在半山腰，洞口不大，深不见底。小兮一手拿着手电筒，一手握着警棍，带着瓜子儿和群猴小心翼翼地向洞内摸索，生怕里边再蹦出巨蟒。

一块三十厘米高的乳白色巨石，卧在距离洞口十几米的地方，形似圆桌，平滑的顶部和蟹王的蟹壳差不多大。

洞内处处倒挂着钟乳石，造型各异，珊瑚状，瀑布状，蘑菇状……应有尽有。

再往里走三十米，小兮忽然吓了一跳。

一只比瓜子儿体型还大的巨鹰悬在洞顶，展开的双翅可达十米。瓜子儿吓得连声大叫，小兮急忙倒退几步，下意识地摁下警棍伸缩键，矛头“噌”地一下刺向巨鹰。

“当”的一声，矛头溅出火星。

那只在他们头顶翱翔的巨鹰，原来是天然形成的钟乳石，酷似飞鹰，非常逼真。

群猴确定不是天敌后，兴奋地爬上去，在“飞鹰”的巨爪上、后背上翩翩起舞，嗷嗷欢庆。

再往前走，一股寒气从洞内袭来。小兮感觉有点儿冷，想穿上衣服，可是衣服还没干，穿上更冷，只好咬牙继续往里走。

洞深一百多米，转了几道弯，里面十分宽阔，造型各异的钟乳石扑面而来，琳琅满目，令人目不暇接。拂尘状、飞马状、笔架状……应有尽有，只有想不到，没有看不到。

小兮游历过全国各地的各种山洞，如湖南张家界黄龙洞，桂林七星岩溶洞，贵州织金洞……每个洞各具特色。和那些闻名天下的山洞相比，此洞虽然袖珍，但洞内的景色却毫不逊色，且独具一格，安上彩灯就能卖票，而且票价还不能低。

最让小兮感到震撼的是，洞里居然有一个钟乳石，酷似飞天的仙女，环绕仙女的彩带惟妙惟肖。最神奇的是，仙女下方和周边居然飘浮着形态各异的“祥云”，比敦煌壁画还逼真。

据此，小兮给这个山洞命名为飞天洞。

这个岛，本来就是“仙”字的一部分，干脆就叫它“人岛”吧，旁边那个岛叫“山岛”，人岛和山岛组成仙岛，虽然不太好听，但小兮实在找不出更合适的名字了。

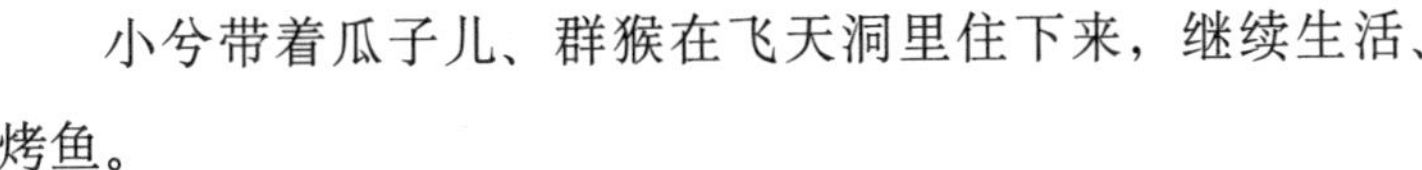

小兮带着瓜子儿、群猴在飞天洞里住下来，继续生活、烤鱼。

洞口那个“圆桌”，成为他们的饭桌。小兮把烤鱼在桌上摆了一圈，群猴围着桌子站了一圈。桌子的高度刚好到成年猕猴的胸部，站立吃鱼，毫不违和。

群猴吃饱喝足后，没有其他娱乐项目，就开始谈恋爱，继续造猴运动，一拨接一拨地接踵而来，随着心情放肆嗨……

群猴太喜欢小兮了，自从小兮统领群猴后，猴群森严的等级制度消失了，可以自由恋爱了。

只是……场面太污了，严重损害岛容洞貌。

前猴王心理上仍旧过不了这一关，愤怒地望着不堪入目的场面，急得“吱吱”乱叫，跑到小兮面前严正抗议。

小兮捂住前猴王的眼睛：“你就别管了！”

小兮忽然觉得这种场景，对严肃的前猴王确实很残忍。以前，猴群里所有母猴都是猴王的妻妾，其他公猴想要和母猴行苟且之事，必须背着猴王偷偷进行。现在，让它亲眼看着妻妾给它戴一摞又一摞的绿帽子，放在谁身上，谁都受不了。

看着对自己毕恭毕敬的前猴王，一股尊敬之意在小兮心里油然而生。世上谁愿意主动交出“王”的特权，尤其是交配权？宁勿死，也不会交出用鲜血换来的权杖。

前猴王为了猴群的安危，主动交出王权，绝对是伟大无私的猴子。

其实，猴群的王权制度和古代人类差不多，隔几年就要

发生交替，只不过它们不是通过民主选举，而是通过武力决斗。猴王如果战胜挑战者，就继续当猴王；战败了，就得乖乖下台，沦落为猴见猴欺的庶猴。每个猴王都会不惜一切代价、千方百计地保住自己的王权。有时为了保住王权，它们还会搞阴谋诡计。

前猴王的前任老猴王，就是这样一个主儿。它不懂得怎么造福猴群，但搞内斗很在行。它一天到晚什么事都不干，就是盯着每个猴子，一旦发现有猴子挑战自己的权威，随便找个理由就把它弄死，或者打残后逐出猴群，搞得猴猴自危。

为了干掉那些对自己王权构成威胁的猴子，老猴王居然故意挑衅猩猩族群，然后把身强力壮的公猴推到前方和猩猩血拼，它躲在后边假装指挥，结果导致猴群损失惨重，半数身强力壮的公猴被猩猩捉住，打碎脑壳，先吸猴脑，再吃猴肉。

吃猴脑？怎么感觉那么熟悉？原来人类这个嗜好，是从猩猩那里继承的。

老猴王虽然借助猩猩之手铲除了威胁它王位的异己，但也触犯了猴群大忌。在战斗中，猴王应该身先士卒，誓死保卫猴群的安全。对于这个外战外行、内战内行的猴王，群猴敢怒不敢言。

那时候，前猴王还未成年。为了结束老猴王的暴政，它暗地里勤学苦练，最后一举打败老猴王，成为新一代霸主。

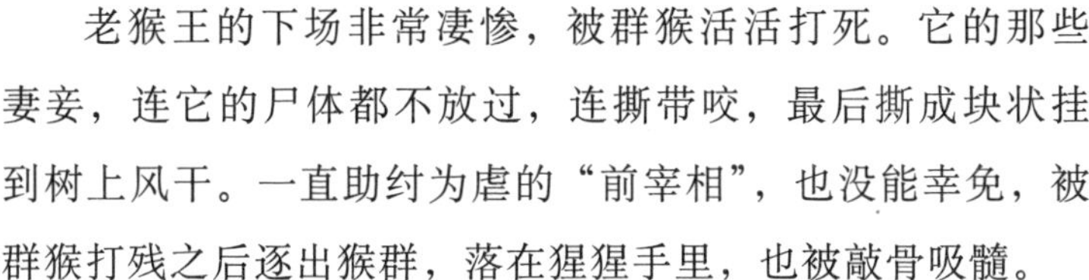

老猴王的下场非常凄惨，被群猴活活打死。它的那些妻妾，连它的尸体都不放过，连撕带咬，最后撕成块状挂到树上风干。一直助纣为虐的“前宰相”，也没能幸免，被群猴打残之后逐出猴群，落在猩猩手里，也被敲骨吸髓。

所以，在猴群内，能主动把王权交出来，对于猴王来讲，是不可思议的。

小兮知道，前猴王交给她的，不只是特权，还有责任和义务。

第六十二章　单挑群盗

小兮长这么大，还是第一次当这么大的官儿，第一次享受特权和尊敬，同时也深感自己责任重大。她是群猴的老大，必须要保护好这群“弟兄们”。

她正望着“弟兄们”肆无忌惮地放浪，“飞行员”忽然从外边跑进来，对着她和前猴王“叽叽嗷嗷”地叫唤，一边比画一边往外看。

“飞行员”就是当初把小兮文胸顶在头上的那只猴子，现在负责猴群警卫工作。

小兮虽然听不懂飞行员在汇报啥，但明显感到外边出了麻烦，于是拿起警棍，牵着瓜子儿，跟着飞行员、前猴王走出洞口。

飞行员和前猴王“噌噌”几下爬上一棵参天大树，飞行员朝南方半空指了指。

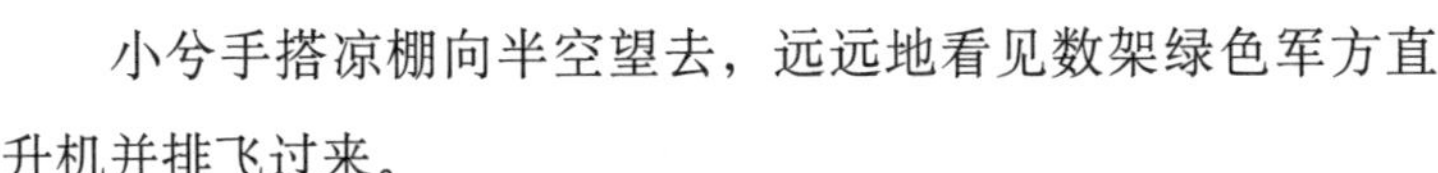

小兮手搭凉棚向半空望去，远远地看见数架绿色军方直升机并排飞过来。

原来，不管晚上还是白天，只要群猴休息时，前猴王都会安排哨兵在周边站岗放哨，有任何风吹草动，哨兵都会及时预警。

猴群的组织性纪律性之强，令小兮叹服。

“快，快，进洞！”小兮急忙牵着瓜子儿退进洞里。

前猴王和飞行员跳下来，尾随小兮躲进洞里。

“嘘”，小兮神秘兮兮地向群猴做个噤声手势，群猴顿时面露不安之色。她故意夸大动作，就是为了让猴子们记住，以后只要见到直升机，一定回来报告。

直升机飞过洞口后，小兮挑出最大一块烤鱼肉，奖励飞行员，把飞行员撑坏了。

确定外面安全之后，小兮牵着瓜子儿和群猴来到她登岛的岸边，让前猴王布置两个岗哨。前猴王立即安排一个哨兵，小兮觉得不够，它又指派一个。

小兮、瓜子儿和群猴在人岛上待了三天，过着反人类的生活。太阳落山，小兮就穿上衣服，搂着瓜子儿睡觉。天亮之后，她却脱个精光，带着瓜子儿和群猴在人岛探险。

小兮把自己脱得一丝不挂，不仅是想完全融入大自然，还有一个更重要的原因——真他娘的凉快啊！她完全不用担心瓜子儿和那些公猴对她有非分之想。即便她的肤色再白，曲线再美，它们对赤身裸体的“美猴王”也完全没有任何生

理反应。回到洞里睡觉，她不穿衣服就不行，除了蚊虫叮咬，是真冷啊！

因此，群猴形成这样一个认知，只有晚上睡觉时才能穿衣服，因此叫睡衣。

小兮忽然想明白很多动物身上为什么有毛。它们除了御寒之外，还能防止蚊虫叮咬。人类发明了衣服，毛就没用了，退化了。头顶上的毛发没退化，是为了防晒。至于其他地方为什么还有毛，还有待观察研究。

那个桌形巨石，既是饭桌，也是小兮和瓜子儿的大床，一人一狗并排躺在上面，还十分宽敞。小兮不许其他猴子在上面睡，不是为了维护特权，而是怕夜里瓜子儿翻身压死它们。

三天中，又有几架直升机从人岛上空飞过，因为有哨兵预警，所以小兮和瓜子儿轻松躲过。

小兮率领群猴和瓜子儿几乎走遍了岛上的每个角落。如她所料，岛上没有发现巨型猛兽，唯一对她构成威胁的就是毒蛇。岛上有那玩意儿也不奇怪，城市公园里都有，没什么奇怪和担心的。

岛上的野果非常丰富，连猴子最爱吃的香蕉、桃子都有。除了水果，小兮还发现很多珍稀菌类，甚至还有野生灵芝。可惜，这玩意儿虽然营养价值极高，但不能生吃，她不敢尝试。

岛上的情况彻底摸清之后，第四天早上，吃过早餐，小兮命令前猴王把群猴召集到洞里开会。

“弟兄们，今天我们要返回对岸，把其他兄弟接过来！”

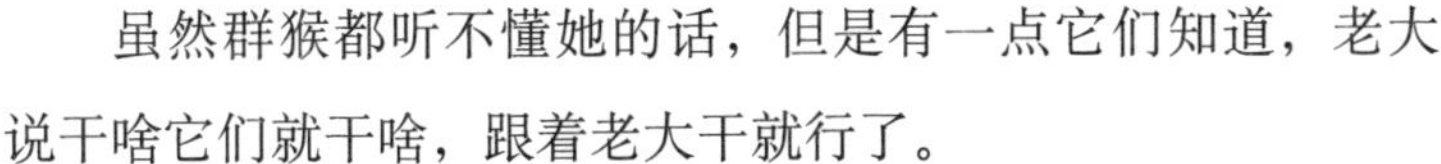

虽然群猴都听不懂她的话，但是有一点它们知道，老大说干啥它们就干啥，跟着老大干就行了。

会议要结束时，在岸边放哨的猴子带着“副宰相”跑进来。

前猴王让“副宰相”照顾水性不好的二十四只猴子，它怎么能私自离岗了呢？

通过“副宰相”焦急的表情和急促的叫声，小兮判断，对岸那些猴子可能遇险了。

“难道那只华南虎又杀回来了？”小兮来不及多想，立即把衣服叠好，牵着瓜子儿朝湖边跑去。这些猴子都是她的兄弟，给予她至高无上的权力，她必须为它们的安全负责。

群猴跟着小兮跑到岸边，正要下水，小兮拉住它们，命令前猴王和群猴在人岛上待命。

前猴王似乎非常焦急，仍旧要跟小兮下水。小兮对前猴王和群猴一通呵斥，前猴王才勉强服从。

这次小兮不是游过去的，而是和“副宰相”骑在瓜子儿的背上，举着衣服来到对岸。

岸边，十几只猴子围着小兮“吱吱”乱叫。小兮数了数，大吃一惊，二十四只猴子只剩下十五只，丢了九只，那只夹板猴也不在。

那只老虎吃掉了九只猴子？

诧异间，前方树上传来一只猴子“叽叽”的叫声。小兮仔细一看，正是那只曾经对她挥舞内裤的贱猴。

“副宰相”朝贱猴跑去。小兮立即穿好衣服，骑上瓜子儿，跟着“副宰相”和贱猴跑。

“副宰相”和贱猴在树枝间疾速穿梭，小兮骑着瓜子儿追出五百多米后，看到一棵树上下来一只猴子，跟“副宰相”、贱猴会合，带着小兮和瓜子儿继续向前跑。

跑出一公里后，又有一只猴子从树上跳下来。小兮明白了，这些猴子是以接力的方式保持联络。

小兮跟着第五只猴子往前跑了一公里后，猴子们停下，环顾四周，面面相觑。“副宰相”跳到瓜子儿的背上，冲着小兮“叽叽喳喳”地比画一通。

小兮猜测，它们跟踪的目标不见了。

目标丢了不怕，还有瓜子儿呢。它早就记住目标的味道了，只是没邀功而已。

瓜子儿带领小兮在原始森林中前行五公里后，忽然听到前方传来大象的哀叫声。

大象能捕杀猴子吗？它们不是吃草吗？

越往前走，大象的哀叫声越来越清晰。小兮刚想提醒瓜子儿走路轻一点儿，瓜子儿就已经高抬脚轻落步，好像进屋偷东西的小偷。小兮心里暗暗给瓜子儿点个赞，这家伙越来越让她省心了。

其实不只是瓜子儿，自然界所有动物靠近猎物时，都会蹑手蹑脚，这是所有动物的本能，螳螂捕蝉时都不吵吵。

往前走了一公里左右，瓜子儿忽然停下，警惕地俯下身子。

前面传来嘈杂的脚步声，夹杂着人的叫喊声——

“前面堵住，堵住！”

“用大剂量针头！”

……

有人？

小兮暗自庆幸，幸亏自己把衣服穿上了。她要是和往常一样光着屁股，那才是自找麻烦。

通过这些声音，小兮判断这些人在捕猎大象，那些猴子八成已经落到他们手里了。

“怎么办？要不要制止他们的非法猎杀活动？这些人手中有麻醉枪，甚至有真枪；不制止他们，大象肯定要被他们猎杀，然后敲掉象牙。那几只猴子也救不回来了。制止他们，她和瓜子儿的行踪就暴露了。”

没等小兮想清楚，远远地看到一头大象踉踉跄跄地跑过来。那是成年公象，伸着两根一米多长的象牙，脚步十分凌乱。后面四五十米外，七八个人手持麻醉枪，对它紧追不舍，边跑边朝公象开枪。

小兮对大象的习性有一些了解。大象是群居动物，象群主要由母象和幼象组成，公象成年后就被赶出族群，独自谋生，到外边娶妻生子，发展自己的族群。族群赶它们出去，是为了避免和族群里的其他近亲发生乱伦。这头公象是成年象，被赶出族群后，正在形单影只地找对象。

公象的脚步越来越凌乱。忽然，它斜前方十几米的树后又蹿出两个人，一起向公象举起麻醉枪。他们正要扣动扳机时，一杆长予突然从上方抡下来，抽在他们持枪的胳膊上。

他们惨叫一声，两支麻醉枪应声落地。

小兮骑着瓜子儿从树林里蹿出来。瓜子儿叼住一个人，又把另一个人撞出七八米。

瓜子儿猛地甩头，嘴里那个人飞出去，撞到树上，滑下晕倒。

药力发作，公象支撑不住，趔趄几下，倒在地上，挣扎几下，没有爬起来。

公象后面的八个人，看到瓜子儿，都吓傻了，停下来，战战兢兢地望着，感觉《封神榜》里的故事突然上演。

小兮骑在瓜子儿后背上，威风凛凛地举着长矛，冲八个盗猎分子厉声喝道：“把枪放下！”

领头的是一个身材高大、粗壮结实的黑脸汉子。小兮这声断喝，让他缓过神来，认真地打量小兮：“甄兮？”

其他七个人也七嘴八舌地自言自语：“瓜子儿？”

……

“以前的小兮已经不在了。你们给我听好喽，我现在是隐仙湖美猴王——兮爷！”小兮一挥手，一群猴子整齐地站在她的身后。

大狗，群猴，全部服从美女的指挥，谁见过这种阵势？一个盗猎分子战战兢兢地对黑脸汉子说：“塔……塔哥，撤……撤吧。”

塔哥姓铁名塔，手下人都称他塔哥。

铁塔却缓缓地举起枪。

小兮有点儿诧异："你们的胆儿也忒大了吧？你们不怕我，难道也不怕它？"她指指胯下的瓜子儿。

铁塔吼道："天高皇帝远，怕个球！我杀人，你们杀狗！"

话音未落，铁塔就对小兮扣动扳机，一支麻醉针从枪管里射出来，直奔小兮胸前。

另外七个人，一起对着瓜子儿扣动扳机，七支麻醉针飞向瓜子儿。

小兮面不改色，不躲不闪，右手猛地挥舞长矛，在瓜子儿面前划了个弧，左手朝飞向自己那支麻醉针抓去。

七支麻醉针齐刷刷地落在瓜子儿面前。

小兮举起左手的麻醉针，嬉笑道："就这破玩意儿，还想杀我？"

八个盗猎分子见状，吓得腿肚子直哆嗦。她轻轻一挥长矛，就打落七支疾速飞行的麻醉针，随便一伸手，就抓住一支。这是什么身手？常山赵子龙也不过如此吧？

小兮不是赵子龙，但是她轻松做到了。

"快跑！"铁塔一声令下，带领众人扭头就跑。

"跑？哪有那么容易！"小兮厉喝一声，催动瓜子儿追上去。

盗猎分子跟瓜子儿比脚力？开国际玩笑！

瓜子儿几步就追上盗猎分子。小兮调转矛头，矛杆结结实实地捅到铁塔后背上。

铁塔应声倒地。

瓜子儿像农妇捡饺子一样，低头叼起一个，甩出去一个，又叼起一个……

瓜子儿左一口右一口，瞬间甩出去四个。

小兮左一杆右一杆，瞬间捅趴四个。

小兮担心自己失手杀了他们，才选择用矛杆尾部捅的。对此，那四个挨捅的盗猎分子并不知道，还以为自己接下来必然被挑，反正也跑不过大狗，干脆趴在地上等死。

铁塔也以为自己必死无疑，结果死了半天，也没有断气，于是挣扎着翻个身，却看到寒光凛凛的矛头顶在自己的咽喉上。

“放了我的兄弟，然后对天发誓，就当这件事儿没有发生过，我就放你们走！”小兮骑在瓜子儿后背上，居高临下地对铁塔低声说。

“放了你的……兄弟？”铁塔四下看看，“我没见过你的兄弟啊！”

“就是五只猴子，其中有一个戴夹板的。”

“跟猴子称兄道弟，是不是神经有问题？是不是杀人都不负责任？”盗猎分子感觉自己遇到大麻烦了。此人身手如此了得，杀人法律都不予追究，看来今天自己遭到报应了。

看着盗猎分子傻呆呆的模样，小兮心里暗自得意。她哪有常山赵子龙的身手，刚才不过是使个障眼法而已。她知道，麻醉针刺不破防刺服，才肆无忌惮地往前冲。她把长矛舞得“呼呼”作响，其实一支麻醉针都没碰到。那些麻醉针

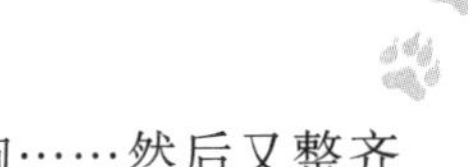

七七八八地射在瓜子儿的脖子、大腿、前胸……然后又整齐划一地落到地上，乍一看就像小兮的长矛格开一样。

至于她手中的那支，已经稳、准、狠地射中她的胸口，她又以迅雷不及掩耳之势拔下来，然后高高举起，动作做得太顺畅、太自然、太逼真，就算当时一帧一帧地慢放，都很难查出真相。

小兮的“神技”果然震慑住盗猎分子，他们为了保命，一瘸一拐地带着小兮和瓜子儿找到五只猕猴。五只猕猴被关在笼子里，有四只中了麻醉针，还在酣睡。只有受伤的夹板猴行动不便，让盗猎分子省下一针，现在还很清醒。

笼门打开的瞬间，夹板猴跳出笼子，扑到小兮怀里，犹如小弟见到大姐，搂着小兮的脖子死活不松爪。

小兮把五只猴子交给“副宰相”保护起来。

小兮和瓜子儿大战盗猎分子时，群猴怕血溅到自己身上，纷纷躲到树上观战。它们长这么大，还没有见过如此精彩的场面，都被震慑住了。见老大一矛定胜负，它们都不怕了。又见老大招手示意，它们便雄赳赳气昂昂地围过来。

此战最大的收获，除了五只猴子，小兮还缴获了一些锅碗瓢盆、柴米油盐。这伙盗猎分子的野外生存经验不是一般的丰富，为了保证自己在原始森林里的饮食质量，生活用具一应俱全。

看到梦寐以求的生活用具，小兮乐坏了，今天可以给兄弟们炖一锅鱼汤了。那些珍稀的蘑菇、灵芝也能派上用场了，纯天然、无公害，在南岛市区花多少钱都吃不到的。

铁塔答应了小兮的三个条件：一、所有生活物资全部留下；二、以后再也不干这一行了；三、绝对不会把见到小兮和瓜子儿的事儿说出去。谁泄露了一个字，死全家，七大姑八大姨都得死。

铁塔再三保证，小兮仍旧不信。这伙人连法律都敢藐视，还有什么事儿干不出来的？为了确保万无一失，她登记了他们的身份证信息，以此要挟他们："如果有人找到我，警方就会照单抓人，你们犯了什么事儿，能判几年，心里都清楚！"

盗猎分子继续对天发誓，如不守信，死全家，死七大姑八大姨。

小兮确认自己应该安全了，才对盗猎分子说："滚吧，别让我再见到你们。记住，这是第一次，也是最后一次。如果你们还想来，就先给自己找块风水宝地，挖个坑，留着备用！"

八个盗猎分子得到赦令，立即一瘸一拐地往回走。他们刚走出十几米，就听身后传来阴冷的断喝声："站住！"

盗猎分子立即停下，转过身来。他们不傻，跑，肯定跑不过大狗，一旦被追上，还不知道被它甩到哪里去呢。

小兮冲他们钩钩手指，盗猎分子又乖乖地走到她面前。

小兮盯着铁塔，足足有半分钟，悠悠说道："替兮爷给二哥带个话，他的好意我心领了，但是我跟他真不合适。"

铁塔愣了一下："二哥？哪个……哪个二哥？"

"你说呢？"小兮装作不耐烦。

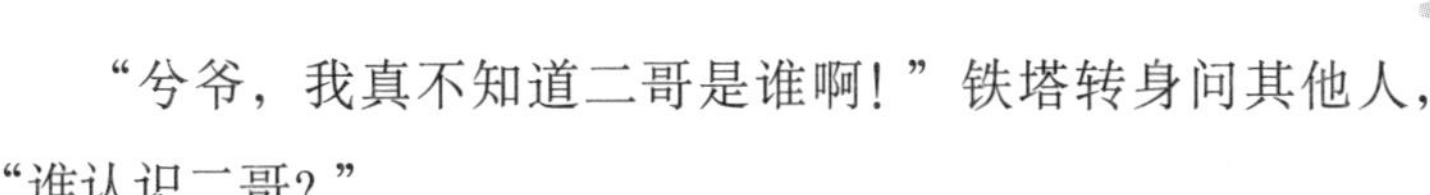

“兮爷，我真不知道二哥是谁啊！”铁塔转身问其他人，“谁认识二哥？”

其他人面面相觑，纷纷摇头。

“装，装你妈个 × 啊！”小兮故意装作没文化没修养，瞪大眼睛吼道，“谁也别装大头蒜，明说吧，我们都不想落到警察手里。既然我们是一根绳子上的蚂蚱，那就谁也别瞒谁了，瞒也瞒不住。”

小兮死死盯着一个瘦子，想从他的眼神里找到蛛丝马迹，没想到瘦子不敢看她。两人目光刚接触，他就低下头。

小兮把目光落在胖子脸上，胖子赶紧低下头，貌似怕自己这张超标的大脸影响她的心情。

“兮爷，您能不能再给一点儿信息？我们回去之后，尽力帮您打听。”铁塔说。

“我给你提个醒，二哥就是你们的下线，就是从你们手里接货的人。”

“您说的二哥，是不是南岛的？兮爷，做我们这一行，谁的鞋谁的袜子，分得很清楚，谁也不敢乱来。南岛不是我们的地盘，我们不接南岛的活儿。”铁塔说。

小兮不接话茬儿，死死盯着铁塔，但判断不出他是不是说谎。

小兮转向脸上有块疤瘌的盗猎分子。从他们在人群中所在的位置，她大致能判断出，铁塔是团伙的老大，疤瘌脸应该是老二。

“你们那个溶洞有多大？”小兮盯着疤瘌脸的眼睛，阴森森地问。

“什么……溶洞？”疤瘌脸不解。

“那些变异大闸蟹和小龙虾，现在长多大了？”小兮用矛头指着胖子。

胖子连忙摇头：“我们不养大闸蟹小龙虾啊！”

“你们怎么躲过警方搜索的？”小兮故意把思维弄得跳跃性非常强。瘦子正琢磨她上一句话呢，没想到到自己这里变成这句。

瘦子摇摇头，不敢做声。

疤瘌脸好像明白小兮问什么了，赶紧搭话：“兮爷，我们要有那种货，还用费劲巴拉地跑到这里抓猴儿吗？”

“贪婪，就是贪婪！”小兮说，“你们手上有那么值钱的玩意儿，为什么还不放过猴子、大象？那是稀罕玩意儿，懂吗？一旦跑出去，你们的损失大了去了！”

“您非得说我们有那玩意儿，我们也没办法。我们是爱财，但我们更爱命啊！身边供着那么多吃人机器，我们得有多大的胆子啊？”疤瘌脸为难地说。

“是吗？世界上有你们不敢干的事儿吗？”小兮狐疑地盯着疤瘌脸。

疤瘌脸赶紧低头，不再做声。

小兮把长矛猛地往地上重重一蹾，大喝一声：“说！”

小兮这次使用胸腹式呼吸法，一股丹田之气喷出喉咙，

声音十分嘹亮，十分爷们儿，震得自己的脑门儿都嗡嗡直响。

两个盗猎分子吓得腿一软，瘫坐在地上。

瓜子儿见小兮发怒，瞪起大眼睛发出“呜呜”的威胁声，凑到疤癞脸面前，鼻尖顶着他的脑袋，露出血红的牙花子，两排白森森的大牙几乎贴到他脸上的疤癞。

疤癞脸腿一软，彻底尿了。

“说不说？”小兮咬着后槽牙，犀利的目光穿透疤癞脸。

“我……我……我……”疤癞脸结结巴巴，语无伦次。

瓜子儿见他还磨叽，“汪”的一声怒吼，把疤癞脸震得肝胆俱裂。他本来用肘部撑着地面，这下撑不住了，软绵绵地倒在地上。

兮爷凶猛，瓜爷恐怖。

瓜子儿本来想吓唬一下疤癞脸，他却以为瓜子儿要咬他，于是抢先一步晕过去了。

“兮爷，我们手上要是真有那玩意儿，谁还出来偷不值钱的猴儿啊？”铁塔一脸无奈。

“兮爷有这么好骗吗？你们别忘了，兮爷在南岛特警队当过差，啥牲口没见过？”小兮盯着盗猎分子，想了想，“算了，你们也不容易，我就不难为你们了。你们记住，二哥心狠手辣，跟他玩儿，早晚把小命玩丢了。当然，你们也没把自己的命当回事儿，就当我没说。你们见到二哥，告诉他，看在他曾经喜欢过我的分上，以前那些烂事儿我就不计较了，以后我跟他井水不犯河水。他要是再敢招惹我，我给他准备一百种死法，不带重样的。”

盗猎分子仍旧一脸茫然。

小兮表演这出《捉放曹》，其实就是想诈他们一下。谁也不知道这片原始森林里还有没有溶洞，万一他们发现一个，把那些变异虾蟹藏到里面，警方根本发现不了。从盗猎分子的反应上，她没有看出任何破绽，也许他们真的和二哥团伙没有任何交集。

“滚！”小兮不耐烦地挥挥手。

盗猎分子看看小兮，七手八脚地背上疤瘌脸，狼狈地走了。

事实上，仅从电影电视剧里了解到的黑帮常识，还不足以让小兮识别这伙人的真实面目。后来发生的事情证明，她这次才是真正地放虎归山。

小兮把缴获的锅碗瓢盆、柴米油盐、麻醉枪麻醉剂、刀具等战利品塞进几个大包里，放在瓜子儿背上。群猴背着四个晕猴和夹板猴，跟着小兮和瓜子儿踏上归程。

几支麻醉针扎在那头公象的屁股上、大腿上，以致它还在昏睡。如果不是碰见小兮，它的下场必然十分悲惨。小兮担心它受到二次伤害，就坐到一边等它醒来。

盗猎分子取象牙的方法十分残忍，一般都要砍下大象半个脑袋。

没过多久，公象醒了，懵懵懂懂地看了小兮一眼，猛地爬起来，警惕地盯着她，像喝醉酒一样，踉跄着后退几步。

小兮靠近公象，伸手安慰它。不料，公象猛地甩起大鼻

子，把小兮抽倒在地。

瓜子儿怒了，大叫一声扑过去，咬住公象的鼻子就要拧。

小兮急忙起身，拦住瓜子儿。

别看瓜子儿的体型比公象小一圈，体重不到它一半，但是小兮深信，打仗靠实力，更靠实战经验。拥有几十战经验的瓜子儿，分分钟就能把公象归置得服帖的。

面对敌友不分的小兮，瓜子儿不高兴了，但又不能动粗，只能“呜呜”地骂公象：“你妹的！恩将仇报的狗东西，俺家小主儿刚刚救活你，你就翻脸不认人了？”

群猴爬到树上，也跟着瓜子儿“叽叽喳喳”地骂大象：“傻×，大傻×！你妹的，你妹的……”

如果公象有妹妹，应该在十公里外不住地打喷嚏。

小兮见公象对她还持有很深的戒备，估计它刚才没有看到自己和瓜子儿救它的情形。这件事儿，要跟它解释清楚，好像挺费劲儿的，毕竟她没学过象语。不过，想掰它牙的人已经跑了，它暂时没有危险了，自己还是走吧，让它自己琢磨去吧。

小兮骑上瓜子儿离开公象，群猴紧随其后。他们走出一公里左右，身后传来公象阵阵凄惨的叫声，更加瘆人。

小兮感觉不对，掉转狗头往回走五百多米，看见公象迎面跑过来。

公象看到瓜子儿和小兮，停下来，引颈长鸣。

瓜子儿不高兴了，要上去揍它，被小兮拉住。

小兮观察一会儿，并没有发现公象遇到危险，松了一口气："它没事儿。瓜子儿，咱们走。"

小兮和瓜子儿往湖畔方向走，公象却一直跟在他们后面。瓜子儿恨这种不识好歹的玩意儿，时不时回头骂几句，但公象并不在乎。

小兮知道大象记仇，也懂得报恩。它跟着自己，报恩的可能性不大，因为它根本不知道自己和瓜子儿救过它的命，不然它也不会用鼻子抽自己。

小兮带领群猴回到隐仙湖畔，朝对面望去，看见前猴王和猴子们一直在对面张望。她忍不住大喊一声："孩儿们，俺老孙回来了！"

群猴听到小兮的声音，欢呼雀跃。前猴王扑进湖里，其他猴子纷纷跟着下水，一起奔向小兮。

群猴上岸后，有的抱住猴崽子，有的抱住母猴，就像久别重逢的亲人诉说衷肠。前猴王直奔夹板猴，轻轻地把它抱在怀里，查看伤情。

猴群里的母猴，以前都是前猴王的妻妾。它此时最惦记的，却是受伤的夹板猴。夹板猴身体最弱，却对前猴王忠贞不贰，不像前猴王的其他妻妾，自从前猴王让位之后，就迫不及待地和其他公猴搂成一团。

前猴王久久地搂着夹板猴不愿松开。接着，两条胳膊搂住它们，它们回头一看，小兮把它们搂到怀里。

"从今天开始，你就一心一意地待它好不好？"

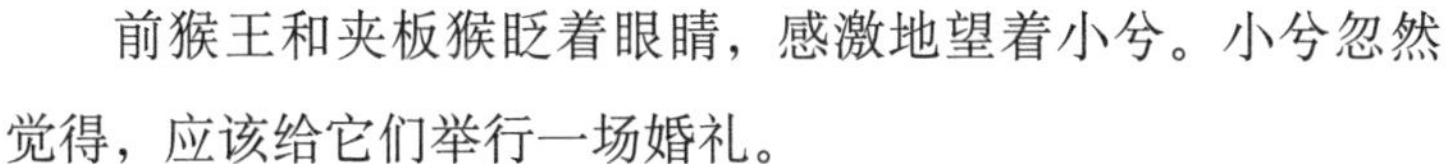

前猴王和夹板猴眨着眼睛，感激地望着小兮。小兮忽然觉得，应该给它们举行一场婚礼。

那头公象一直在附近徘徊，稍微靠近猴群，就被瓜子儿严重警告。忠心护主是瓜子儿的天性。它知道，猴子是小兮的属下，它就有责任保护它们的安全。

瓜子儿已经找到了自己的工作，自动成为牧猴犬。小兮是猴王，它就是御前一品领侍卫内大臣兼九门提督。在如此重要的岗位上，它不能辜负小兮的信任、群猴的委托，不然都对不起群猴给它摘的果子。

这不，小兮又给它安排重体力活儿，命它把盗猎分子留下的生活用品先运到岛上去。啥也别说了，能者多劳嘛，谁让咱是能者呢。

瓜子儿驮着几大包东西，游向人岛。

众猴休息得差不多了，小兮脱下衣服，装进大包里，系在瓜子儿后脖颈儿上，挥手朝人岛一指，发布命令："兄弟们，带着你们的老婆孩子，也别忘了父母，咱们一起到对岸过好日子去！"

在小兮的带领下，前猴王驮着夹板猴和它们的猴崽子，其他猴子扶老携幼，纷纷向对岸游去。

小兮虽然第一个下水，却游在最后。作为老大，她必须殿后，以免有猴子溺水。游了三十多米，她不经意地回头一看，发现湖边有个比手掌大不了多少的猴崽子，"叽叽"地叫着，不敢下水。

当父母的，怎么这么不长心呢，孩子丢了都不知道？

那只公象一步步走向湖边，逼向猴崽子。

小兮正想返回接那只猴崽子，忽然感觉水面猛烈战抖起来。

“地震了？”她四下张望。

一阵沉闷的声音传来，咚咚，咚咚……

小兮判断清楚了，应该是象群的脚步声。虽然她从来没听过如此沉重的脚步声，但除了象群，其他物种都不可能造成地动山摇之势。

公象一声接一声地喊叫，其实是在呼唤同伴来为它报仇。

公象成年后，虽然会被赶出象群，但象群也不是完全不管它的死活。只要它遇到危险，近亲仍会第一时间赶来帮忙。

还好，那头公象在距离猴崽子两米处停下，没有伤害猴崽子。

小兮认为，公象虽然没有伤害猴崽子的意图，但不及时把猴崽子抱离危险境地，就可能被后面的象群踩稀碎。

她没游出几米，几十头大象就从森林里冲出来。

她急坏了，采用游速最快的自由泳，奋力向前游，简直达到了生死时速。

即便如此，她也没有象群的速度快。她眼睁睁地看着象群离猴崽子越来越近。猴崽子可能是吓傻了，竟然站在那里一动不动。

小兮终于游到“断崖”处，双脚一着地，就像采用蹲踞式起跑的百米运动员，飞速冲向猴崽子。

但她还是慢了。

象群离猴崽子只有十几米，肯定比她先到，不但会把猴崽子踩成小肉饼，恐怕她也自身难保。

象群，对于她来说，就是坦克群。她只是稍微大一点儿的猴崽子。

要不要放弃这只不知死活的猴崽子？

就在小兮难以取舍之时，头顶突然旋过一阵风，一团棕色物落在她的前方。接着，棕色物又往前一纵，把猴崽子挡在后面，冲着来势汹汹的象群怒吼。惊天动地的吼声掩盖了象群杂乱的脚步声。

象群停下来，盯着威风凛凛的瓜子儿。

瓜子儿，一下子穿越到三国时期的当阳桥，客串猛张飞。

第六十三章　夜袭者

瓜子儿那声怒吼，比张飞有过之无不及。面对黑压压的象群，它岿然不动，临危不惧。

“我乃阉人张翼德也，谁敢与我决一死战！”小兮想起这句台词。

各种版本里的这句台词，她从小听到大，但每次都把“燕人”听成“阉人”，把张翼德当作太监，想想就感到好笑。

在瓜子儿的掩护下，小兮像七进七出的赵子龙一样，抱起猴崽子，转身跑进湖里。

这是一个裸版赵云，伟大形象禁止拍摄传播。

“瓜子儿，跑！”小兮抱着猴崽子跑到“断崖”处，回头看见瓜子儿一边低吼一边后退。

象群没有逼上来，也许是被瓜子儿的气势镇住了。

瓜子儿见象群没有追上来，转身跑进湖里。

小兮游到深水区，把猴崽子放在自己的腹部，以仰泳的姿势，朝人岛游去。瓜子儿确实是合格的御前一品领侍卫内大臣，寸步不离地护卫着她。

仰泳还有一个好处，可以随时观察象群的情况。小兮游出几十米后，象群纷纷扑进湖里。

坏了！

别看大象笨重，游泳的技术却完虐瓜子儿。万万没想到，它们还自带换气设备，把象鼻子伸出水面呼吸，而且耐力极好，游五六个小时不用休息，简直就是水陆两栖坦克。

在岸上，瓜子儿或许能轻松搞定一头大象，但是在水里，它只有被大象搞定的份儿。

难道象群刚才不是被瓜子儿震慑住，而是等待瓜子儿下水后，在水里围殴它？

“瓜子儿，快点儿，快点儿游。”小兮一边拼命划水，一边冲瓜子儿喊。一阵惊慌失措后，她发现自己担心的事儿并没有发生。

象群在湖边的水里停下，并没有追击。

象群站在水里，一起向小兮、瓜子儿和群猴长啸。几十头象一起叫唤，就像几十辆汽车一起鸣笛，笛声飞跃群山，响彻云霄，十分嘹亮。

小兮松了口气，自言自语：“想叫就叫吧，只要你们别追我就好。”

人无远虑，必有近忧。小兮的远虑没了，近忧就来了。

这只猴崽子没有断奶，刚脱离死亡线，就开始踅摸吃的。看到小兮胸前那两个熟悉的物件，也不征得物件的主人同意，毫不客气地捂一个啃一个。

小兮被它啃得浑身酥痒，几乎无力划水，于是呛了几口水，有几次她真心想把这个不讲究的猴崽子推到水里。

还好，游到一半时，猴崽子实在没啥收获，放弃努力。

上岸后，瓜子儿率领群猴和对面的象群展开对骂，像两个村村妇吵群架一样。瓜子儿声音浑厚，群猴尖利刻薄："你妹的，你妹的，你妹的……"

群象整齐划一地冲人岛长啸，只有一只体型较小的母象不住地打喷嚏。

小兮喝止瓜子儿和群猴。她认为，大象虽然视力不好，看不到对岸，但它们的听觉和嗅觉完虐瓜子儿，和它们对骂，等于暴露了自己的位置。万一它们半夜偷渡过来，吓人不？

群象吼了一阵后，觉得没劲，在湖边喝了一会儿水，悻悻离去。

有惊无险，小兮放心了，便带领瓜子儿和群猴采蘑菇。

要命的是，她彻底甩不开那个猴崽子了。它爹是谁，它妈是谁？根本无从辨认。不知道它父母是不好意思认领，还是彻底把它抛弃，反正它变成孤儿了。

小兮把它放到地上，它就抱着她的腿不放，她走路都走不了。没办法，她只好把它放在肩膀上扛着。

根本不用担心猴崽子掉下来摔死。惜命的它，死死搂着

小兮的脖子，拽都拽不下来。

猴崽子太小，瓜子儿不但不介意它的过分行为，偶尔还过来舔它一下，像个不合格的爹。

小兮和群猴采了几大包蘑菇、灵芝，又捉了几百斤鱼，回到洞里，一边烤鱼，一边炖鲜菌灵芝汤。

小兮忽然想起一件事，应该让那个盗猎团伙给自己弄点儿种子来。这样，她就能在这里享受桑麻生活了。

小兮懊悔得差点儿把大长腿拍肿。群猴有一学一，也跟着小兮拍大腿。它们不知道小兮为什么拍大腿，领导拍，它们就必须跟着拍，这是规矩。

当鱼汤的鲜味儿溢满飞天洞时，群猴就不淡定了。

这味道，太香了！

汤好了，鱼烤熟了，小兮把鱼汤盛入八个缸子和八个饭盒里，把烤鱼放在“大圆桌”上。所有猴子垂涎欲滴地望着鱼汤，盼望小兮赶紧吃第一口。

这次，瓜子儿也把以前没有主次的习惯改了。

在吃东西方面，瓜子儿从来就不是讲规矩的狗。只要有吃的，它才不管小兮大兮呢，自己先吃饱再说。这几天，在猴群中耳濡目染，它居然也养成了礼让的好习惯。

群猴和瓜子儿正在焦急等待时，听见洞口传来“当当”的声音。

小兮哼着《婚礼进行曲》，扛着猴崽子，一手牵着前猴王，一手牵着夹板猴从洞外走进来。

夹板猴脑袋上还戴着一个花环。

群猴顿时就蒙圈了，“叽叽喳喳”地议论，谁也猜不出小兮和两只猴子要干什么。但是，从小兮缓慢的脚步和一本正经的表情上，它们觉得要有重大事情发生。

小兮牵着前猴王和夹板猴登上“大圆桌”，蹲在群猴中间，把夹板猴的前爪放在前猴王的前爪上。

“兄弟们，今天，我们在上帝的注视下聚集于此，并且在群猴面前，来见证猴王和夹板猴的神圣婚礼。这是个光荣的时刻，是自从亚当和夏娃在地上行走以来，上帝便创立的时刻。因此，它不是鲁莽而又欠缺考虑的，而是虔诚而严肃的。”小兮高声宣布。

群猴安静下来。

小兮问猴王：“猴王，你愿意在这神圣的婚礼中接受夹板猴作为你的合法妻子，一起生活在上帝的指引下吗？你愿意从今以后爱它、尊敬它、安慰她、关心它，并且在你们的有生之年不另作他想，忠诚待它吗？”

前猴王蒙圈中……

小兮指指夹板猴。前猴王凑过去，亲了夹板猴一口。

小兮立即鼓掌。群猴不知道是什么意思，也盲目地跟着小兮拍爪子。

小兮又问夹板猴：“夹板猴，你愿意在这神圣的婚礼中接受猴王作为你的合法丈夫，一起生活在上帝的指引下吗？你愿意从今以后爱它、尊敬它、安慰她、关心它，并且在你们

的有生之年不另作他想，忠诚待它吗？”

夹板猴也蒙圈了。

小兮指指前猴王，夹板猴也亲了前猴王一口。

小兮又带领群猴鼓掌。

小兮拉起前猴王和夹板猴的前爪，一本正经地问道：“下面，你们跟随本牧师宣读誓言。我猴王接受你夹板猴成为我的合法妻子，从今以后永远拥有你，无论环境是好是坏，是富贵是贫贱，是健康是疾病，我都会爱你，尊敬你并且珍惜你，直到死亡将我们分开。我向上帝宣誓，并向他保证，我对你的神圣誓言。”

然后，小兮又引导夹板猴重复了一遍。

小兮盛了两杯鱼汤，分别递给前猴王和夹板猴，把两个猴子的前肢绕在一起：“喝了这杯交杯酒，你俩就是合法夫妻了！”

虽然鱼汤的香味，令前猴王和夹板猴垂涎欲滴，但是小兮不喝，它们也不肯喝。小兮无奈，只好自己又盛了一杯，喝了一口。不料，她这一口喝下去，严肃的现场顿时就乱套了，群猴纷纷奔向鱼汤。

“都别动！”小兮厉声喝道，“仪式结束后，你们才能喝喜酒。”

前猴王和夹板猴见小兮喝了，才开始喝。它们刚喝了一口就搂不住了，“咕噜咕噜”，姿势一点儿都不优雅。

和其他野生动物一样，猴子平时吃的东西都是淡的，以致猴子身体都缺盐。这碗汤里有咸味儿，所以它们觉得太美了。

前猴王和夹板猴几口喝光了鱼汤，把杯子举到小兮面前，还想要。

“等会儿。”小兮转身对群猴说，“我宣布，从现在起，猴王和夹板猴就是正式夫妻了。所有公猴不能再打夹板猴的主意；所有母猴，不许再和猴王勾搭。一旦被我发现，严惩不贷，听明白了吗？”

没有一只猴子能听明白。

“以后，一只公猴只许配一只母猴。有主儿之后，不许再勾搭其他猴。你们听明白了吗？”

群猴要想听明白这句话，至少还得上五年学。小兮也没想让它们现在就明白。她先把规矩定下，以后加强管理，不能再让它们乱来。一年之内，它们必须回到一夫一妻的轨道上，老想霸占别人的老婆老公，那不乱套了吗？虽然从古到今，它们一直都是这么乱套。

群猴虽然听不懂，但通过小兮严肃的表情，都找到了仪式感，感觉到庄重，感觉到猴王和夹板猴的关系跟以前不一样了。

“我宣布，礼成，喜宴开始。”小兮牵着前猴王和夹板猴跳下圆桌，下令开席。

群猴吃着吃着，激动得哭了一半儿。在它们的猴生里，从来就没吃过这么好吃的食物——在这个世界上，居然还有一种叫盐的宝贝。

以前只喝奶的猴崽子也喝汤了。小兮抱着它，一勺一勺地喂。

她仔细审视一下自己的动作，坏了，不知不觉中，自己已经变成猴妈，正宗的猴妈。

离开人类社会，离开熟悉的生活圈子，小兮并没有觉得寂寞，反倒有意料之外的惬意。在这里，虽然很辛苦，要伺候群猴吃喝，但过得非常充实。她和群猴虽然有语言障碍，但比和人打交道简单多了。虽然自诩美猴王，不过是自我聊以慰藉，其实她就是标准的动物饲养员。

小兮经常坐在洞口，望着美丽的隐仙湖，思念一个人。此地此刻，如果他在身边就好了。

她一遍又一遍地回忆着苏劢在伤心崖教她胸腹式呼吸法的情景。当时，苏劢环抱着她，把手搭在她脐下三寸的位置，一股暖流……可惜，她当时所有心思都在瓜子儿身上，竟然没有抽出一点儿时间感受那种幸福。

小兮把手指放在脐下三寸的位置，完全找不到那种感觉，是自己的手长得不好吗？她狐疑时，耳边忽然传来一阵“呜呜”声。

她扭头一看，原来是瓜子儿瞪她。

“难道我心里想谁它都知道？”小兮调到刀姐的频道，这货立刻就不抗议了，伸着两尺长的大舌头，在小兮面前摇尾巴，扭屁股。

小兮又把刀姐换成苏劢，这货又开始大声抗议……

完了，瓜子儿随时都能知道她想谁，真是逆天了，以后自己想个人都得避着它。

小兮特别羡慕猴子们在树上荡来荡去，在树梢间穿梭，怎么才能把它们的绝技学到手呢？

她在特警队练过平行梯攀爬，不过难度跟猕猴在树间穿行差远了。猕猴双爪交替抓树枝的过程中，经常双爪同时悬空，轻轻松松荡出去几米，从一棵树飞到另一棵树上。

小兮在湖边找到一棵大树，纵横交错的枝枝杈杈悬在湖面上方。她在五六米高的树杈上，模仿猕猴的动作练了三天。

群猴盯着树上，小兮每次摔下去，几十只猴子中，有的懊恼地拍大腿，有的鼓掌，有的捂眼睛，有的还偷偷鄙视，“我勒个去，她也太笨了”。

原来无所不能的美猴王，也有这么蠢笨的一面。

瓜子儿呢，刚开始还飞身扑救过两次，后来只要看到小兮掉进水里，也跟群猴一起幸灾乐祸，撒欢打滚儿。

群猴实在看不下去了，纷纷给小兮做示范。她认真观察每个猴子的动作要领之后，掌握了一些技巧。三天后，她终于能做到双手同时悬空，把自己从一根树枝荡到一米外的另一根树枝上。

为了练习这个动作，小兮每天从树上掉下去百八十次。还好，下面那片水域三米多深，不管她以哪种姿势摔下去都不会受伤。不过，平摔下去还是很疼的，跟拿板子扇差不多。

摔过多次后，小兮已经能在空中自如地调整入水姿势。再往后，溅起的水花越来越小，痛感小至于无。

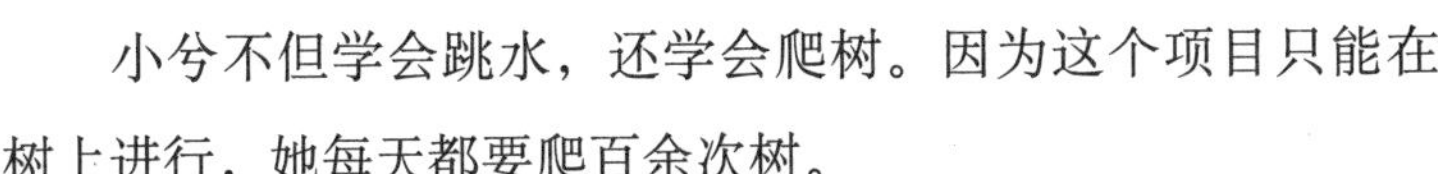

小兮不但学会跳水，还学会爬树。因为这个项目只能在树上进行，她每天都要爬百余次树。

在树上练累了，小兮就做自由落体运动，一头扎进水里畅游。她现在已经熟练掌握除蝶泳外的任何泳姿，毫不费力地游出几千米。

《水浒传》里的浪里白条，也不过如此吧。

如果水底有龙宫，艺高人胆大的小兮，可能要去找龙王借定海神针了。

一天夜里，大概凌晨两点钟，瓜子儿搂着小兮，小兮搂着猴崽子，猴崽子捂着小兮的乳房沉睡，忽然被象群的叫声惊醒。

象群的叫声，在深夜中显得分外嘹亮、悠远，把群猴都吵醒了。

小兮觉得奇怪，决定带瓜子儿到外面看看。

小兮把猴崽子交给前猴王，穿戴整齐，带上装备，又拿起一支麻醉枪，和瓜子儿悄悄走出飞天洞。

群猴要跟她出去，被她喝止，命令前猴王和“副宰相”管理好猴群，没有她的指令，谁都不能出去。

小兮和瓜子儿刚出洞口，大象的叫声就停止了。

“什么情况？”小兮和瓜子儿加快脚步，跑到半路遇到了贱猴。贱猴被前猴王安排在湖边放哨。可能是它发现了情况，对着小兮“叽叽喳喳”地边叫边比画。

小兮让贱猴带路，跑到可以俯瞰湖面的位置，向对岸望去。

此时正值七月下旬，月亮虽然只剩一半，后半夜依然有月光投到湖面上，水映着月，相当于两个月亮，能见度还是很高的。

看不到对岸的大象，却发现湖里有什么东西蠕动。小兮仔细一看，原来是大象在横渡。

这群大象居然想趁夜色偷袭她。看来大象记仇的事儿，不是凭空捏造的。

有一点让小兮感到费解。大象既然偷袭，它们为什么还要大喊大叫呢？不是把它们偷袭行动暴露了吗？

难道大象是公开宣战，要和她正面对决？

小兮不担心群猴，它们随随便便爬到哪棵树上，大象都抓不到。她担心自己和大象之间的这段恩怨，如果不化解，以后每天她都得提心吊胆。

小兮正在合计怎么办时，瓜子儿突然在地上嗅起来，循着那个味道走了几米，然后警觉地抬起头，环顾四周。

“怎么了，瓜子儿？”

瓜子儿这个动作，小兮似曾相识。在阿哥岭附近那条小溪前，它就是这种反应。

瓜子儿循着那种味道，一路跑下去。

难道这个发现，比湖里的那些大象还可怕？

瓜子儿嗅到这个味道后，居然放弃了湖里的象群，小兮

决定跟着瓜子儿走。

贱猴灵敏地跟在小兮身后。

没走多远，瓜子儿停下来，低头拱小兮，把小兮拱得后退几步，又循着味道往前跑几步。

小兮迷惑不解，紧紧跟上去。

瓜子儿又停下来，往回拱小兮。

小兮明白了，瓜子儿不想让她跟着它。

为什么？

难道前面很危险，它要独自面对？

小兮和瓜子儿共同面对过很多危险，什么样的对手，能让它觉得小兮处理不了？

瓜子儿实在拦不住小兮，就撒丫子猛跑。它认为，小兮肯定追不上它，现在她又不敢喊。即便她敢喊，它也不会听，还会暴露自己。

小兮带着贱猴在山路上追了五分钟，忽然听到前方传来一声惨叫。

一个男人的惨叫声。

果然有人上岛了。

小兮首先想到的人，是那些盗猎分子。

盗猎分子是她的手下败将，瓜子儿也不至于不让她面对啊！

难道——一个可怕的笑脸出现在小兮脑海中——二哥。

只有二哥才会让瓜子儿如此警觉，不敢让小兮面对。

在阿哥岭的小溪前，肯定是瓜子儿嗅到了二哥的味道，所以拼命想带小兮避开。

对于盗猎分子，小兮的判断是正确的。他们和二哥是一伙的，这次一定是他们带领二哥来找她。

前方突然传来“嗒嗒”的枪声。

小兮大惊失色，眼泪不由自主地涌出来。

盗猎分子有枪，没有什么稀奇的。如果他们真对瓜子儿开枪，瓜子儿身上的防刺服防不了子弹，必然会受伤。

小兮心里涌现一种不祥的预感——瓜子儿已经中弹了。

瓜子儿那么大块头，只要把枪口对准它，没练过射击的人都能射中它。

二哥的凶残，她早就领教了。他残忍地制造灭门惨案，还奸杀一直关心他的女孩。为他忠心侍寝的香香，也是举枪就杀，眼睛都不眨一下。

小兮加快脚步，把手拢在嘴边高喊：“梁武，你要是杀了瓜子儿，我做鬼都不会放过你的！”

梁武是二哥的学名，小兮早就熟烂于心。

回应她的，是一阵“嗒嗒”的枪声。

小兮歇斯底里地喊。此时她忘记使用胸腹式呼吸法，发出的声音，如猴子敲破锣，又像抹布被暴力撕裂，喊得椎心泣血。

“梁武，你给我听着！只要你不杀瓜子儿，咱们什么事儿都能商量。你要敢杀了瓜子儿，老娘跟你拼命！”

小兮像疯婆子寻找丢失的孩子一样，继续往前跑。

一声惨叫传来，她忽然冷静了。既然有惨叫声，说明瓜子儿还有没死，还在战斗。

小兮不喊了，停下来辨析惨叫声的位置，应该在她前方五百米的地方。她意识到，自己盲目地瞎喊，已经暴露了自己的位置，二哥可能已经设下埋伏。

她熟悉岛上的地形，决定绕到二哥团伙背后，于是朝小岛下面跑去。

她沿着湖边往前跑了五分多钟，期间又听到两声惨叫，应该是瓜子儿又袭击了两个人。到目前为止，应该有四个人失去反抗能力了。

小兮绕到惨叫声源后方，爬上小岛，蹑手蹑脚地潜入森林。没跑多远，她就看到前方三百米处有手电筒发出的凌乱光束。

盗猎分子在寻找瓜子儿。

小兮灵巧地爬上一棵树，悄悄观察。

斑驳的月光吃力地穿过枝叶，零散地投到地上。小兮适应了林内的能见度之后，移到粗壮的树枝前段，看到前方三十米处人影一闪，躲到另一棵树后。

她必须离战场更近一些。

如果她在前面那棵树上，距离战场就更近了。那棵树离她最近的树枝，目测有三米远，如果她纵身跃过去，抓住那根树枝，就能爬过去。

贱猴一直跟着小兮，见小兮打量那根树枝，它"噌"地一下蹿过去，轻松地落在那根树枝上，回头用鼓励的眼神望着小兮。

虽然贱猴做了动作示范，但小兮还是有些犹豫。万一她抓不住那根树枝，必然会直挺挺地摔下去。目测脚下离地面八九米，相当于三层楼的高度。最可怕的是，下面不是水，而是看不清的硬地。

前面忽然有人喊："铁塔，它在你左边！"

这个声音小兮太熟悉了。叶无怨就用这种声音，在她身边说话。

二哥这个杂种，名字真多，叶无怨、梁武、小鸡蛋……

"砰砰"，两声霰弹枪声突然响在耳侧。

铁塔的声音传来："妈的，又跑了！"

此铁塔就是被小兮降服的那个铁塔。

小兮焦急万分，顾不上危险了，用力猛踩脚下的树枝，向三米外的树枝飞过去。

她在大学四年期间，立定跳远的最好成绩是一米五。现在，她距离目标树枝三米，脚下不但不是坚实的地面，还是不停晃悠的树枝。

危险出奇迹。现在的小兮，不但轻松抓住那根树枝，身子一荡，还爬到树干上。

贱猴像免费的向导一样，向前飞跃，引领小兮靠近战场。小兮跟着贱猴，穿越这棵树，没有看到开枪的人。

那些人应该往前移动了。

小兮只好继续在树间穿行。她落到第五棵树上，俯瞰脚下，才看到一个人影。

那个人举着枪，哈着腰，蹑手蹑脚地往前移动。

小兮从背上摘下麻醉枪，装上麻醉针，瞄准那人的后背，扣动扳机。

那人“啊”地惨叫一声，下意识地伸手抓后背，边抓边喊：“我后边……有人！”那人扶着树坐下，瘫倒。

人比不了大象，以这批麻醉针的剂量，大象中了几针，还能跑很久才倒下，但人十几秒钟就迷糊。

一胖一瘦两个盗猎分子举着手电筒，从两个方向靠近中针的人。从两个人的身形判断，他们应该是小兮前些日子遇到的盗猎分子。

他们好像知道偷袭的人是小兮，因为他们把手中的冲锋枪收起，换上麻醉枪，看来是要活捉她。

冲锋枪是对付瓜子儿的，麻醉枪是对付小兮的。

小兮瞄准左边那个瘦子，扣动扳机，射中他的左臂。

瘦子边拔麻醉针边冲左边喊：“我中招了，她在我左边！”

小兮的确在他左边，但是在他左边的树上。

胖子急忙调转枪口，边用手电筒照射边喊：“她在阿伦左边，包围她！”

胖子的喊声暴露了他的位置，一团黑影扑向他。

他伴随着他的惨叫声飞出去。

“嗒嗒”，一阵枪声响起。

胖子的惨叫声，也暴露了瓜子儿的位置，一梭子子弹朝它的位置射去。

庞大的瓜子儿，竟然像小幽灵一样，瞬间消失了。

从瓜子儿的动作敏捷度判断，应该没有受伤。

小兮估算，她之前就听到四声惨叫，加上刚才倒下的三个人，前后应该有七个盗猎分子失去战斗力。

二哥的声音再次传出：“一组全部换麻醉枪，负责小兮；二组跟着我，负责瓜子儿！”

二哥的喊声也暴露了他的位置。小兮循声望去，看到瓜子儿正疾速扑向声源。

瓜子儿上当了。

二哥这样大声喊，除了部署手下，还是引蛇出洞之计。他故意把瓜子儿引过去。

就在瓜子儿距离二哥十几米时，二哥从一棵大树后闪身出来，举起突击步枪对着瓜子儿猛烈扫射。

“嗒嗒，嗒嗒”，十几颗弹头全部击中瓜子儿。

但瓜子儿丝毫不减速，猛扑二哥，咬他的脑袋。

瓜子儿扑空了。

二哥绝对是格斗高手，而且熟悉瓜子儿的套路。他在现身之前，就已经想好怎么对付瓜子儿了。

二哥这一招，和小兮用匕首划破巨蟒下颚的动作一模一样。在瓜子儿扑到他面前时，他双腿跪地，身体后仰。

瓜子儿从二哥的头顶掠过去。

二哥跪地之后，枪口朝上，继续朝瓜子儿射击。

瓜子儿落地后，屁股中了几枪。

小兮目睹整个过程，心都提到嗓子眼儿，几乎喊出来声来。

“砰砰”，瓜子儿身形未稳，一股霰弹枪的弹丸击中它身体左侧，它被弹丸巨大的冲击力撞了个趔趄。

铁塔开的枪。

霰弹枪近距离射击，威力奇大无比。一发子弹里装有百粒弹丸，塔哥对瓜子儿开了两枪，也就是说，有两百粒弹丸击中了瓜子儿。

小兮的心都碎了。

就在这时，瓜子儿右侧的一棵树后，疤瘌脸闪出来，举起狙击步枪对准瓜子儿。

瓜子儿在疤瘌脸眼前，忽然变得无比高大。

瓜子儿没有变形，只是距离疤瘌脸太近了。零点几秒的瞬间，瓜子儿的大脑袋猛地撞到疤瘌脸的小脑袋上。疤瘌脸顿时看到眼前金星闪闪，银星眨眨。

瓜子儿落地之后，迅速前蹿，消失不见了。

仍旧如此的矫健，如此的迅速。

瓜子儿身中数枪，奔跑速度几乎没受影响。

小兮松了口气。

她纳闷时，忽然想起那只被她一矛贯喉的变异大老鼠。事后，警方对变异大老鼠进行解剖，从它体内取出上千颗弹头。除了步枪、冲锋枪弹头，数量最多的就是霰弹枪的弹丸。

身中千弹不死，关键在于它的皮太厚了。

体型巨大的瓜子儿，皮也薄不了。再者，它还穿着防刺服。那东西虽然防不了子弹，但至少能减少冲击力。它身上有两层防护，只要不是薄弱的要害部位，应该很难一击致命。

经研究发现，变异大老鼠身中千弹，伤口也没有感染，最重要的原因，是它在变异过程中，拥有了神奇的自愈能力。

注射生长抑制剂的瓜子儿，自愈能力会不会下降呢？

对此，陈天涯没有给出明确解释。事实上，他也只能通过观察才能得出结论。按理说，瓜子儿的生长速度被抑制，自愈能力也应该被抑制。

科学上的事儿，不能按常理推断，因为科学就不太讲理。

小兮来不及思考这些问题，因为她看七个盗猎分子已经端着麻醉枪、举着手电筒，向她包抄过来。

不过，他们的注意力，全部集中在树下。

小兮举起麻醉枪，射中一个盗猎分子的大腿。那个盗猎分子迅速拔出麻醉针，靠着一棵树，开始做缩身运动。

小兮又开了一枪。

这一枪，暴露了她的位置。

麻醉针射入一个盗猎分子的肩膀。那个盗猎分子扭头看看肩膀上的麻醉针，针头朝下，尾部朝上。

“她在树上！”那个盗猎分子一边拔麻醉针，一边冲树上喊。

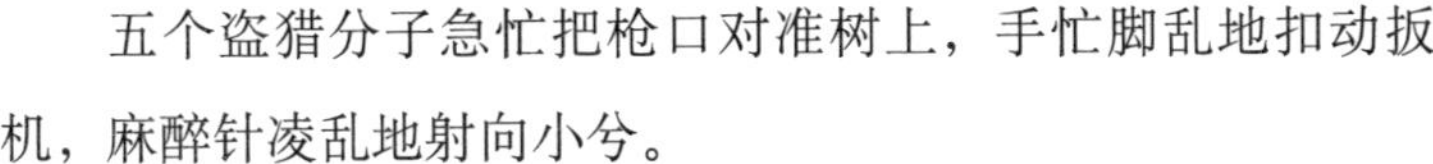

五个盗猎分子急忙把枪口对准树上，手忙脚乱地扣动扳机，麻醉针凌乱地射向小兮。

小兮身中两针，一支射中小腿，一针射中腰部。好在防护服的质量好，他们又是从下往上射击，麻醉针没有穿透。

贱猴蹲在小兮身边的一根树枝上，它见盗猎分子冲它举起枪，“噌”地一下蹿到另一棵树上。

眼前枝繁叶茂，盗猎分子看不清树上有没有人，视线只能随着摇动的树枝移动。

小兮抓住机会，又射倒一个盗猎分子。

盗猎分子听到贱猴的“吱吱”叫声，又转身分头搜索。

小兮终于暴露了。

盗猎分子躲在树后，朝小兮射击。

“她穿着防刺服呢，麻醉针不好使。”一个盗猎分子看出端倪。

“嗒嗒，嗒嗒”，突击步枪冲树上吐出火舌。小兮觉得脚下树枝乱颤，木屑横飞。

狗杂种，你还真开枪啊？

第六十四章　兮爷的滑铁卢

开枪的人，应该是二哥，对此小兮不怀疑，因为除了他，别人也不敢。

眼看树杈要被打断，小兮纵身往前一跃，左手抓住前方一根树枝，脚下一蹬，腹部发力，神奇地飞出两米多。

她丢下右手的麻醉枪，抓住前方一根藤条。

不料，那根藤条径直落下去。

小兮的心也跟着沉下去。她距离地面三层楼高，拍在地面上，双腿非折即瘸。她瞅着地面，打算调整落地姿势，没想到那根藤条又荡起来，像秋千一样，把她悠起来。

小兮准备在身体达到静止状态时松手，不松手必然会荡回去。她小时常玩秋千，明白这个游戏的原理。

她看到两米外还有一根藤条，想在此藤条荡到最高点时，借力抓住那根藤条。

遗憾的是，她没抓住。

藤条的弹性太大，把小兮甩出三四米。眼看要坠下去，前面又出现一根藤条，这次她抓住了，又荡出五六米。

她再次看到前方有几根藤条，再度松手，抓住最远的那根……

短短几秒钟，小兮在林间飞出几十米，比百米冲刺的速度还快。

二哥和盗猎分子都看傻眼了，纷纷质疑：“这不是人猿泰山吗？美国大片里的蜘蛛侠，不是科幻人物？”

“二哥，你确定她就是小兮吗？这个人不像你说的那么面啊。”铁塔问二哥。

“咱们还是撤吧。那只狗中弹都没事儿，她又会轻功，别跟自己裹乱了。咱们只剩下八个人，为了安全起见，还是撤吧。”疤瘌脸凑过来说。

面对飞走的小兮，最吃惊的人是二哥。他知道小兮在特警队接受过训练，认为她不过是学些女子防身术而已，没想到现在她的身手竟然如此了得，难道她不是小兮？不对，瓜子儿在这儿呢。

二哥从小打到大，实战力超强，几个人不是对手，但小兮这番身手，还是把他镇住了。

铁塔上前跟二哥描述他见过的小兮神技。二哥对此嗤之以鼻，认为铁塔为自己的胆怯找借口。

他给铁塔、疤瘌脸等人分析，如果小兮一矛格开那些麻醉针，麻醉针应该飞出去才对，为什么还能掉在瓜子儿的脚下？

分析完毕，二哥阴沉着脸说："你们，都去给自己的智商充点儿值！不干掉瓜子儿，不抓住小兮，咱们都得喂狗！"

他们只好跟着二哥追下去。

小兮也被自己的能力吓着了。此刻，她非常庆幸自己一不怕苦二不怕死地苦练这么多天。当然，她也知道，自己这次能脚不落地飞出这么远，纯属运气。参天古树间的藤条非常多，随便就能抓一根，错失一根，还有下一根。如果换一个地方，也许就没有奇迹了。

但是，她必须承认，自己不跟那群猴子苦练，没有特警队平行梯训练加持，即便眼前有千根藤条，她也抓不住。

有一种"啪啪"声，源自打脸。不停地感谢主感谢上帝的小兮，飞行五十米后就打脸了。她在想抓前面哪根藤条时，犹豫一下，结果哪根都没抓住，"啪"地一下摔下去。

还好，斜下方有几根树杈，接住距离地面只有三米的小兮。

二哥和盗猎分子追至近前，清晰地看到小兮敏捷地从树上跳下来，动作十分干净、利索。

小兮落地后，不但没有逃跑，反而迎着二哥等人冲过去。

对方是八个嗜血成性的壮汉，这娘们儿单身一人，是不是有点儿虎？

小兮一点也不虎，她知道二哥不会真对她开枪。他刚才对树上射击，只是想把她逼出来。

小兮不是一个人在战斗，还有瓜子儿呢。

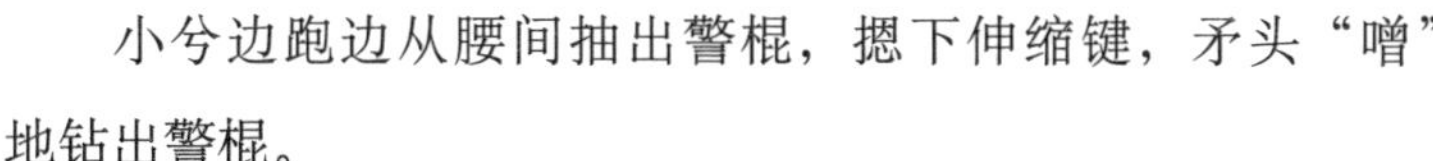

小兮边跑边从腰间抽出警棍，摁下伸缩键，矛头“噌”地钻出警棍。

想象一下那个画面。小兮手持丈八长矛，在风景如画的丛林里，冲向八个彪形大汉。

很多武侠剧中都有这样的镜头。不管是武侠宗师徐克的电影，还是制作粗糙的网剧，沾上打斗动作，大多都会复制这个镜头，一般还都是在横店某个小树林里拍摄的。

但是，所有影视剧的精彩画面，在小兮这里都会黯然失色。这个动作，小兮没有吊威亚，没用替身，没有念数字，全部是亲自完成的。

此时的小兮，是当之无愧的侠女。

此时的小兮，常山赵子龙附体。

二哥等人见小兮冲过来，不由自主地停下。

小兮一矛穿透变异大老鼠喉咙的画面，他们历历在目；还有她骑着瓜子儿一跃而起，一矛刺进蟹王口腔的动作，虽然没有成功，但也不是一般人能做到的。那两个画面，每个人都看了数遍。他们想不看都不行，网络各个角落里都有，直撞眼睛。

八个彪形大汉，都自认为没有变异大老鼠和蟹王的实力。

虽然他们手中有枪，但不敢向小兮射击，麻醉针又穿不透她的防刺服。

那么，他们只有一个选择了。七个人不等二哥下令，扭头就跑，速度贼快。

因为，瓜子儿扑面而来。

在小兮冲向二哥等人时，瓜子儿就在暗处观察。它见小兮行动，也从后面扑过来，对八个人形成前后夹击。

走在前面的疤瘌脸还没来得及举起枪，就被瓜子儿一口叼住扔出去。

铁塔急忙举枪。

瓜子儿飞一般蹿进丛林中。

二哥没有回头，因为他没法回头。

小兮距离二哥五米时，举矛刺出。寒光凛凛的矛头刺破一滴下落的露珠，奔二哥咽喉而来。

二哥侧身躲过矛头，同时用突击步枪格挡。

矛头忽然旋转，朝二哥喉咙割来，二哥急忙扭头。虽然他躲开矛头，但脸颊仍旧被划出一个口子。

小兮再次举矛刺来，二哥不敢硬接，往后退。

二哥虽然徒手格斗技术很高，但偏偏没有练过器械。拼器械，一寸长一寸强。二哥的突击步枪处于劣势，以致他手忙脚乱。

小兮练过正宗的岳家枪，虽然不得其精髓，但对付一个没练过器械的人绰绰有余。她手握长矛中段，一头刺，一头砸，招招见肉。

二哥被刺伤三处，挨了十几矛杆，被小兮打得无处藏身。

其间，还有他手下“呀、啊”的惨叫声伴奏。

谁也没想到，瓜子儿竟然悟透了游击战的精髓，凭借夜

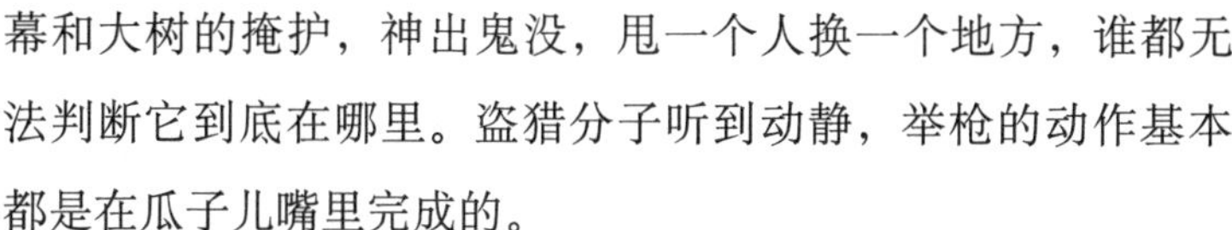

幕和大树的掩护，神出鬼没，甩一个人换一个地方，谁都无法判断它到底在哪里。盗猎分子听到动静，举枪的动作基本都是在瓜子儿嘴里完成的。

继疤瘌脸之后，又有三个壮汉飞出去酣睡。

加上二哥，只剩下四个人还残存一点儿战斗力。

二哥被小兮打得几乎失去反抗之力，急了，丢下自动步枪，硬着头皮站下。在小兮将矛杆抡下来时，他生生接了一下，然后用胳膊夹住矛杆。

小兮往回抽，抽不动。

二人开始拔河，夺长矛。

论力气，小兮跟二哥没法比。二哥似乎不急于夺过长矛，只是紧紧地握住矛杆这端，不住地打量小兮。

依旧是黄轩式忧郁的眼神。

小兮见自己拽不动，就把双腿拉成侧弓步，顺势把矛杆放到地上，用脚踩住。

二哥看不懂小兮要用什么招式，诧异间，小兮脚下“啪啪”闪出几道贼光。二哥顿感浑身酥麻，松开长矛，直挺挺地摔倒在地。

小兮用手电筒电击长矛，长矛杆导电，作战靴绝缘，所以她没事，二哥触电了。

小兮抽回长矛，指向铁塔，嘹亮地大喝一声：“把枪放下！”

铁塔和两个盗猎分子端着枪愣住了，不敢放下，也不敢不放下。

小兮冲过来，抢起长矛，“噼里啪啦”地痛打三人。

如果现在小兮刺死他们，也不触犯法律，但她没有那么做。

除非万不得已，不得不杀人，她才会杀人。从现在的场面来看，显然她占据上风。

“别给脸不要脸啊，我们手里的枪，可是真家伙，不是烧火棍。要不是二哥不让我们开枪，我们早就把你秃噜没毛了。我们仗义，你却无情，公平吗？”铁塔边躲边喊。

小兮冷笑：“你们这么多老爷们儿，欺负一个软妹子就公平了？”

确切地说，这场战斗，对盗猎分子确实不公平，对小兮更不公平。

铁塔挨了几矛杆后，急眼了，举起霰弹枪，怒喝：“你再打我，我真开枪了啊！”

他的话音未落，便惨叫一声，和霰弹枪一起挂到树枝上，不停地飘啊飘，摇啊摇。

瓜子儿再次威风凛凛地闪出来。

剩下两个盗猎分子，看着瓜子儿，腿肚子一直抽抽儿。

“瓜子儿，我在这儿。”小兮身后忽然传来二哥的声音。

二哥虽然遭到电击，但电流的强度毕竟不致命。他身体素质太好，很快就醒过来，还主动勾引瓜子儿。

小兮觉得奇怪，瓜子儿是他的天敌，他怎么还敢主动招

惹瓜子儿呢？事出反常必有妖！

她急忙喝止瓜子儿：“别过去！”但已经晚了。

瓜子儿最恨的人就是二哥。仇人见面，分外眼红。它猛扑过去，张开大嘴就咬。没想到，迎接它的，却是一股浓浓的雾气。

瓜子儿感觉不对时，已经足足地吸了一大口，一点儿都没浪费。

二哥朝瓜子儿喷麻醉剂的同时，转身躲过瓜子儿的攻击，同时捡起自动突击步枪，朝瓜子儿举起来——

小兮大喝一声，一矛砸在他捡起来的枪上。

瓜子儿猛地甩了甩脑袋，试图把鼻腔里的麻醉剂甩出来，没想到越甩头越晕。

它不甘心就这样失败，再次扑向二哥。二哥再次举起麻醉瓶，又一股雾气喷向它。

瓜子儿又实惠地吸了一口。

二哥闪身躲到一棵大树后，一手捂住口鼻，一手举起麻醉瓶，向半空中喷洒。

小兮急忙屏住呼吸，举矛刺向二哥举瓶的那只手。

二哥的腕部被矛头划破，喷雾瓶落地。他从树后蹿出来，捡起自动突击步枪，跑出麻醉雾气范围，正要举枪射击瓜子儿，小兮的长矛又到了。

瓜子儿脚下有点儿乱，又接连吸入几口麻醉剂，二哥在它眼前重影。

“瓜子儿，快跑！”小兮冲瓜子儿高喊。

瓜子儿也感到不妙，跌跌撞撞地跑出去。

二哥忙于抵挡小兮的进攻，无法再向瓜子儿射击。

最后，二哥硬接一下，顺势抓住长矛杆，又开始和小兮拔河。

这次小兮上当了。

小兮和二哥争夺长矛时，身体站稳不动。二哥举手喊道：“整！”

小兮感到脖子被针扎了一下。

没有倒下的两个盗猎分子，暗中帮助二哥，把一支麻醉针扎在小兮的脖子上。

小兮感觉后脖颈儿又被扎一下。这次的麻醉针不是射中的，而是盗猎分子直接把针头扎在她的脖子上，把麻醉剂推进小兮的肌肉里。

小兮意识到自己要完蛋了。

她和瓜子儿在即将胜利时，疏忽大意，走了麦城，遭遇滑铁卢。

小兮晕过去后，二哥会对她做什么呢?

当然这不是最重要的，最重要的是，他们会对瓜子儿做什么。

二哥一定会杀了瓜子儿。

因为他知道，不杀了它，它就不会放过他。

小兮盯着二哥，用尽最后一丝力气说：“别杀瓜子儿。”

然后她便软绵绵地倒在地上。

二哥是险胜，也是惨胜，在最后关头利用诡计反败为胜。

“追，必须在瓜子儿醒过来之前杀了它！”二哥对仅剩的两个盗猎分子说。

小兮睁开眼睛，就看到一双忧郁的眼睛，直直地凝视着她。

她环顾四周，发现这里是溶洞，但不是飞天洞。

这个洞的空间和酒店的标准间差不多，四周也布满钟乳石，造型和飞天洞完全不同。飞天洞像仙境，这里有点儿像太空。洞顶悬挂着一个硕大的燃着火焰的太阳，旁边点缀着半个月亮，四处散落着几颗星星。

居然还有一组钟乳石，酷似宇宙中著名的星云团——创造之柱。

唯一破坏美感的，是洞口那道铁栅栏门。

小兮试着移动，发现两只手被捆得死死的，压在背后。

“这是哪儿？”小兮冷冷地问二哥。

“洞，也是房。我希望，它能成为洞房。”

二哥说出这句话时，眼睛里流露出无限伤感。可以看出，他对此并不抱希望。

“瓜子儿呢？”小兮急切地问。

二哥没有回答。

小兮的泪水汩汩涌出。其实不用问，她用脚指头都能想到，瓜子儿离开厮杀现场时，脚步已经有些踉跄，肯定跑不

远的。

“我真的连一只狗都不如吗？”二哥反问。

小兮点点头：“嗯。”

她压抑着满腔仇恨，只想以最恶毒的方式伤害他。

“你怎么能……这样伤害一个爱你的人？”二哥痛苦地凝视小兮。

“爱我？爱我还派人骚扰我一年，千方百计要杀死我的狗，吓得我不得不搬三次家？现在，你还把我死死绑在这里？请问，世界上有你这样爱一个女孩的吗？”

二哥转到小兮的背后，解开捆住她双手的绳子，心疼地抚摸着勒出血痕的腕子。

“对不起。”二哥低下头，“我知道我以前爱你的方式不对，但是我真的爱你，只是我不能像正常人那样爱你。”

“你们把瓜子儿怎么样了？”

二哥依旧不接她的话茬儿。

小兮心中忽然燃起一线希望，瓜子儿有可能没死。

她低头看看自己，防刺服不在了，腰带上的装备也不在了。

“他有没有侵犯过自己？他垂涎自己那么久，能放过这么好的机会吗？”小兮的心鼓敲得密不透风，“你……对我做了什么？”

“我……”二哥嗫嚅着，“我们能不能互换一个秘密？”

“你想知道什么？”

“一个很俗的问题。”

“赶紧说！”

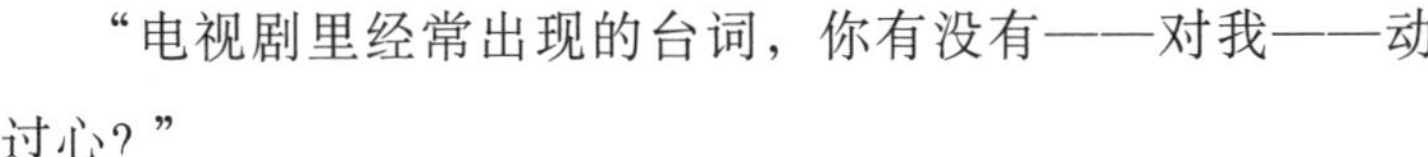

“电视剧里经常出现的台词，你有没有——对我——动过心？”

小兮没做声，直直地望着二哥。

“哪怕有一点点动心？”二哥期待地望着小兮。

小兮忽然意识到这个秘密竟然对二哥如此重要，可以用来要挟他一下：“我可以和你互换秘密，不过你得先说。”

“可以。不过，我们必须先有一个真诚的约定。”二哥说，“在这个问题上，不管谁先回答，我们都不要欺骗对方。因为这个秘密，对你，对我，都是不可与他人言道的秘密。”

“好，只要你说实话，我连标点符号都不会骗你。”

二哥点点头：“我相信。”

“你先说，你们到底把瓜子儿怎么样了？”

二哥愣了一下：“我以为你与我交换的是另一个秘密。”

“那件事儿对我不重要。”小兮说。

“不重要？”

“瓜子儿到底在哪儿，怎么样了？”

“你就不想知道，你昏迷的时候，我有没有对你做过什么吗？”

“你愿意说就说，不愿意说就拉倒。我现在只想知道瓜子儿怎么样了。”

小兮这句话，再次刺痛二哥的心：“你怎么能对这件事一点儿都不在意呢？”

“如果你再不回答我的问题，我拒绝回答你的任何问题。”

“瓜子儿没死。”

“没骗我？”

“我说过，不管咱们谁先回答，都不能欺骗对方。”

“它在哪儿？”

“应该还在那个岛上吧，也许不在了，也可能会来找你。”

“你……为什么不杀它？”

“那件事，对你真的不重要吗？”

“一点儿都不重要。你还能对我做什么呢？就算你乘我之危，做你想做的，又能怎么样？不就是插进去拔出来那点儿破事儿嘛，你也没少干过，稀奇吗？”小兮故作无所谓的样子。

二哥痛苦地扭过头去。

“伤心了？难不成……你以为我到现在还没经历过？你也太瞧不起人了。”

“不说这事儿了。”二哥有点儿想回避这个话题了，虽然是他一直在追问。

小兮已经抓住了他的弱点，他越不想听，她就越说：“这几天，我每天都在目睹那群猴子做那件事儿，躲都躲不开。不管是被迫的，还是两情相悦的，又能代表什么呢？”

“人跟猴子能一样吗？”

“嗯，是不太一样，人哪有猴子那么简单、干净？梁武，就算你跟我发生了关系，又能怎么样？我连一段记忆都没有，在我这儿，就等于什么都没发生过。就算我知道了又能怎么样？不过是跟看猴子做繁殖下一代工作一样。过去的就过去了，不耽误吃不耽误喝。”

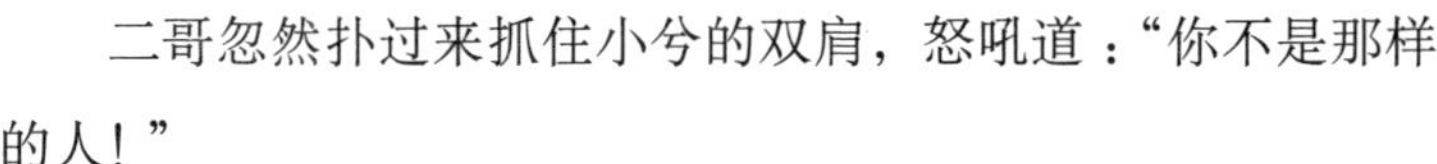

二哥忽然扑过来抓住小兮的双肩，怒吼道："你不是那样的人！"

"我怎么就不能是那样的人？大哥，都啥年代了，咱们都是成年人，电脑里都存几部日本爱情动作片，谁没有几个炮友？我手机上就有各种交友软件，也经常跟别人约……"

"你别说了！"二哥松开小兮，无力地抱着脑袋吼道，努力克制着眼泪。

小兮摧毁了他心目中的女神。在他心里，那么圣洁的女神，怎么能——有炮友呢？

小兮盯着二哥的眼睛，能感受到他源自内心深处的痛苦。她发现，原来伤害别人真的可以产生一种酣畅淋漓的快感。

她确实有点儿吹牛。她真没有炮友，一个都没有。她确实在手机上下载过交友软件，也有人勾引过她。但是，她被瓜子儿看得死死的，偷摸出去跟帅哥看场电影，回来衣服就被瓜子儿撕烂了，她还敢干那啥吗？

从二哥剧烈的异常反应中，小兮觉得他应该没有乘她之危，行苟且之事。她是他心目中神圣不可侵犯的女神，他能对女神做那种肮脏的事儿吗？

"你有没有对我动过心？"二哥控制住情绪，回到他最关心的问题上。

"说实话，我真的对你动过两次心。"小兮说。

"什么时候？"

"第一次，在海边，我捡到你的钱包，等你。你走过来，

我顿时就被你迷住了。我觉得这个帅哥挺有型，眼神有点儿忧郁，比黄轩还帅，心里就有点儿小期待，就期待你能请我吃顿饭，加微信，看电影，然后就顺理成章……万万没想到啊，你的情商竟然那么低。我都不能走得再慢了，回头看你好几眼。你就傻乎乎地在那儿戳着，鬼才知道你合计啥呢。”

二哥懊恼地抱着脑袋，在一块石头上坐下：“我当时真的想……但是……”

“但是，你一直站在那里。”

二哥连连捶胸，跺脚，叹气。

小兮继续刺激他：“哪怕你当时请我吃十块钱的自助餐，或者喝两块钱的矿泉水，我们现在也不应该是这个样子吧？没准儿孩子都上幼儿园了！”

“第二次呢？”

“第二次，我陪你去医院打狂犬病疫苗。你送我回家的时候，你忧郁的眼神真的打动了我。我上楼后，一直在阳台上看着你，希望你能上楼敲门。但是，你在楼下待了不到十分钟就走了。”

二哥再次椎心泣血，心都滴血。

“还有……第三次吗？”

“有！第三次，瓜子儿中毒，我在宠物医院最无助的时候，你出现了。还记得你被砖头他们逼到墙角的时候，我是什么反应吗？我居然冲下去把你从砖头身边拉回来。我长这么大，从来没有那么勇敢过，但是为了你，我豁出去了！”

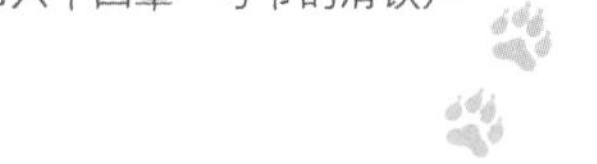

“还有吗？”二哥哽咽着，轻声问。

“当然有！在微信上，我把你拉黑之后，每天都盼望你能把我再加为好友。我一天看几十遍手机，每天都直勾勾地等你登门道歉。只要你来，哪怕什么都不说，我都能原谅你。但是，苍天有眼啊，你就是死活不来。”

“还有吗？”二哥眼中充满恳求。

“你是不是想把肠子悔出肿瘤来？”

二哥没有做声。小兮能做到这些，对他来说已经足够了。他相信小兮说的都是实话，因为每次他都是主角。这简直是上天对他的恩赐，他别无所求。

小兮说的确实是实话，正如她所说，就连标点符号都是真的。如果这不是实话，就不会把二哥悔成那样。

“现在，你对我还有那种感觉吗？”二哥怯声问道。

“你觉得我会对一个杀朋友一家五口、奸杀喜欢自己的女孩子、每天玩一皇三凤游戏的人有那种感觉吗？”

“我错了，真的错了。”

“可惜，有些错误，一旦开始就失去了别人原谅的权利。梁武，我这辈子和谁都能约，甚至上床，但你是例外，绝不可能！”

二哥眼中突然迸出怒火：“小兮，你就不怕把我激怒了，把你办了吗？”

小兮笑了：“别说你自己办，你把你的弟兄都叫过来一起办，又有什么区别吗？对我来说都一样。”

二哥彻底被小兮激怒了。他不相信，也无法相信小兮是这样的人。他猛扑过来，右手狠狠地搂住小兮的脖子，把嘴唇压在她的嘴唇上。

小兮猛地提膝，膝盖狠狠地撞在二哥的生命之蛋上。

她能够清晰地感觉到，她的膝盖结结实实地撞到两个蛋上。两个蛋碎没碎，她无法判断，但能确定暂时成不了作案工具了。

生命之蛋是男人身体上最脆弱的地方，要不然怎么能叫命根子呢？

二哥痛得猫下腰，小兮抬起胳膊，一肘砸在他的后背上。

肘部是人身最坚硬的部位，小兮用尽全身力气砸下去，已经疼得满头大汗的二哥，像摊烂泥瘫下去。

小兮顺势一记足球踢，踢在二哥的太阳穴上。二哥惨叫一声栽倒。她照着他的屁股连连勾踢……一脚接着一脚……二哥被她踢得蛋崩菊裂。

“兮爷我杀过网纹蟒，打过华南虎！我还能怕你这个瘪犊子？！”

枪挑变异大老鼠，终结圆桌巨蟹这些事儿，小兮提都没提，也没必要提，谁都知道。

千里走单骑，绝对是当世女关公。

铁门忽然打开，几个壮汉闯进来，摁倒小兮，再次把她的手捆在身后，推到墙角，然后把二哥扶出去。

那道铁栅栏门，又被链子锁锁上。

小兮的心再次悬起来。二哥一直不回答那个问题，他到底有没有侵犯过自己？别看自己刚才满嘴跑火车，满不在乎，其实那是报复他、刺激他。如果自己真被这个杀人强奸犯强奸了……还不得恶心一辈子啊？

两个小时内，没有人搭理小兮。她也没闲着，一直在想一个问题——瓜子儿会不会来救她？

瓜子儿的嗅觉那么好，一定能带领那些猴兄弟找到这里的。

小兮忽然想起那群大象。盗猎团伙夜袭人岛，大象也夜袭人岛，能这么巧吗？而且大象在夜袭人岛之前，为什么要高声吼叫呢？

难道大象横渡隐仙湖，不是复仇，而是……

小兮回想那只公象跟随她时的模样，又想跟随她，又踌躇不前。如果它想报仇，象群赶到时，肯定立即下水追她，不可能过了很久再横渡隐仙湖找她，而且在横渡隐仙湖前，也不可能急吼吼地通知她。

那只公象一定是感激她的救命之恩，才一直跟着她，一声接一声地吼叫，是向她和瓜子儿道歉。她和瓜子儿救了它的命，而它却不知好歹地抽了她。

会不会是大象救了瓜子儿？二哥一直没说他为什么不杀瓜子儿，她刚才还以为是他放过了瓜子儿。

二哥怎么可能放过瓜子儿呢？就像瓜子儿绝不会放过二哥一样。

小兮十分肯定，大象一定会来报恩的。大象的鼻子比狗

鼻子灵敏，一定会带着瓜子儿、猴子来救她。对此，她充满期待。

进来送饭的土佐，彻底断了小兮这个念头。

土佐端着一大碗米饭、一大碗肉走进来，轻佻地瞟着小兮一眼，用假嗓子说道："甄兮娘娘，该用膳了。"

小兮鄙夷地瞥了土佐一眼，把头扭到一边。砖头交代过他的黑历史，她看到他就恶心。

"死心吧，瓜子儿不会来救你的。它的鼻子已经不好使了。"土佐仿佛知道小兮心里想什么。

小兮这时才想起来，蔡中秋和另外两只警犬，就是在追踪二哥团伙时，嗅觉失灵的。她早应该想到这一点。幸亏她和瓜子儿一直避着二哥团伙的气味走，否则瓜子儿的嗅觉可能早就失灵了。她很懊悔，刚才踢二哥那几脚，踢得太轻了，应该直接踢废他。

小兮心里着急，脸上却不动声色："大象的鼻子比狗鼻子还灵呢。"

土佐果然上当了："你放心吧，大象不可能找到这里的。"

小兮愣了一下，意识到她的推测是准确的。

土佐也意识到自己话多了，赶紧闭嘴。

看来谁都指望不上了，小兮摇摇头，盯着白米饭和酱油色的肉，禁不住要流口水。这些天，她一直吃果子、烤鱼，嘴里早就淡出鸟来了。但是，她此时却没有心情吃饭。

她必须把这顿饭变成逃生机会。

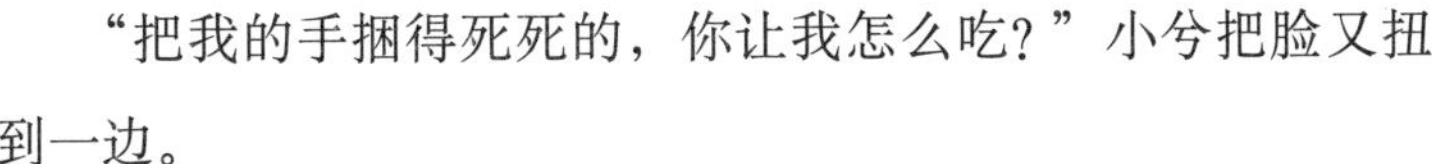

“把我的手捆得死死的，你让我怎么吃？”小兮把脸又扭到一边。

“你家那只狗怎么吃，你就怎么吃！”土佐笑嘻嘻地望着小兮，贱得让小兮想往他脸上吐痰。

小兮盯着土佐的眼睛看了五秒钟，点点头：“嗯，你说得对！”

土佐没想到她这么回答，干笑几下：“那就别客气了，请吧。”

小兮又点点头：“好。”

土佐正要往外走，被小兮叫住了：“等会儿。”

土佐转过身：“干什么？”

“你不想看看我是怎么吃饭的吗？”

“我估计你不想让我看。”

“不，我想让你看。既然你负责给我送饭，就必须要看着我吃完，不然你怎么向梁武汇报啊？他要问你，我双手捆着，是怎么吃的，你怎么回答？”

土佐愣住了。他知道，二哥无条件不找零地爱着小兮。即便小兮把他踢成那副德行，只要小兮给他一个好脸色，他顿时就不知道北在哪里。

小兮冲外边高喊：“外边还有人吗？我要吃饭了，你们想不想看看，我不用手怎么吃饭吗？”

一胖一瘦两个盗猎分子，闻声端着麻醉枪凑到洞口，伸着脖子往里看。

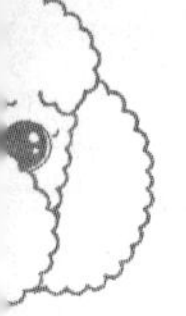

瘦子昨晚中了小兮的麻醉针，早就缓过来了。胖子被瓜子儿叼起来甩出去，没摔坏，看来胖也不是一无是处。

小兮见胖子和瘦子凑过来，就在两个碗前跪下。

“你真这么吃啊？”土佐有点害怕了。

“你不是让我学我家瓜子儿吃食吗？”小兮反问。

土佐没做声。

小兮撅起屁股，把嘴伸进肉碗里，大口吃起来。

第六十五章　策　反

小兮这种吃相，太难看了！

她真像瓜子儿那样，撅着屁股，把嘴伸进饭碗里，“吧唧吧唧”地吃，太有损女神形象了。

把一个国民女神弄成这样，土佐虽然觉得视觉上很过瘾，但心里隐隐觉得不安。

小兮吃了一口肉，又吃了一口米饭，一边吃，一边抬头冲土佐傻笑，嘴唇上沾了一圈酱油，还有一圈饭粒，像白胡子一样。

小兮那一笑，十分诡异，藏着不可描述的内容，仿佛已经看到土佐的下场。

在洞口偷窥的两个盗猎分子也在惊愕中，不敢再看，麻溜地躲到一边。

土佐后背渗出一层冷汗，从后脖颈儿顺着脊椎的凹槽爬到腚沟子——人的身体构造都差不多，后背的冷汗一般都会往那儿流。他心里不停地合计，如果二哥知道他把小兮弄成这样，非把他的皮扒下来做成鼓不可，于是他赶紧过来搀扶小兮。

“别拽我啊，我还没吃饱呢。”

“姑奶奶，是孙子我照顾不周，怎能让您这么吃饭呢？”

“是你亲口说的，我家狗怎么吃，就让我怎么吃。洞口那两个，你们都听见了吧？”小兮冲着洞口喊，嘴里还喷着米饭。

门外的胖子和瘦子绝对不想卷进来，应声也不是，不应声也不是。

土佐搀起小兮，连声赔不是。他意识到自己躺枪了，但是已经洗不干净了。外边那俩货都看见了，他们能错过这个大好的立功机会吗？

“你不让我吃了？”小兮问。

一个难题又出现了，不让她吃饭，肯定不行，那么给不给她松绑？很显然，小兮给土佐下这个套儿，就是为了让他给她松绑，他又没有这个权力。万一出现差错，二哥非把他和穿山甲一起炖了不可。

“要不——你喂我？”小兮问。

这倒是个两全其美的好办法。土佐稍微犹豫一下，端起碗，舀起一块肉，送到小兮嘴边。

“谢谢啊。”小兮边吃边对土佐说，“除了我爸，还没有男人这么喂过我呢。”

一句话，又让心虚的土佐心里发毛，这个场面有点儿温馨有没有？

他紧张地朝洞口看了看，担心那两个家伙拍照留念。

“将来我有了男朋友，一定让他天天这样喂我，好舒服啊！”小兮故意提高嗓门，加大声音穿透力。

土佐更不敢喂她了。

“怎么了？”小兮萌呆呆地问，“你怕什么？二哥还会因为你对我好怪你？”

土佐更难了。他知道，二哥的心思比女孩子还难琢磨，一个眼神儿不对，都能让他杀心四起。

这时，胖子的声音传进来：“哥们儿，你先忙着，我们到那边抽根儿烟。”

土佐连忙回应：“哎，哎。”

两个人的脚步声越来越轻，最后消失不见。小兮盯着土佐的眼睛说：“把我解开。”

“为什么要给你解开？”

“因为我要打你一顿。”

“为什么要打我？”

“你让我像狗一样跪在你面前吃食儿，是我一辈子都抹不去的耻辱！这事儿放在你身上，能过得去吗？”

“你打我一顿，这事儿就能过去？”

“我出了这口恶气，心理平衡了，就不往外说了。再说，这也不是什么光彩的事儿。”

“你不会想借机逃跑吧？”土佐狐疑地打量小兮。

小兮撇嘴：“你一身刺青一身肌肉的，应该练过几天吧？你这个头儿，怎么也有一米八五吧？”

“嗯，体重一百公斤，卧推一百公斤，比玩CBA那群家伙都不差。”

“我才一米六五，四十九公斤，蹲三十公斤杠铃都费劲儿。你觉得我有那么弱智吗？给你制造机会，让你理直气壮地扁一顿？”

“你知道就好。”

“你连我都看不住？这点儿自信都没有？还混什么黑社会啊？”

“他们说你可神了，在树林里飞来飞去，跟蜘蛛侠似的。”

“蜘蛛侠？哈哈！”小兮把嘴凑到土佐耳边，压低声音，“我吊着威亚呢。威亚，你知道吗？拍动作片都用那玩意儿。我还一矛格挡八支麻醉针呢，其实是我手快，从身上拔下来，扔到地上去的，哈哈，吓唬他们玩儿的。”

小兮这句话，跟二哥的分析一模一样，土佐更相信小兮了。他认为，一点儿格斗基础都没有的小兮，在特警队训练两个月，只能学点儿皮毛，不可能那么神。小兮刺穿变异大老鼠喉咙的视频，他也看到了。他觉得没什么，任何人都能做到，功劳是瓜子儿的，包括绝杀蟹王，都是运气好而已。

土佐想到此，戒备心没有那么强了，用链子锁把门锁上，把钥匙装进口袋里，解开小兮手腕上的绳子。

“姑奶奶，上手吧，怎么痛快怎么来。”土佐慷慨地对小兮说。

小兮的双手被勒得几乎失去知觉，她活动了半分钟，才端起饭碗：“不急，等我吃饱再打。”

小兮吃光一大碗米饭，一大碗肉，打了个饱嗝，才放下饭碗，瞥了一眼土佐：“你准备好了吗？”

“可劲儿招呼吧。”土佐冲小兮钩钩手指。

其实，小兮在吃饭时，一直瞄着土佐，想出其不意一招制敌，但是这家伙防守太严密，几乎无懈可击，只能以硬碰硬。

小兮挥拳朝土佐面门打去，土佐侧身一闪。小兮这一拳是虚招，转身朝土佐裆部踹去。土佐早有防备，两腿一夹，夹住她的玲珑小脚。

土佐对小兮眨眼，挑逗。他整天陪二哥练 MMA，站好对打，小兮绝对不是他的对手。

“你还躲啊？”小兮一脸嫌弃。

“我可以不躲，但你不能往要害的地方打！”

“这不能打，那不能碰，你还让不让我解气了？有你这样的吗？”

“那也不能让你把我活活踢成太监啊！”

这货一点儿都不傻。

“好吧，你把我的脚松开，我不踢那块儿了。”

土佐松开小兮的脚。小兮忽然把腿改变方向，扫倒土佐。这次土佐是故意倒下的，他得假装让她打几下，配合她发泄。

土佐没想到的是，他刚倒地，一个大肘子结结实实地砸到他的嘴上。

肘部是人体最坚硬的部位，小兮凌空而下，把全身力量集中在肘部，砸向土佐的下巴。只要砸中，土佐就会失去知觉。没想到，她却击中了嘴。

土佐上下八颗门牙瞬间脱落，咕噜一下滑进喉咙，顺着食管溜下去。

这就叫打掉门牙往肚子里咽，而且一次咽八颗。

土佐意识到自己上当了，这一击太重了。他忍痛蹬开小兮，起身欲反击。

还没等他站稳，一个大碗迎面飞来。他伸手挡开碗，脚踝却遭到重击，迎面趴在地上。

土佐还没来得及翻身，一根熟悉的绳子忽然勒在他的脖子上。他的后背被小兮的膝盖死死顶住，动弹不得。

土佐感到窒息，“呃呃”地张开大嘴，吐出舌头，双手毫无章法地乱抓乱舞。

小兮吃饭时，就设计出几个方案，绳子、碗都在她的利用范围之内。土佐虽然一直跟二哥练MMA，但她学的都是一招制敌术，全是狠招儿。

土佐毕竟是孔武有力的壮汉，实战经验丰富，经过最初的慌乱之后，逐渐冷静下来，双手猛地撑地，双腿弯曲，背着小兮站起来。

土佐使劲扭动几下腰肢，没有甩掉小兮。他倒退几步，

把背上的小兮往洞壁上狠撞。

小兮背后是那块星状的钟乳石。

小兮判断出土佐的意图，距离洞壁还有半米时，她忽然松手，从他的后背上跳下来，侧身把土佐让过去。

土佐刚想收住脚步，小兮左手托住他的下巴，右手用力把他朝洞壁上推。

“咣”地一下，土佐后脑结结实实地撞在那块钟乳石上，晕了过去。

身高一米八五、体重一百公斤的土佐，就这样被小兮打倒了。

小兮摸出钥匙，打开链子锁，猫腰往洞外走。

外边是十几米长的山洞，很狭窄，仅容下一个人低头行走。以土佐的块头，走进来肯定是很费劲儿的，必须低头弯腰。

小兮拿着链子锁，蹑手蹑脚地走到洞口，听到两个盗猎分子还在议论那件事儿。

瘦子说：“咱就假装没看见，啥都不知道。”

胖子说：“可是小兮看见咱俩了，咱们不说，小兮吃那么大的亏，能不说吗？”

瘦子说：“那怎么办？”

胖子说：“我觉得咱们应该主动告诉二哥。”

瘦子说：“告密啊？土佐可是 18 号院的二号人物，咱们照样惹不起呀。”

胖子说：“他就是靠告密才成为二号人物的。他为了巴结二哥，把撕家私下里跟他发的牢骚，都告诉二哥了。”

小兮有点儿意外。砖头交代，土佐跟撕家不但是老乡，还是同学，只是土佐比撕家低两届。到南岛后，土佐当黑导游，因为打游客，上了黑名单，实在混不下去，才去求撕家。撕家把他带到 18 号院。撕家当时对二哥说，土佐最大的优点是讲义气、对老大忠心。现在看来，撕家真不了解他的老乡兼同学，为了对二哥表忠心，把他都出卖了。

以前 18 号院的二号人物是撕家，比砖头地位高，现在土佐取而代之。

胖子正在跟瘦子研究呢，忽然看到瘦子瞪大眼睛，接着听到耳后“呼”的一声，接着后脖颈儿冰凉，接着就啥都不知道了。

链子锁狠狠砸在胖子的后脑上，一招制胜。瘦子刚举起麻醉枪，链子锁就砸在他的手上，麻醉枪应声而飞。

“她跑出来了！”瘦子边喊边跑。

小兮紧追两步，起脚踹倒瘦子，扑上去连击他的下巴。

瘦子乖乖地晕过去。

小兮的拳头已经这么硬了吗？

后脑、后脖颈儿、下巴受到重击，可以致人暂时昏迷，比麻醉药还快，力量过大，还能致命。

小兮在特警队的人形靶上练过无数次，虽然她的力量不大，但打击位置很准，瘦子只能应声倒地，暂时失去抵抗力。

这里虽然还是洞内，但非常开阔，最高处的洞顶距离地面二十多米。洞壁上到处悬挂着造型各异的钟乳石。不可思议的是，洞中央凸起一个酒樽形状的巨石，下面像酒樽一样有三条腿。

这个洞比小兮的飞天洞大得多，像五星级酒店的大堂。除了小兮身后的洞口，四周还有四个很大的洞口，唯独她身后的洞口最小。

哪个洞口才是出口呢？

盗猎分子的脚步声，此起彼伏，越来越近。

本来就无法判断哪里是出口，等他们全跑出来，就彻底没机会了，小兮不可能同时打倒那么多人。情急之中，她爬上酒樽，趴在顶部的凹处。

铁塔、疤瘌脸等十几个盗猎分子从一个洞口跑出来。

铁塔俯身查看胖子和瘦子的伤势。

疤瘌脸猫腰走进小洞，一会儿急吼吼地跑出来，喊道："没了。"

"追！"铁塔一挥手，带着手下追出去。

那些盗猎分子跑进三角形洞口，那里应该就是出口。

小兮爬下"酒樽"，从胖子和瘦子身上搜出几支麻醉针和两把匕首，插在靴子里，也跑进三角洞口。

三角洞里却不是三角形，宽高和地铁隧道差不多，洞壁上也有各种造型奇特的钟乳石。间隔不远就有一个电灯泡。仅这段，就和飞天洞差不多大小，也有一百多米深。

前方出现拐弯。小兮小心翼翼地挪过去，看到前方布满浓密的青藤，根本没有出口。

奇怪，那些人明明是从这里出去的，怎么会没有出口呢？

小兮扒开青藤，露出一片青苔。她拔出匕首，在青苔上扎一下，居然能扎进去。

青苔下面是木头。

难道这是门？

小兮抓住青藤朝后一拽，一扇很厚重的门被拽开。原来，这扇门里里外外用青藤和青苔包裹着。

门外仍旧是浓密的青藤，横七竖八地编成一张网，细细的光线从间隙中射进来。小兮正要用匕首砍青藤，一想，不对，那些人应该从这里出去的，青藤的某个部位应该有个洞。

她正在查看，忽然发现青藤下方微微摇晃，好像有人拽动，急忙闪到一侧。

一个盗猎分子掀开底部的青藤，猫腰钻进来。他刚起身，后脑就遭到重击，歪头倒下去。

小兮悄悄掀起青藤，向外面观察。

原来，这个洞口被青藤掩盖。二哥团伙又对其进行伪装，用青苔把门包上，和山体融为一体，即便近距离都很难发现，难怪警方和部队始终发现不了他们。

如果杨黎明看到这个洞口，就不会自责了。

洞外就是原始森林。十几个盗猎分子已经追到森林里。洞口有两个盗猎分子值守。他们相距五六米，背对着小兮。

同时打晕两个人，难度太大，基本无法实现。

小兮正盘算怎么下手时，一个盗猎分子忽然转身。她来不及多想，抬手就是一枪，同时扑向另一个盗猎分子，抡起匕首把子砸他的后脑，快、准、狠，一击而中。

那人应声倒地。

“她在这儿——”中枪的那个盗猎分子拼命喊道。

小兮飞身扑过去，一肘砸在他的下巴上，他也晕过去。

可惜还是晚了。

正往森林里乱跑的盗猎分子听到喊声，循声发现小兮，迅速追过来。

小兮急忙朝另一侧跑去。

又是一场丛林战。

小兮和十几个人展开麻醉枪对射。

小兮把从温柔那里学到的丛林战略战术运用好几遍，仍旧捉襟见肘，腿上还是中了一针。还好，她上身的防刺服被脱去，防刺裤还在。

盗猎分子经常进行团队狩猎，非常熟悉地形，实战经验丰富，相互配合十分默契。小兮射中四个盗猎分子后，新的危机出现了。她只缴获十支麻醉针，已经射光了。

盗猎分子从四面八方围上来。

情急之下，小兮想起昨天夜里和盗猎分子周旋的办法，转身爬上一棵大树，纵身抓住两米外的藤条荡出去。这里树高藤长，比昨晚荡得还远。她在藤条荡到最远端时，借势再

飞出几米，抓住前方另一根藤条，又荡出去五六米……

几个盗猎分子举起麻醉枪，胡乱地朝空中的小兮射击。可惜，小兮飞得太快，等麻醉针到达时，她又在十几米外了。

转眼间，小兮飞出五六十米，消失在茂密的枝叶中。

铁塔带着七八个盗猎分子追过去，可惜他们的速度比小兮差远了，被远远甩在后面。

小兮今天施展这项神技，比昨晚更加得心应手。昨晚光线太暗，寻找下根藤条相对费力，现在却看得很清晰。在特警队的平行梯训练，也帮了她大忙。其实。在林间穿梭并不比爬平行梯累，但是对眼力和判断力要求较高，她要在短时间内发现合适的藤条，并且稳稳抓住，接着立即寻找下一根藤条。其间稍微分神，或者稍微犹豫，就可能摔下去。

两分钟后，小兮在原始森林里飞出一公里，有点儿累了。见身后嘈杂声变轻，想落地跑一阵儿，缓解一下酸疼的胳膊。

小兮落在地面，环顾周围，正要往前跑，忽然感觉后背被扎。她急忙转过身，看到两个盗猎分子从树后转出来。

“兮爷，您怎么能撞到我们的枪口上呢？世界上还有这么巧的事儿吗？”

两个放哨的盗猎分子本来没想捡这个便宜，可是小兮自己主动送上门来了，不捡好像都不行。

二哥没有参与追捕小兮的行动。

他在养生命之蛋。

生命之蛋被小兮撞残之后，个头比以前大了一倍。婷婷给它敷上消肿药。

婷婷是 18 号院的老人儿，是二哥遴选的侍寝工作者之一。因为她工作表现好，服务态度好，最主要的是乖得像小猫，说话轻声细语，不问不说话。二哥虽然用腻她了，但也不舍得淘汰，也不想送人，就把她派到盗猎团伙驻地留守，以便他考察工作时发挥余热。

婷婷了解二哥和二哥的生意不？当然。不过，她更知道，既然凭一己之力改变不了命，那就想尽办法保住命，毕竟活着最重要。

二哥拖着硕大明亮的生命之蛋，把土佐打得哭爹喊娘。这货居然让她的女神跪在地上，撅着屁股像狗一样舔食，叔能忍婶不能忍。

“她就跪着吃了一口，后边都是我喂的。”土佐边挨打边解释。他掉了八颗门牙，说话漏风，有几个字二哥没听清楚。

提到喂小兮吃饭，二哥直接掏出手枪，打开保险，把枪口顶在土佐脑袋上：“她是不是还跟你说过，以前没有男人这样喂过她，将来她有了男朋友，就让他天天这样喂她？”

土佐傻眼了，跪在二哥面前，磕头如捣蒜，磕得脑门子比后脑勺肿得还高。

胖子和瘦子把来龙去脉一字不落地告诉了二哥，中间还添加了他们龌龊的想象。

任何社会、任何组织都讨厌这种告密的人，因为告密践踏了做人的底线。

土佐为了巴结二哥，无所不用其极。他当上团伙的二把手之后，为了稳固根基，更是变本加厉，谁的密都告，什么密都告，没有秘密编造秘密也要告。胖子和瘦子就是受害者，现在他们逮住机会，必须以其人之道还治其人之身。

尽管土佐看上去比二哥威猛霸道得多，但是此时，他的样子却比哈巴狗还可怜，满身的刺青，也抽抽儿得极其猥琐，哭得涕泪横流："二哥，我对您最忠心呀，您要杀了我，那帮小子就不好控制了。整天猫在深山老林里，他们觉得自己都变成猿猴了，一直找机会逃跑呢。"

这次给小兮送晚饭的人是撕家。

撕家如阿拉斯加犬一样威武、凶猛。身上除了没有土佐的文身和肌肉块，其他方面绝对让人看一眼就哆嗦。

阿拉斯加犬的相貌威武指数不亚于雪狼，但要论战力指数，会被雪狼秒杀。

为了避免小兮吃饭时尴尬，这次盗猎分子吸取了上次的教训，把小兮的双手捆在身前。

撕家把饭菜端到小兮面前，然后坐到山洞一角沉思，一句话都不说。

小兮不急于吃饭，走到撕家面前蹲下，鼻子几乎顶到撕家的鼻子。他们都清晰地听到对方的气息声。

撕家心里不安，土佐的惨相历历在目。

“我，是你唯一的希望。”小兮几乎用气息说话。

撕家紧张地朝洞口看了看，确定洞口即便有人，也未必能听见小兮的声音。他离她这么近，听着都费劲儿。

“其实你们早就想自首了，对吧？别否认，你们在黑风镇大力饭店就争论过，是梁武把枪拍到桌子上，才镇住你们的。”

撕家不做声，心想：“她连这个细节都知道，看来已经摸透他们的底细。她是不是想策反我？不行，背叛精明的二哥，肯定生不如死。”他躲开小兮的目光，摇摇头。

“怎么了？”小兮有些不解地问，“你现在不想了？”

撕家还是不做声。

“怕了？不敢了？”小兮逼问道。

“……”

“除了香香，他是不是还杀过人？”小兮继续问。

“……”

“杀过几个？”

“……”

“而且他不动手，逼别人动手？”

“……”

“你动的手？”

“不可能成功的。”撕家摇头叹息，一脸绝望。

“只要你配合我，就一定能成功摆脱二哥的控制。而且，只有你合适。”

“为什么？”

“18号院的人里，如果还有一个讲点儿义气、有点儿担当、有点儿良知的人，恐怕就是你了。在你们的团伙里，你应该比二哥更得人心。”小兮缓声说道。

“你太抬举我了。”撕家低下头。

“那个落网的司机说，在黑风镇大力饭店，当他们自顾逃命时，你却冒着危险，让手下把两个晕过去的兄弟拖出来，其中还包括被大闸蟹夹死的人。遗憾的是，你们冒死拖回来的兄弟，却被梁武弃尸街头。在这里，还有谁是18号院的老人儿？”

“小姐姐，就算我把18号院老人儿全都策反也没用，打不过他们的。那伙盗猎的，手里有硬家伙。现在我们只是苦力，连麻醉枪都上缴了。”

小兮也发现，这些天和她作战的人，全是盗猎分子。18号院的人，除了二哥，没有一个人参战。原来二哥根本就不信任他们。他挟持他们进山，只是要他们当苦力。他要把那些变异吓蟹运出去，必然需要大量人手。

“这里还是中国境内吧？”小兮问。

“是，还在隐仙湖原始森林里，距离隐仙湖三十多公里。这座山叫圣女山。”撕家低声回答。

现在的小兮，如果不是被绑着，肯定会悔得捶胸顿足。她和瓜子儿千辛万苦地逃离南岛，跋山涉水向远方，没想到最后把自己送到二哥怀里来了，美滋滋地跟他做了这么久邻居。现在，二哥不抓她，都对不起上天的安排。

这么多天，显然是她在追二哥，根本不是二哥追她。

“你能跟外边联系吗？”

撕家摇摇头：“手机都被收走砸烂了，拿啥联系？再说，即便有手机，这里也没有信号。那帮盗猎的手里的卫星电话才好使。”

原始森林里没有通信信号，只能依靠卫星电话跟外界联系。

“二哥为什么不让你们跟盗猎分子接触？”

撕家摇摇头：“不知道。”

“有一点我想不明白。怎么连盗猎团伙的头儿都听二哥的？就是那个塔哥。”

撕家迟疑不语。

“你让我知道了太多秘密，下不了我这条贼船了。现在，你我必须一起想办法才行。我先把情况摸清楚，看看能不能找到他们的破绽，然后再制订计划。”

撕家终于下定决心，把他知道的事情，对小兮全盘托出。原来，铁塔就是二哥一手带出来的，盗猎团伙也是二哥组建的。

二哥犯下灭门重案后，没地方躲没地方藏，就跑到这片原始森林待了半年多。其间，他学会了打猎，发现了圣女山的溶洞，开始贩卖野生保护动物。为了追求利益最大化，他索性组建了这个盗猎团伙。

铁塔是二哥在此开疆拓土的骨干，负责打理团伙内日常事务。后来二哥跟随大哥到国外发展，就把盗猎团伙交给他经营。二哥回到南岛，他归大哥领导，所以盗猎团伙和18号院不是生意关系、上下游关系。18号院的偷狗贩狗生意，在这条利益链上，小到可有可无。

“那些变异大闸蟹小龙虾卖出去多少了？”小兮问。

“卖个屁！国内国外查得紧，一只都没卖出去，全砸到手里了。”

小兮忽然想起邻国出现的两只变异小龙虾。南岛警方因为那两只变异小龙虾产生误判，以为这些变异虾蟹已经出境了。

“我们给每条渠道都送去一些样品，不止国内，周边各个国家都有，总量有上百只。”

小兮大吃一惊。如撕家所说，周边各国现在也隐藏着上百只变异虾蟹。

小兮终于明白他们为什么去猎象、抓猴子了。

“其他的变异虾蟹，藏在哪儿了？”小兮问。

“就在洞里。”撕家说。

“有多少？”

“从北湾养殖场运出来的时候，有两三千只，死掉三分之二。”

“死了那么多？”

“没有饲料吃，它们就自相残杀。”

“现在它们长多大了？”

“最小的那只大闸蟹，和你们在龙山体育场猎杀的那只差

不多。”

尽管有心理准备，小兮还是震惊不已。一只蟹王就把龙山市搅得天翻地覆，这里藏着这么多，想想头皮就发麻。南岛警方还以为二哥团伙会控制变异虾蟹的食量，没想到他们已经控制不住了。它们没有吃的，就吃同类，等于有取之不尽的食物。

“那么大了，这里怎么装得下？”

“这个溶洞特别大。你看到的这部分，只相当于一栋大楼的几个房间。”

“你们还敢在这儿待着？”

“他们在那个洞里安装了电闸门，通电，那些东西跑不出来的。”

“通电？这里哪来的电？”

“二哥从国外弄来一个微型水力发电机，靠山中的瀑布发电。”

“他们打算怎么处置这些变异虾蟹，卖也卖不了，放在身边还危险。”

“二哥准备把它们放出去。”

小兮彻底惊呆了，全身渗出冷汗：“他疯了？”

“我要是他，也会这么做。”撕家淡然地说。

“为什么？你不觉得这是损人不利己的行为吗？”

“他是国家 A 级通缉犯，背负数条人命，被警方抓住就是死。把它们放出去，肯定够警察、边防军忙活几年的，哪

有工夫搭理他？”

上千只独栋别墅那么大的变异大闸蟹、小龙虾，如果放出去，毫无疑问会跑出原始森林，跑出巨龙山脉，入侵城市和村庄，将是无法想象的巨大灾难。

“铁塔同意了？”

“不同意。这事儿太大了，他也怕自己被变异虾蟹吃掉。但是，最近他有点儿顶不住了。”

“为什么？”

“警方和军方整天搜索，不只是直升机，还空投一批人进山，我们好几次差点儿被他们发现。如果你不出现，二哥应该把那些东西都放出去了。”

“我阻止了二哥？”

“二哥决定趁铁塔出去打猎的机会，偷偷地把那些变异虾蟹放出去，没想到铁塔提前回来了，说你在隐仙湖。二哥怕那些变异虾蟹伤害你，就没有放出去。”

就差一点点？小兮没想到，自己居然在完全不知情的情况下，阻止了一场生化劫难。

“铁塔知道，如果二哥得到你，就不会放出那些变异虾蟹，所以他才那么卖力地抓你。”

第六十六章　魔鬼的情话

土佐的晚饭，是跪在地上舔着吃的。二哥没捆他的手，只是命令他把两只手背到身后。只要他稍微抬起头，二哥就把拐杖抡到他的胳膊上。保持这个姿势难度不小，他的胳膊已经被二哥打了三杖，挺疼的，不知道骨头折没折。

土佐敢用这种方式羞辱小兮，二哥必然以其人之道还治其人之身。

看着土佐的狼狈相，二哥流出眼泪。他眼前浮现出小兮以此姿势在土佐面前吃饭的画面，难过得受不了，恨得直咬牙。小兮虐他千百遍，他待小兮如初恋。他绝对不允许别人动小兮一根指头，损犊子竟然敢……想到此处，他又抡起拐杖砸到土佐脑袋上。

土佐一头扎到饭盆里。

土佐也不敢问，更不敢揉，饭菜被他拱了一地，根本没法吃了。

婷婷俯身要收拾，被二哥喝止 ：“粮食都是兄弟们冒着生命危险，千辛万苦运进来的，不能浪费，麻溜地吃干净！”

婷婷低头退到一边。

土佐不敢不从，跪在地上撅着屁股吃地上的饭菜，一边吃一边“噗噗”地吐。

“你吐什么？”二哥瞪大眼睛问。

“二哥，上面都是泥啊。”土佐哭丧着脸解释，然后接着吃，不敢再吐，咬牙吃干净。

二哥忽然心里泛酸，想起狼青。

在瓜子儿冲进 18 号院时，所有手下都不敢阻挡，只有狼青勇敢地扑向瓜子儿，舍命保护他。

他当时十分感慨，人不如狗！

他当时就暗暗发誓，这辈子无论自己走到哪里，都要带着狼青。所以，他在逃亡的路上，一直带着狼青，对它比对手下人还好，直到进入阿哥岭。

他们在阿哥岭实在没有东西果腹，饿了两天，没办法，他忍痛把狼青烤了。

他觉得狼青的肉，和之前他吃的狗肉味儿不一样。

土佐吃光地上的饭菜，二哥也没有让他站起来。

他跪在地上问二哥 ：“今天晚上谁给小兮送饭？”

婷婷说 ：“撕家。”

“哦。”土佐早就料到了，“二哥，派他去，是不是有点

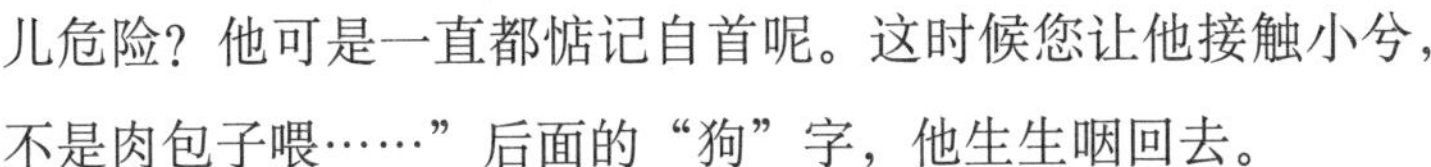

儿危险？他可是一直都惦记自首呢。这时候您让他接触小兮，不是肉包子喂……”后面的“狗”字，他生生咽回去。

“他杀过人。”二哥低声说。

“他杀人，跟我杀人不一样。我是主动杀的，他是被您用枪逼着不得不杀。我在网上看过类似案例，他不会判得太重，起码不会是死刑。”

土佐说的这一点，二哥何尝不懂？他这些年一直在研究法律，都快成为刑法专家了。他原本希望借用法律威慑这些法盲，没想到连土佐这个半文盲，都把这事儿研究明白了。

“就算撕家不明白这个道理，但是小兮明白啊。小兮学历高，又整天和警察泡在一起，会不会帮他解除后顾之忧？”

“撕家怎么会直接告诉小兮自己杀过人呢？他傻啊？”婷婷插了一句。

土佐瞥了二哥一眼，暗示他，你的女人又坏规矩了，随便插嘴。

没想到二哥却反问他：“婷婷问你话呢，想啥呢？”

土佐只好收回视线，做思考状：“如果撕家一直惦记自首，争取警方宽大处理，一定会坦白交代的。当然，这是我瞎猜啊，也说不准他就知道这条法律规定呢。”

一阵脚步声传来，土佐不说话了。

除了关押小兮的那个洞有铁栅栏门，其他洞口都没有门，毕竟这里是他们在深山老林里的秘密据点，能不能把原材料运进来不说，关键是没有装门的技术人员。

脚步声在洞口中止，撕家的声音传进来："二哥！"

"二哥，您能让我先起来吗？"土佐哀求。

二哥没做声，低声对洞外说："进来。"

土佐十分忌讳撕家看到自己这副惨样，但是二哥没发话，他只能跪着。

撕家走进来，看了看土佐，没说话。

"什么事儿？"二哥问。

撕家又看了看土佐，显然他不想让土佐听到自己下面的话。对于撕家和土佐之间的明争暗斗，二哥心里门清，也希望他们一直斗下去。他懂一些权谋家的驾驭术，手下人只有不停地争斗，他的位子才安全。有时候，手下斗累了，他立即抛出一根带点儿肉的骨头，继续看手下人争得头破血流。

手下人流汗流血不可怕，可怕的是他们团结一致聊未来。

本来，土佐是撕家带到 18 号院的，又有老乡兼同学的关系，他们联手的可能性最大。让二哥想不到的是，他们的内斗居然最厉害，恨不得对方马上消失。

唯独让二哥不满意的是，撕家面对土佐的无理挑衅，还是以自卫为主，很少反击，反倒是他的手下忍不住替他出头。这让二哥不得不袒护土佐，以免撕家一家坐大，破坏团伙的生态平衡。

二哥担心经历过生死的 18 号院老人儿，态度消极，畏惧心理严重，所以限制他们接触盗猎分子。负面情绪具有严重的传染性，一旦遇到危机，弄不好两伙人都会背叛他。

“没关系，都是兄弟，说吧。”二哥对撕家点点头。

“刚才小兮——对我说了一些话。”撕家吞吞吐吐地说。

“她说什么？”二哥问。

“她说——她是我重新做人的唯一希望。”

“她想策反你？”二哥不动声色地看着撕家。

撕家点点头：“她竟然知道，我们在黑风镇饭店发生争执的事儿。”

“说重点，她让你干什么？”二哥低声喝道。

“她让我策反 18 号院的所有兄弟，干掉您和土佐，然后和铁塔摊牌。即便铁塔不愿意放出那些大闸蟹小龙虾，也不会把我们怎么样。”

撕家走后，小兮内心忐忑不安。

瓜子儿和大象嗅觉失灵，不可能指望它们营救她，她必须想办法从内部瓦解这个团伙。那次在 CS 真人游戏基地，她仅用几个眼神、一句话，就策反了阿扬。这次。此计也应该好使。

她担心的是，自己的计划能不能顺利进行。

撕家走后一个多小时，小兮才听到洞外传来两个人的脚步声，其中还夹杂着“咯咯”的拐杖叩地声。

奇怪的是，二哥走进来时，并没有拄拐杖。他的脚步虽然缓慢，但两腿没有向外侧裂，和平时一模一样。

二哥是讲究人，他必须要在自己心爱的女人面前保持尊严。

土佐抱着床板和干净的被褥跟在二哥身后，进来就把床板放下，细致地铺床。

小兮打量这家伙，真够结实的，差点儿被自己勒死，后脑受到重创，又被二哥打得遍体鳞伤，现在手脚仍旧十分灵活，丝毫不受影响。

土佐一边给小兮铺床一边说："小兮，这块床板是二哥特意让人给你制作的。到目前为止，这是我们这里唯一一块床板。"

"洞里太潮，怕你受凉。"二哥对小兮说。

多体贴、多细心的暖男啊！要不是他背负那么多条人命，还有谋杀瓜子儿的前科，小兮肯定被他这句话感动得痛哭流涕。

二哥解开小兮腕子上的绳子，递给土佐，说："你出去吧。"

土佐接过绳子，走了。

虽然小兮撞肿了二哥的生命之蛋，但二哥好像一点儿都不生气，就像他的孩子打碎了不值钱的花瓶。

"撕家都说了。"二哥仰视着洞顶，声音轻缓、低沉。

却把小兮的脑袋震得"嗡嗡"作响。

"我不怪你。"二哥说。

对此，小兮不想否认，也不想承认。现在她说什么，都没有意义。

"为什么要独自带瓜子儿来到这里呢？"

"你觉得呢？"

"你是警方的诱饵，引我出来。"

小兮愣了一下："既然你这么想，为什么还出来？"

"因为我想你，时刻都想见到你。既然你来了，就算明知你是诱饵，我也忍不住出去找你。"二哥眼里已经噙着泪花。他仰着头，就是担心泪水流出来。

"感动死我了。"小兮装作毫不在乎。

"后来我发现，如果你是警方设置的诱饵，我们早就被窝端了。"

小兮不想接他的话茬儿，不想让他判断出自己内心想什么。

"你厌倦了自己无法主宰的生活。只要你还在南岛，或者国内，瓜子儿就会随时被警方征用。它的运气，不可能每次都会那么好，也许下一次，它就没命了。还有一些人，以爱你和瓜子儿的名义，却进行伤害你们之实。所以，你想带着瓜子儿隐居山林，回归大自然，寻找纯真的生活。"

小兮没有反驳。既然自己的心思已经被他看穿，否认也没有任何意义。

"小兮，你这个选择，让我——让我感到特别高兴。目前，我们的处境一模一样，都不想再和人类社会相处。这难道不是——这简直就是上天的有意安排。"

小兮也觉得这就是上天刻意安排的。在几百平方公里的原始森林里，两个人能碰上的概率微乎其微，但是他们就碰上了，躲都躲不开。

"小兮，你把原始森林里的生活想得太简单了。一个人在远离社会的地方，待三五天还可以，如果长年累月，会寂寞死，会发疯。如果有一个深爱你，又曾经让你心旌摇动的人在身边，与你一起解决面临的问题，难道不是最好的选择吗？”

“跟你吗？一个杀人强奸犯？一个天天玩一皇三凤游戏的变态？一个一直惦记杀死瓜子儿的黑社会头子？”小兮凝视着二哥。

“如果你接受我，我保证这辈子都不会再碰别的女人，也不会再动瓜子儿一根毛。我相信，瓜子儿一定会接受我的。它连虐待它、烧烤它的小光都能原谅，为什么不能原谅我？”

“它可以原谅虐待它的人，但绝不会允许我和别的男人在一起。它只要闻到你身上有我的味道，你就倒霉了。”

“时间和真诚会改变一切的。小兮，你不是撕家的唯一希望，你是我的唯一希望。更准确地说，是我最后的希望。”

小兮没有做声。

“那些变异的虾蟹就藏在这个洞里，一千多只。如果我最后一丝希望都破灭了，生活对我来说，就已经毫无意义。别人的生活好坏，也与我无关。那么，我一定会把它们放生。”

“你太邪恶了！”小兮愤愤地对二哥吼道，“跟你这样的人在一起生活，我能睡得着觉吗？”

“如果你接受我，我就不会那样做。我发誓，我一定努力成为世界上最爱你的人，爱你的一切，包括你的选择。”

“他妈的，你这是威胁我吗？”

“小兮，这样的脏话，不应该从你的嘴里说出来。真的，

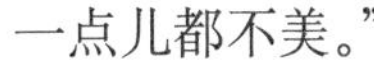

一点儿都不美。”

“我 ×！”小兮摇摇头，指着二哥的鼻子骂道，“滚犊子，你他妈这么脏的人，居然还嫌弃我说脏话？我 ×，世界上还有没有讲理的地方了？”

二哥捂着胸口望着小兮，如此粗俗的字眼儿，怎么能从女神嘴里说出来呢？他从情感上、听觉上都无法接受。

小兮平时从不说脏话，得知二哥有这个忌讳，她才故意说的。

二哥咬咬牙，忍了。

“我没有威胁你，我只是实话实说。如果一个人连最后一丝希望都没有了，活着这件事儿，对他还有什么意义呢？如果我有毁灭地球的能力，肯定会跟它同归于尽。它既不容我，我岂能容它！”

小兮相信二哥绝对能干出这样的损事儿，甚至心理用不着这么邪恶，都能干得出来。有些人，只要自己不存在，就见不得任何美好的存在。

“你了解欢喜佛吗？”二哥忽然没头没脑地问。

小兮一下子猜出他想说什么了。欢喜佛的典故，她给游客讲过无数遍了。有一个叫欢喜王的国王，十分残忍，杀戮成性。观音菩萨为了阻止他继续作恶，化作美女，终日缠着他。欢喜王沉迷美色，就没有工夫作恶了。所以，这尊佛像，是赤裸的欢喜王和赤裸的观音菩萨抱拥的形象。

当然，欢喜佛的故事还有其他版本，内容基本大同小异。

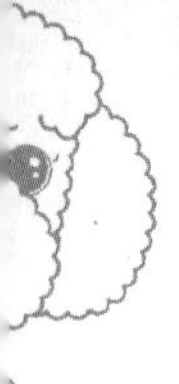

因为这是佛教经典，不是色情故事，所以二哥在小兮面前提这个，不但不觉得是亵渎小兮，甚至觉得还把她神圣化了。

“小兮，既救赎一个爱你的人，又能避免一场后果无法估量的灾难发生，也是为社会做贡献。就算你没有对我动过心，不会爱上我，嫁给我，也算是舍生取义吧？”

“把如此龌龊的动机都能说得冠冕堂皇，你怎么不去当——又浪费一个特殊人才！”

“你知道我为什么这么爱你吗？”

小兮没有回答，其实她对这个问题一直也纳闷。二哥对她的爱，似乎有点儿变态了。她也想知道，他为什么如此执着。

二哥眼中流露出一丝掩饰不住的悲伤：“小时候，我和哥哥跟姥姥一起生活，很少见到妈妈。每次我们见到妈妈，就能吃到世界上最好吃的东西，穿上世界上最好看的衣服，玩着世界上最好玩的玩具。和妈妈在一起的日子，是我们最快乐、最幸福的时光。在我眼里，妈妈是世界上最美的女人，她的眼睛特别纯净，没有一丝杂质。后来我学会了一个词，能准确形容妈妈的眼睛。这个词就是圣洁。”

沉浸在回忆中的二哥，眼神里充满了对逝去美好的神往。小兮知道，现在他的脑海里，一定浮现着他妈妈的眼睛。

“我每年只能见到妈妈一两次。可是我十二岁以后，就再也没见过她。我每天每夜都在想她。每天早上醒来，我都会闭一会儿眼睛，希望睁开眼睛，就能看到妈妈坐在床前，穿着那件翠绿色的连衣裙，笑吟吟地望着我……可是，这个奇迹却从来没有出现。她再也没有回来看我，连个电话都没有打过。我开始恨她，因为她不回来看我。村里没有一个妈妈是这样狠心的。后来，我听到很多风言风语，说她在外地做……我觉得，有些人故意在我们面前讲那些流言，语气中对我们充满歧视。我们开始恨身边的人，恨这个世界，也恨我妈妈，虽然我们从不相信那些流言。做那种职业的女人，怎么可能有那么清澈的眼睛、那么圣洁的眼神？后来，我知道那些不是流言后，更恨她，也更想她……”

二哥说到这里，有点儿哽咽，但他强忍着，不让眼泪流出来。他不想让小兮看到他脆弱的一面。

小兮哭了。此刻，她眼中的凶残杀人魔王不见了，变成强烈渴望母爱的孩子。

她也有相似的经历，能感同身受。她十二岁那年，也失去了母亲。母亲死于一场车祸，但是，从那以后，她却得到父亲和奶奶的双倍疼爱。身边的人，都关心她、照顾她，不像二哥那样备受歧视。

小兮终于理解，二哥的眼神为什么总是那么忧郁了。

“你暗恋玲玲，也是因为她像你妈妈？”小兮低声问道。

二哥愣了一下。他本来不想提自己和大白菜之间那点破事儿。他觉得，提到大白菜，会让小兮感觉他品位低下，而且有点儿侮辱甚至亵渎小兮的圣洁。但是，既然小兮已经知道，大白菜就是初恋的滋味野味馆的老板娘，并且已经自首，她和二哥的关系，对小兮来说，已经不是秘密了。

二哥没法回避，只好点点头："那时候的她，不论五官还是身材，和我妈妈太像了。她总穿一件妈妈最喜欢的绿色连衣裙，像一棵小白菜。尤其她的眼睛，十分清澈、干净，看着我的时候，没有一丝歧视。每天放学后，我都默默地跟在她身后，和她保持不远不近的距离。每天上学时，我躲在她家附近守候，从来不敢上前和她说话。我自卑，我甚至怕她因为跟我说话而受到别人歧视。她虽然不歧视我，但对我没有感觉，她喜欢另一个人。所以，和她在一起那几年，我是在痛苦中度过的。"

"她后来倒追你，把餐馆的名字叫作'初恋的滋味'，够用心了吧？既然你如此爱过她，怎么不答应她呢？"

"因为她已经不是原来的她！她从清纯的小白菜，变成势利、油腻的大白菜，眼睛也浑浊了，浑身上下冒着俗气。"

小兮有点儿替他们感到惋惜，但是能理解。二哥心目中的那棵小白菜，还未被世俗污染，纯洁无瑕，而大白菜被多头猪拱过，确实有点儿油腻。虽然大家都活在世俗中，同样面对柴米油盐，但有些人一生都能保持圣洁优雅，有些人却会沾满油污，张嘴就冒呛人的油烟味儿。

"然后，我就见到了你。在海滩上、夕阳下，你穿着绿色裙子，拿着我的钱包，特别简约特别美。尤其你那双眼睛，非常清澈。这么多年，我从未见过那么圣洁的眼神。"

"有吗？"小兮心想，"我的眼神有那么圣洁？怎么从来没有人跟我说过呢？"

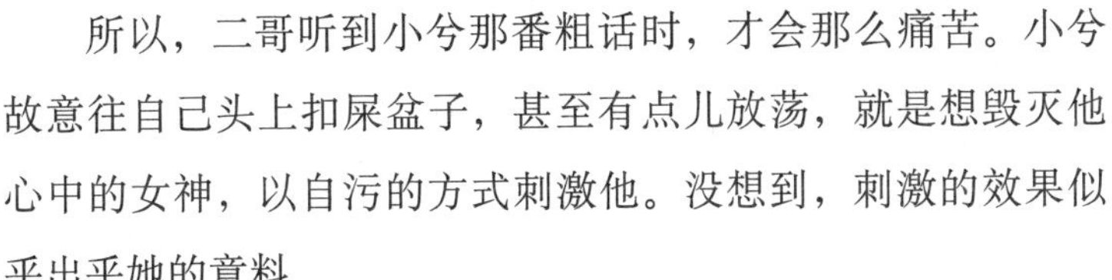

所以，二哥听到小兮那番粗话时，才会那么痛苦。小兮故意往自己头上扣屎盆子，甚至有点儿放荡，就是想毁灭他心中的女神，以自污的方式刺激他。没想到，刺激的效果似乎出乎她的意料。

二哥的执念，在那一刻坍塌了。

小兮有点儿后悔刚才那样刺激他。如果她知道自己在二哥心目中如此圣洁，她肯定不忍心弄脏自己的。

“知道我为什么没有追上去请你吃饭吗？”二哥继续说道，“因为，在那一刻，我真的傻掉了。我不相信在这个世界上，还能见到一个和我妈妈、和那时候的她那么像的人。我的心乱了。从那天起，你的身影、你的眼神每天二十四小时浮现在我的脑海里，无时无刻不在想你。我为什么爱上你，对你的爱有多深，我自己都不知道。正是因为你，我才选择在南岛留下来。”

“你已经打算离开南岛？”

“前些年，我一直在国外，并且跟当地政府、军方、警方的关系处得很好，没有哪个部门会抓我。我还到当地的部队，当了两年特种兵，接受高标准的军事化训练，参加多场战斗，立过战功。我是那个国家的战斗英雄，是万人膜拜的偶像。”

听完二哥这段讲述，小兮十分诧异。一个国家的罪犯，居然是另一个国家的英雄。那个国家的人可能永远想不到，他们心目中的英雄、偶像，在另一个国家就是应该要下十八层地狱，下油锅的魔鬼。

难怪他的格斗、枪械、战略战术玩儿得那么溜，难怪杨黎明占不到他丝毫便宜，他的履历比杨黎明辉煌多了。

“既然你在那边那么受尊重，怎么又回来了？”

“因为中国经济发展迅速，遍地是黄金。想发财，就必须来中国。中国人的钱好挣，尤其在吃的方面。世界上没有任何一个国家，比这个国家的人不珍惜粮食。他们浪费得越多，我挣得就越多。”

“你是为了玲玲才去南岛的吧？”

二哥没有否认。

“人生真有意思。你为了她去南岛，结果见到了她，你却要跑了。是人生如戏，还是戏如人生？”小兮抿嘴，想笑。

“我本来能躲开她的，可是遇到你，才真正在南岛常住。”

小兮有些触动了。面前这个人，不管内心多么凶残，但是对她的那颗心是真的。他是国家A级通缉犯，她当然知道，他留在南岛意味着什么。爱一个人需要勇气，没想到他能拿出这么大的勇气。

“既然你那么喜欢我，怎么还会和三个女人……你应该知道，爱是自私的，于人于己都是自私的。”

“在我心目中，爱和性是两码事儿。让她们在身边，是正常人的生理需要，仅此而已，就像一日三餐，没有人说吃饭有罪吧？你和她们不一样。你是我心目中的女神，神圣不可侵犯，更不允许我去亵渎。如果我们在一起，你觉得我肮脏，我可以一辈子不碰你。我只想静静地看着你、保护你，心满

意足地做你的奴隶，一辈子守着你。”

小兮想想也对，他把她当成他妈妈了，他怎么可能对他妈妈有邪念呢？

在二哥的三观里，性和爱是完全分开的，精神和肉体不能合二为一。那么，爱一个人，就是爱一个人，怎么能跟她发生那种事呢？那是典当或亵渎爱情。

眼泪未经小兮允许，再次冲出来。

这才是真正的爱情。

让小兮心痛、流泪的是，这样爱她的人，却偏偏是他，为什么不能换一个人？

二哥不善言辞，更不会说煽情的话。但是，他的这段话，却比世界上最动听的情话都打动人。如果这段话出自苏劦之口，小兮宁愿立刻为他去死。

毫无疑问，二哥对她的爱比苏劦要深得多。小兮知道，二哥是真实的魔鬼，她不能也不应该被鬼话打动，但是，在这一刻，她纠结了，一时有点儿不知所措。简单的她，从来没有接触过这么复杂、纠结、残忍而又深沉的人。

二哥一直低着头，听到小兮的抽噎声，才抬起头来。他在讲述自己的身世时，一直不敢看小兮。这是他第一次对别人敞开心扉。骨子里的自卑，使他不敢在这时候看别人的眼睛，怕自己内心被别人洞穿。

二哥看到了小兮清澈的泪水。

小兮为他流泪了，被他感动了。

这比小兮亲口对他说“我爱你”还令他感动。他一直强忍着泪水，但是看到小兮的泪水那一刻，两行热泪瞬间冲下脸颊。

小兮的眼泪，就是对他最大的回报。

二哥情不自禁地摸向小兮的脸庞。

小兮下意识地往后退一步。二哥的手，让她瞬间回归理智。

“能给我一滴眼泪吗？”二哥恳切地问。

小兮退了一步，却无处可退了。她的后背已经顶到洞壁上。

二哥伸出食指，触到小兮的脸庞。一滴眼泪，顺着小兮的脸庞流到二哥的食指上。二哥久久地注视着那颗晶莹剔透的泪珠，然后送到嘴边，深情地品尝着。

“你别这样。”小兮擦擦眼泪说。二哥这个动作，让她有点儿心酸。

“谢谢你的眼泪，有点儿涩，但心里却很甜。”

“说实话，你对我和瓜子儿做过的一切，只要它能原谅你，我也能。你杀死那一家五口，我也能理解，毕竟他们肆意践踏了你们内心最脆弱的地方。包括你杀的其他人，甚至包括那么多专门为你侍寝的女人。那些，他们，毕竟都是过去完成时了。但是，你奸杀那个女孩，她每次见到你，都亲热地把你当成哥哥。对她，你怎么忍心？怎么能下得了手？”

二哥惭愧地低下头：“如果一切可以重来，我绝对能放过她。我没有放过她，以致这么多年来，我没有放过自己。我

当时——真的变成了魔鬼，心中只有仇恨，只有报复！”

小兮痛苦地望着二哥，他把她很正的三观，彻底弄乱了。现在，她真的不知道，该不该原谅面前这个人。

“你出去吧，我——我想——想想——”

“想想？”二哥有点意外，“想什么？”

二哥向小兮倾诉，并不是为了说服她。他只是想让她知道，他有多么爱她，为什么爱她，爱得有多苦。其他，他没有奢望。

尽管他看到了小兮的眼泪，尽管他知道小兮被他感动了，尽管那是他最大的奢望。

小兮一句“想想”，让二哥又看到了希望。他缓缓转过身，朝洞口慢慢走去。走到洞口，他又停下，回头留恋地望着小兮，踌躇着说：“我能——吻你一下吗？”

小兮摇摇头。

二哥失落地回过头，蹒跚地走出去。

小兮惆怅了一夜，未眠。她真纠结了。

尽管她为二哥流下眼泪，但仍会毫不犹豫地拒绝他。二哥的心理、灵魂都是扭曲的，虽然这并不是他本意。他的心理和灵魂，是被成长背景和社会经历扭曲的，但不管责任在谁，她都不应该为他买单。

每个扭曲的灵魂背后，都有可以让人流泪的故事。

让小兮纠结的是，自己要不要做度他的菩萨。

如果上千只变异虾蟹被丧心病狂的人释放出去，不亚于引爆一颗巨大当量的原子弹。它们不仅会危害圣女山、这片原始森林，还会爬出巨龙山脉，进入村庄和城市，并将那里夷为平地，尸骨不存。

那是一场人类史无前例的浩劫。

如果牺牲自己，阻止这场灾难，还是很划算的。

如果面前只有这一个选项，她就没有什么犹豫的，必须这么做。即便二哥不爱她，虐待她，她也必须这么做。

小兮纠结到天亮，无果。

二哥恹恹地回到自己的洞里，对婷婷说："现在，你自由了。洞里这些人，你想跟谁就跟谁吧。"

婷婷大概猜出来："小兮——答应你了？"

二哥面如止水："没有。"

"那你——"

"跟你没关系，别问了。"二哥开始不耐烦。

"我——跟你在一起——不行吗？"婷婷假惺惺地问。

"不行！"二哥的声音立刻高出八度。

"哦。"婷婷答应得很乖、很甜。

"我有那么可怕吗？你整天活得心惊胆战小心翼翼的，舒服吗？"二哥的声音又低沉了。

"我——离开这里——行吗？"婷婷小心翼翼地问。

"可以，但不是现在。"

"我跟别人睡在一起，你不会生气？"婷婷满脸狐疑地看

着二哥。在这里，女人不是稀缺，而是没有。

“不会。”二哥心平气和。

“那我也不可能跟别人。即便我想跟别人，谁敢跟我呢？”

婷婷说得没错。二哥用过的东西，即便别人再喜欢，也只能偷偷惦记。睡在二哥身边的女人，他们连多看一眼的勇气都没有。

二哥让土佐把撕家和铁塔叫进来，告诉他们，婷婷可以在18号院的人和盗猎团伙中任选一个人，无论她选谁，任何人都不得干涉。

婷婷最后选择撕家，让土佐很生气。

天快亮时，困意阵阵袭来，小兮有点儿扛不住了。她刚有点儿迷糊，忽然听到外面传来“汪”的一声狗叫。

小兮立刻翻身坐起，跑到铁栅栏门前往外看。

一阵嘈杂的脚步声传来，夹带着盗猎分子焦急的喊声：“瓜子儿来了，快！”

小兮拼命冲外边喊：“叶无怨，你给我听着！你让瓜子儿掉根毛，就什么都别想了！”

她没有喊梁武，而喊叶无怨，是故意的。

脚步声渐稀，外面安静下来。小兮还是十分担心，把耳朵贴在铁栅栏门上，听外边的动静。

“有人吗？进来一个，我有话说。”小兮冲外边喊道。

洞口只剩下一个盗猎分子，负责看守小兮。因为他脸上长过几个麻子，人送外号“坑人”。盗猎分子也够损的，不叫他麻子叫坑人。

小兮冲坑人喊道：“你跟二哥说，只要他不伤害瓜子儿，我答应他。”

“兮爷，二哥这会儿出去了。”坑人说。

“你快去告诉他，不然我反悔了。二哥知道这事儿，非得踢死你不可。”

“兮爷，二哥给我布置的任务，就是在这儿看着你，动都不能动。万一你跑了，他就不是踢我了，而是杀我了！”

“黑灯瞎火的，我往哪儿跑？你给他打电话，叫他赶紧回来！”

“我哪有电话？只有头儿手里才有电话。”

无论小兮怎么说，到最后，坑人一声不吭了。这时，外面好像有动静，坑人想了想，蹑手蹑脚地走出去。

紧接着，小兮就听到“扑通”一声，好像有人摔倒在地，一阵“呜呜”的叫声传进来。

瓜子儿？

瓜子儿进洞了？

没有人发现它？

怎么可能，它是怎么做到的？

难道瓜子儿的操作系统又升级了？

九年◎著

金城出版社有限公司
·北京·

目录

第六十七章　恐怖地狱

瓜子儿醒来后，蒙圈了。

它被一群大象围得里三层外三层。它本来就晕，看到这么多条大鼻子，更晕了。

它有扑倒一头大象的把握，但是面对几十头膀大腰圆的大象，八成只有被踩死的份儿。

一条象鼻子伸过来，扒拉一下瓜子儿的脑袋。瓜子儿嗅出它的气味，它就是小兮救过的那头公象。

它很不耐烦地把那条长鼻子扒拉到一边，不停地抗议："死鬼，别碰我！我都烦死你了！"

那头公象遭到嫌弃，并没有生气，还贱贱地在瓜子儿面前打个滚儿。

瓜子儿看懂了，大象在向它示好，表示要和平共处。

既然大象没有恶意，瓜子儿放心了，开始回忆自己晕倒

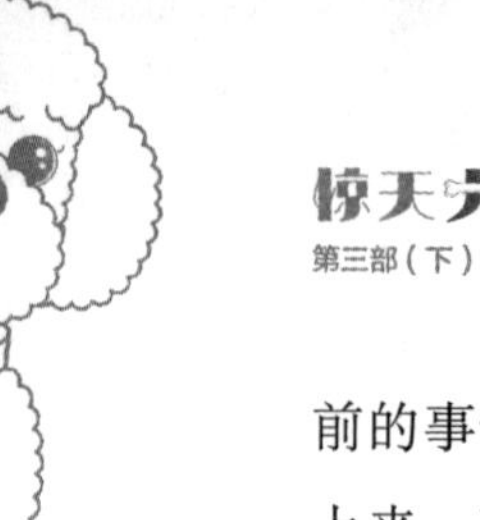

前的事情。它趺趺撞撞地跑到湖边，二哥和两个盗猎分子追上来，冲它的屁股开了几枪。它觉得屁股已经发麻，试图紧跑几步扎进水里清醒一下，可是脚下凌乱，无力支撑身体。

就在危急时刻，几十头大象从水里冒出来。

瓜子儿见状，彻底绝望了。后有追兵，前有堵截，身体又不给力，只能认命了。它倒在地上，看到象群从它身边跑过去，扑向二哥等人。

二哥等人掉头就跑。他们不放弃瓜子儿，就得与大地融为一体，滋养山花烂漫。

瓜子儿忽然意识到，这群大象不是敌人，而是朋友。

那头被它和小兮救过的公象，一定和它一样，在蒙圈的状态下，敌我不分，才攻击小兮。后来公象一定想找机会道歉，所以才一直跟着它和小兮。

赶跑二哥等人之后，大象就里三层外三层地守护着瓜子儿，静静地等它醒来。

瓜子儿正在沉思时，那头公象用鼻子把一头体型娇小、没有象牙的小母象推过来，与它一起趴在瓜子儿面前，低声给瓜子儿介绍："这是我妹……"

象妹妹四仰八叉地在瓜子儿面前打滚儿。大象有大象的语言，中间又没有翻译，瓜子儿实在听不懂。

象妹妹已经知道瓜子儿救了哥哥，十分崇拜它，就以它们种族的方式，毫无节操、四脚朝天地冲瓜子儿卖萌。

这头公象和象群里其他成年公象一样，成年后被赶出族

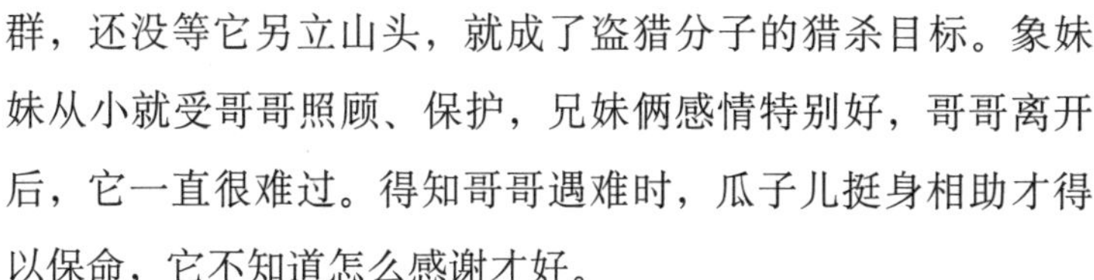

群，还没等它另立山头，就成了盗猎分子的猎杀目标。象妹妹从小就受哥哥照顾、保护，兄妹俩感情特别好，哥哥离开后，它一直很难过。得知哥哥遇难时，瓜子儿挺身相助才得以保命，它不知道怎么感谢才好。

解除误会之后，瓜子儿要寻找小兮，象群也跟上来。

瓜子儿循着小兮的气味追踪时，一股刺鼻的化学药物的气味，钻进它的鼻腔，然后它就感觉身边无滋无味了。

公象凑过来，瓜子儿急忙阻止，但来不及了，公象已经中招。

接着，象妹妹也中招了。

人岛被盗猎分子洒满化学制剂，大象陆续中招，失去嗅觉。

瓜子儿无计可施，气得“汪汪”怒吼。

群猴闻声而至。

前猴王背着贱猴，贱猴在前猴王背上“叽叽噢噢”地向瓜子儿报告。

贱猴是唯一知道真相的猴子。它目睹了小兮、瓜子儿和盗猎分子整个作战过程。直至小兮被麻醉，被盗猎分子背到皮划艇上运走，它一直跟在后面。

猴子的目标太小，又在夜里，湖面又被皮划艇荡出层层波浪，二哥和盗猎分子都没有发现层层波浪下的猴头。

贱猴水性不好，小兮第一次带领群猴探索人岛时，就没有带上它。这一次，水性不好的它，居然尾随皮划艇从人岛游到对岸。

上岸后，贱猴远远地跟着盗猎分子。原始森林里枝繁叶茂，他们更难发现贱猴。

贱猴一直跟踪到第二天上午，走了三十多公里，来到圣女山爬满青藤的山崖下，盗猎分子就消失了。

青藤前，有两个盗猎分子来回溜达，贱猴不敢靠近。它在人岛领教过这群人的厉害，连美猴王都不是他们的对手。

贱猴只好原路返回，途中发现两个暗哨，就是后来放倒小兮的两个人。

贱猴跑回隐仙湖，游回人岛，几乎虚脱了。

前猴王服从意识很强，一直和“副宰相”率领群猴在飞天洞里等小兮回来。它们听到了恐怖的枪声，也听到了瓜子儿的怒吼，但是它们相信，它们的美猴王和神犬能搞定一切。

它们怎么也没有想到，这次美猴王和神犬被人搞定。

收到贱猴的报告，前猴王把老弱病残留在洞里，由“副宰相”负责照顾。它带领群猴，满岛寻找瓜子儿。最后，它们听到瓜子儿的叫声，循声跑过去一看，瓜子儿竟然和老冤家大象搞到一起了。

经过试探，确定对方是友军之后，群猴才和象群会合到一起。

瓜子儿带领群猴向对岸游去，象群也跟上来。贱猴体力透支，瓜子儿就背着它。

“猴精”这词儿，绝对不是凭空捏造出来的。其他猴子见贱猴爬到瓜子儿脖子上，也纷纷爬到大象的后背上。大象也

愿意为它们效劳。

上岸后，猴群和瓜子儿快速向前飞奔，扔下群象不管。群象拼命追赶，怎奈身高体大，还是被甩下了。

贱猴把瓜子儿带到暗哨附近时，天已经黑了。借着夜色掩护，它们绕过暗哨，来到圣女山溶洞附近，却找不到洞口。

洞口虽然有两个盗猎分子站岗放哨，但现在他们没有守在洞口，而是躲到距离洞口几十米的树下诈金花。

瓜子儿和群猴躲在洞口附近的山石后、树上观察。

洞口肯定没有那么容易被它们找到，否则就有损二哥的智商了。

瓜子儿和群猴观察了半宿。

小兮在洞里纠结了半宿，在“要不要当菩萨，要不要舍身变成欢喜佛”的问题上烧脑。

天快亮了，也就是黎明前最黑暗的时间段，瓜子儿突然有了主意，决定再来一拨骚操作，让猴子们长长见识。

瓜子儿这拨操作，堪称教科书级。

它和前猴王，把猴子分别赶到树上，每只猴子距离几十米，组成以猴为节点的侦查网。每个猴子的观察范围，方圆几十米。

人类往往习惯低估动物的智商。没有语言支撑，一些动物仅凭表情或者动作就能领会对方的意图，这一点，恐怕高智商的人都很难做到。人和狗相处中，狗很容易通过人的表情、动作判断出人要做什么，但是人却很难领会狗的心思。

天眼侦察网布置完毕，瓜子儿悄悄来到两个打瞌睡的盗猎分子身前，叼起其中一个人的大腿，把他甩出去。

另一个盗猎分子反应过来，刚想摸枪，就被瓜子儿一头撞翻，叼起他的小腿把他也甩出去。

然后，瓜子儿气沉丹田，用胸腹式呼吸法，“汪”地怒吼一声。

瓜子儿这一声“佛门狮子吼”，吼得惊天动地，震得树枝乱摆、百鸟乱飞。树上的猴子都差点儿掉下来。

瓜子儿吼完之后，迅速蹿进黑暗的森林，躲在一棵六人合抱的参天大树后，和群猴一起警觉地观察。

洞口不在瓜子儿的视野内，它无法看到盗猎分子从哪里跑出来的。

二哥、铁塔和疤瘌脸等十余人，跑到暗哨位置，发现一个人昏迷不醒，另一个满身血泥的同伙正在掐他的人中。

“瓜子儿在哪儿？”二哥问道。

那个暗哨指指瓜子儿消失的方向。

“它发现咱们的洞口了吗？”

“没有。”

“不要开枪，用麻醉剂对付它。”二哥叮嘱道。

昨晚二哥对小兮吐露心声后，就吩咐铁塔给每个盗猎分子配备麻醉喷雾剂。他现在不敢再动杀死瓜子儿的念头，否则，他和小兮的最后一线希望也没有了。

他们朝瓜子儿消失的方向追去。

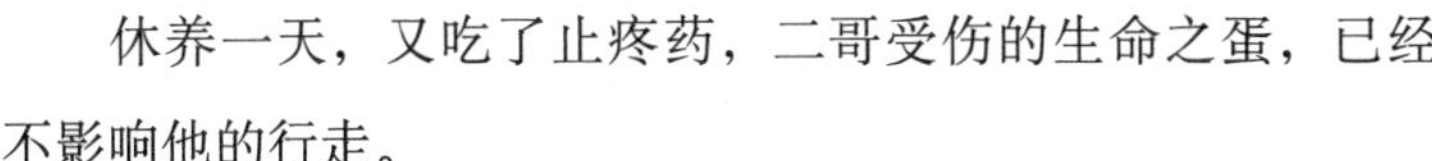

休养一天，又吃了止疼药，二哥受伤的生命之蛋，已经不影响他的行走。

瓜子儿再次“汪”地大吼一声，然后扭头就跑，跑出一段距离，又补充一声。

“那些猴子也来了。”疤癞脸的手电筒光圈里，出现一只猴子。

“别管它们，追瓜子儿。”二哥命令道。

二哥带领盗猎分子循着瓜子儿的叫声，追出两三公里后，就听不到瓜子儿的叫声了。

二哥突然站下，扭头问铁塔：“洞里留人没有？”

铁塔数数人头：“除了坑人，我的人都在这儿。”

“我们可能中了瓜子儿的调虎离山计，赶紧回去！”二哥转身要走。

“头儿，你也太有想象力了吧？一只狗，能有那么神吗？小兮也不是二郎神。”铁塔说，“它的嗅觉早就完蛋了，分不出香臭。咱那洞口，特种侦察兵都找不到。”

“你们根本不了解瓜子儿，它比你们都聪明。它先用引蛇出洞之计，引我们现身，树上的猴子就能找到洞口。它再用调虎离山计，把我们引到这里，然后它去救小兮。”二哥分析道。

“还是连环计，哈哈！”铁塔摇摇头，“二哥，在咱们这些人中，也只有你能想出这些招儿吧？瓜子儿的狗头如果这么好使，早就成精了吧？”

“少废话，赶紧回去！”二哥转身往溶洞方向跑。

那些盗猎分子，也只好紧紧跟上。

尽管铁塔知道瓜子儿智斗蟹王、绕过红灯进入医院抓走小光的事儿，但他实在难以相信，瓜子儿还能设计连环计。这个组合计策，他再读三年《孙子兵法》都想不出来。

二哥还是反应慢了。他们听不到瓜子儿叫声时，瓜子儿已经从另一个方向，飞速跑到圣女山脚下，与前猴王和飞行员会合。

飞行员藏身的位置，距离溶洞洞口较近，清楚地看到二哥、铁塔和疤瘌脸等人从一片青藤后面钻出来。

那个受伤的暗哨，还在笨手笨脚地拯救同伙，忽然听到背后风声旋起。还没等他看清，他就被甩出去，撞到一棵树上，也晕死过去。

飞行员和瓜子儿合力扒开青藤，找到洞口钻进去。

它们穿过长长的溶洞，走出三角洞口，来到那个有“酒樽”的宽阔“大堂”。此时，盗猎分子都跟随二哥出去追瓜子儿，18 号院的人猫在洞里，做他们能做的事儿。所以，“大堂”里空无一人。

瓜子进入“大堂”，就听到小兮和坑人说话。它的嗅觉虽然不好使，但听觉还在，轻松地判断出小兮的位置，迅速蹿过去。

那个洞太小，它进不去。于是它故技重施，再施引蛇出洞之计，弄出动静，让坑人先出来。

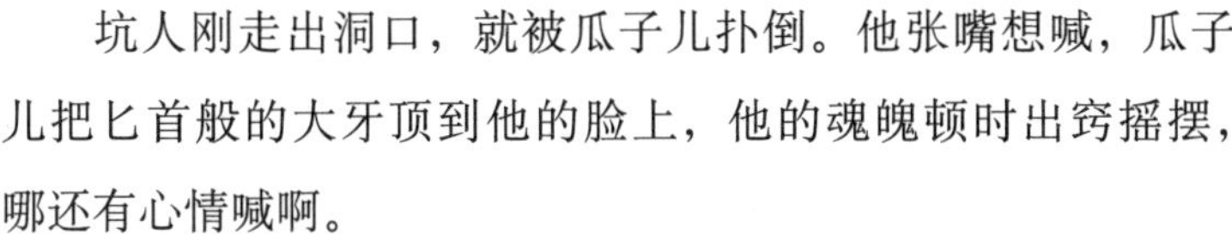

坑人刚走出洞口，就被瓜子儿扑倒。他张嘴想喊，瓜子儿把匕首般的大牙顶到他的脸上，他的魂魄顿时出窍摇摆，哪还有心情喊啊。

瓜子儿伸出大爪子，在他身上一通乱扒拉，钥匙掉出来。坑人见瓜子儿还知道找钥匙，彻底蒙圈了。其实，以前小兮带瓜子儿进哪道门，都用钥匙或者门卡开门，瓜子儿能不知道这点儿常识吗？

这时，飞行员已经钻进洞口，找到小兮。小兮惊喜万分，冲坑人喊道：“坑人，把门打开！”

二哥、铁塔等人回到溶洞，看到眼前的惨状。铁塔对二哥和瓜子儿，佩服得五体投地。他不得不信，二哥是人精，瓜子儿是狗精。

关在洞里的人，是昏死的坑人。

二哥瞅着流淌口水的坑人，沉默良久，对众人挥挥手：“你们回去睡觉吧，我自己在这里待会儿。”

铁塔等人把坑人拖出去，二哥躺在小兮躺过的床铺上，静静地望着洞顶的钟乳石。

他的最后一线希望破灭了，看来他看错小兮了。他以为，为了阻止这场灾难发生，善良的她会选择妥协，没想到她却选择视而不见。为了离开他，她放弃了骨子里的善良。

既然她走了，他就生无可恋。社会上的人，无论与他有关无关，都是他的敌人。可怜的人啊，你们要怪，就去怪她吧。她本来可以轻松阻止这场灾难，可是她偏偏说不。

床上还有小兮留下的余温，空气中还飘浮着她的味道。那种味道，让他迷恋，让他沉醉，让他无法自拔。

他相信，瓜子儿和小兮不可能这么快就跑出原始森林，他还有一点儿时间，呼吸流经过小兮体内的空气。

他轻轻地闭上眼睛，回想昨晚在这里和小兮在一起的每个画面，回味小兮的眼神、小兮的眼泪。从她眼里流出的清澈泪水，难道都是假的……

三分钟后，二哥所有的思绪，被火烧火燎闯进来的土佐生生打断。

当一个人不信任另一个人时，就会觉得他处处可疑。从一开始，土佐就怀疑小兮会策反撕家，也怀疑撕家早有叛逆之心。

虽然撕家主动承认了小兮策反他，但土佐不相信他会无动于衷。尤其昨晚婷婷选择撕家后，他的这种感觉更加强烈。

土佐原以为二哥淘汰下来的女人，会赏给他。就算轮不到他，也应该赏给铁塔。没想到，这个稀缺产品，却便宜了撕家。

土佐盯了撕家一夜，终于让他看出破绽。

除了二哥，18 号院的老人儿，分别住在三个洞里。土佐单独住一个十几平方米的小洞，撕家和两个人住二十多平方米的小洞，其他的人住在一百多平方米的大洞。昨晚撕家把婷婷带回他的住处，与他同住的两个人，非常识趣地搬到大

洞与众人同住。

夜里十二点多，土佐看到撕家悄悄溜进大洞，把众人叫起来，悄悄谋划什么。他们说话的声音太小，无法听清。他正想靠近时，一个叫小辫儿的人起身走出来。

土佐判断小辫儿出来望风，急忙躲到角落里，结果他发现小辫儿走进撕家住的洞里。

那个洞里，应该只有婷婷一个人，小辫儿进去半个多小时才出来。

半夜三更的，小辫儿和婷婷在里面能干什么？肯定不会谈人生谈理想吧？

即便他们谈人生谈理想，也应该有点儿动静吧？难道他们用肢体语言表述？

难道小辫儿以望风为由，出来和婷婷偷偷地拍爱情动作片？

诡异的是，小辫儿回到大洞后，大锤又溜进那个小洞。

这……有点儿超出土佐的心理承受力，难道是撕家为了赚钱，把婷婷按小时对外租售？为了确认他们在洞里干什么，他冒险躲在小洞口的钟乳石后面窥视。尽管小洞里一片漆黑，但他还能模糊地看见，白花花的两个人绞在一起。

尤其两个人粗重的喘息声，证明他们绝对不是谈人生，而是谈生人。

大锤出来后，接着第三个……第四个……

看来住在大洞里的八个人，都买票了啊。

按理说，撕家卖票之前，肯定自己先看够了。

常言说，宁落一群，不落一人。今天这种好事儿，唯独把土佐落下了，土佐能不生气吗？能不感到跌份儿吗？

对于此事，土佐做出如下推理：

撕家预料二哥和土佐会怀疑他，便化被动为主动，化解他们的疑心。然后，他又得到二哥的神助攻，获得婷婷这个利器。他说服了婷婷，让婷婷用肉体炸弹，俘虏 18 号院的其他人，与他一起举事。

除了这个，其他都解释不了昨晚的诡异之事。

土佐想把这个诡异之事立即告诉二哥，没想到二哥和盗猎团伙追瓜子儿去了。二哥刚回来，他就急不可耐地汇报自己的发现。

“共享时代嘛，由他们去吧。”二哥听完土佐一尺加八丈的描述，淡淡地说。

“由……由谁去？”土佐有点儿意外，“他们可能要联手做掉咱们啊。”

二哥没做声，好像这件事对他没有那么重要。

“再怎么说，婷婷在昨晚之前，也是您的女人。您好心赏给撕家，他就这么糟蹋？您不觉得他是在报复您吗？即便给您戴绿帽子，也没有这么戴的，他是一摞一摞地扣啊。”

“婷婷已经是撕家的人，再多的绿帽子，也是戴在撕家头上，跟我没有关系。”

杀父之仇、辱妻之恨，不共戴天。以前手下大声咳嗽都不

容忍的二哥，面对撕家把他的女人转手租售，竟然无动于衷。

不是二哥大度，而是土佐领会错了。婷婷在二哥眼里，不是女人，而是工具。既然他把这个工具扔出去，就不可能在乎落到谁手里怎么使唤了。

“您就不想知道，小兮到底是怎么算计您的？”土佐试探性地问道。

二哥忽然站起来，走出去。

二哥和土佐闯进撕家独住的小洞时，撕家和婷婷刚躺下不久。

婷婷累坏了，和撕家的呼噜声此起彼伏，像二重奏。她跟二哥在一起时，很少打呼噜。

土佐踢醒撕家。

婷婷翻身坐起，看见二哥站在面前，就抽抽搭搭地哭了：“二哥，您得给我做主啊。这个王八蛋，让 18 号院的人把我轮了，呜呜……”

撕家瞥了一眼婷婷：“我们玩跑得快，谁输谁出去站着。你可倒好，谁出来你给谁服务，还觍着脸说呢？你要是死活不同意，他们能得手吗？是你把他们轮了一遍好吗？”

婷婷厉声喊道：“你们都是吃生米的，就算他们把刀子插进来，我敢不同意吗？”

土佐打断二人的争吵，问撕家：“撕家，你是不是还有什么事儿没跟二哥交代清楚啊？”

“几个意思？有话明说，少扯犊子！”撕家瞪着土佐吼道。

“你让婷婷轮班跟你的弟兄睡，怎么解释？”土佐追问。

“哦，你还按个数来着？是不是感觉很刺激啊？”撕家说，“我只是和他们约定，谁输谁出去站着。至于他们出去干什么，我能管得着吗？再者说，即便如你所说，那就咋样？兄弟们入会时发过誓，有福同享，有难同当，我也没做错什么啊！”

“少他妈废话，你肯定是拿我送礼了！”婷婷泪眼叭嚓地望着二哥，“土佐说的没错，他们背后肯定有猫腻。”

二哥让土佐看着撕家，把婷婷叫到洞外。

“你觉得撕家用你贿赂他们，你觉得他们想干什么？”二哥盯着婷婷的眼睛问道。

婷婷思忖半天，也判断不出撕家到底想干什么。昨天夜里，撕家也没跟她说什么就出去了，随后有个人就压到她身上，她还以为是撕家呢……后来她精疲力竭，也顾不了那么多了。如果硬说撕家拿她送礼，也有点儿牵强。

婷婷支支吾吾地说不出子午卯酉。

二哥得不到有价值的信息，眼睛里冒出蓝光："你没瞒着我什么吧？"

“二哥，我哪敢瞒您啊？我为什么瞒您啊？我要有事儿瞒您，您就一枪崩了我！”

二哥拍拍婷婷的肩膀："我知道了。你以后跟着土佐吧，离撕家远点儿。"

“二哥，您别恶心我好不好？他是没牙的太监，我跟他干

什么啊？”

二哥想了想，婷婷说得也在理，反问：“你想跟谁？”

“如果你非得让我选的话……那我就选……铁塔。”

“嗯。”二哥点点头。他了解婷婷。这种活得非常现实的女人，肯定要给自己找个给力的靠山。这些人中，铁塔是最合适的。她不可能看上跪在地上撅着屁股舔食的土佐。

“我现在就搬到铁塔那里住。我看见撕家那个狗杂种就恶心！”

“好，你过去和铁塔一起收拾收拾吧。我们该走了。”

“去哪儿？”

“不知道。”

婷婷回到洞里，收拾好自己的东西，临走时还朝撕家脸上啐了一口。

二哥走到撕家面前，狠狠地盯着他看了一会儿，缓声问道：“说吧，你和小兮怎么计划的？准备怎么做掉我和土佐？”

撕家说：“二哥，该说的我昨晚都说了。现在即便您崩了我，没有的事儿我也不能瞎编啊。”

“看来不上点儿手段，你一句实话也不会说。”土佐抽出皮带，“啪”的一声抽在撕家脸上，“孙子，你给二哥跪下！”

土佐昨天跪在二哥面前，趴在地上舔食儿，他觉得这个待遇必须让撕家享受一下，他心理才能平衡，才能挽回一点儿面子。

撕家直直地站着，不跪。

土佐抡起皮带暴抽："跪不跪？"

撕家不躲不闪，不喊不叫，也不跪下。

土佐感觉伤自尊了，觉得皮带不解气，照着撕家面颊就是一通组合拳。他的目标是打掉撕家八颗牙，让他和自己一样。但是，撕家即便被他打得满脸是血，一颗牙都没掉。

撕家抹了一把嘴角的血，蔑视地看着土佐："土佐，你上学那会儿，见人就跪。那时候我就劝你，男儿膝下有黄金，可是这么多年了，这毛病你一点儿都没改啊。我告诉你，老子的膝盖没你那么软。打死我可以，跪，不可能！"

"你膝盖硬是吧？今天我要不让你跪下，我就不是人！"土佐转到撕家身后，照着撕家的腘窝处狠踹两脚，撕家终于跪到地上。

"算了，跪什么跪！"二哥一边阻止土佐，一边从腰间掏出手枪，打开保险，把枪口顶在撕家额头，"既然你说崩了你也不说，那我就崩了你吧！"

一个熟悉的声音从洞口传进来："如果我跟你走，你能不能改改动不动就杀人的毛病？"

二哥难以置信地扭头望去，果然看到小兮走进来，身后还跟着胖子和瘦子。

"你什么时候回来的？"二哥一脸的狐疑和惊诧。

"回来？从哪回来？我没走啊！"小兮也是一脸的狐疑和惊诧。

小兮当然不敢走。二哥说了，她现在是他唯一的希望，

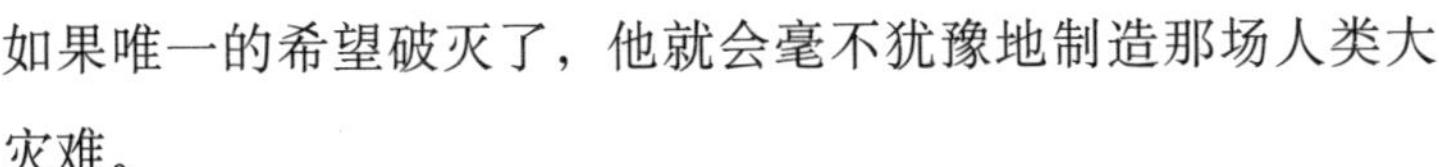

如果唯一的希望破灭了，他就会毫不犹豫地制造那场人类大灾难。

小兮用飞行员递过来的钥匙打开铁栅栏上的锁，打晕坑人，把他拖进洞里。她拿着坑人的手电筒，带着瓜子儿走进五角洞。

撕家告诉她，变异虾蟹全部关在五角洞里。

五角洞的洞口，就是“大堂”里最大的洞口，因有五个角，所以他们叫它五角洞。和三角洞一样，五角洞内也很不规则，遍布各种千姿百态的钟乳石。

五角洞很深，从洞口深入十几米就拐弯，只有洞口有一个灯泡，里面一片漆黑，深不见底。这里虽然有发电设备，但二哥显然不想在这里浪费电能。这里不是生活场所，而且很危险，定期巡视一下就行。

拐弯之后，洞内更加宽敞，最大的地方，也有十几米高、十来米宽，比飞天洞大很多。洞壁上的钟乳石也非常丰富，如果开发出来，绝对能成为国内顶级旅游景点之一。但是，这样的美景，在手电筒的照耀下，在小兮此刻的眼中，却显得十分恐怖，好像每个阴影里都藏着变异虾蟹。

越往里走，湿气越重。溶洞里不缺水，缺水也形不成溶洞。这些千姿百态的钟乳石，就是水的杰作。水才是伟大的雕刻师，能雕山，能刻洞。

小兮和瓜子儿小心翼翼地往下摸行七八十米，拐过三道弯，看到几十米外有一个暗红的光点，闪烁着微弱的光。

小兮走近用手电筒照了照，原来是电闸盒上的指示灯。

电闸盒就是电闸门的开关，上面有明锁。撕家说，只有二哥、土佐和铁塔有打开电闸盒的钥匙。二哥之所以给土佐一把钥匙，是因为土佐跟他一条心。关键时刻，如果二哥出现闪失，土佐可以代他把变异虾蟹放出去。

电闸盒一侧就是电闸门。电闸门是特制的，四五米高，十几米宽。

这是灾难之门、地狱之门。

小兮放慢脚步，鼓足勇气，举起手电筒向电闸门里照去。

尽管她已经做好心理准备，但透过电闸门的缝隙看到面前的场景，依然无比震惊、胆寒，脊背发凉。

无数只巨型大闸蟹、小龙虾正在血腥厮杀。每只大闸蟹，都比登陆龙山的蟹王还大，身高十米左右，像三层独栋别墅；腿长十几米，比大型电线杆子还粗；两扇大门牙，绝对是名副其实的“门”牙，和老北京四合院的大门差不多，能驶进一辆小轿车，并排进去四个人。

虽然变异小龙虾的体型比变异大闸蟹小一半，却比变异大闸蟹高出一米多。

地上全是它们同类的甲壳、碎肉或污渍，可见它们的恐怖厮杀从未停止过。这些处于饥饿状态的冷血动物，每天面前只有两种选择——把对方变成自己的食物，或者自己变成对方的食物。

每天都会有数只体型相对瘦小的大闸蟹或者小龙虾被活

活撕碎，成为同类或者异类的食物。

据撕家描述，从电闸门往里还有两三公里，两百多米宽，比体育场大得多。里面虽然不见天日，但大闸蟹、小龙虾本来就喜欢在夜间觅食，对它们没有丝毫影响。

刚投放到这里时，最大的小龙虾不过五六斤重，小的一两斤重，几千只虾蟹还能找到藏身之地。随着它们的身体爆炸性增长，数量虽然越来越少，但空间却越来越拥挤。

刚开始，郭盛一家三口负责喂养它们。

郭盛，就是这些虾蟹的原主人、北湾水产养殖场场主。他不但卖掉养殖场里的变异虾蟹，还带领全家人投靠二哥。二哥重金聘请他们饲养这些虾蟹，结果他们一家三口喂着喂着，就变成了这些虾蟹的食物。郭盛的儿子被它们吃掉时，年仅二十五岁。

警方之所以无法找到郭盛一家人，是因为郭盛一家人在瓜子儿和虾王大闹南岛市的三天前，就变成这些变异虾蟹的食物了。

二哥本想靠这批稀有虾蟹大赚一笔，没想到不但卖不出去，而且还喂不起了。

这些冷血的变异虾蟹，找不到食物果腹，就相互蚕食。

小龙虾的体型虽然小于大闸蟹，但数量是大闸蟹的四倍，因此在厮杀中并不落下风。

它们不但猎杀异类，也不放过同类。同类之间的战争，反倒比异类的猎杀更残酷，损失也更大。

在这里，强者反倒是最危险的。越是强者，猎杀的食物

就越多，生长速度就越快，蜕壳的频率就越高。如果它们蜕壳时没有找到藏身之处，也会成为比它们弱小的同类或者异类的美餐。

它们每天都在血腥的厮杀中度过，最后能活下来的，都是身经百战的魔鬼、狠毒的嗜血者、饥饿的疯子。

每只变异虾蟹，都是一个可怕的妖怪，一旦它们跑出这个溶洞，就会毫不客气地撕碎人类的繁华世界。

第六十八章　一滴水对撞一片海

小兮和瓜子儿只能看到近处捉对厮杀的变异小龙虾和大闸蟹。

最小的虾蟹，身高都在七八米以上。电闸门只有五六米，看上去它们随时都有爬出来的可能。如果不通电，这道门对它们没有任何作用，随随便便一脚就能跨过来。它们显然体验过电闸门的威力，都和电闸门保持着一定的距离，不敢靠近一步。

忽然，一只变异小龙虾被一只变异大闸蟹逼到电闸门附近。尽管它竭力想避开电闸门，但是没有空间了，尾部触到电闸门。

“啪啪”，一串火星在变异小龙虾尾部和电闸门间闪现。

瓜子儿和小兮吓得倒退十几步。

变异小龙虾剧烈地抽搐一会儿，倒在地上。变异大闸蟹爬过来，撕咬无法动弹的变异小龙虾。紧接着，又有几只变异大闸蟹扑过来，几下就把变异小龙虾大卸八块。

场面，十分血腥恐怖。

瓜子儿把小兮倚在身后，用力往后推。尽管它和这种变异虾蟹交手数次，并获得胜利，但眼前这个变异军团还是把它吓到了。它不断地用肢体语言提醒小兮，赶紧离开这里。

“瓜子儿，我们不能走。你别怕，别怕，这里有电，它们出不来的。”小兮指着电闸门说。

小兮见瓜子儿听不懂，走过去拍拍电闸盒，又指了指电闸门，继续对瓜子儿说：“瓜子儿，你必须替我看好它，不能让任何人打开它，明白吗？”

“不明白。”瓜子儿不高兴地嘟囔。

小兮又指指里边的变异虾蟹：“你不能让任何人靠近这里，懂吗？”

瓜子儿瞪着大眼睛，伸长脖子“呜呜”叫。

小兮向外走，瓜子儿紧紧跟上。小兮把它拽回原地，示意它不能动。

瓜子儿是何等聪明之狗，争执几个来回后，它勉强答应了，望着小兮离去的背影，不停地嘟囔：“啥玩意儿啊，把我一只狗放在这里守门，你自己却跑了？有你这样的吗？”

尽管瓜子儿十分不情愿，嘴里嘟嘟囔囔，最后还是胆战心惊地坐在原地盯着那些变异虾蟹。

经过那么多次生死较量，它知道这些变态的玩意儿跑出

来的后果。它感觉自己这次真要死在这个二货主人手里了。

它有生以来，第一次如此迫切地想更换主人。只要换个不负责任的、不喜欢管闲事儿的、没有圣母心的就行，伙食差点儿都没关系。

面前这个小兮，以前不是这样的。她变了，真的变了。瓜子儿非常怀念以前那个弱不禁风、胆小怕事儿的小兮。

小兮也不愿意把瓜子儿独自留在这里。万一哪只倒霉的变异小龙虾或者变异大闸蟹在打斗中撞破电闸门……虽然以前没发生过这种事儿，但是不代表以后不发生。随着它们的体型越来越大，这种可能性就越来越大。

小兮能感觉到瓜子儿源自骨子里的恐惧，但是，现在她别无选择，必须防止意外发生。

只有瓜子儿能守住这道地狱之门。

小兮知道该怎样化解这场危机了，她必须去尝试，哪怕有万分之一的成功率。

小兮走出五角洞，看到在“大堂”值班的胖子和瘦子，让他们带她去找二哥。

幸福来得太突然，二哥一下子有点儿扛不住。

撕家看到小兮，十分沮丧，满脸歉意地说：“小兮，对不起！早知道我会有这样的结果，当初还不如听你的建议呢。现在，我把你卖了，里外不是人，我活该！”

小兮看看撕家，没做声。

“瓜子儿呢？”二哥问道。

小兮没有回答，盯着二哥问道："如果我答应你，那些东西怎么处理？"

"你为什么不走？"二哥仍旧不敢相信，已经脱离羁绊的小兮还能回来。他自己找不到合理的解释，但小兮就站在他面前，他必须确认这件事的真实性，必须确定她回来的背后没有阴谋。

"当然是为了消灭那些东西。"

"不惜把自己搭进去？"

"你觉得我是把自己搭进去了？"小兮的反问，包含了很多意思。

二哥紧咬嘴唇，有点儿茫然："给我一个相信你的理由。"

小兮苦笑："真可笑！现在是我求着你带我走，对吗？"

尽管二哥非常想相信小兮，但理智却一直提醒他，现在的小兮，已经不是他初见的小兮，必须当心陷阱。

小兮淡然地说："二哥，你已经错过好几次机会了。现在，离你想要的结果已经很近了，还想错过吗？你应该知道，我做出这个艰难的决定多么不容易！我纠结了一宿，才来找你，你反倒不相信我了。"

"如果那滴眼泪是真的，我愿意拿生命去赌。"二哥走到小兮面前，紧紧地盯着她的眼睛，想通过她的眼睛看到她的内心世界。

"我无法证明我的眼泪是不是真的，但是，你觉得面对这个棋局，我还有别的选择吗？当然，这也是你说服我的结果。

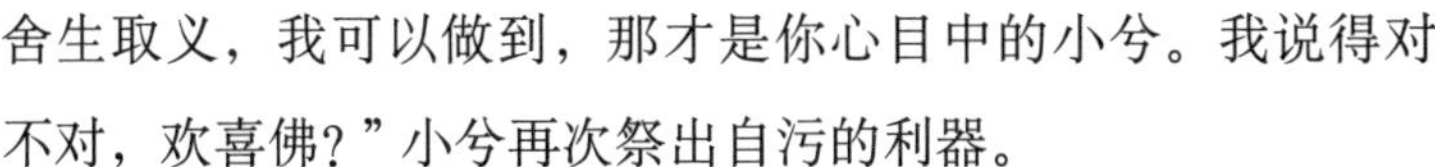

舍生取义，我可以做到，那才是你心目中的小兮。我说得对不对，欢喜佛？”小兮再次祭出自污的利器。

她把二哥叫作欢喜佛的时候，其实就把自己比作了那个和他裸身相拥的菩萨。

二哥当然能听明白。的确，这才是他心目中的女神，可以为了阻止灾难献出自己。

“其实，还有一种简单的办法能达到你的目的。”二哥故意停下，看了小兮三秒钟，“杀掉我和土佐，就没有人能把那些东西放出去。”

“开始我也是那么想的，但是觉得风险太大。万一出现闪失，后果不堪设想。还是你的方案更安全，对我们都好。”

二哥没有回应。

小兮继续说：“还有一点，我不得不承认。你的故事，你对我的尊重，你柏拉图式的爱情，的确起到催化作用。我相信，我跟你在一起，应该是安全的，或者说是幸福的。不管结局如何，这段路，我愿意陪你一起走。”

二哥有些感动：“你会爱上我吗？”

“说实话，我不知道。”

“如果你跟我走，我相信我能感动你，包括瓜子儿。”

“你有信心就好。”

“就算没有，我认命。”

“你还没回答我的话。如果我跟你走，你怎么处理那些东西？”

“关在这里，让它们自生自灭。它们会自相残杀，剩下最后一个活活饿死。”

“不可能。过不了多久，那道电闸门就拦不住它们了，现在已经很危险了。试想，万一哪只变异大闸蟹或者变异小龙虾，在打斗中撞坏电闸门，不用你放，它们就能出来了。”小兮厉声说道。

二哥没有接话茬儿。小兮说的那种情况，极有可能出现。

“你说怎么办？”二哥轻声反问小兮。

“把这里交给警方处置。”小兮说出自己的方案，“把18号院的人和盗猎团伙就地遣散。他们愿意自首的去自首，愿意逃亡的继续逃亡，不勉强。你、我和瓜子儿离开这里，找个没人认识的地方生活。”

二哥来回踱步，考虑这个方案的可行性。

“离开这个洞，警察找到我们只是时间早晚的问题。”土佐早就想插话，一直不敢，听到这里，他终于忍不住了。

“没错，确实有这种可能。”小兮对二哥说，“你需要赌一把。”

“最大的风险不是来自警察，而是你。”土佐指着小兮说，“你还是先把你和撕家怎么联手做掉我和二哥的计划说清楚吧。”

“我刚才已经说过，我最初是那么想的，但是我现在放弃了。”

“不可能！你拿什么证明你放弃了？为了达到这个目的，撕家让18号院的人把婷婷都轮了！”土佐愤愤地说。

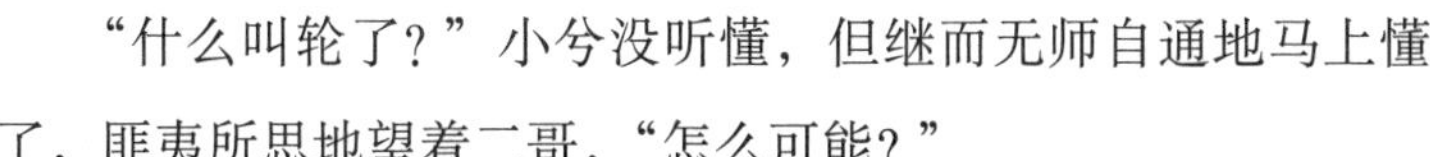

“什么叫轮了？”小兮没听懂，但继而无师自通地马上懂了，匪夷所思地望着二哥，“怎么可能？”

“怎么不可能？昨晚，二哥把婷婷送给撕家，结果他就拿婷婷贿赂所有来自 18 号院的人。当然，我除外。”土佐说。

“撕家，他说的是真的？”小兮无法相信撕家能做出这样的事情。

撕家低头不语。

小兮冲到撕家面前，一脚把他踹倒在地，喝道：“你怎么能如此龌龊？！”

小兮内心十分复杂。虽然婷婷是二哥的专职侍寝，人尽可夫的女人，但她毕竟是女人，撕家这么做，肯定是为了执行她的计划。也就是说，她也是让婷婷遭到轮奸的主谋之一，尽管她不知情。

虽然是为了实现高尚的目标，但是撕家却使用了十分龌龊的手段，让小兮的神经突然有点儿分裂。

“婷婷现在怎么样？”小兮有些心痛地问二哥。

“她没事儿。她现在跟铁塔在一起，挺好的。”二哥平静地说。

“怎么可能没事儿，怎么可能挺好的？被八九个人轮了，一辈子都走不出那块阴影的。二哥，您就这样对待跟过您的女人吗？”土佐一语双关，把二哥将住了。婷婷曾经是他的女人，小兮即将是他的女人，在这件事上，他必须有一个明确的态度。不然，没准儿哪天小兮也像烂抹布一样，被他毫不犹豫地扔给店小二。

二哥再次把枪口对准撕家。

小兮急忙上前一步挡在撕家面前，质问二哥：“你要当着我的面杀人吗？”

“难道他不该死吗？”二哥问。

“小兮，你就别演了，累不累？”土佐说，“撕家背叛了你，还干出这种勾当，任何女人都不可能容忍他，你居然还这么护着他？哦，那只能说明一点，你们之间有事儿。既然有事儿，还藏不住，那就痛快地说出来吧。你应该能看清楚，这个方程式解不了，我和弟兄们都不答应，二哥也不可能跟你走！”

小兮没有搭理土佐，盯着二哥的眼睛问：“我以为我决定跟你在一起，你就会做出一些改变。现在，你给我一句痛快话，以后你还那样吗？还是想杀人就杀人的魔鬼吗？做人，对你来说很难吗？”

二哥有点儿不知道怎么表演了，到底自己的哪种角色，才是小兮心目中期待的角色呢？

小兮转向土佐：“你觉得我在演戏吗？你看过戏吗？你觉得他的实际行动出卖了我，他干出那种龌龊的事儿，我就会让你们杀了他？我告诉你，不管什么原因，在我面前杀人，就是不行！”

“但是，你拼死拼活地护着他，意思就完全不一样了。三岁毛孩儿都能看得出来，缺了他，你们的二人转就唱不了！”土佐阴阳怪气地说。

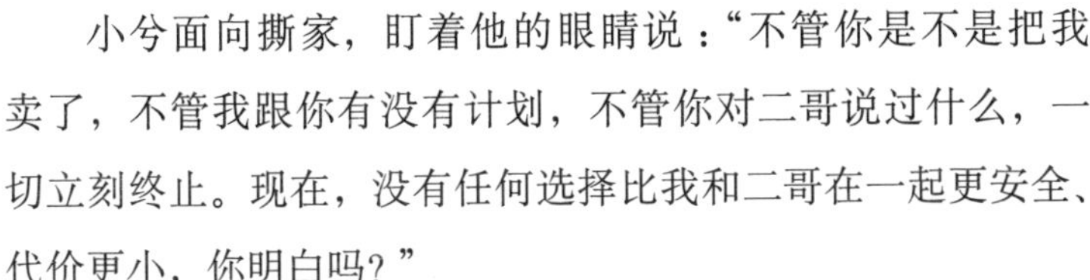

小兮面向撕家，盯着他的眼睛说：“不管你是不是把我卖了，不管我跟你有没有计划，不管你对二哥说过什么，一切立刻终止。现在，没有任何选择比我和二哥在一起更安全、代价更小，你明白吗？”

撕家还是不吭声。

小兮转身对二哥说：“只要你放过撕家和18号院的人，我们现在就可以走。让土佐和我们一起走，他和你一样，没有退路。”

“我可不相信你。”土佐转向二哥，“二哥，她跟撕家无亲无故，还这么护着，肯定有原因的。跟她走，我们能有好吗？别说那群警察，一个瓜子儿就够我们喝好几壶的。我弄不过瓜子儿，二哥您行吗？”

二哥盯着小兮的眼睛，缓声说：“让我杀了他，我就相信你！小兮，做事说话，总得有一条让人信服吧？”

小兮心里十分紧张、十分矛盾，一时间不知道怎么选择了。为了阻止二哥把那些变异虾蟹放出来，牺牲一个撕家是值得的，她不是也已经决定搭上自己后半生的幸福了嘛。

二哥见小兮还在犹豫，就缓缓地把枪口顶在撕家的额头上，扣动扳机。

“砰”的一声枪响。

弹头擦着撕家的头皮，击中他身后的洞壁上。

小兮在二哥扣动扳机的刹那间，一掌磕在二哥的腕子上，枪口上移一寸。

“跑！”小兮大喊一声。撕家起身就往外跑。

土佐转身就追，被小兮一脚绊倒。小兮踩着土佐的后背逃出去。

小兮原本不想逃，但她不给撕家断后，撕家根本逃不出去。她知道，二哥和土佐是18号院里武力值最高的人，撕家根本不是他们的对手。

撕家和小兮先后跑进“大堂”，被眼前的一幕镇住了，停下脚步。

18号院的八个人，全部跪在“大堂”里，每个人背后都顶着一把枪。

这是二哥在讯问撕家之前就安排好的。小兮和二哥、土佐交涉时，疤瘌脸按照二哥的指示，把八个18号院的人全部押到“大堂”。

二哥和土佐追出来，小兮急忙把撕家护在身后。

“你们倒是跑啊！”土佐掂着手里的枪，冲小兮和撕家叫嚷。

“疤瘌，杀了他们！”二哥对疤瘌脸下达命令。

盗猎分子面面相觑。虽然他们有案在身，但是杀人的活儿都没干过。随随便便一句话，就杀死八个人，谁也下不了这个手。

疤瘌说：“二哥，塔哥只是让我们帮您看住这些人。”他是铁塔的手下，杀人这么大的事儿，最起码应该让铁塔知道，这是规矩。

“铁塔呢？”二哥听出疤瘌脸话里的意思，扫视一周问道。

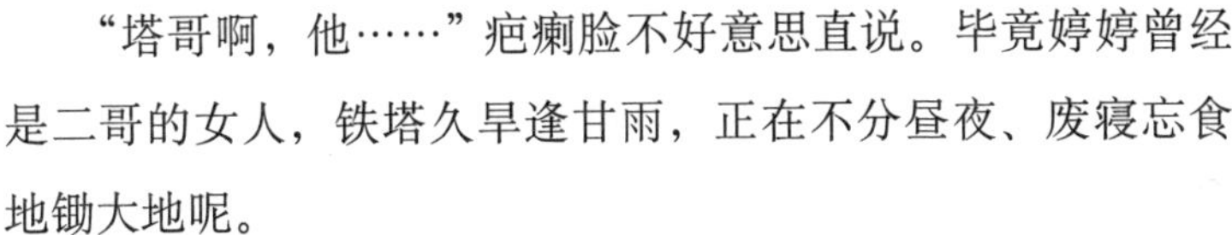

“塔哥啊，他……”疤瘌脸不好意思直说。毕竟婷婷曾经是二哥的女人，铁塔久旱逢甘雨，正在不分昼夜、废寝忘食地锄大地呢。

二哥摇摇头，叹口气。

土佐见没人动手，急了，上前就要夺胖子的枪。

胖子突然把枪口对准土佐：“别乱动！”

“土佐！”二哥喝止土佐，把自己的枪递向土佐。

“叶无怨！”小兮大喝一声，“你可得想好喽。你今天敢杀一个人，我就得重新考虑我们的约定。”

“小兮，你这样拼死袒护这群不要脸的强奸犯，让我怎么相信你们之间没有事儿？”二哥说。

“如果你没听清，我就再说一遍，我和他们之间的所有事情，现在都终止了。”小兮吼道，“我袒护他们，只是不想让你们滥杀无辜，徒增你们的罪孽。他们走，我留下，你觉得还能有啥事儿？”

二哥犹豫了。

土佐走过来，抢走二哥手中的手枪：“二哥，别跟她废话了，整死一个就少一点儿麻烦。”

土佐说着，绕到小兮身边，把枪对准撕家：“兄弟，你先走一步吧！”

小兮像老鹰捉小鸡游戏里的老母鸡一样，护着撕家，只不过她这只老母鸡太娇小，小鸡又太大。

土佐抓住小兮的胳膊，一把将她拽到身后。他的臂力太大，把小兮拽了一个趔趄，跌倒在地。

撕家完全暴露在土佐的枪口之下。土佐微微一笑："老小子，你认命吧！"说话间，他就扣动了扳机，"砰，砰！"

撕家觉得自己两次不死，就是赢在人品上。这颗弹头再度擦着他的头皮飞过去。

土佐把小兮摔倒在地的同时，瓜子儿从五角洞口蹿出来。

土佐绝对不该把小兮拽倒在地。如果不是他这个动作，瓜子儿绝对不会第一个扑向他。这个洞里的人，瓜子儿都认识，但它印象最深刻的人，应该是二哥。

土佐飞起来，撞到"酒樽"上，跌落下来。

瓜子儿不是忠于职守的警犬。二哥对撕家开第一枪时，它就意识到小兮有危险，再也无法淡定了，起身离开自己的岗位。

果然，它刚到五角洞口，就看到土佐把小兮暴力拽倒。

瓜子儿撞飞土佐，立即扑向二哥。

电光火石间，二哥转身蹿进之前关押小兮的那个小洞。

瓜子儿扑到洞口，伸出大爪子往里面抓几下，够不到二哥。这时，一阵凌乱的枪声从它身后响起。

不等二哥下命令，盗猎分子纷纷调转枪口，瞄准瓜子儿。这些盗猎分子，都对瓜子儿开过枪。他们虽然不敢杀人，但是杀动物，绝对不会犹豫，更不会留情。

盗猎分子扣动扳机，弹头却飞向洞顶。

几十只猴子蹿进洞里，纷纷扑向拿枪的盗猎分子。有的

猴子骑在他们的脖子上，上下其爪，上演礼崩乐坏的大戏。

群猴对盗猎分子手中的这玩意儿太熟悉了。它们不止一次被这伙人袭击过，虽然那时他们用的是麻醉枪，但形状都差不多。溶洞里枪声四起，惊慌失措的盗猎分子，在双手失控后，还胡乱地扣动扳机，以致溶洞内乱石飞溅。

“快跑！”小兮大喊一声。

18 号院那些人，趁乱往洞外跑去。

瓜子儿试着钻进小洞，试了几下，发现实在钻不进去，就转身扑向盗猎分子，像老农拔大葱一样，叼起一个扔出去，再叼起一个扔出去……

刚才还不可一世的盗猎分子，此刻被瓜子儿摔得人仰马翻，哭爹喊娘。

那些亿万年形成钟乳石倒血霉了。有的被盗猎分子打出弹孔，细一些的被撞断。大自然的鬼斧神工之作，瞬间被糟蹋得一塌糊涂。

土佐杀撕家那把枪，现在被撕家顶在土佐的脑袋上。

土佐身体比较结实，被瓜子儿甩到“酒樽”上，摔落在地，虽然没有晕过去，手枪还是脱手了，滑到撕家脚下。

“撕家，这次可没有人逼你，你杀了我，就会变成我了。”土佐镇定地忽悠撕家。

可惜土佐没有忽悠了撕家。撕家说：“我现在打死你，不但不犯罪，反而立功。我打死你，是为了阻止你把那些玩意儿放出来。你琢磨琢磨，是不是这个理儿？”

土佐琢磨一下，觉得撕家说得没错。他双腿一软，跪下哀求："哥，亲哥。我对不起你。我刚才那么做，也是为了保命。看在咱们是老乡、同学的份上，你就饶了我吧。"

果然如撕家所说，习惯下跪的人，一旦遇到暴力，第一反应就是下跪、磕头，这是身体的条件反射，不经过大脑。土佐的额头本来就已经磕肿，又"咚咚"地连磕几下，磕得鲜血淋漓，诚意十足。

"有件事儿，我一直不明白，希望你能解释一下。"撕家说。

"哥，您问，我有啥说啥。"土佐十分恭敬。

"我对你怎么样？"

"18 号院里的人，只有您对我最好。我刚来的时候，他们欺负我是新人、排挤我，只有您处处护着我。"

"我护着你，换来的是什么？你踩我踩得最狠！"

"哥，我错了！您大人大量，不会跟我计较的。无论以前我做错什么，您都会原谅我，这次也一样，对不对？哥，我以后不敢了！哥，我错了！哥，您不能杀我呀，咱俩是老乡啊！哥，您知道我也是被逼得没有退路，只能跟着二哥走，我真的怕他杀我啊！"

忽然小兮的厉喝声传来："撕家，杀了他！撤！"

一个会来事儿的盗猎分子，关键时刻也不忘表现，把一支突击步枪扔进二哥藏身的洞里。二哥捡起突击步枪，冲出洞口，朝瓜子儿猛烈扫射。

瓜子儿身中数弹，丝毫不受影响，继续撕盗猎分子。

小兮趁乱捡起一支狙击步枪，把枪口对准二哥的一刹那，她忽然有一丝心痛。

如果在昨晚以前，她不会有这种感觉。

但是，现在她别无选择，必须对爱她爱到发疯的人开枪。尽管昨晚她曾经为他流过泪，但是只要有一线机会，她绝对会杀死他，不能有任何一丝犹豫。只有杀了他，才能阻止灾难发生。

他的经历确实可怜，值得同情，但这不是制造灾难的理由。小兮有点儿遗憾，她已经想好成全他，已经决定跟他走了。

小兮的枪口对准了二哥，就在她即将扣动扳机的瞬间，二哥看到了她的枪口。

一股浩瀚的心痛，排山倒海般撞向二哥。

小兮的心痛是一滴水，二哥的心痛是大海。

心痛对心痛，二哥那片海被小兮那滴水撞得粉碎。

这个世界上，他最爱的那个人，居然把枪口对准他；那个刚才还说要跟他在一起的人，现在要置他于死地。

难道她说的那些话，真的都是骗他的？

二哥没有动。他想赌一把，赌码是生命，赌小兮不开枪。

小兮迟疑一下。

二哥看到了，她确实迟疑一下。

然后，她扣动扳机。

“砰”，一颗子弹飞速旋转着，穿透二哥的身体，击断二

哥身后的石笋。

二哥剧烈地抖动一下。

他赌输了。这颗子弹击碎了他未来美好的世界。

二哥的灵魂堕入无底深渊，一直下跌，四周一团漆黑。

二哥闪身躲进小洞里，低头看看肋部的伤口，汩汩地冒血。

两行热泪夺眶而出，冲下他的脸颊，砸进地上那摊血里。

小兮的心沉下去。从二哥的移动速度看，他虽然中弹，应该不足以致命，不知道她还有没有机会补枪。

二哥肯定被她激怒了，如果不杀死他，他肯定会开启地狱之门。

小兮一直把枪口对准洞口，只要二哥探头，她就再次扣动扳机。

小兮看看撕家，他还在和土佐谈人生，忍不住大喊一声："撕家，杀了他，撤！"

杀人这个动作，不是一般人轻易能做得出来的，即便明知道不会负刑事责任。

撕家举起枪托砸在土佐太阳穴上，土佐立即晕过去。

二哥一直不出来，小兮必须主动出击。她举着枪，盯着洞口，迅速移到"酒樽"一条腿后，才看到二哥。

二哥也看到了小兮，脸上掠过一丝邪恶的微笑。

那是魔鬼的微笑。

凶残二字，再次浮现在小兮脑海，让她再次看到一家五口惨遭灭门的现场。

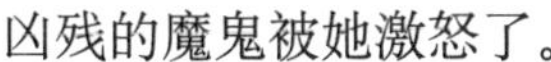

凶残的魔鬼被她激怒了。

二哥扣动扳机，一串弹头扑向小兮。

与其同时，小兮也扣动扳机。

小兮射出的弹头击中二哥头上的钟乳石。

二哥清晰地看到小兮的胳膊上飞溅出一朵血花，喷到脸颊上几滴血。他的心再次抽搐一下，接着一丝残忍的快感迸出。

原来伤害心爱的人，也能产生快感。

小兮的胳膊中弹，二哥再次对她扣动扳机，一串串弹头把小兮压在“酒樽”腿后动弹不得。

二哥对她动了杀心，小兮感到一丝难过。虽然她对二哥先下杀手，但仍旧有些伤感。这符合二哥的人设，从他有放掉变异虾蟹的打算来看，如果他得不到小兮，就一定会毁掉她。

小兮毕竟只在特警队隔三岔五地练了两个月射击，枪法平庸很正常，更别说她手里还是一支老旧的 79 式狙击步枪，枪龄比她的岁数还大，弹容量只有十发，不能像自动步枪或冲锋枪连射。

她想靠这支文物级步枪战胜二哥手中的现代突击步枪，几乎不可能。再者说，二哥接受过专业军事训练，还上过真正的战场。无论从哪个角度看，小兮都必败无疑。

他们又互射几枪，都没射中对方。

二哥似乎没打算杀死小兮，对她的射击，主要以嘲弄戏耍为主。

小兮再次因为没有和二哥一起走感到遗憾。但是，如果

她不这么做，能救下撕家吗？

又是一阵急促的枪声响起，小兮身边石屑飞溅。

这拨弹头是从另一个方向射过来的。小兮抬头一看，铁塔端着突击步枪，站在洞口。

铁塔的火力很猛。也许是他为了报答二哥，也许从婷婷那里受到激励，拼命想活捉小兮。

小兮观察一会儿，大喊一声："瓜子儿，跑！"

小兮一边冲铁塔射击，一边撤到三角洞口，冲群猴高喊，"兄弟们，快撤！"

瓜子儿随后跑进三角洞，群猴纷纷跟上。

铁塔和二哥没有追。

盗猎分子横七竖八地躺在地上，哭爹喊娘，鬼哭狼嚎。

二哥拎着枪走到小兮藏身的"酒樽"下，伤感地望着石柱上的几滴鲜血。他知道，这是从小兮胳膊上溅出来的血，依然鲜亮。他伸出手指粘了一下，放在舌尖上，闭着眼睛细细品味。

在此之前，二哥只品过自己的血。小兮的血里有一丝芳香，和他的血味道完全不同。

两行泪水流下来。

最后一丝希望也破灭了。

快感与心痛并存。

以二哥的能力，小兮原本没有机会逃出去。他故意放走小兮，是因为他要报复她。最残忍的报复，并不是杀死她，

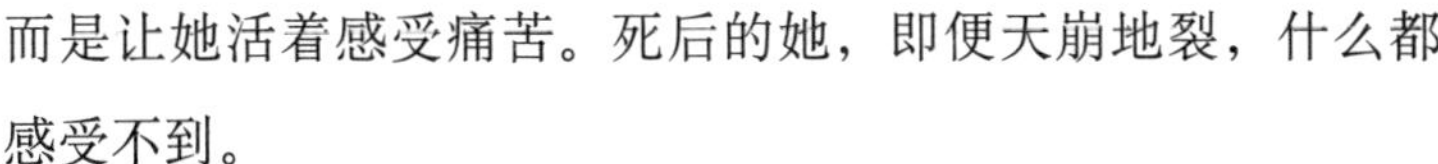

而是让她活着感受痛苦。死后的她，即便天崩地裂，什么都感受不到。

他要让小兮后悔，让小兮身败名裂，成为历史罪人。她本可以阻止这场灾难，但是她没有，平时满口仁义道德，关键时刻自私自利。

她怎么能跑呢？

在二哥记忆中，虽然她曾经跑过一次，但与这次完全不同。这一次，她实实在在地跑了，他清清楚楚、眼睁睁地看着她跑了。

小兮转身离去，让二哥有点儿怀疑他报复的目的能不能实现。

这种临阵脱逃的人，日后会受到良心的谴责吗？就像那位留日的女学生，闺蜜为她挡刀而死，她却该吃吃，该喝喝，该做头发做头发，该发朋友圈发朋友圈，她会为闺蜜之死感到自责吗？

或许她偶尔会心痛一下，是心痛更多，还是庆幸更多？庆幸受刀而死的人不是她？

小兮在二哥心目中的完美人设瞬间崩塌，从来没有塌得如此彻底。

“伤得重不重？”铁塔走到二哥身边，看见二哥半边身子已经被鲜血浸湿。

“爽完了？”二哥的笑容里夹带着莫名的嘲讽。

二哥的笑容让铁塔十分不安。那种阴森诡异的笑容，显得那么残忍。尤其他嘴唇上那滴鲜血，让人觉得极度变态。

铁塔无法回答二哥，婷婷毕竟是二哥的女人，而且他确实有点儿不着调。弟兄们在外边拼命厮杀时，他却在自己的洞里卖力弄那事儿。

“我看看。”铁塔撩开二哥的衣服，看见弹头在二哥左肋边缘穿出一个洞，已经不再冒血。

“疤瘌，跟我去拿药。”铁塔说完扭头要走。

“等会儿。”二哥叫住铁塔，“婷婷告诉你赶紧收拾东西了吗？”

“说了。”铁塔不好意思地瞅瞅地上的兄弟，“二哥，出了这么大的事儿，是不是得向大哥知会一声？”

二哥的眼神里杀机再现：“如果你活够了，尽管说！”

第六十九章　计中之计

二哥捂着伤口回到自己的洞里，肿胀的生命之蛋又开始隐隐作痛。他吃下一粒止疼药，拿出一个包，掏出几个手雷挂在腰上，把几个突击步枪弹夹装进口袋。

收拾完毕，他坐下，久久地抚摸小兮的防刺服，又摸摸小兮的警棍、手电、匕首等特警装备。

铁塔拿着药走进来，给二哥擦拭伤口、上药。作为常年在野外生存的盗猎分子，疗伤是他们的基本技能。

铁塔觉得二哥腰间的手雷碍事，想解下来。二哥条件反射地抓住铁塔的手，把铁塔吓一跳。

二哥松了松腰带，把腰带和手雷退到胯部。

铁塔说，几个弟兄伤势很重，带他们走又不现实，留在这里，极有可能成为那些变异虾蟹的美餐。

这种事，二哥不可能不知道，只不过他从来不把这些人的死活放在心上。

处理完伤口，二哥想了想，对铁塔说："我给你们三个小时。三个小时后，生死由命。"

他说完，起身走到"大堂"，愣住了。

疤瘌脸和十几个轻伤盗猎分子，把枪口齐刷刷地对准他。

二十几个盗猎分子，六个被瓜子儿摔成重伤，剩余的还有战斗力。

二哥转身，看见铁塔也把枪口对准他。

土佐蜷缩在洞壁脚下，嘴里塞着破布，不停地扭动身子，冲二哥"呜呜"直叫。

二哥看了看铁塔，笑了："我还纳闷呢，小兮怎么走得那么溜，原来她策反的人是你！"

二哥的笑，不是冷笑，不是狞笑，而是发自肺腑会心的笑。小兮没有让他失望，她的人设没有崩塌，她永远是他心目中那个圣洁的小兮。

二哥确实猜对了，小兮真正的策反目标就是铁塔。

18号院的人，既没有枪，也没有和外界联系的通信设备。即便他们拿下二哥和土佐，仍要面对武装到牙齿的盗猎团伙。这个盗猎团伙是二哥组建起来的，铁塔是盗猎团伙的直接负责人，只有策反铁塔，才有可能控制变异虾蟹。

小兮和撕家对这个计划，并不抱太大希望，因为18号院的人没有机会接触铁塔。没想到，二哥给出神助攻，把婷婷赐给撕家，才使这盘死棋出现转机。

婷婷是执行这个计划的第一功臣。

整个团伙里，最容易策反的人就是婷婷。她没有犯罪前科，也没有直接参与作案，最多就是私生活比较混乱。她跟二哥在一起，也不算卖淫嫖娼，“流氓罪”早就取消了。

要说她犯过最大的事儿，只能是逃税。她从二哥这里获得的收入，早就超过法定起征点，但从来没交过税。

婷婷听说，接替她上岗的香香，被二哥逼迫手下，对其先奸后杀；二哥逼撕家和土佐杀死18号院的两个逃兵。

二哥把她玩腻了，发配到这个法外之地，就像挂在房梁上的一块鲜肉，被下面一群狼眼巴巴地盯着。二哥是喜怒无常的杀人狂，她时刻担心，哪天二哥头顶冒出一股邪火，就会把她烧得体无完肤。

撕家轻松地说服了婷婷，但是，婷婷怎么能正当地接触铁塔呢？

他们苦思冥想一个小时，最后婷婷想出一个可行性比较大的办法。

婷婷舍出孩子去套狼，撕家虽然觉得对不起她，但他实在想不出更好的办法。

土佐果然上当了，让婷婷有充分的理由，光明正大地接近铁塔。

其实铁塔见到那些变异虾蟹，内心也非常矛盾。守着那些玩意儿，不亚于守着一颗打开保险装置的核弹。那玩意儿一旦失去控制，首先遭殃的就是他们。即便他们侥幸躲过此劫，也是罪大恶极。就算他不是主犯，也够枪毙一百回的。

但是，他实在没有勇气背叛梁氏兄弟。他之前那么卖力地抓小兮，也是希望二哥能放弃邪恶的念头。

二哥虽然是亡命徒，但更可怕的人是集团老大梁文。梁文在境外的势力太大了。贩卖野生保护动物，只是他经营的小生意，贩卖毒品、军火才是他的主业。

梁氏兄弟已经缔造了一个庞大的犯罪集团，拥有私人武装，爪牙、眼线遍布东南亚各地，在几个国家的军界、警界、政界都有保护伞，甚至能调动军方和警方的力量。

而且，梁氏兄弟感情极深。梁文在境外的天下，也是二哥帮他打下来的。二哥是梁氏集团的二号人物，在境外可以高调抛头露面。

此前，铁塔一直想不明白，二哥为什么一直窝在南岛，过着不见天日的日子，也挣不了几个钱，即便加上偷狗，也不能维持团伙的日常开销，不得不靠梁文补贴。

最近他才知道，二哥是因为爱一个人，才恋一座城。

铁塔不止一次想向梁文汇报二哥的疯狂执念，但一直不敢。他太了解二哥了，坏了二哥的好事儿，绝对不会有好结果。

铁塔正纠结时，二哥把婷婷送到他身边。婷婷帮他分析利弊，晓以大义，但没能打动他。婷婷讲的这些励志段子，他都想过一百遍了。

后来，婷婷随便一段胡诌，却打动了他。

婷婷说 ：“这么大的事儿，想都不用想，警方一定会把

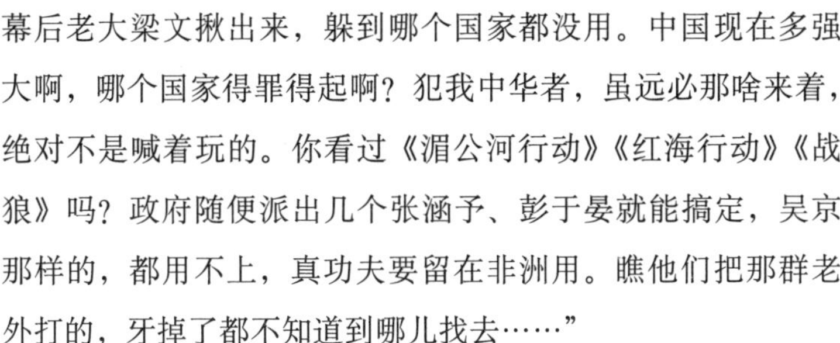

幕后老大梁文揪出来，躲到哪个国家都没用。中国现在多强大啊，哪个国家得罪得起啊？犯我中华者，虽远必那啥来着，绝对不是喊着玩的。你看过《湄公河行动》《红海行动》《战狼》吗？政府随便派出几个张涵予、彭于晏就能搞定，吴京那样的，都用不上，真功夫要留在非洲用。瞧他们把那群老外打的，牙掉了都不知道到哪儿找去……”

婷婷把电影当成真事儿了，“中国现在多强大啊，哪个国家得罪得起”这句话说到点子上，以中国强大的综合国力，岂能是梁文的犯罪集团能对付得了的？

于是，铁塔不再犹豫。

在整个策反行动中，首功应该记在婷婷头上，小兮只是策反了撕家，提出一个方针、一个路线，但策反铁塔的计划，却是婷婷制订并实施的。可惜的是，婷婷虽然立下首功，却赎不了罪，因为她身上没罪，这么大的功劳确实有点儿白瞎，又不能送人。

这是连环计，计中之计。

策反了铁塔，就等于策反了整个盗猎团伙。如果不是脑子放到火锅里涮过，或者像土佐那样没有退路，谁愿意放出那些玩意儿？多大罪不说，自己能不能跑掉都难说。

铁塔拿出卫星电话，拨通婷婷提供的电话号码。就在这时，外边“噼里啪啦”地打起来，严重影响了他和罗局长的通话质量。

罗局长告诉铁塔，国家有关部门，已经做通东南亚各国

高层的工作，现在各国警方都在抓捕梁文，不可能让他逍遥法外。

罗局长让铁塔控制住二哥和土佐的同时，也给他布置一个任务——保护小兮和瓜子儿。

铁塔保护小兮和瓜子儿的方式就是让他们安全离开。他先对小兮身边扫射，把她的视线吸引过来，对她做出“OK”的手势。

所以，小兮才放心离去。她知道，婷婷的策反行动已经成功，而她和二哥已经陷入僵局，只能执行这个方案。

铁塔唯一没有做到的是，他一直没有机会夺下二哥手中的武器。在他为二哥疗伤的过程中，伺机拿走枪，卸下手雷，但根本无法实现。

二哥毕竟是特种兵出身，经历过战火淬炼。现在他身处险境，枪不可能离手。当然，如果他仔细观察，应该能看出铁塔的可疑之处。可惜，他所有心思全集中在小兮身上，无暇顾及铁塔。

当盗猎分子把枪口对准二哥时，他反倒放下悬着的心。

只要小兮圣洁依旧，他就能实现报复她的目的。

只可惜，以后他还有机会吗？现在，唯一对他死心塌地的人都被捆起来，嘴里还被塞上抹布。

铁塔拨通卫星电话：“罗局长，你们多久能到……好，好，我知道了，谢谢！”

铁塔挂断电话，说：“警方的直升机，半个小时就到圣女

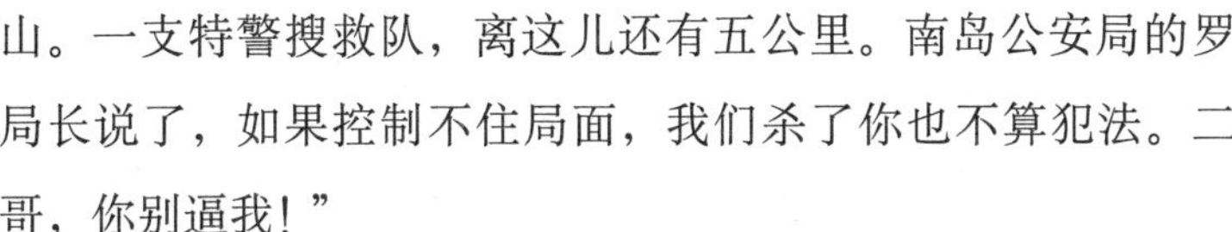

山。一支特警搜救队，离这儿还有五公里。南岛公安局的罗局长说了，如果控制不住局面，我们杀了你也不算犯法。二哥，你别逼我！”

“看来，我没有任何机会了？”二哥死死地盯着铁塔问。

“你没有任何机会。”

“那你也没有机会了。”二哥笑了，“咱们同归于尽吧！”

二哥一直都提着自动突击步枪，发现自己被围那一刻，他下意识地端起枪，手指习惯性地扣在扳机上。他转身面对铁塔时，枪口自然而然地对准铁塔。

“你应该趁我不注意时一枪打死我，而不是跟我说这么多废话！”二哥说。

“毕竟我们相处那么多年。”铁塔说。

“我相信，你是好人，撕家也是，至少你们现在已经变成很多人心目中的好人。”

“现在我们讨论好人坏人，一是没资格，二是没意义。”铁塔说。

“我不这么认为。分清谁是好人，谁是坏人，也就分清了胜负。我哥说过，在小说和影视剧里，最后肯定都是好人赢了，坏人输了，因为文艺作品要给予老百姓希望，教他们相信做坏人做坏事儿没有好下场。但事实证明，有太多顾虑的好人，永远斗不过目标明确的坏人，繁复的正义永远战胜不了纯粹的邪恶。”二哥突然变成老学究，和铁塔讨论社会哲学。

“因为坏人没有底线，什么都能做得出来。好人顾虑太多，这也不能做，那也不能做。是这个意思吗？”

“没错，但不全对。”二哥说，“在历史上，坏人战胜好人，然后把自己包装成好人，把相对的好人包装成坏人，然后老百姓对此深信不疑，谁怀疑跟谁急。”

铁塔知道，梁氏兄弟是坏人，经常做坏事儿，但在另外几个国家里，他们不但是好人，还是英雄、慈善家、成功人士、国民偶像。他们为那些国家建设了很多学校、医院、养老院等慈善机构。为了帮助他们铲除竞争对手的，警方给竞争对手罗织很多罪名，让对手成为万人唾骂的对象。

“邪恶经常战胜正义，然后把邪恶包装成正义，把正义包装成邪恶。这，才是历史真相。”二哥继续对铁塔阐释他的歪理邪说。

“你把那些东西放出来，怎么也包装不成正义之士。”铁塔反驳道。

“错，人嘴两扇皮，就看怎么说，就看谁在说。不知道真相的外界，也许会认为那些东西是你们放出来的，我在阻止你们。”

“如此颠倒黑白，没有人会相信。”

“很多人一辈子都活在别人的谎言里，一辈子都对别人的谎言深信不疑。”

“二哥，咱们不能名垂千古，但也不能遗臭万年啊。是，有些人曾经对不起你、伤害过你，但不是所有人都对不起你、伤害过你。”铁塔仍旧希望能说服二哥，“现在还没到最糟糕

的那一步。趁警察还没到，我放你走。”

“我不走，除非让我放出那些东西。”二哥冷冷地说。

“这里没有人会答应。就算我们和你同归于尽，也不会允许你放出那些东西。”铁塔对手下人喊道，“兄弟们，一旦那些东西放出来，我们只能成为它们的食物！”

“别喊了！”二哥微笑着望着铁塔，“我能不能放出那些东西，真的不敢保证，但我能保证咱俩同归于尽。铁塔，你为了赎回你曾经的罪孽，违背了当初的誓言，结果把自己的小命搭进去了，对吧？”

铁塔突然意识到，自己的处境也非常危险。虽然他和手下的枪口都对着二哥，但二哥的枪口只对着他。只要给二哥零点几秒的时间，他就难逃一死。

盗猎团伙里，如果有一个顾全大局的，这时就算搭上铁塔，干掉二哥，阻止灾难发生，也是值得的。这笔账很容易算。

可惜盗猎分子没有那么高的觉悟，也不是铁塔的死忠。他们之所以敢和二哥对峙，因为铁塔是他们唯一的主心骨，唯一能和警方通话的人。没有铁塔，一旦警方介入，他们很难洗白自己。

还有一种可能，某个人把二哥一枪爆头，也许二哥就无法扣动扳机。

疤瘌脸产生这个念头时，已经来不及付诸行动。二哥微微转头，侧身对着面前的铁塔和身后的盗猎分子，以保证所有人都在他的视线范围内。

“疤瘌，你的枪口再往前移动一厘米，我保证铁塔比我先倒下，不信你就试试。”

二哥的气场确实强大，疤瘌脸立刻不敢再动。现场每个人心里都十分紧张，毕竟他们都没有杀过人。

二哥一句话，镇住了整个盗猎团伙。

小兮和瓜子儿带着群猴跑出溶洞，和撕家等人在一公里外会合。

瓜子儿上前就要撕咬 18 号院的人，被小兮拦住，连说带比画，瓜子儿半天才明白，他们已经是自己人。

18 号院的人对瓜子儿感恩戴德，尤其是撕家。当时土佐几乎把枪顶在他的额头上，手残都不会打偏。在生死一线之间，是瓜子儿把他从鬼门关拉回来。

瓜子儿意识到自己私自脱离重要岗位，可能闯下大祸，便在小兮面前趴下，满脸不安地等待小兮训斥。

小兮虽然气愤，但也不忍心责怪瓜子儿。再说，婷婷已经成功策反铁塔，他手下有那么多人，应该能控制住二哥。

小兮伸手轻轻地盘了盘瓜子儿的脑袋。

瓜子儿见小兮原谅了它，马上伸出舌头，打个滚儿，想四脚朝天地卖个萌，撒个娇。不料它这么一滚，压迫身上多处伤口，痛得它惨叫一声站起来，缩到一棵树下呻吟。

其实瓜子儿忍着剧痛把小兮救出来，见貌似没有更紧要的事儿，才抽出工夫疼一会儿。

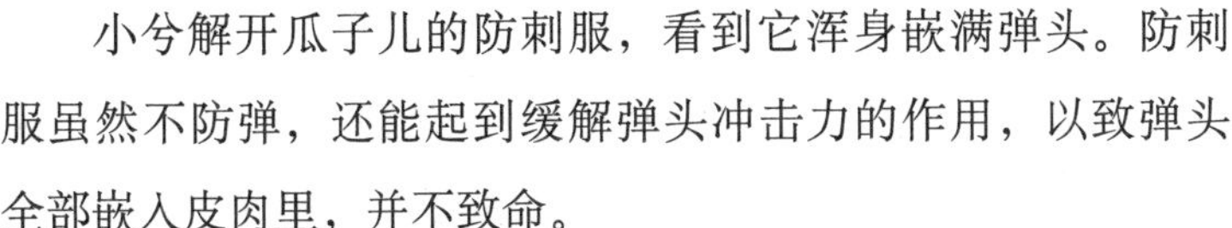

小兮解开瓜子儿的防刺服，看到它浑身嵌满弹头。防刺服虽然不防弹，还能起到缓解弹头冲击力的作用，以致弹头全部嵌入皮肉里，并不致命。

小兮无法控制的泪水，再次流出来。

不仅小兮心疼，18 号院的人看到瓜子儿满身弹头，都不忍直视。

小兮试着抠弹头，没想到手指刚碰触弹头，瓜子儿就惨叫一声。

小兮放弃了。

令小兮欣慰的是，霰弹枪射出的几百粒钢珠，全部镶嵌在防刺服里。这种防刺服，防御冲击力不是很强的钢珠，还有一定的效果。

瓜子儿的自愈能力还在，伤口没有恶化。

小兮心疼地亲亲它，帮它把防刺服穿好。看着可怜的它，她只希望尽快解除眼前的危机，赶紧带它去医院疗伤。

18 号院的人，意识到瓜子儿以肉身为他们挡住不少弹头，都对自己以前的行为感到愧疚，又不知道怎么感谢瓜子儿的救命之恩。

群猴也围到小兮身边，求抱、求盘。

瓜子儿忍着剧痛，把贱猴和飞行员拱到小兮面前，让小兮奖励它们。

小兮知道，在这次营救过程中，贱猴和飞行员的功劳最大，于是把它们搂在怀里，又亲又盘。

对于小兮的亲昵动作，瓜子儿一点儿也不嫉妒。这种画面，要是放在以前，它是绝对不允许出现的。

18 号院的人，纷纷掏出口袋里的花生米、蚕豆等零食喂猴子。猴子已经知道他们和小兮是一伙儿的，就不设防地和他们打成一片。

小兮右臂中了一枪，辛辛苦苦几个月练出来的肱二头肌被弹头打穿。她见群猴围着 18 号院的人要零食，就慢慢褪下衣袖，查看伤口。还好，没伤到骨头。

撕家撕掉自己的衬衫袖子，帮小兮包扎伤口。

这次，瓜子儿没有阻止撕家。它知道，撕家在帮小兮处理伤口，就一直心疼地盯着小兮的胳膊。

“会不会留下很难看的伤疤啊？”小兮难过地问。

“没事儿，找个刺青师傅文一个蝴蝶，漂亮着呢，谁都看不出来是啥。”撕家安慰小兮。他知道，女孩子爱美，胳膊上凭空多出一道疤，肯定很难过。

“不行，社会人才文身，我胳膊上趴个蝴蝶，还能当女神吗？文身艺人都不能出镜的。”小兮说。

小辫儿说：“那你就文个瓜子儿的头像，它可是国民英雄，看谁敢不让你出镜！”

小兮不再跟他们贫嘴，抬起头，视线穿过稀疏的枝叶，看到了圣女山的全貌。这是她第一次认真地观察这座山，顿时明白这座山为什么叫圣女山了。从这个角度看，这座山的山体造型，确实像一位坐在地上的清纯少女。这片原始森林

实在太奇妙了，处处都是独一无二且无法言喻的美景。

“圣女山这个名字，是二哥取的吧？”小兮忽然问道。

“应该是吧，你怎么知道？”撕家问。

“他看到这座山，肯定是想起他妈妈了。在他眼里，他妈就是圣女。”小兮几乎可以断定，二哥看到这座山时，一定会想起他那位“圣洁”的妈妈。

小辫儿若有所思地点点头：“哦，这么说，他进入溶洞就算回老家了，我们进去，不相当于耍流氓嘛！”

众人听罢哈哈大笑。

小兮嫌弃地白了他们一眼：“一群臭流氓！”

瓜子儿趴在小兮身后轻声呻吟，看到她对众人的态度变了，立刻停止呻吟，站起来，扬起脖子，大嘴对着众人扫了半圈，发出“呜呜”声。

众人受到瓜子儿的警告，明白小兮为什么生气了。小辫儿急忙催促撕家：“撕家哥，你赶紧把真相告诉兮爷，不然瓜子儿要动真格的了。”

“对，撕家哥，你快跟兮爷纠正一下，我可是没碰婷婷啊。”另一个手下说。

其他人也都七嘴八舌地催促。

小兮愣了一下，看看撕家。

撕家羞涩地说：“他们跟婷婷，都是演戏，我——我例外。”

“有啥不好意思的，她都翻你的牌子了。”小兮松了口气，有点儿欣慰，“我以为他们假戏真唱了呢！”

在小兮眼里，婷婷现在就是她的战友，相当于温柔和文丽。战友在执行任务中，受到那么大的伤害，她无法接受。

现在，听说婷婷没有受到她最忌讳的伤害，她顿时开心了。瞅瞅这群人，他们要是强奸犯，她还真不知道以后怎么跟他们相处。

“爱情动作片难度太大，真不好演。”大锤说，“要不是婷婷姐导得好，肯定被土佐看出来了。我都看到他那双鼠眼了，特贼！”

话音未落，大锤就挨了撕家一锤。

“你就把收她了吧，她是好姑娘！”小兮对撕家说。

“嘿嘿！”撕家挠着头笑了，“我们——昨晚已经说好了，离开这里，就到一个风景优美的小城市，一起做点儿小买卖。”

小兮有点儿佩服撕家了。男女上床并不难，难的是下床还能“涛声依旧”。撕家爱不爱婷婷不好说，但是那句“说好了”就代表一种承诺。

让自己已经接受的女人和兄弟们一起执行危险计划，就算是假的，也是一种牺牲。

小兮想到这里，忍不住看看前猴王，觉得撕家和前猴王属于同一物种。

“你觉得铁塔他们能控制住二哥吗？”小兮问撕家。

“应该可以吧，毕竟他们那么多人呢。”撕家话音刚落，一阵枪声就从圣女山方向传来，还夹杂着剧烈的爆炸声。

一个意外，打破了二哥和盗猎团伙的僵持。

一块钟乳石忽然从洞顶掉下来。精神高度紧张的盗猎分子，以为二哥开枪了，急忙扣动扳机。

铁塔身中两枪。

在突变中，二哥展现出特种兵的超强应变能力。他的站位非常科学，处在盗猎者分子和铁塔中间。钟乳石落地的瞬间，他就倒地翻滚躲避。

铁塔枪口射出的十几颗弹头，全部钻入站在他对面的盗猎分子胸脯。那个盗猎分子当场身亡。

对面的盗猎分子怕误伤铁塔，比较谨慎，但铁塔的左臂、左肋还是各中一弹。还好，不是要害部位。

二哥滚到“酒樽”下面的一条腿后，对着盗猎分子扔出一颗手雷。随着一声爆炸，躲闪不及的三个盗猎分子纷纷倒下，再也没爬起来。

“守住五角洞。”铁塔高喊一声。

三个盗猎分子一面朝二哥所在位置射击，一边撤进五角洞，封锁洞口。

二哥和盗猎分子在溶洞里展开一场真实版的吃鸡游戏。二哥是高明的玩家，虽然以寡敌众，但丝毫不落下风，先后击毙、炸死六个盗猎分子。

专业和业余之间的差距显现出来了。

盗猎分子虽然经常在原始森林里围猎大型野生动物，但是面对面持枪互射就太业余了。在特警队接受过两个月

专业训练的小兮，他们都搞不定，更何况从死人堆里爬出来的二哥！

又是一阵激烈的互射，守在五角洞口的三个盗猎分子全被二哥击毙，二哥攻进五角洞。

“弟兄们，死活都不能让他进去。那么多东西一旦跑出来，我们都得遭殃。”铁塔大声喊道。

盗猎分子已经被二哥消灭一半，只有七八个人还能战斗。盗猎分子对二哥发起一阵猛攻，却没有伤及二哥分毫。

五角洞洞口，十几米长，七八米宽，前面横着一块巨大的钟乳石，后面是坚实的洞壁，是易守难攻的天然工事，盗猎分子很难攻进去。

二哥已经进入五角洞，只要他在前行一百多米的路上不被打死，他就能做出改变世界的大事。

前方一百多米的路程，曲里拐弯，处处是掩体，以盗猎分子低下的战斗力，想要打死二哥，恐怕不太容易。

七八个盗猎分子也明白这一点，便加强火力，不让二哥起身。

就在这时，一个人突然改变了僵持的战局。

不是小兮。

土佐在18号院的打手中，武力值排名第二，身手仅次于二哥。二哥和盗猎分子激战时，只有一个盗猎分子看守他。他趁那个人不注意，起身一记鞭腿，抽到那个人的太阳穴上。那个人应声倒地不起。

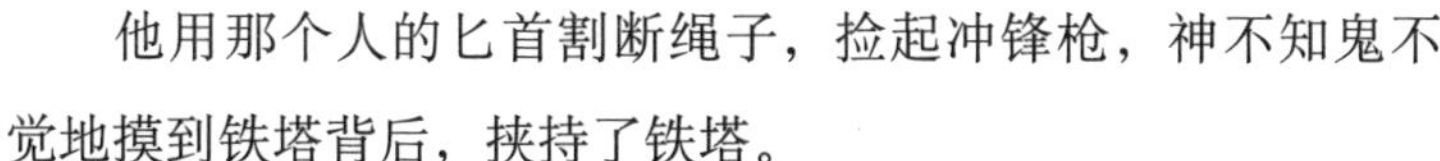

他用那个人的匕首割断绳子，捡起冲锋枪，神不知鬼不觉地摸到铁塔背后，挟持了铁塔。

“都别动！”土佐大喝一声。

盗猎分子立即像被点穴一般，凝固了。

“二哥，你尽管进去！谁敢动一动，我打死他！”土佐喊道。

“土佐，你好好想想，把那些东西放出来，你能跑出去吗？”铁塔对土佐喊道。

“跑不出去，只能算我倒霉，跟你没有一毛钱关系。”

处于被动的铁塔，心里十分沮丧。在这次十拿九稳的行动中，他竟然错失两次绝好的机会。

第一次，如二哥所说，他走出来就应该开枪打死二哥，不给二哥任何喘息的机会。

第二次，他和二哥举枪对峙，如果他选择与二哥同归于尽，也不会导致这么多兄弟白白送命。

现在，他落到土佐手里，所有弟兄都陷入被动挨打的地步，不但全得死，还阻止不了二哥作恶。

“铁塔，我还可以给你们一个机会。”二哥喊道，“你为了实现所谓的大义，搭上这么多弟兄，也对得起党对得起人民了。现在你们赶紧滚，说不定还能保住小命。走慢了，那些大闸蟹也不会感激你们的！”

铁塔没有动，也没有表态。

忽然一个声音传来：“铁塔，听他的！”

小兮回来了。

小兮必须回来。当手雷爆炸声响起时，她就做了最坏的打算，不顾撕家和18号院的人反对，命令他们带着群猴离开，她和瓜子儿返回溶洞。

她本来不想带上瓜子儿，但是实在甩不掉。瓜子儿知道洞里有多危险。它在那道门外守了几分钟，都吓出几泡尿，怎么可能让主人独自去冒险呢！

小兮的枪里还有几发子弹，她躲在洞口观察了半天，也找不到射击二哥的角度。二哥手里还可能有手雷，如果让瓜子儿强攻，可能就是让它送命。

瓜子儿身上的防刺服，虽然能防手雷弹片划伤，但巨大的爆炸冲击波，足以把它送出洞外。

现在二哥和土佐已经占据主动，铁塔等人做出任何反抗动作，都只能是白白伤亡。在小兮看来，只有一种方案是最安全有效的。

小兮大大方方地走出三角洞。她相信，二哥不会轻易对她开枪。即便他丧心病狂，她也必须走出来。

“二哥，还是按照我们之前的约定解决吧，把这里交给警方，你跟我走，或者我跟你走。”小兮对二哥说。

二哥冷笑道：“你觉得我还能走得了吗？小兮，我们都是成年人，就别开这种哄孩子不哭的玩笑了！”

“二哥，你应该相信我。我保证，我今天跟你说的每个字都是发自内心的！”小兮扔掉枪，指着胸口说。

“真他妈的让我无语！”土佐吼道，“两拨兄弟都被你忽悠了，把警察都招来了，你还在这儿瞪着眼睛说瞎话？是梁静茹给你的勇气，还是谢东给你的笑脸啊？”

“我本来想放弃那个计划，是你们非要杀死撕家，逼着我们执行原来的计划。”小兮摊开双手，遗憾地说，“大家拼个鱼死网破，有什么好处？现在我们做出改变还不晚。二哥，我之所以回来，就是想给你最后一次机会……”

“二哥！”土佐急忙打断小兮。

“土佐，你好好想想。”小兮对土佐说，“放出那些东西，我们谁都跑不了，没有人能跑过它们。你走，或者跟我们走，最起码还能保住一条命。我们只有一条命，谁都赌不起、赔不起。”

“走？往他妈哪儿走啊？”土佐吼道，“就算我今天跑掉了，还能跑几天？警察的手段都到什么份上了？人工智能，人脸识别，我钻到石头缝里，他们都能扒拉出来。下次来抓我们的，也许就不是人了，一个无人机就能把我们安排妥妥的。我们只有放出那些玩意儿，让它们对付警察，我们才有一线生机。二哥，是不是这个意思？”

这个意思，二哥当然懂，特别懂，比土佐都懂。

“叶无怨，你真的如你所说，那样无怨无悔无条件地爱我吗？”小兮的眼神里闪现一丝柔情，深情地望着二哥。

“当然是真的。”

“那你连赌一赌的勇气都没有？”

二哥苦笑一声："我赌过了，你把枪口对准我的那一刻，我就在赌，赌你不会对我开枪。可惜，我输了。"

"我的目的，其实一直很明确，就是阻止你们放出那些变异虾蟹。只要能达到这个目的，我什么都可以做。别说对你开枪，我对自己都能开枪！"小兮说。

"你这么做，值吗？就是为了拯救那些把你和瓜子儿逼进深山老林的人？"二哥反问道。

"拯救他们，确实不值。但是，拯救那些挽救瓜子儿的人，就值！"小兮说得铿锵有力。

这个社会，让人纠结的地方就在这里。这里不但有坏人，还有好人，甚至具体到每个人，有天使的一面，也有魔鬼的一面，很难鉴定。

"如果我还是三个月前的小兮，我会毫不犹豫地离开这里。现在，我被架起来了，我变成你心目中的那个人。对此，我很无奈，我也不想这样。我本以为，走进原始森林，公众就无法再左右我的生活，瓜子儿也不必承担那么多不该由它承担的责任。万万没想到，我躲开了都市里的风言风语，却踩到深山里的核弹。我和那些变异虾蟹交过手，每次都是死里逃生。我不相信自己每次都有那么好的运气。二哥，现在除了跟你走，我还有别的选择吗？"

二哥没有言语，貌似也认定小兮除此之外别无选择。

"二哥，你别相信她的鬼话！"土佐喊道，"我之前所有的怀疑，现在都被证实了。如果您还相信她，我——我无话

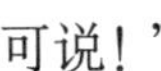

可说！”

小兮说：“二哥，我发誓，只要你不把那些东西放出来，我仍然会说服瓜子儿，和你一起远走天涯。我会以我最大的能力，破解警察的一切侦察手段。至于我将来能不能真心爱上你，我现在不知道。但是，我可以答应你，不管我爱不爱你，都会和你相厮相守，守到哪天算哪天，绝不背叛你！”

“二哥，就算你跟她走，还能往哪儿走啊？估计直升机早就锁住我们了，不把那些东西放出去，我们肯定走不掉的！”土佐都快哭了！

经过一团混战，小兮进来交涉十几分钟，警方的直升机差不多真该到了。

“谁有电话，借我用一下？”小兮环顾四周。

疤瘌脸从腰里拿出卫星电话，扔给小兮。

小兮举起卫星电话：“二哥，我马上给南岛市公安局的罗局长打电话。”

“开免提！”土佐吼道。

小兮摁下免提键：“罗局，我是小兮……”

第七十章　驯　服

“小兮，你现在安全了吗？”罗局长急切地问。

“情况发生了变化。铁塔他们已经尽力了，但是行动失败。现在直升机和地面搜救队离圣女山溶洞还有多远？”

罗局长迟疑一下。

“我需要知道实情。”

“直升机一分钟内到达，地面搜救队还有五公里。”罗局长说。

“他说谎！刚才铁塔就说五公里。”土佐大声喊道。

“是我说谎。”铁塔说，“刚才罗局长说十公里，我为了吓唬你们，扣下五公里。”

“好！罗局，请您立即下令，让他们原地待命！”小兮大声说，“否则，局面就会失控！”

“溶洞里现在是什么情况？你能说得具体点儿吗？”罗局

长问。

“我和梁武达成协议，只要我跟他走，他就不会放出那些变异虾蟹。我现在需要您把原始森林里的警力和军力，全部撤出圣女山，撤出巨龙山脉！”

罗局长沉默。

“您放心，我是自愿跟梁武走的。现在我很安全，瓜子儿跟我在一起。他会善待我和瓜子儿的。我们离开后，警方不要找我们。请您马上答应我！”小兮急切地对着电话吼道。

五秒钟后，罗局长问：“我必须答应吗？”

“必须答应！否则，您知道后果有多严重，根本不是南岛警方能负责的！”小兮加重语气说。

“那——好吧。”罗局长说。

“溶洞里的事情，暂时仍由铁塔负责。六个小时后，您派一支小分队接管溶洞。”小兮说。

罗局长沉默一会儿：“为什么是六个小时后？”

“我必须确保我们安全离开圣女山。我不希望梁武受到任何惊吓。”

“只要他不放出变异虾蟹，我保证你们能安全离开。”

“好。罗局，您可能也猜到了，我和瓜子儿之所以离开南岛，就是为了躲开密不透风的舆论，躲开繁杂的人类社会。我累了，我不想让瓜子儿一次又一次地经受生死的考验，它仅仅是一只宠物而已。但是，我控制不了，您也控制不了，警方和政府都控制不了。所以，我才决定和瓜子儿回归大自

然，过一种至简的生活。”

罗局长有些歉疚，有些无奈：“小兮，我明白。有些事儿，我确实无能为力，非常抱歉！”

“我知道，您已经尽力了，所以，请您为我和瓜子儿想一想。在人迹罕至的地方，能有梁武相伴，对我来说也是一种最好的结果。他爱我，尊重我，不勉强我做任何我不愿意做的事情。我知道他身负重罪，但跟这些变异虾蟹要制造的罪孽相比，他的罪孽没有那么重要，我和瓜子儿也没有那么重要。希望警方和军方不要做出任何可能使局面恶化的行动，好吗？”

“我答应你。”

“那就给您的手下达命令吧。”

罗局长立即下达命令：“巨龙山脉执行任务的所有队伍，现在我命令你们，立即撤出巨龙山脉，返回原单位待命。”

“谢谢罗局。”

“小兮，保重。”

“罗局，再见。”

小兮调整一下情绪，挂断电话。

二哥久久地望着小兮。如果没有小兮对他射击那一幕，他就完全相信小兮了。他赌过一次，赌输了，他不敢轻易再赌一次。

“小兮，你知道跟你并不爱的魔鬼一起走，会面临什么结果吗？”二哥缓声问道。

“对别人来说，你确实是冷血的魔鬼，但对我来说不是，

对吗？”小兮反问。

“在我开枪击中你之前，我在你面前永远不会是魔鬼。在你中弹那一刻，我忽然产生一种前所未有的快感。原来伤害自己最爱的人，也会有快感。这种快感，太刺激，让人愉悦无比，我担心我会上瘾。任何让人产生快感的东西或者事情，一旦激发，都会让人难以自拔。”

小兮听完他冷静的描述，感觉他已经处在变态的边缘了，极有可能变成虐待狂。

“我为我刚才的不冷静行为向你道歉。”

“应该是我先向你道歉。我可能不会像以前那样无条件地爱你了，我可能真的会伤害你、侵犯你。”

“你会伤害你妈妈吗？”小兮反问。

“不会，因为我妈妈不会伤害我。”

“……”

望着小兮痛苦的眼神，二哥内心再次闪现一丝快感。同时，也伴有心痛。他缓了一口气，问："你还愿意跟我走吗？”

小兮点点头；“如果你真的爱我，就会为我改变的，否则就不是真爱。”

二哥沉默了。他知道小兮说得对。在今天之前，他愿意为小兮做任何事，不为别的，而是因为自己真的很快乐。

“二哥，您别忘了，您以前是怎么对待瓜子儿的吗？咱们只要放下枪，瓜子儿马上就能把你撕碎，咱们走不出这个洞的！”土佐号叫道。

瓜子儿确实守在三角洞里，一动不动地盯着二哥。

小兮本来想把瓜子儿当作奇兵埋伏在洞口，只要二哥露出一点儿破绽，它就立即扑上去，将他控制住。

奇兵不奇了，小兮看看洞口，招手：“瓜子儿，过来。”

瓜子儿起身，慢吞吞地走过来，趴到小兮身边。

小兮摸摸瓜子儿的头：“瓜子儿，从现在开始，这里的每个人，都不再是我们的敌人，你明白吗？他们和外边那些朋友一样。”

土佐嗤笑一声，摇摇头。

小兮不搭理土佐，牵着瓜子儿走到坑人面前。瓜子儿冲着坑人“呜呜”吼叫，吓得坑人腿肚子直抽抽儿。

“别怕，别怕，它不会咬你的。”小兮先安抚好坑人，然后对瓜子儿说，“瓜子儿，和他握手，做朋友。”

瓜子儿不叫了。它看看小兮，很不情愿地伸出大爪子。

“你跟瓜子儿握个手。”小兮笑着对坑人说。

坑人战战兢兢地轻轻握了一下瓜子儿的大爪子。他感觉到，瓜子儿并没有伸出锋利的爪甲。

“你现在可以抱抱它。”小兮对坑人说。

坑人不那么害怕了，试探着上前抱抱瓜子儿的大腿。瓜子儿低下头，用脑袋轻轻地蹭了坑人一下，算是回礼。

坑人不再害怕瓜子儿。

小兮带着瓜子儿分别和胖子、瘦子、疤瘌脸等人建交后，牵着瓜子儿走向二哥。

瓜子儿的视线刚落到二哥脸上，便开始“呜呜”号叫，

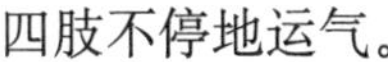

四肢不停地运气。

它对这个人的仇恨，远远大于砖头等人，甚至大于小光。

它永远忘不了，第一次见到他时，他冷冷地说，“炖了吧，想吃狗肉了”。

它永远忘不了，它躺在宠物医院治疗室里，他把毒药注入它的身体，然后它全身如万箭穿心般疼痛。那种疼痛，不亚于小光的虐烧。

它永远也忘不了，他差点儿掐死它。

小光只因为好玩，虐烧它一次，而这个人，是一心想让它从小兮身边消失。

小光后来改变了，而这个人一直企图霸占它的主人。

小兮感受到瓜子儿心中的仇恨，上前一步拦住它，捧着它的大嘴，柔声说：“瓜子儿，咱们把以前的不愉快经历都放下，好吗？像原谅小光那样。”

瓜子儿好像听明白小兮要它做什么，扬起头抗议一声，向二哥猛扑过去。

二哥躲在掩体中，瓜子儿体型太大，挤不进去。

小兮拦在瓜子儿前面，把二哥护在身后，厉声喝道：“瓜子儿！不行！不行！趴下！”

瓜子儿根本不听小兮的话，绕到另一侧试图攻击二哥。

小兮也绕到另一侧护住二哥，接着怒喝：“趴下！”

瓜子儿从未见过小兮如此严厉的眼神，但它依然选择抗议。

小兮抱住瓜子儿的大嘴，流着泪哽咽着恳求道：“瓜子儿，我求求你，我们一起原谅他好吗？他已经知道自己错了！”

瓜子儿听不懂，听懂也不会同意，再次绕过小兮，一跃而起，越过掩体，伸出双爪扑向二哥。

“嗒嗒，嗒嗒嗒……”

瓜子儿见有人朝它射击，愤怒地扭过头看去。

朝它开枪的人，居然是小兮。

小兮捡起一支突击步枪，瞄准瓜子儿脚下的地面扣动扳机。

瓜子儿愣住了，停止攻击二哥，诧异地望着小兮。

这是小兮第一次对它开枪，虽然弹头落在它的脚下，但那毕竟是弹头，不是窝头。

瓜子儿能看出，小兮眼里充满严厉、痛苦、恳求……它意识到，小兮如此阻止自己，肯定有她的苦衷。但是，它就是不能放过这个人。其他人，它都可以原谅，唯独这个人，已经失去让它原谅的资格。

瓜子儿跃出掩体，冲小兮“汪汪”怒吼。它不是表达自己的抗议，而是和她争吵，骂小兮是傻瓜、缺心眼儿、大锤子。

瓜子儿骂完小兮，再次绕到掩体另一侧，把爪子伸进掩体抓二哥。

小兮忽然冲上来，抡起枪托，砸到瓜子儿身上。

瓜子儿痛得“嗷”地惨叫一声，退到洞壁一角。

小兮也没有用力，瓜子儿也不会太疼，但是瓜子儿身上布满

弹头，浑身都是枪伤，只要轻轻碰一下伤口，它都会疼得受不了。

小兮又哭了。

瓜子儿缩在洞壁脚下，仍旧冲着二哥“汪汪”怒吼，表达自己强烈的愤怒。

小兮追过来，抡起枪托，一下又一下地砸向瓜子儿。

瓜子儿疼得不停地扭动，一声接一声地惨叫。

小兮心如刀绞，泪如雨下。此刻瓜子儿的惨叫声，和视频里它被小光虐烧时发出的惨叫声，几乎一模一样。此刻，它身上的肌肉，又打开了那段痛苦的记忆。

小兮从来没有这样打过瓜子儿，即便它身上没有伤，她也下不去手。此时，她觉得自己比小光等虐待过瓜子儿的人都残忍，比所有虐待动物的人都可恶，但是她别无选择，她必须逼瓜子儿接受这个残酷的现实。

二哥冷静地盯着小兮和瓜子儿，没有任何反应。

瓜子儿被打得瑟瑟发抖，叫得一声比一声凄惨。

小兮每次举起枪托，都觉得是砸在自己的心头。

群猴忽然从三角洞洞口窜进来，一起挡在瓜子儿身前。

群猴和 18 号院的人一直守在溶洞附近，听到瓜子儿连声惨叫，以为它被捕获了，不顾 18 号院的人阻拦，冲进洞内，却看到这样的场景。

前猴王上前抢小兮手中的枪，抢不下来。贱猴、飞行员等猴子挡在瓜子儿身前，希望能保护瓜子儿。

瓜子儿不躲不闪，怔怔地望着小兮。它不知道小兮为什么打它，难道自己真的做错了吗？

就因为它不肯原谅那个人？

以往即便它做错了，小兮最多也只是呵斥、罚站，即便偶尔打一下，也是高高举起，轻轻落下，一点儿都不疼。她从来没有对它下过这样的狠手。它忍着浑身剧痛跑到这里，绞尽脑汁救她出去，没想到却遭到她如此虐待。

瓜子儿虽然想不明白，但还是觉得肯定是自己哪里做错了。它忍着剧痛，挣扎着站起来，靠着洞壁，两腿直立，前爪耷拉在胸前。

它已经很久没做这个动作了，做得非常吃力。

数道鲜血从防刺服上的弹孔中溢出来，流到小兮脚下。

小兮泪如泉涌，再也举不起枪托。

虽然瓜子儿体型巨大，两只眼睛还像小时候那样，装满委屈，叭嚓叭嚓地望着小兮。

小兮想起它失踪多日后第一次回家的情景。那时，它的烧伤还没痊愈，在门口又被砖头等人痛打，但它进屋后，仍旧忍着剧痛，主动罚站、认错。

和现在一样，它以为它真的错了。

和现在一样，错的并不是它。

她只是让它接受一个它无法接受的现实。

小兮搂住瓜子儿疼得发抖的前爪子，她的心也跟着战抖，那是心痛、愧疚的战抖。

小兮哽咽着说：“瓜子儿，把手放下来吧。”

瓜子儿放下前爪。

二哥经过冷静地观察后，试探着走到瓜子儿面前，伸出手："瓜子儿，我们握手吧。"

瓜子儿既没有"呜呜"地表示不耐烦，也没有大声表示抗议，只是冷冷地、警觉地盯着二哥，没有抬起前爪。

它可以不攻击他，但也不会和他做朋友。

"它虽然不友好，但至少不会攻击你了。"小兮对二哥说，"慢慢来吧，我们要有耐心。"

二哥点点头。小兮驯服瓜子儿的过程，他看得很清楚，觉得有些残忍。

小兮把瓜子儿和群猴带到三角洞口，指指外面："瓜子儿，你们先出去吧。"

前猴王看懂了小兮的手势，带领群猴走进三角洞。

瓜子儿却转身走向五角洞。

瓜子儿应该是想起小兮交给它的任务，再次让小兮感动不已。它曾经为了救小兮私自离开自己的岗位，也知道小兮这次为什么回来。

"别让它进去！"土佐突然意识到，瓜子儿一旦守住电闸门，他们就别想靠近了。"小兮，你敢让它进去，我就打死铁塔！"他把枪口对准铁塔的头。

"你敢！"二哥冲土佐怒喝。

他这声喝止，让小兮十分欣慰。她再次感激地望着瓜子儿，觉得它遭受的痛苦，终于得到了回报。

瓜子儿听到土佐怒喝，停下扭头看看土佐，又看看小兮。

尽管它刚才被小兮残忍地暴打，但它仍旧不放心小兮。它见小兮没有制止它，就在五角洞口内侧趴下。

那里相当于进入五角洞内的咽喉，瓜子儿选择守在这里，既能守住通向地狱之门的关隘，又能保护小兮，比守在铁闸门外还保险。

“二哥，你就这么轻易地上她的当了？一个拙劣的苦肉计就把你套路了？”土佐一脸不屑地说，“为了一个连手都不让你摸一下的女人，把命搭进去，你图什么呀？”

“闭嘴！”二哥瞥了土佐一眼。

“她一直在利用你对她的感情。连公安局局长都能听她的话，你说她到底是什么人？她顺口瞎诌几句，就把你带到沟里，你早晚会栽到她手里的！”土佐跺脚喊道。

二哥痛苦地望着小兮。土佐的话，让他有所警觉。

“我能给你一切你想要的。”小兮诚恳地望着二哥。

“你过来。”二哥说。

小兮走到洞口的掩体前，不敢离二哥太近。她知道，瓜子儿非常在乎她与二哥的距离。

“我能——抱抱你吗？”二哥低声问道。

“只要不让瓜子儿看见，你干什么都行。它不能再受到任何刺激了。”小兮说。

“它连这个都接受不了，你们还能干什么？这不是扯淡嘛！”土佐阴阳怪气地说。

二哥看了看瓜子儿："我不想刺激它，但现在确实是驯服它的好机会。只要我们迈出这一步，我和它打通这一关，剩下的事儿就好说了。"

小兮看看瓜子儿，有点儿于心不忍。刚才让它的身体受到伤害，现在又要在它心头撒盐，未免太残忍了。她试探着靠近二哥一步，瓜子儿果然警觉地站起来，盯着小兮下一个动作。

"瓜子儿，趴下！"小兮指着瓜子儿喝道。

瓜子儿静默五秒钟后，缓缓趴下。

小兮又往前走两步，超越了她与男人的"安全距离"。

二哥伸出双臂，抱住小兮。

瓜子儿怒吼一声，"噌"地一下蹿过来。

"你别动！"小兮叮嘱完二哥，转身伸展双臂拦住瓜子儿，"瓜子儿，退回去，退回去！"

瓜子儿一动不动地怒视二哥。刚才，它已经艰难地做出妥协，现在这个仇人竟然把主人抱在怀里，这绝对触到了它不能再退让的底线。

"瓜子儿，退回去！"小兮继续怒喝。

瓜子儿神情复杂地望着小兮。

小兮从未见过瓜子儿饱含仇恨、屈辱、无奈的眼神。她狠狠心，再次举起枪托，摆出要打它的架势。

僵持半分钟，瓜子儿妥协了，退回去，痛苦地望着小兮。

"你看，它能接受的。"二哥说。

小兮没做声，偎依在二哥的怀里。

“我能吻你吗？”二哥问。

“我能满足你的任何要求，但是，瓜子儿已经忍到极限了，咱们别再刺激它了，好吗？”小兮一把挣脱二哥的臂弯。

“这不是刺激，而是必须进行的训练。只要它接受了我们的关系，我们才能一起走。”

“它已经处于崩溃的边缘，一旦失控，会把你撕碎的。”

“我必须冒这个险，否则我们无法离开。”二哥不容置疑地说。

二哥在瓜子儿面前亲吻小兮，的确要冒着生命危险。瓜子儿发疯后，那个掩体未必挡得住。

小兮又看看瓜子儿，看见瓜子儿痛苦的眼神里，又多了一层不安和祈求。

小兮知道瓜子儿无法接受，也无法确定瓜子儿接下来会有什么举动。她决定赌一把，再次迟疑地走到二哥面前。

二哥轻抚小兮的脸颊。

这次，瓜子儿没有动。

二哥吻上小兮的嘴唇。

瓜子儿依然没有动。

二哥深情地吻着小兮，瓜子儿还是没有动。

小兮不知道瓜子儿现在是什么心情，是接受了二哥，是向自己的暴力妥协，是对她彻底失望，还是即将疯狂前的平静？

许久，二哥才把嘴唇移开。他们一起转身，望着瓜子儿。

瓜子儿一直平静地盯着二哥，眼神里折射不出它的内心

活动，谁都猜不出它此时在想什么。

瓜子儿的这种平静，让二哥感到不安。他知道，瓜子儿是非常聪明的，它既然能用计猎杀蟹王，就能隐藏自己的真实想法。二哥凭借自己在战场上培养出来的预见力，仿佛看到这种平静背后即将爆发的危机。

“我后悔了。”二哥问，“你愿意为了我，放弃瓜子儿吗？”

小兮诧异地望着二哥。无论在何种情况下，她从未想过放弃瓜子儿。

“一定要这样吗？”小兮恳切地望着二哥。

二哥非常坚定地点点头：“必须！你不是说过嘛，只要我不放出那些东西，就接受我的任何选择。”

小兮陷入沉思中。从现实处境来看，只要瓜子儿在她身边，她随时都有翻盘的机会。没有瓜子儿，她就真如羊入虎口，没有能力抵抗他的侵犯，包括无法想象的变态折磨。

但是，她别无选择。只要能阻止这场灾难，就算搭上她和瓜子儿的性命，也是值得的，别说只是放弃瓜子儿。

小兮慢慢走到瓜子儿面前，望着瓜子儿，神色坚定而冷漠，手指三角洞洞口，低声说道：“瓜子儿，走！”

瓜子儿没明白小兮的意思。

“走！”小兮再次大喝一声。

瓜子儿依旧不动，它无法理解小兮这个指令。

小兮猛然对瓜子儿举起枪。这次，对准瓜子儿的不是枪托，而是枪口。她扣着扳机，强忍眼泪，冷冷地盯着瓜子儿。

“砰”，小兮扣动扳机，弹头在瓜子儿爪下砸出一个坑。

瓜子儿似乎明白了，小兮在逼它走。它对小兮这个举动，难以接受。它已经容忍仇人抱她、吻她，还不够吗？

小兮把枪口对准瓜子儿的脑袋，喝道：“瓜子儿，你再不走，我就开枪了！”

瓜子儿缓缓站起，久久地盯着小兮。

瓜子儿从未见过小兮如此冷酷的眼神。

小兮也觉得瓜子儿从未如此失望过，不管在初恋的滋味野味馆的笼子里，还是她把浑身烧伤的它拴在物业公司的柱子上。

在瓜子儿绝望的眼神中，有一种情感慢慢消退。小兮知道，那是它对她的信任和爱。最后，它像看陌生人一样看着小兮。

那种陌生的眼神，让小兮心碎。

瓜子儿起身走出五角洞。它走得很慢、很艰难，仿佛朝前迈一步，都要耗尽它全身的力气。它没有回头，落寞地走进三角洞后，悲怆地吼叫一声，飞奔而去。

小兮的泪水终于绷不住了。

瓜子儿悲怆的吼声，一声接一声地传来，越来越轻……

18 号院的人和群猴，见瓜子儿冲出溶洞，一起迎上去。

瓜子儿对他们视而不见，从他们身边径直狂奔而去，消失在森林深处，只在地面上留下斑斑血迹，在身后留下悲怆的吼叫声。

苏劢和李刚强带领搜救队正在缓慢撤退，忽然听到蔡中

秋不受控制地“汪汪”大叫，接着传来瓜子儿悲怆的叫声。

所有人露出欣喜之色，刀姐不由自主地喊道：“瓜子儿，大姨妈在这儿呢！”

瓜子儿风驰电掣般冲过来。

蔡中秋兴奋地“汪汪”大叫，刀姐、苏劦和李刚强等人不约而同地迎上去。没想到，瓜子儿见到他们，像见到与它无关的路人一样，把刀姐都归零了，一跃而起，从他们头顶掠过去，留下一串飞扬的腐叶。

一滴血落在刀姐脸上。刀姐抹了一把，意识到瓜子儿可能受伤了，冲它连连呼叫，但它没有回头。

温柔、文丽和时间乘坐直升机后撤，忽然看到无人机传回的画面中，瓜子儿正在林里穿梭。

直升机循着瓜子儿追出十几公里，看到它扑进隐仙湖，清澈的湖面上漾出了缕缕鲜红的血绸，像飞机在天空拉出的彩烟。

温柔、文丽和时间迅速垂降到岛上，追到飞天洞，看见瓜子儿蜷缩在巨石下面，像狼一样伸着脖子仰天长啸。

几十只猴子护在它身边，“叽叽欧欧”地不让他们靠近。

看到温柔、文丽和时间，瓜子儿的叫得更加凄惨，并示意猴子们，这三个人是朋友。

群猴不再戒备，三个人来到瓜子儿身边，解下它身上的防刺服，看见满身的弹头和钢珠，都禁不住泪流满面，心疼地搂住它。

瓜子儿走后，小兮瘫坐在地，默默流泪。

“对不起！”二哥走到小兮身边，歉疚地说，“小兮，我从来没有伤害过你，即便在你昏睡那段时间。我看着你，强烈地想吻你，但是我不敢，我不想亵渎你的身子、我的感情。”

小兮点点头。其实二哥不说，她也知道。

“以后也会如此。”二哥真诚地说。

小兮默默地点点头。

二哥再次紧紧抱住小兮。他抱得很紧，闭着眼睛感受小兮的柔软。他贪婪地把自己沉浸在爱情的海洋里，看见了妈妈慈祥的脸庞。

二哥有力的拥抱和连串的泪水，让小兮慢慢放下悬着的心。她感觉踏实了，他肯定不会再想开启那道地狱之门。

“我们可以走了吗？”小兮想尽快化解危局。

二哥点点头，对土佐说：“走吧。”

“你跟她走吧，我不走。我罪大恶极，无路可走！”土佐用嘲讽的口气对二哥说。

小兮的心再次悬起来。土佐也是一个麻烦。

二哥用阴鸷的目光盯着土佐。

“二哥，我也给您一个机会，您带着她走吧，这里的事儿跟你没关系了。”土佐说。

小兮说：“土佐，你跟我们走，才是你唯一的机会。你已经听见了，警察已经撤了，现在外边很安全。”

土佐对小兮的劝导嗤之以鼻：“小姐姐，非常对不起！我不爱你，喝不下你的迷魂汤！”他用枪押着铁塔，慢慢移向五

角洞洞口。

盗猎分子也举着枪跟上去。

“我能杀他吗？”二哥悄声问小兮。

小兮迟疑一下，土佐应该不是二哥的对手，犯不着再搭上铁塔的性命，于是她点点头。

二哥对铁塔喊道：“铁塔，让你的人把枪放下！”

铁塔迟疑一下，看看小兮。二哥现在仍在掩体后面，他要走出来，就暴露在兄弟们的枪口之下，他不能不防。

经过刚才发生的一系列事情，铁塔选择相信二哥，他先扔下枪，然后对其他盗猎分子说：“放下吧。”

七八个盗猎分子纷纷把枪扔到地上。

二哥自信地对小兮笑了笑：“交给我。”

这三个字，忽然让小兮想起苏劢。二哥自信的口气和眼神，再次让她产生熟悉的安全感。

小兮也对二哥点点头，眼神里充满信任：“我相信你！”

二哥也把枪扔出去，接着从腰间摘下手雷，从靴子里抽出匕首，全部扔到地上，举着双手走出掩体，对土佐说：“放了铁塔，我做你的人质。”

土佐不敢。这些人里，他忌惮的人只有一个——二哥。

“土佐，你搞清楚，现在你只有死路一条。他们弯腰就能捡起枪，我们最多拼到同归于尽。”

“我听您的，二哥。”土佐妥协了，“不过，我先进入五角洞，才能放了他。”

小兮识破土佐的诡计，坚决地说：“不行！”

“没事儿，我跟他进去。”二哥望着小兮，笑了笑。

那个笑容，让小兮心里稍许踏实。

土佐用枪把铁塔押进五角洞，让他和二哥交换位置。

土佐的枪口一直对准二哥的胸口，保持一米的距离。对于土佐来说，这是最安全距离。二哥稍有异动，他就能开枪。

土佐和二哥一步步朝洞里退去。

当土佐和二哥的身影被黑暗完全吞噬后，小兮心里忽然产生一种莫大的恐惧。把最危险的两个人送到最危险的地方，一切都变为被动。关闭或者打开地狱之门，全在二哥一念之间。

现在，她的全部希望都寄托在二哥身上，但他是魔鬼，会不会出尔反尔？

恐惧的泪水，再次冲下小兮的鼻崖。如果这次她押错了赌码，就会酿成一场巨大的灾难，后果不堪设想。

“叶无怨，我说到做到！”小兮哽咽着喊道，“只要你阻止这场灾难，你就是我的英雄，我原谅你过去做过的一切。在我眼里，你不再是梁武，不再是二哥，你永远都是我的叶无怨。我跟你去天涯海角，绝不后悔！但是，你要是把它们放出来，到阴曹地府我都不会放过你！”

小兮嘶哑的声音传入洞内，二哥差一点儿再次流泪。他的女神如此承诺，他无法不动容。他回头看去，五角洞上方的灯光宛如舞台上的射灯，把小兮笼罩在光束里。此刻，她像圣洁的女神，像他梦中的妈妈。

第七十一章　惊天浩劫

小兮双手捂在胸前，心里暗暗祈祷。此时她是真心信鬼信神的。如果他们能保佑二哥阻止这场灾难，她甘愿做他们虔诚的信徒，每日抄经诵佛，直至终老。

二哥能放下邪念，他就是她的英雄。她愿意把自己的一切交给他，跟他去天涯海角，不管付出多大的代价。

二哥含着热泪对小兮微微一笑，尽管他知道小兮看不到他的笑容。

二哥跟土佐往洞里走了三十多米，他准备动手了。

“二哥，我实在没有办法，才把您带到这里来。当着小兮的面，有些话我没法说。”土佐说，“不管怎么样，您一定听我把话说完，最后怎么决定，全都由您。”

“说吧，我保证让你把话说完。”

“我知道，您现在彻底相信小兮了，但是，您相信那个公安局局长吗？他说把警察撤了就撤了？谁能看得见？警察什么时候跟我们这些人讲过信用？”

“他们冒不起这个风险。”

“当他们控制这里之后，有风险的人只有小兮，那也是警方最低的风险。不管您信不信，我觉得警察不但没有撤出去，而且还会有更多的警察扑向这里。这片原始森林，已经被他们围得里三层外三层。天上地下都是警察和部队。我们想跑出去，一点儿机会都没有！”

二哥知道，如果警方不确定他离开这里，就绝对不会轻举妄动。那些东西一旦放出去，就是世界性灾难，南岛警方就是毁灭人类的罪人。

但是，他觉得跟土佐分析这些，没有必要。

“只要这些东西落到警察手里，他们就有时间和精力对付我们，肯定会不惜代价营救小兮，否则无法向公众交代。小兮太有名了，国家也不会允许您这个A级通缉犯挟持国民女神逍遥法外。现在是互联网时代，全世界就是一个大村子，村东头放个扁屁，村西头都能听见响的。您用脚丫子想想，警方如果真这么做，政府的脸面何在？国家的脸面何在？”

土佐把这件事上升到政治层面，二哥纠结了。

土佐所言不虚。罗局长的承诺，超出了他的权限。涉及国家颜面的问题，岂能是一个处级干部能拍板的？这个道理，二哥不是不懂，只是他急于想跟小兮在一起。他相信的是小兮和小兮的承诺。只要小兮能陪他逃亡，什么结果他都愿意

接受。

“二哥，你被小兮套路了。这些事儿，我这种文盲都能想到，小兮作为大学生，在警察堆里又混了那么久，难道她想不到？她现在关心的，不是您，而是您控制的那些东西！只要我们不放出那些东西，这里再被警方控制，她对您的承诺就是个屁，撅起屁股就能放出去。二哥，您想想，她为了陷害我，都能跪在地上像狗一样吃东西，还有她干不出来的事儿吗？”

这句话再次触怒二哥，想动身扑上去。

“别动！我真会开枪的！”土佐厉声喝道，“二哥，我告诉您，不是我逼她那样做的，她是您的女神，我怎么敢呢？是她自己自愿跪在地上，撅起屁股把脑袋扎进饭盆的，我拉都拉不起来。一个稍微有点儿自尊心的人，都不会这么做。我承认，我没有廉耻，她跟我是同路人，没有一点儿底线！她甚至连撕家都不如。她口口声声对您说，不允许任何人在她面前杀人，扭头却让撕家杀我。这些话，她都是当着您的面儿说的，您应该清清楚楚地听到了吧？”

二哥暴怒，死死地盯着土佐。土佐这几句话说得确实很重，再次摧毁他心目中的女神。

这时，他们已经走到电闸门前，借助电闸盒上指示灯的微光，隐约能看到电闸门里的变异大闸蟹、变异小龙虾仍在进行血腥厮杀。

在二哥脑海里，无数张小兮的面孔浮现出来——夕阳下、海滩上向他微笑的小兮，为他的身世惋惜流泪的小兮，顶肿他生命之蛋的小兮，撅起屁股跪下吃饭的小兮，对他开枪的小兮……

小兮的脸，在他的脑海里不停地变幻，让他感到阵阵眩晕。

“二哥，你输过一次，已经输不起了。”土佐把枪递给二哥，“我说完了，至于到底怎么办，你决定。”他指指那些变异虾蟹，“要放，你来放；要走，我跟你走。”

五角洞内，十几分钟没有动静。小兮在洞口泪流满面，不停地祈祷。

几个盗猎分子的尸体，已经抬出去。婷婷也被胖子和瘦子送出溶洞，和撕家会合。

一个盗猎分子从二哥住的洞里，拿出小兮的装备和防刺服，交给她，又递给她一支突击步枪。

小兮迟疑一下，没有接。

铁塔朝五角洞内努努嘴，示意小兮危险还未解除。

小兮摇摇头：“我相信他。”

铁塔没有勉强小兮。

疤瘌脸把卫星电话递给小兮。小兮也没有接：“我用不着。”

“你先拿着，万一用得着呢。”铁塔劝道。

小兮把卫星电话别在腰里，准备征求二哥的意见。二哥让她带，她就带上；不让她带，再还给疤瘌脸。

非常难熬的十几分钟过去后，洞里终于传出脚步声。

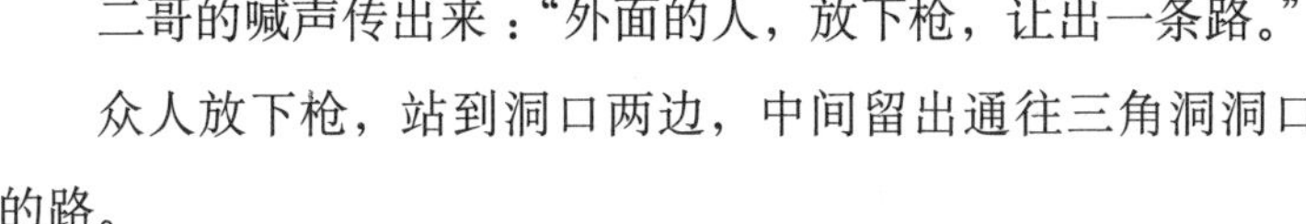

二哥的喊声传出来：“外面的人，放下枪，让出一条路。”

众人放下枪，站到洞口两边，中间留出通往三角洞洞口的路。

二哥和土佐走出来。土佐的枪，此时在二哥手中。

小兮松了口气，喜极而泣，擦擦眼泪，目光坚定地对二哥说：“我现在就兑现对你的承诺，跟你远走天涯海角！”

二哥听到这句话，突然站住了。

小兮看到一丝异样的光芒从二哥眼里闪现出来，像心痛，也像懊悔，一闪而过，不可名状，使她感到不安。

小兮急切地盯着二哥问：“二哥，你怎么了？”

二哥反问道：“小兮，你真的会爱上我吗？”

“你在说什么？”小兮不知道二哥为什么忽然问这个问题，一丝不祥的预感袭来，紧接着变成排山倒海的恐惧，狠狠地压向她。

土佐忽然起身跑进三角洞，发疯一样。

众人不安地扭头看了看土佐的背影，意识到不好，齐刷刷地望着二哥。

“嗒，嗒嗒，嗒嗒嗒”，五角洞里传来一串奇异的响声。在安静且紧张的氛围中，显得异常恐怖。

二哥仰头笑了笑，残忍地说道：“我最爱的人，你的大限到了！”

小兮熟悉这种声音，心里顿时崩溃了。

铁塔等人循着恐怖的声音扭头望去，一只七八米高的变异小龙虾从五角洞里爬出来，像残疾的死神一样，出现在他们的视野里。

这只丑陋的变异小龙虾，只有一只螯，五条半腿，一只眼睛。

盗猎分子吓得集体腿软。

“啊！”小兮发出一声怒吼。

这一声怒吼中，包含着复杂的悲怆、悲愤和屈辱。她那么残忍地虐待瓜子儿，赶走瓜子儿，做好陪他亡命天涯的准备，而他，却在她面前，打开了地狱之门。

看来，在人与魔鬼之间，就不存在心平气和的谈判。

愤怒到爆炸的小兮，无法宣泄自己的愤怒。她后悔没有接过那支突击步枪。如果现在她有枪在手，第一反应就是打烂眼前这个人。

这个变态杂种，已经变态到让人无法想象的地步。

但是，小兮现在没有时间发泄她心中的愤怒，转身奔向变异小龙虾。

变异小龙虾已经爬出五角洞，扑向小兮和众人。

难道小兮要单挑这只变异小龙虾？

变异小龙虾本来是扑向众人的，见小兮迎面冲过来，便伸出巨大的钳子夹小兮。小兮俯身躲过大钳子，钻到变异小龙虾腹下，穿过稀疏的大腿，跑进五角洞。

众人本来被变异小龙虾的丑陋惊呆了，又被小兮的操作惊醒了。

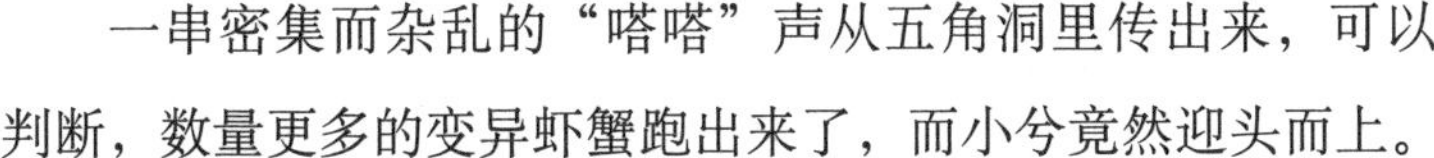

一串密集而杂乱的“嗒嗒”声从五角洞里传出来，可以判断，数量更多的变异虾蟹跑出来了，而小兮竟然迎头而上。

“铁塔，快向罗局长报告！”在洞口，小兮撕裂地喊道。然后，她就投身于无边的黑暗中。

二哥也被小兮的举动惊呆了。

小兮留在他心目中的完美形象，被土佐摧毁之后，让他再次产生报复她的念头。没想到，他的目的达到了，心里却没有一丝报复的快感，浑身反倒被浓浓的挫败感包裹。

小兮刚才喊出那句话，就是对他最狠的报复。她已经准备兑现承诺，而他，却穿上魔鬼的马甲。

“小兮没有做人的底线吗？小兮没有自尊廉耻吗？小兮和土佐是一类人吗？”这些疑问，接二连三地撞击二哥的心头。

那些恐怖的变异虾蟹已经冲出那道电闸门，小兮却迎面而上。她这么做，无异于飞蛾扑火。她将面对一群饿鬼、一群恶魔，将被撕成肉末。

她不仅是他心目中永远圣洁的小兮，还是人类心目中永远伟大的小兮。

铁塔和盗猎分子纷纷逃向洞外。坑人没有跑掉，刚到三角洞洞口，只觉得屁股一紧，像被钩机抓住一样。他仰面看到两扇大门打开，他被送进门内，两扇门关闭，眼前一团漆黑，腰间传来一阵剧烈的疼痛。

坑人觉得自己要被变异小龙虾填坑了，使出最后一丝力气，扣动扳机，胡乱扫射。

那两扇大门再次打开，变异小龙虾瘫倒在地。坑人从变异小龙虾嘴里滚出一半，再也无法动弹。他扭头一看，下半身还在变异小龙虾的大钳子里。

坑人惨笑一下，认为自己杀了一只变异小龙虾，不算赔本。

接着，一只变异小龙虾和一只变异大闸蟹从五角洞里爬出来。坑人上半身再次进入那只变异小龙虾嘴里，下半身进入变异大闸蟹嘴里。

胖子和瘦子带着婷婷离开圣女山，和 18 号院的人会合。

撕家和婷婷紧紧抱在一起。婷婷完美地完成了不可能完成的任务，撕家非常感激她。尽管在昨天以前，她还是不知廉耻的性工具，但此时，他真心把她当成自己的女人了。

18 号院的“演员们”围上来嘘寒问暖，让婷婷感到有点儿尴尬。她毕竟和这些人复制过《一路向西》的经典桥段。

尴尬的气氛被惊雷般的喊声打破：“快跑，它们出来了！”

接着，接连不断的惨叫声和枪声从圣女山方向传过，不难判断那里发生了什么。

“快跑，抱着猴子快跑！”撕家挥手喊道。

撕家没有忘记小兮的托付，一手拉着婷婷，一手抱起身边的贱猴，扭头就跑。

18 号院的人起身抓猴子。猴子哪有那么好抓的，实在抓不住，他们就放弃了，跟着撕家一路狂奔。

贱猴也吓坏了，从撕家的臂弯里挣脱出来，蹿到树上。

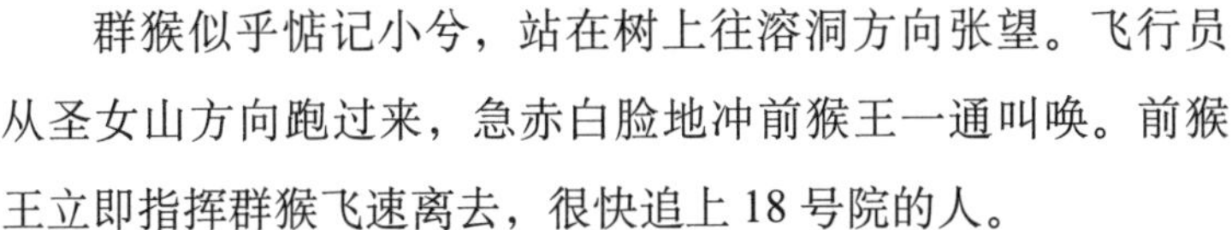

群猴似乎惦记小兮，站在树上往溶洞方向张望。飞行员从圣女山方向跑过来，急赤白脸地冲前猴王一通叫唤。前猴王立即指挥群猴飞速离去，很快追上 18 号院的人。

撕家拉着婷婷殿后。婷婷跑不动，撕家就背着她跑。

众人跑出四五百米，身后就传来一串沉闷的响声。撕家回头一看，一只七条腿的变异大闸蟹距他只有一百米，吓得他急忙背起婷婷躲到一棵大树后。

仅仅三秒钟，变异大闸蟹就追上来。18 号院的八个人、胖子、瘦子和两个盗猎分子，几乎全部被变异大闸蟹粗壮的大腿撞倒，一只钳子夹住小辫儿，一只钳子夹住大锤。

胖子和瘦子急忙举枪对变异大闸蟹射击。每发子弹都没有浪费，全部击中，但是变异大闸蟹的动作丝毫不受影响，把惨叫的大锤送进嘴里。

“打不死它！”撕家从树后探头高喊，“散开跑！”

众人反应过来，急忙四散奔逃。胖子和瘦子没跑出多远，就被另一只六条腿的变异大闸蟹追上，一钳子一个，把他俩砸成肉饼。

撕家拉着婷婷跑出五百米，迎面遇到一只变异小龙虾。在变异小龙虾即将扑上来时，撕家一把将婷婷推进树洞里，随后他也钻进去。

只可惜，变异小龙虾的钳子也伸进树洞。撕家把婷婷护在身后，他被大钳子夹出去。

“婷婷，我——我先走一步了！”

“撕家……”婷婷撕心裂肺地喊着，眼睁睁地看着撕家被变异小龙虾撕碎，三两下就全部送进嘴里。

尽管婷婷和撕家相处的时间很短，但是她却投入了真情。在她眼里，撕家是个靠得住的男人，所以跟他在一起，她才能放心地打呼噜。

撕家在生命的最后一刻还在保护她。如果换作二哥，一定会毫不犹豫地把她推到前面。

群猴的下场也没好到哪里去。猴子毕竟没有人聪明，它们在前猴王的指挥下往一个方向跑，没有散开，最终被那只六条腿的变异大闸蟹追上。

前猴王是负责任的猴王，一直殿后，组织群猴撤退，所以它最先被变异大闸蟹追上。

前猴王和一只猴子爬上一棵参天大树。它们没想到，变异大闸蟹也是攀爬能手，而且爬得很快。

下面的前猴王被变异大闸蟹抓住，毫不停顿地塞入它的嘴里。

在瓜子儿掠过去之后，李刚强、苏劢等人意识到情况有变，便停止后退，原地待命。刀姐脸上的那滴狗血，让所有人十分担心。尽管看上去瓜子儿的奔跑速度并没有受到伤势影响。

蔡中秋经过治疗之后，嗅觉已经恢复。苏劢也完全康复了。刀姐在小兮和瓜子儿失踪的第二天就参加搜救工作，每

天在各路搜救队中辗转。

这支搜救队，在这片原始森林里搜寻三天三夜后，蔡中秋发现了小兮和瓜子儿的气味。他们跟着蔡中秋前进时，罗局长接到了铁塔的电话。

瓜子儿出现之前，李刚强和苏劢已经接到撤离的命令，谁知瓜子儿出现后不久，他们就在耳麦里听到罗局长下达完全相反的命令："巨龙山脉所有直升机、搜救队停止撤退，立即全速赶往圣女山溶洞。变异虾蟹被梁武放出来，你们尽最大力量剿杀！"

所有人都惊呆了。

这道命令，是下达给直升机的，没有让地面搜救队执行。苏劢下意识地朝圣女山方向跑去，被李刚强拦住。

这支搜救队里，只有五名特警，还有刀姐和五名消防员。消防员没有携带武器，面对变异虾蟹，毫无抵抗之力。

苏劢尽管万分着急，也不得不耐着性子跟李刚强分析。跑出来的，是上千只变异虾蟹，以它们的行进速度，这片原始森林里没有一个地方是安全的，除非在直升机里。但是，现在直升机顾不上他们。既然他们无法躲过那些变异虾蟹，不如冲上去帮忙，否则死在这里一点儿价值都没有。

李刚强觉得苏劢的分析有道理，便命令特警重点保护刀姐，同时呼叫直升机。

李刚强、苏劢等人刚向圣女山跑出五百米，远远看见一群猕猴在前方林间穿梭。几只猕猴先后被变异大闸蟹捕获，塞入口中。

李刚强举起榴弹枪，击中变异大闸蟹左侧中间的大腿根部，“嘭”的一声巨响，变异大闸蟹左边两条腿被炸飞，蟹壳下方的部位被炸裂，大块蟹肉四下飞溅。

变异大闸蟹半边身子倒地，挣扎着企图爬起来。郑中天又瞄准它的伤口补了一发榴弹。随着一声爆炸，巨大的蟹壳腾空而起，蟹肉挂满枝头。

榴弹枪是南岛特警队和参与行动的武警部队新增补的装备。榴弹枪也叫榴弹发射器，可发射小型榴弹。以南岛特警队和变异动物多次交战的经验来看，榴弹枪应该是消灭变异小龙虾和变异大闸蟹最有力的武器。南岛市政府斥巨资购买了大量榴弹枪，以取代特警、武警、警察剿杀变异动物时效用不大的狙击步枪、冲锋枪、霰弹枪等各种武器。

两颗榴弹消灭了变异大闸蟹，群猴从众人头顶逃过去。众人继续朝圣女山方向行进，路遇一只变异小龙虾正在吃人。特警干掉变异小龙虾后，蔡中秋从附近的树洞里找到婷婷。

“梁武和土佐这两个变态杂种，把那些东西放出来了！”

铁塔歇斯底里的喊叫声，通过卫星电话送到罗局长的耳边。向来稳健的罗局长，差点儿瘫倒。

铁塔是孔武有力的壮汉，而且是盗猎团伙负责人，应该见过很多危险场面。但是，他那种吓破苦胆的喊声，是罗局长平生从未听过的。相比之下，砖头在午夜街头穿透云霄的

惨叫声，不值一提。

整个监控中心，都被那声哭喊调成惊恐模式。

逃出溶洞后，铁塔没有忘记小兮最后的嘱托，躲到一棵树后向罗局长汇报洞里的情况。罗局长立刻命令直升前往溶洞阻击变异虾蟹，同时请视频网站工作人员进行直播，必须立即让所有人实时了解事态进展。他想通过直播解说员呼吁各地政府，自行疏散居民。南岛警方要全员上阵，已经顾不上了。

自小兮和瓜子儿失踪以来，视频网站直播组一直驻守南岛市公安局。他们得到罗局长的授权后，立即进行实时直播，保证群众及时了解前方危情。报道的标题十分震撼，《甄兮瓜子儿现身，变异动物军团出山，或爆发人类和变异动物最大规模战争》。

唐董让逛一逛国际旅游集团公司所有员工停下工作，随时准备为小兮提供任何需要的帮助。对于逛一逛国际旅游集团公司而言，现在小兮和瓜子儿比唐董还重要，和股票无关。小兮和瓜子儿是逛一逛国际旅游集团公司的图腾、精神支柱和文化信仰。

亿万观众急不可待地观看直播视频。他们看到的第一个画面，虽然经过处理，还是感到十分恐怖。画面中，巨大的变异虾蟹源源不断地从洞口爬出来，十几只变异小龙虾、变异大闸蟹，正在洞口撕扯盗猎分子，惨不忍睹，血腥至极。

“小兮在哪里？”罗局长焦急地问铁塔。

“小兮已经……她又跑进五角洞，应该想关上电闸门……变异虾蟹一只接一只地往外跑，她不可能躲过去……”

铁塔实在说不下去了。小兮在最后时刻的表现，让他对她肃然起敬。他又感动，又愧疚，那个瞬间，他也有跟小兮一起冲进去的念头，但他实在没有那种勇气。

不是谁都能成为英雄的。

监控中心里，警察们心中的惊恐转化成悲伤，泪水冲下每个人的脸颊。

“一点儿可能都没有吗？”罗局长问道。他希望铁塔能给他哪怕百分之一的希望。

“那个洞有一百多米深，里面的变异虾蟹都要从那个洞里爬出来。它们的体型那么大，她怎么可能到达电闸门？”

“有没有办法跟小兮联络？”罗局长仍不放弃。

“她有一部卫星电话。”铁塔忽然想起，疤瘌脸把卫星电话送给小兮了。

“把号码给我。我命令你，带领你能看到的人，迅速离开圣女山，走得越远越好。如果小兮不能关上那道门，火箭军部队会立刻炸掉那个溶洞，把没有跑出来的变异虾蟹全部埋在里边。”

铁塔愣住了：“火箭军部队？”

事态的严重程度，远远超出土佐和二哥的预想，也超出铁塔的预想。这时，铁塔十分庆幸自己被小兮策反了，否则他绝对无路可走。

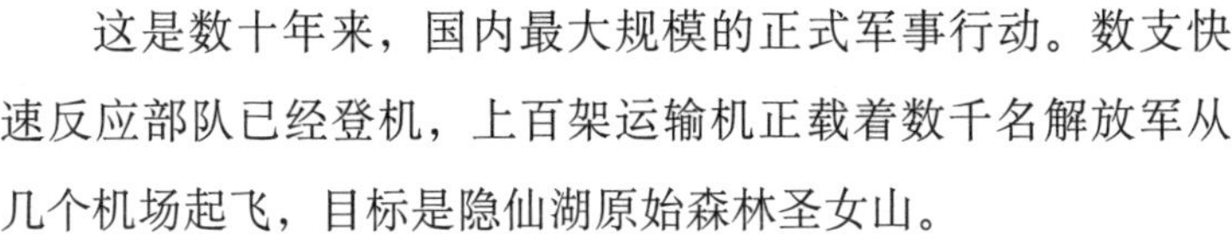

这是数十年来，国内最大规模的正式军事行动。数支快速反应部队已经登机，上百架运输机正载着数千名解放军从几个机场起飞，目标是隐仙湖原始森林圣女山。

罗局长虽然先后对盗猎团伙和小兮寄予一定的希望，但是并不敢把希望全部寄托在他们身上。二哥太狡猾了，如果不是小兮的策反计划成功，警方至今都不知道他们藏在圣女山。

自从南岛出现变异动物危机之后，罗局长就一直与南岛政府和军方高层保持密切联系，军方已经做好随时参战的准备，并且安排各种科学有效的实战演练。在蟹王登陆龙山之后，军方便不断升级各种战略战术，火箭军部队也做好了参战准备。

即便调动了快反部队，罗局长仍旧没有把握。快反部队行动再快，到达现场也需要一段时间，而导弹几分钟内就可以精准打击几千公里以内的任何目标。

罗局长请火箭军部队通过北斗导航系统，锁定圣女山溶洞。

接到罗局长的电话，总价值几千万元的各种型号、各种当量的钻地导弹便锁定几百公里外的目标。只待首长一声令下，三枚钻地导弹将呼啸着飞向圣女山溶洞。

圣女山海拔八百多米，形似一个坐在地上的少女。溶洞地处圣女山底部，蜿蜒三公里深，钻地导弹可以从“少女大腿”的位置钻进洞内再爆炸。

这种钻地导弹，是为打击敌方地下防御工事而专门设计

的，全球首创，中国独有，钢筋混凝土和岩石在它面前不堪一击。每枚导弹的造价从数百万到数亿元不等，一经问世就羡煞各个超级大国。

如果小兮的计划成功，那将是无可代替的最佳方案，也是代价最小的方案。罗局长承诺，只要小兮能阻止这场灾难，南岛市警方就无条件支持、配合她。

但是，罗局长也做好小兮失败的准备，让大批警力缓慢退出隐仙湖原始森林，但没有让飞向圣女山的快反部队的军机停下。他们距离圣女山还有一段路程，飞到附近再改变方向也来得及。

现在，小兮的计划失败，上千只变异虾蟹即将跑出来，一场恐怖战争一触即发。

还有最后一丝希望——如果小兮能关上那道电闸门，仍旧可以阻止大部分变异虾蟹爬出来，那么，大自然的鬼斧神工之作，将有可能避免导弹的蹂躏。

尽管这是一种期盼，但有期盼就有希望。

罗局长一边指挥作战，一边让民警拨打小兮的卫星电话，尽管拨通的希望基本不存在。别说小兮，这世上恐怕没有人能迎着巨大的变异虾蟹前行一百多米，就算著名打星吴 ×、成 × 再加上拳王泰 ×，在洞里前进十米都算创造奇迹。

小兮前进了不止十米。

在叮嘱铁塔向罗局长汇报洞内实情的同时，小兮就消失

在五角洞的黑暗中。

小兮知道自己正奔向地狱，也知道自己很可能跑不到电闸门前。她做出这个选择，几乎就是主动送死，但是，即便自己被那些变异虾蟹撕得粉碎，也必须尝试。

前面一团漆黑，一阵“嗒嗒”的爬行声传到小兮耳边。她拿出手电筒，照向前方。

一只变异小龙虾转眼就来到她眼前，她根本来不及躲闪。

小兮刚进洞就被这只变异小龙虾发现了。它已经许久没有遇到这么弱小的猎物了，只需往前一扑，就能把小兮塞进干瘪的肚子。

然而，就在变异小龙虾的大嘴伸到小兮眼前时，忽然像被点穴定格了。

小兮急忙从它的腿下穿过去。

她忽然明白变异小龙虾因何如此了。如果一个人在黑暗中待久了，骤遇强光，眼睛会暂时性失明，看来变异小龙虾也不例外。第一只变异小龙虾从黑暗中走到灯光下，有个缓慢的适应过程。这一只，手电强光突然照到眼睛上，它必然暂时失明。

警用手电筒射出的光线，比普通民用手电筒高出很多倍。正常情况下，人眼被它照一下，半天都睁不开。

没想到光也是一种武器。小兮刚刚躲过这只变异小龙虾，后面又爬过来一只变异小龙虾。她还没来得及照它的眼睛，一只变异大闸蟹就横着爬过来，速度比变异小龙虾快很多。

她愣神的工夫，就被变异大闸蟹的一条腿撞倒在地。

五角洞内，宽十几米，可以并排走一只变异大闸蟹和一只变异小龙虾，三只变异小龙虾并排前行也略显宽松，但两只变异大闸蟹并排走就比较拥挤了。

变异大闸蟹发现小兮，伸出大钳子夹她时，顿觉眼前白花花一片，什么都看不到了。

越来越多的变异小龙虾、变异大闸蟹拥过来，有一些被手电筒强光照得暂时失明，有一些被后面的同类强推前行，根本顾及不到小兮。于是，小兮匍匐在地，一路向前，只需躲过它们杂乱的大腿就行。

尽管没有一只全须全尾的变异虾蟹，但由于它们一起往外挤，洞里也是密密麻麻的。小兮一路上左躲右闪，辗转腾挪，还是被它们撞了几个跟头。尽管一路上险象环生，她还是来到电闸门前。

不是说小兮比著名打星吴 ×、成 × 和拳王泰 × 厉害，给哥几个一把强光手电筒，他们也能进去，说不定比小兮的行进速度更快，少跌几个跟头呢。

小兮躲在一块钟乳石后，用手电筒往洞内深处照，顿感头皮阵阵发麻。越来越多的变异虾蟹见电闸门口的同类往外跑，也都争先恐后地朝外边挤，最后挤做一团，乱七八糟地缠在一起，场面十分恐怖。

小兮粗略估计，应该跑出去百余只变异虾蟹，一场小规模的灾难在所难免。现在只要她把电闸门关上，还有降低损

失的机会。

还好，二哥和土佐打开电闸门后，可能急于逃生，没来得锁上电闸盒。

小兮距离电闸盒还有六七米，忽然一只变异大闸蟹横过来，挡在她和电闸盒中间。她正想用手电筒照射变异大闸蟹的眼睛，变异大闸蟹已经举起大钳子朝她砸过来。

她机敏地闪身躲过，大钳子重重砸在地上，顿时碎石飞溅。一块碎石击中她拿手电筒的手背上，手电筒应声落地。

她和变异大闸蟹、电闸盒恰好都在手电筒的光圈之内。

变异大闸蟹眼睛失明，不停地挥舞两只大钳子乱砸一气。

小兮十分担心大钳子误伤电闸盒，急忙跑过去，拉开电闸盒——

第七十二章　地狱之门

小兮终于推上刀闸，摁下关闭电闸门的按钮。

电闸门缓缓关闭。

小兮一边摁着按钮，一边焦急地回头看。

那只疯狂的变异大闸蟹被后面拥出来的同类裹挟着往外爬。由于小兮一直用手电筒照射，洞内的一些变异虾蟹渐渐适应了手电筒的强光。

一只正在往外爬的变异小龙虾碰到缓缓关闭的电闸门，被电得激灵一下迅速闪开，并没有妨碍电闸门关闭。

小兮松了口气。

在电闸门关闭的空当，仍有变异大闸蟹、变异小龙虾爬出来。它们到了洞外，一只就是一个巨大当量的炸弹，急得小兮干着急没办法。

小兮紧紧贴在洞壁上，急切地盯着缓缓关闭的电闸门，

腰间的卫星电话急促地震动起来，她怕说话声引来灾星，迟迟不接。确定安全之后，她才按下接听键："喂！"

当小兮的声音从地狱里传来时，南岛市公安局监控中心里的所有人，再次惊呆了。他们都不敢相信小兮的声音是真实的，更无法理解，身处地狱中的她，怎么还能活着。

逛一逛国际旅游集团公司的员工，购买该公司股票的股民，全都喜极而泣，奔走相告。亿万网友、西瓜粉更是激动万分。小兮和瓜子儿已经给他们带来足够多的惊喜，而这次却弥足珍贵。在亿万网友心中，小兮不可能还活在人世。

直播开始时，解说员就哽咽地描述了小兮的处境，她像飞蛾一样，扑向熊熊燃烧的大火，活下来的概率，等于行星撞上地球。而今，这只飞蛾的声音从火堆里传出来，怎能不令他们喜极而泣？

罗局长非常激动，哽咽着说："小兮，能听到你的声音，太好了！你现在还在洞里吗？里边什么情况？"

"我正在关电闸门！"

小兮说完，就听到耳边传来震天的欢呼声，还夹杂着哭泣声。

全世界的人，都在为她欢呼。

所有人都知道，小兮正以一人之力，阻止成百上千个恐怖幽灵闯入人间。

她没有超能力，但她此时阻止的灾难，足以秒杀漫威和DC中的每个超级英雄。

如果她能关上那道门，她对人类的贡献，足以超过任何一支维和部队。

那些飞向圣女山的战机、花巨资装备的快速反应部队、造价以千万计的导弹，一旦开动，消耗就是天文数字。

只要小兮关上那道门，警方就有把握以很小的代价消除这场灾难，损失肉眼可见。

“太好了……真是太好了……”罗局长哽咽着不知道说什么好，声音和心脏一起战抖，“小兮，给我视频。”

小兮打开卫星电话的拍摄功能，与监控中心屏幕链接后，恐怖的景象出现在众人面前。仅在手电筒光圈之内就已经如此恐怖，那无边无际的黑暗中，更让人不寒而栗。

世界变成静默状态，每个人的心都提到嗓子眼儿。

小兮，那个娇小柔弱的女孩子，此刻正和成百上千个恐怖幽灵共处一室，彼此近在咫尺。随便一个小意外，她就可能尸骨无存。

“小兮，你是21世纪最伟大的战士。”罗局长说。

“还是跑出去很多。”小兮有些歉疚。

“我们能应付。”罗局长说。

“撕家和铁塔他们都出去了吗？”小兮现在更担心战友的安危。

一直和前方联络的民警急忙凑到话筒前：“盗猎团伙损失惨重，只跑出来七八个人。铁塔目前安全，撕家死了，和他在一起的女孩获救，目前和苏劢、李刚强的搜救队在一起。”

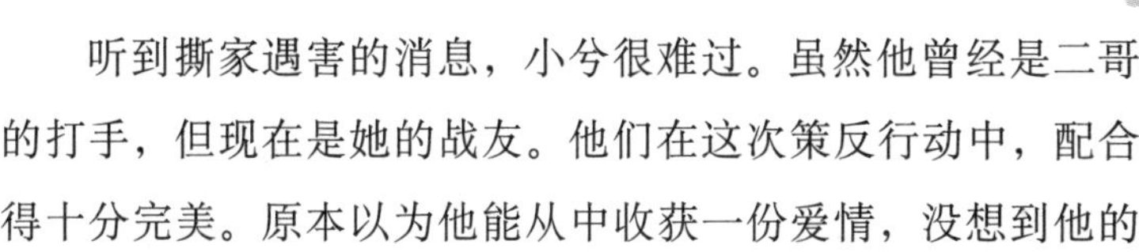

听到撕家遇害的消息，小兮很难过。虽然他曾经是二哥的打手，但现在是她的战友。他们在这次策反行动中，配合得十分完美。原本以为他能从中收获一份爱情，没想到他的爱情竟然如此短暂。

撕家是好人，只是走错了方向。

“罗局，我知道此刻我不该提这个要求，但是我不能不提。森林里应该有一群猴子，还有一群大象，它们都是我的战友，希望警方尽可能保护它们的安全。”

“快去安排。”罗局长对身边的民警说。

电闸门已经关闭三分之二，仍有变异小龙虾、变异大闸蟹从门缝里挤出来。监控中心的人，都恨不得跑到现场搬电闸门。

罗局长忽然看到了什么，大喝一声：“小兮，躲开！”

一只变异大闸蟹发现了小兮，便伸出一只大钳子夹她。正在看视频的罗局长见此情景，急忙提醒她。

小兮的手松开按钮，闪身躲开。

刚刚关闭三分之二的电闸门，随之停下。

沉闷的响声消失后，变异大闸蟹的大钳子砸在洞壁上。

不等小兮站稳身形，另一只大钳子拦腰夹住小兮，往嘴里送去。

两扇大门一样的门牙，还没来得及铡向小兮，一道寒光便射入变异大闸蟹的嘴里。

危急时刻，小兮丢掉电话，从腰间抽出警棍，摁下按钮，

长矛刺入变异大闸蟹口腔。由于距离太近，长矛刺入变异大闸蟹口腔后直达大脑。矛头再次旋转，把变异大闸蟹的大脑搅成糨糊，立刻倒地不动。

这个惊险的瞬间，被地上的卫星电话清晰地拍摄下来，传到网上，所有人都难以控制地欢呼。

小兮腰间的大钳子夹得不是很紧，她奋力推动可动指，挣脱出来，急忙跑向电闸盒。

电闸盒不见了。

小兮虽然避开变异大闸蟹第一次夹击，但那一钳子顺势把电闸盒砸扁了。

小兮急忙捡起电话，把摄像头对准碎了一地的零件，急切地问："有没有人懂，怎么能接上？"

不等她听到罗局长回应，电闸门便发出"哗哗"声，掩盖了所有声音。她抬头一看，一只变异大闸蟹的两个大钳子，钳住电闸门，不停地摇动。

电源断了，电闸门被那只变异大闸蟹强行破拆。

没有电的电闸门，根本挡不住变异虾蟹。

"啊！"小兮崩溃地咆哮一声，绝望地瘫倒在地。

最后的机会也没有了。

所有人的心，又坠入无底深渊。

变异大闸蟹夹起电闸门，朝小兮砸过来。

小兮没有动，没有躲，一直看着砸过来的电闸门。她希望自己就此被电闸门砸死，一了百了。

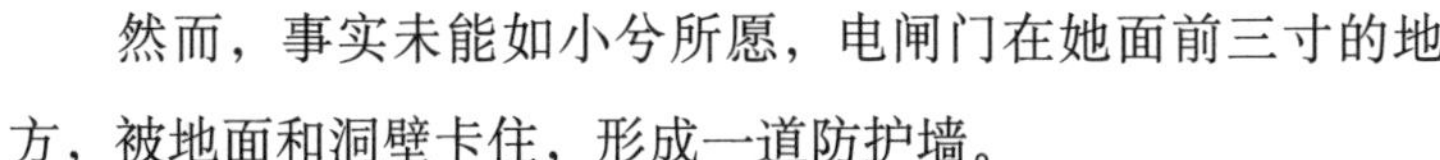

然而，事实未能如小兮所愿，电闸门在她面前三寸的地方，被地面和洞壁卡住，形成一道防护墙。

变异大闸蟹被后面的变异虾蟹撞出来，被裹挟着拥向洞外。

“小兮，捡起手电筒，往外跑。”罗局长比刚才平静一些，“我要立刻通知火箭军部队，炸掉溶洞。”

小兮再次燃起希望。

“导弹可以从山体上方钻进洞内爆炸。只要下达发射命令，导弹五分钟内就能到达。你必须在五分钟内逃出去。”

“好。您马上让他们发射。五分钟，我能逃出去。”

罗局长立刻拨通火箭军部队陈司令的电话。

陈司令放下电话，拿起对讲机，铿锵有力地命令道：“发射！”

三枚导弹呼啸着腾空而起，然后掉头扑向那片原始森林。

小兮捡起手电筒，坐在洞壁脚下，照着难民一样向外拥挤的变异虾蟹。

“小兮，导弹已经发射。五分钟内到达，你立即出来！”卫星电话里传出罗局长的吼叫声。

“外边有没有我们的人？”小兮还关心这个。

“三架武装直升机已经到达洞口了，即将撤退。”

“带没带重武器？”

“有火箭筒和榴弹枪。”

“好。这里已经完全失控，五分钟内不知道还会跑出去多少变异虾蟹，让他们立刻封死洞口。”

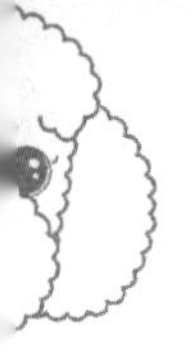

“你呢？”

“炸掉洞口，只能阻挡这些变异虾蟹一时，五分钟内它们肯定爬不出去。您快下命令吧，否则，将会导致警方出现更大的不必要伤亡，我的命不足惜！”

大闸蟹天生就是搬家能手，最大的爱好就是搬运石头。因此，封死洞口，只能暂时阻止它们跑出去。

“小兮，你现在的任务就是立刻出来，执行命令！”罗局长嘶哑地吼道。

小兮心意已决。她刚才之所以答应罗局长，就是怕耽误导弹发射时间，她无法承受哪怕一秒钟的损失。没有阻止这场灾难，她无法面对南岛警方的战友，无法面对广大公众，甚至无法面对瓜子儿……

她必须和这些变异虾蟹同归于尽。

“小兮，你已经做得足够好了，可以问心无愧地面对所有人！不管结果如何，你都是我们心目中的英雄！”监控中心里，众人围在罗局长身边纷纷喊道。

“小兮，快出来！”视频上布满密密麻麻的弹幕，网友一直呼唤小兮尽快跑出来。

罗局长再度哽咽：“小兮，没有人会怪你。如果没有你，现在都没有人知道那些变异虾蟹的下落。如果没有你，那些变异虾蟹在三天前就全都跑出来了。”

“罗局长，别犹豫了，来不及了，下命令吧！”小兮也急了。

“苏劦距你只有四公里。这些天，他一直苦苦地寻找你，

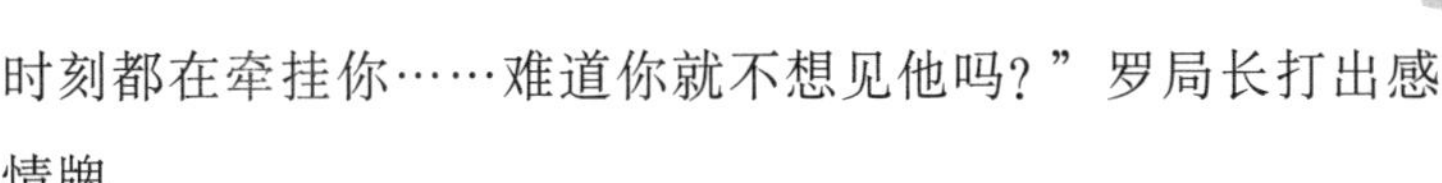

时刻都在牵挂你……难道你就不想见他吗？”罗局长打出感情牌。

“……再见！”小兮突然挂断电话，关闭视频。

小兮在监控中心的屏幕上消失了，电话变成忙音。

泪水再次打湿数亿台手机屏幕。

小兮害怕罗局长因为她而犹豫。此时此刻，提到苏劢两个字，就会让她痛彻心扉。这些天，他们虽然天各一方，但彼此的心却近在咫尺。眼前不论出现什么，她都会联想到苏劢。

但是，即将发生的世界性灾难，她无法面对肉眼可见的结果。即便有机会，她也没有勇气走出去。撕家死了，18号院的人没剩几个，那些盗猎分子更是罪不该死……

百余只变异虾蟹开始屠戮人类，引发规模大到无法想象的浩劫，将会有更多无辜的人，惨死在它们的爪牙之下。而她，就站在灾难的源头，眼睁睁地看着它出现、变大。

小兮连连捶胸，恨自己为什么要选择相信梁武。明知道他是魔鬼，还要跟他博弈，还要跟他讲信誉，结果她输得一败涂地。

为了这场赌博，她押上了自己的柔情、深吻、拥抱，却被梁武廉价地典当了。魔鬼终究是魔鬼，梁武永远变不成叶无怨。

她觉得自己最对不起瓜子儿。她从没有那样虐待过它，它也从来没有对她那么失望过。以前，不论她对它做什么，它都不会离开她。在她身处险境时，它一定会守在她身边。这次，她伤透了它的心，它忍痛离开了她。

小兮累了，不想再动了，不想挣扎了，甚至什么都不愿意想了。

小兮想到自杀，但是她比量几下，还是下不去手。于是，她用手电筒照自己的脸，希望把变异小龙虾或者变异大闸蟹吸引过来。

一只独钳变异小龙虾发现了小兮，搬开她面前的电闸门，朝她夹来。

她瞅着那个大钳子，不躲，不动，任由大钳子夹住她，往巨大的嘴里送去。

小兮清晰地看到了变异小龙虾口腔里的两扇大门一样的牙……

忽然，身后传来熟悉的怒吼声，小兮急忙回头看去——

瓜子儿并没有放弃小兮，不管小兮如何待它。

它意识到小兮身处险境时，依旧义无反顾地回到小兮身边。

小兮靠手电筒进入洞内，瓜子儿则靠速度。它折回五角洞口时，看见大批变异虾蟹接二连三地爬出来，意识到小兮肯定在洞内，于是迎着那些变异虾蟹冲进洞口，哈着腰从巨大的变异虾蟹肚皮下往里钻。不等变异虾蟹反应过来，它已经钻过去了。

最关键的是，那些变异虾蟹体型巨大，无法转身，也不会倒行。

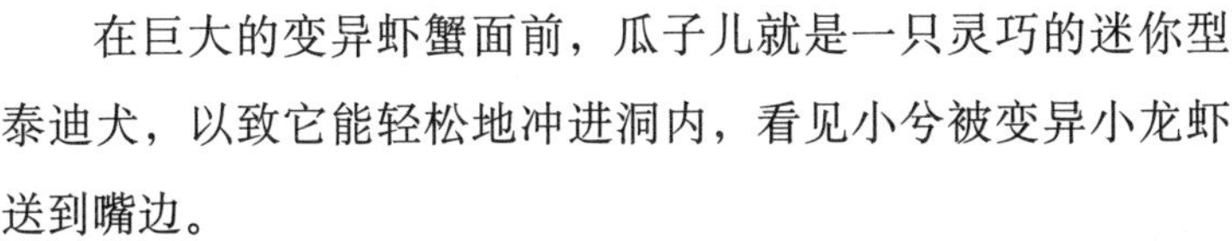

在巨大的变异虾蟹面前，瓜子儿就是一只灵巧的迷你型泰迪犬，以致它能轻松地冲进洞内，看见小兮被变异小龙虾送到嘴边。

瓜子儿二话不说，一口咬住变异小龙虾大钳子上的一根指头，两只前爪死死扒住大钳子，两只后爪蹬住变异小龙虾的嘴。

这只变异小龙虾身高七米，瓜子儿悬在它的身前。

瓜子儿以命相搏，让小兮百感交集，再次泪奔，抱住瓜子儿的脑袋。

小兮最不想见到瓜子儿，但在生死关头，在她生命最后一刻，瓜子儿还是出现在她面前。

瓜子儿的眼神无比坚毅，下定决心，死活都得救出小兮。

僵持中，变异小龙虾奋力甩了几下，企图把瓜子儿甩掉，但瓜子儿咬得紧，抓很牢，宁死不给变异小龙虾吞噬小兮的机会。

在变异小龙虾疯狂扭动中，小兮抱着瓜子儿的脑袋，亲瓜子儿的脸，抽噎着说："瓜子儿，对不起……"

变异小龙虾嘴边的两个小爪子夹住瓜子儿的左后腿，送进口腔，两颗门板大牙切下来。

没有人测量过变异小龙虾的咬合力，但以它现在的体型体重，咬断瓜子儿的腿，难度应该不大。就在四颗大门牙即将接触的瞬间，瓜子儿左后腿猛地蜷起来，抽出虾口，然后奋力蹬住变异小龙虾的门牙，猛地发力，把大钳子的指头生

生掰下来。

小兮应声下落。

瓜子儿率先落地，小兮恰好落在它的背上。不等变异小龙虾反应过来，瓜子儿驮着小兮蹿出去。

不知道这是瓜子儿第几次单骑救主了。

“炸掉溶洞洞口！”罗局长听不到小兮的声音，无奈之下，对三架武装直升机上的特警下达命令。

瓜子儿离开人岛后，温柔等人接到罗局长的命令，驾驶武装直升机飞往圣女山消灭变异虾蟹，因此他们比瓜子儿早一步到达圣女山。

他们惊恐地看到一只只巨大无比的变异虾蟹爬出溶洞，情形远比罗局长的描述更严重。

温柔看到瓜子儿迎着那些变异虾蟹冲进溶洞。

“报告罗局，瓜子儿刚刚进入溶洞。现在封死洞口，就会把甄兮和瓜子儿埋在里面。”温柔流着泪向罗局长汇报。

罗局长再次犹豫了。但是，各地发来的伤亡报告，每分钟都在增长。尽管南岛特警和武警击毙数只变异虾蟹，仍有数十只跑出去，隐仙湖附近已经有十几个村庄的村民先后被它们屠戮，上百人殒命。

最恐怖的是，至少有十几只变异虾蟹进入巨龙山脉附近的一条江、两条大河里，已有三艘游轮、五艘货轮、数艘渔船遭到它们攻击，仅三艘游轮上就有千余名游客落水。

同时，大批变异虾蟹还源源不断地跑出圣女山，跑出原始森林，以五百公里的时速向四周扩散。

以变异虾蟹逃出溶洞的速度来看，在导弹炸毁溶洞前，至少还能跑出上百只。快速反应部队到达现场，最快也需要半个小时，根本来不及阻止它们下山。溶洞洞口上方，只有三架直升机，携带几十颗榴弹，即便弹无虚发，两三颗榴弹能击毙一只变异虾蟹就不错了。

多放出来一只变异虾蟹，就可能搭上数条人命。

多放出来一只变异虾蟹，都是对人类犯罪。

“这次，我们真的不能顾及小兮了。”罗局长沉痛地说。

“我们一直在找她，找了这么多天，难道就是为了断她的生路吗？”温柔说不下去了。

“立即执行命令！”罗局长吼道。

三架直升机上的特警和武警停止攻击林中的变异虾蟹，把火箭筒和榴弹枪一起瞄准洞口。

每个人都不愿意执行这个任务，但是他们别无选择。他们犹豫一秒钟，就可能付出十几条鲜活人命的代价。

这种情形，和伤心崖是何等的相似，只不过今天升级了，他们要亲手埋葬瓜子儿和小兮。

“这次，必须瞄准，多跑出来一只，都会给世界造成无法估量的损失。小兮肯定也是为了这个目的，才选择进洞的。我们再犹豫，她都不会原谅我们。”

温柔、文丽和时间眼含热泪，从对方的眼神中寻找自己扣动扳机的勇气。

“罗局……真的没有一点儿办法了吗？”文丽哭泣着问道，“您再想想办法，导弹已经无法停下，但我们还有三分钟时间拯救瓜子儿和小兮。您那么聪明，一定会想出办法的。”

文丽哽咽着，故意用缓慢语速讲话，把罗局长的命令往后延缓一秒钟，就等于给小兮和瓜子儿争取一秒钟。

“发射！”罗局长一声令下。

连串的爆炸声传来，苏劢才停止奔跑，无力地跪在地上。

他从来没有这样绝望过。

他作为专职救火救人工作者，不到最后一刻，从未放弃过。凭着这个信念，他已经记不清自己救过多少人，扑灭多少火灾了。

但是这一次，就算他不放弃，也无能为力。

现在，他既不能阻止军方发射导弹，也不能阻止警方封死洞口，只能眼睁睁地看着心爱的人埋在大山里。

搜救队已经实现和南岛市公安局监控中心通信同步，除了刀姐和婷婷，他们都知道小兮还在溶洞里，五分钟内会有三枚导弹炸毁山洞，随后就听到了罗局长下达封死洞口的命令，听到了连串的爆炸声在前方响起。

李刚强、郑中天等人陆续追上来。刀姐和婷婷不安地望着他们，只有她俩听不到耳麦里的声音。

刀姐从未见过苏劢如此沮丧，焦急地问道：“怎么了？你

告诉我怎么了？”

苏劢泪流满面，摇头不语。

罗局长的嘶哑声音再次进入耳麦：“距离导弹击中目标，还有三分钟，现场所有人迅速撤到两公里外，以免被误伤。”

郑中天忽然拿出卫星电话，打开直播视频。

直播画面被切割成四块，其中一个镜头一直对着浓烟滚滚的洞口，碎石不断地滚落下来。

他们都怀着某种期待盯着洞口。原始森林静默了，变异虾蟹爬行的声音也消失了。

洞口的画面，是无人机拍摄的。罗局长命令操作员，让无人机守到最后一秒，直至被导弹爆炸冲击波摧毁。

温柔、文丽和时间紧紧地盯着溶洞洞口。尽管洞口已经坍塌，他们仍旧盼望出现奇迹，就像上次小兮的声音，突然从地狱里传出来一样。

刀姐通过直播员的重复解说，得知事情真相，顾不得哭泣，像所有人一样，紧张地盯着溶洞洞口，嘴里念念有词：“瓜子儿一定能把她带出来，瓜子儿一定可以的，瓜子儿……”

每个人都用双手捂住嘴巴，心里默默祈祷，祈祷各路神仙保佑，瓜子儿能驮着小兮，从坍塌的洞口一跃而出。

三分钟过去了，洞口没有任何动静。小兮携带的卫星电话仍旧处于关机状态。罗局长让一名女警一直拨打那部电话，不到最后一刻，绝对不能放弃，虽然是他亲手断送了出现奇迹的出口。

那个福大命大的神奇女孩，已经创造了一系列意想不到的奇迹。无神论者罗局长，也期盼上天眷顾为了阻止灾难而献身的善良女孩。

连串的爆炸声响起后，瓜子儿停止了飞奔的脚步。

它驮着小兮超过三只变异小龙虾、四只变异大闸蟹，就感觉脚下的地面不停地摇动，接连不断的爆炸声和山石坍塌声响起。前面疯狂的变异虾蟹不再疯狂，乖乖地蜷缩在地。

小兮和瓜子儿立刻意识到，洞口被封死了。

洞口坍塌，拦住了变异虾蟹，也堵死了小兮和瓜子儿的逃生之门。

瓜子儿进洞之前，小兮一心求死。瓜子儿的到来，又点燃了她的求生欲望。她不是为了自己，而是为了瓜子儿。

她并不后悔让罗局长封死洞口，因为只有那么做，才能阻止更多的变异虾蟹跑出去。

一只变异小龙虾正在彷徨四顾，一不留神，粗壮的触须把小兮从瓜子儿后背上抽下来。

小兮不等变异小龙虾反应够来，就对瓜子喊道："往回跑！"然后，她爬起来就往洞里跑。

那些变异虾蟹还沉浸在惊恐中，无暇顾及小兮和瓜子儿。小兮带着瓜子儿穿过数条柱子般的大腿，跑到电闸门的位置。

爆炸声消失，洞内静下来，变异虾蟹再度展开厮杀。刚才想吞噬小兮那只变异小龙虾，被一只变异大闸蟹摁在洞壁

上，像两个泼妇一样撕扯。

小兮不小心想起自己和刀姐在南岛市政府大厅互撕的画面。

那只变异小龙虾很悲摧，钳尖上的活动指被瓜子儿掰断，只能把大钳子当作长矛使用，不断地刺向变异大闸蟹，“扎你，扎你，扎你……”

它们以命相搏，给小兮和瓜子儿腾出空当，从它们身侧溜过去，却看到滚滚而来的变异虾蟹。

几乎所有变异虾蟹，依靠地磁吸引力判断山洞出口方向，潮水般拥向洞口。小兮和瓜子儿如逆水行舟，在密密麻麻的大腿下左躲右闪，辗转腾挪。

小兮觉得，必须找到一个地方保护瓜子儿。撕家说过，这个大洞里面，还有很多小洞，她希望自己和瓜子儿找个变异虾蟹进不去的小洞躲起来。

但是，小洞能躲过导弹的攻击吗？

小兮想不了那么多。即便生命还剩下最后一分钟，她也希望在最后一分钟里，好好亲亲瓜子儿、抱抱瓜子儿。不管瓜子儿能不能原谅她，她也一定要让瓜子儿知道，她错了，对不起它。

由于洞口已经封死，洞里挤满变异虾蟹，后面的变异虾蟹无法继续朝电闸门方向移动，就不再拥挤。

电闸门里的空间很大，一点儿也不拥挤。变异虾蟹不会主动攻击光源，所以小兮和瓜子儿就借助手电筒的光线，贴着洞壁往里跑。

手电筒的光圈内，不断出现各种千姿百态、美轮美奂的钟乳石。不论从哪个角度评估，这个洞里的风景都是世界顶级的，一旦开发出来，就是5A级景区。

可惜，大自然在亿万年间塑成的神作，马上就要惨遭导弹蹂躏。

溶洞里有一条暗河，无数变异蟹虾正在河里水战，撩得满洞都是水。撕家说，这条河最窄的地方十余米，最宽的地方三十米，最浅的地方十余米，最深的地方二十多米。他们刚来到这里时，河里还有鱼，估计现在都被变异虾蟹吃光了。

小兮发现八个洞，只在一个洞口稍做停留。这个洞口虽然最小，变异虾蟹还是可以自如出入。

她和瓜子儿又往前走了一段，瓜子儿忽然站住不动，发出一声巨吼。

瓜子儿的眼中，出现前所未有的恐惧。

瓜子儿这声巨吼，把洞里上百只变异虾蟹的注意力吸引过来。在这个洞里，它们从来没听到过这么大的声音，纷纷循声望去。

小兮的视野之内，数百只变异虾蟹从各个角落朝她爬过来，像数百栋移动的小别墅。

变异虾蟹虽然怕光，那也是暂时的。

一只变异大闸蟹即将冲到小兮面前时，整个山洞突然剧烈地抖动起来。

第七十三章　大轰炸

随着闷雷乍响，已经冲到小兮和瓜子儿面前的那只变异大闸蟹凝固了。

所有冲向小兮和瓜子儿的变异虾蟹都凝固了。

忽然，一块足有三四十平方米的巨石砸下来，把小兮和瓜子儿面前那只变异大闸蟹砸成蟹酱，瓜子儿和小兮瞬间浑身挂满蟹肉。

不等小兮和瓜子儿反应过来，乱石“噼里啪啦”地从洞顶砸下来，溶洞内顿时虾腿蟹盖横飞。

又是一声惊天动地的巨响，溶洞随之剧烈战抖。

瓜子儿忽然在小兮面前趴下，示意她上去。小兮跨上狗背，瓜子儿便蹿出去。

洞里到处乱石横飞，他们往哪儿跑？

瓜子儿驮着小兮从四五只惊呆的变异虾蟹身边穿过去。

小兮忽然听到身后传来一声沉闷的巨响，扭头一看，一块足有篮球场大小的石头，把一堆变异虾蟹砸成相片。离她最近那只变异大闸蟹被砸烂一半身子，另外一半身子仍旧站立，不像被砸的，倒像切割掉半个身子。

看来，瓜子儿的避险意识，帮助小兮躲过一劫。

小兮来不及庆幸，一颗导弹在她刚才所在的位置爆炸，巨大的冲击波携带着弹片、碎石追过来，纷纷击中她面前的变异小龙虾。

那块巨石替小兮和瓜子儿挡住冲击波、弹片和碎石。尽管爆炸点距离她只有一百多米远，但冲击波的威力还是裹挟着变异虾蟹的残肢飞过她的头顶，砸向前方。

又是一阵轰隆隆的巨响，导弹的爆炸点附近的山体坍塌了。

瓜子儿驮着小兮，在密密麻麻的石雨中疾速奔跑，躲过一次又一次爆炸和坍塌。小兮发现，瓜子儿奔跑的路线上，坠石密度很小，身后的洞体却不断地坍塌。

瓜子儿凭借它卓越的避险意识和超强的预感能力，在灾难面前慌而不乱，驮着小兮一次次从死神魔爪边缘滑过。

虽然小兮和瓜子儿被碎石击中多次。

瓜子儿对危情的预判源自它敏锐的听力，它能清晰听出每枚导弹的着弹点，每枚导弹钻进山体的深度，从而判断危险与它的距离。

但是，导弹并不是从后往前依次打过来的，山里的石头

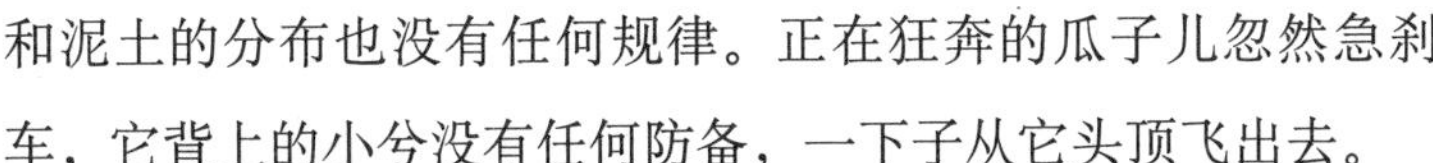

和泥土的分布也没有任何规律。正在狂奔的瓜子儿忽然急刹车，它背上的小兮没有任何防备，一下子从它头顶飞出去。

危险就在前方。瓜子儿来不及减速，也来不及提示小兮。

小兮撞到前方一只变异小龙虾身上。那只变异小龙虾正被乱石砸得疯狂地跳踢踏舞。

不等小兮落地，前方几十米处传来惊天动地的爆炸声，一个巨大的火球直冲洞顶，溶洞顿时亮如白昼，数只变异虾蟹被炸成碎块，四处飞溅。

刚才那枚导弹在一百多米外爆炸，巨大的冲击波，捡起小兮、瓜子儿和那只跳踢踏舞的变异小龙虾，向前方掷去。

这是一场撼天动地的大轰炸。

在数亿双眼睛的注视下，三枚导弹先后而至。第一枚导弹钻进山体数十米深，致使两公里的山体垮塌，“圣女”的半个屁股没有了，“肩膀”也被卸下。

洞口那架无人机瞬间化为齑粉。

第二枚导弹钻进正在塌陷的山体中，又向下深入数十米，再次爆炸。

随着山体高度不断下降，第三枚导弹再次钻入山体……

一股浩瀚的蘑菇云喷向苍穹，涌起数百米，遮天蔽日，足有一座城市大小。

离溶洞三公里外的丛林里，一只变异大闸蟹把大钳子伸到一棵参天古树上，夹住树上的贱猴往嘴里送去。地面剧烈地摇动，迫使它丢下贱猴，急匆匆逃走，再也无心觅食。

三十公里外的隐仙湖上，漂浮着一层鱼。树上的猴子如熟透的果子，在飓风中纷纷落地。

飞天洞里，那只展翅飞翔的“巨鹰”折翼，跌落下来，碎了一地。

六十公里外的蛤蟆镇，十几座房屋的玻璃被震碎，所有人都以为地震了，跑出家门，看到一只在主干道上屠杀村民的巨蟹仓皇逃窜。

南岛市公安局监控中心里，每个人都看得胆战心惊，任何电影大片里都没有呈现过这么震撼的画面。那个拨打小兮电话的女民警，雕塑一样瘫坐在椅子上。

圣女山的一半山体垮掉，另一半变成垂直的峭壁。“圣女”的一个“肩膀”和半个“胸部”消失了，只剩下“脑袋”顽强支撑。

因溶洞不在那半面山体下方，因此那半面山体不在导弹打击范围之内。

山体坍塌一分多钟，溶洞退出三百米。

所有人的心都随着沉闷的爆炸声，块块撕裂。

小兮、瓜子儿不会再有任何生还机会。他们将和那些变异虾蟹一起，长眠于圣女山下，长眠于曾经如此美丽的溶洞。

苏劦痛苦地捂住眼睛，无法抑制的哭声从胸腔涌出。一直隐藏在内心深处的那句话，再也没有机会说出来。

刀姐瘫在地上，和每次椎心泣血不同，她现在无法缓过

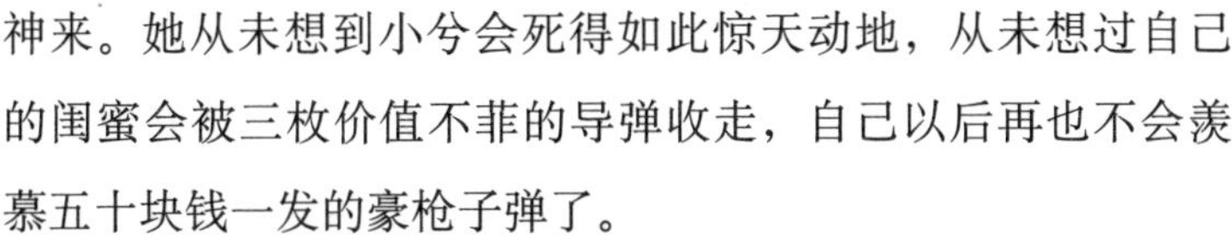

神来。她从未想到小兮会死得如此惊天动地，从未想过自己的闺蜜会被三枚价值不菲的导弹收走，自己以后再也不会羡慕五十块钱一发的豪枪子弹了。

温柔、文丽和时间乘坐的直升机在苏劢等人上方盘旋，清晰地看到三颗巨大的弹头射入山体。他们无法直视眼前的一幕，深知这次就算老天眷顾，小兮和瓜子儿也断无生还之理。

逛一逛国际旅游集团公司的所有员工和股民，无不掩面而泣，顿觉自己的生命支撑也坍塌了。

大街上，餐馆里，办公室，家里……每个场所里的人，盯着手机屏幕，无声地啜泣。在这场撼天动地的轰炸中，他们最关心的，不是那些变异虾蟹会不会灭绝，而是一个女孩一只大狗的诀别。

每个人都在自己的微信朋友圈、QQ 空间或微博摆上蜡烛图片，以绿色的方式悼念小兮和瓜子儿。

南岛市公安局监控中心里，也充满呜咽声。

罗局长没有时间悲伤，一边指挥三架直升机观察坍塌的山体，一边指挥其他直升机剿杀逃出来的变异虾蟹。

监控中心里的每个人，都强忍巨大的悲痛，重新投入工作中。但是，工作也无法阻止小兮、瓜子儿在他们脑海中闪现。

几十架南岛特警和武警的直升机，已经飞抵隐仙湖，四处捕杀变异虾蟹。此时，最新伤亡报告传过来，几十个村镇和三个城市被变异虾蟹袭击，数辆公交车、数艘游轮里有数百人丧生。

短短几十分钟内，变异虾蟹便以圣女山为中心，扩散到方圆两百公里的范围，并疾速向四周蔓延。快反部队还在路上，罗局长不得不再次调动原始森林上空的直升机支援各地。

罗局长再次陷入警力不足的窘境。他想多调一点儿警力赶赴圣女山。那里不仅会有幸存的变异虾蟹破土而出，原始森林里还隐藏着数量未知的变异虾蟹。

轰炸停止后，苏劢不顾危险，第一个跑上尚在坍塌的圣女山。他向南岛市公安局监控中心要来小兮失踪前的坐标，然后挖起来。

罗局长已经调集工程兵、挖掘机和钻地机，赶赴圣女山。

韩国有一部名叫《隧道》的电影，讲述一个男人在开车回家的路上，隧道忽然垮塌，把他埋在大山下。消防员挖了十五天，才把他挖出来。

溶洞类似隧道，在圣女山底部，理论上小兮和瓜子儿还有生还的可能，

罗局长安排温柔、李刚强等特警和武警，负责消防队的安全，同时把更多的消防员调往圣女山。

其实，大部分人已经绝望了，忍不住小声啜泣。

罗局长强忍内心的悲伤，对大家说：“现在每分钟内都会死人，我们没有资格悲伤。大家控制一下情绪，必须全神贯注地工作，不能有丝毫懈怠。”

啜泣声减弱，监控中心继续协调各路人马，保证剿杀和救援工作有条不紊地进行。

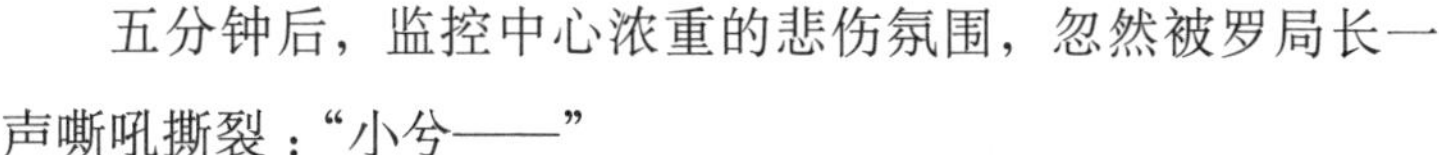

五分钟后，监控中心浓重的悲伤氛围，忽然被罗局长一声嘶吼撕裂：“小兮——”

小兮、瓜子儿和跳踢踏舞的变异小龙虾被冲击波送出五十多米。

变异小龙虾坚硬的外壳和肥硕的虾肉，成为小兮和瓜子儿的最后一道盾牌。厚度足有三米的变异小龙虾化解了大部分冲击波，一大块虾壳护着小兮和瓜子儿飞出几十米后，最后把他们送进一堆柔软的蟹肉里。

小兮惊慌失措时，忽然听到耳边有人高诵佛号：“阿弥陀佛，女施主请自重。”

小兮回头一看，发现自己坐在一个身穿袈裟的长眉老僧怀里。

“大师，明明是你搂着我不放好吗？”

“胡说，贫僧在此修行一千多年，早已不近女色了。”

“呸，谁不知道你在这儿躲事儿呢？外边的炮仗就是小青放的。”

真是岂有此理，小女子被法海猥亵了。

小兮定睛一看，这哪是老僧，而是一摊堆得像法海造型的蟹肉。

她牵着瓜子儿从蟹肉堆里爬出来，活动一下筋骨，居然没受太重的伤。让她无法接受的是，“法海”的屎黄色“袈裟”披到了她和瓜子儿身上。

山体坍塌声和石头掉落的声音，仍旧此起彼伏，瓜子儿两只眼睛惊恐地环顾四周。

小兮看到一块巨石紧贴洞壁，中间有一道缝隙，恰好可以容下她和瓜子儿，于是她急忙拉着瓜子儿躲进去。

她借用手电筒光束察看刚才的爆炸点，那里还在坍塌，无数变异虾蟹被埋在泥土和碎石里，没法判断死掉多少。

一些幸存下来的变异虾蟹，冒着纷纷落下的石头，争先恐后地冲进暗河。它们来自水产养殖场，遇到危险第一反应肯定往水里躲。

溶洞战抖一分多钟后才停下来。

溶洞没有完全垮塌，只有导弹的爆炸点塌了一部分。此时这里真成了地狱，壮观、惨烈、血腥……如果这里是个大餐桌，只能用杯盘狼藉形容，帝都簋街小龙虾馆里的专业服务员都没法收拾。

手电筒光圈之内，满目疮痍，到处都是石头和虾蟹的碎肉，还有一些半死不活的变异虾蟹，在乱石下挣扎……

见前面没有明显的危险，小兮牵着瓜子儿来到暗河边。她用手电筒往河里照了照，发现密密麻麻的变异虾蟹堆满整条河，仍旧如群魔乱舞。河里虽然掉下很多石头，但河水减缓了冲击力，对里面的变异虾蟹没有构成致命伤害。一些被乱石埋在下面的变异虾蟹，已经挣脱出来。

小兮踩着乱石，沿着暗河往前走。路上各处情形差不多，河里布满惊悚的虾肢蟹腿，岸上堆满残破虾甲蟹壳。侥幸活

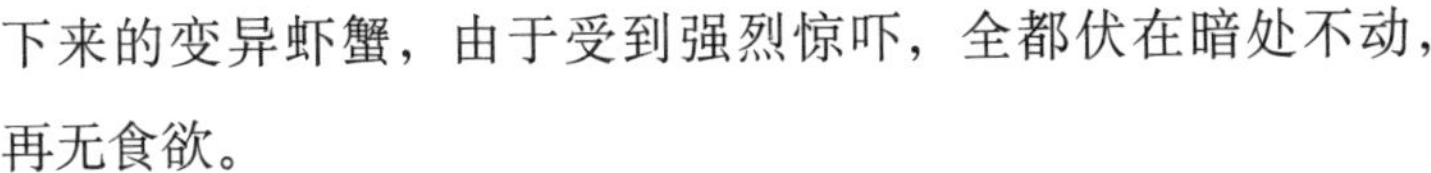

下来的变异虾蟹，由于受到强烈惊吓，全都伏在暗处不动，再无食欲。

暗河被垮塌下来的山石阻断，但并未完全封死溶洞，上方两侧还有很大的缝隙。小兮和瓜子儿艰难地爬过那堆山石……

罗局长虽然没记住小兮手里卫星电话的号码，但那个号码出现在他的手机屏幕上时，他还是迅速按下接听键，大声吼道：“是小兮吗？”

“罗局，您好！我是小兮。”

“小兮！小兮！”罗局长连声嘶吼，撕裂了重重压在监控中心上方的悲怆。

罗局长眼含热泪环视监控中心，大声吼道：“小兮还活着，小兮还活着！”

所有人喜极而泣。

正在废墟上挖掘的苏劢等人停止挖掘，兴奋地围在一起看视频。刀姐看到一半，抱着婷婷大声哀号。婷婷到现在为止，都没有见过小兮，但是她近两个月的生活轨迹，都是围绕小兮展开的。从对手到战友，小兮已经是她的精神支撑。

山河因此摇动、雀跃。巨龙山脉沿途避险的居民都停下来，盯着视频看。

“溶洞虽然遭到破坏，但整体构架还在。导弹只消灭了一部分变异虾蟹，大部分还活着，躲在暗河里。我录制了一份

暗河走势图，您按照我提供的坐标，再发射三枚导弹。”

小兮一边说一边把刚才录制的视频发给罗局长。

罗局长望着暗河里的变异虾蟹，收起欣喜，恢复理智，接下来还有些沮丧。

听完小兮的描述，罗局长意识到，三枚导弹还不足以摧毁整个溶洞。

溶洞的庞大体积、复杂结构和变异虾蟹的顽强生命力，都超出了罗局长的想象。“你有没有具体的解决办法？”他急切地问道。

“目前我还没有找到出去的通道。”小兮说。

“苏劢正指挥消防队在你的上方挖掘。”罗局长说，“工兵部队携带挖掘机、钻地机很快就到。”

小兮忽然看到两只变异大闸蟹爬上面前的土石堆，一起用大钳子挖洞顶。洞顶的岩石层遭到破坏，以致其松软。它们的大钳子比大型挖掘机的挖斗还大，效率比挖掘机还高。

“来不及了！”小兮把手机镜头对准两只变异大闸蟹，“岩石层已经被破坏，如果不尽快消灭它们，它们很快就能钻出去。”

罗局长沉默了。小兮的预判，可能已经发生了。小龙虾和大闸蟹非常善于打洞，变异也改变不了它们的本性。

“罗局，快下命令吧！锁定这条暗河，至少再发射三枚导弹。不然，它们钻出去，后患无穷啊！”小兮急切地喊道。

听到小兮请求往她所在的位置发射导弹，苏劢、刀姐的心再次沉到海底。

“你和瓜子儿怎么办？”罗局长问道。

“我不会放弃，就算为了瓜子儿，我也不会放弃。但是，现在最重要的事情，是消灭这些变异虾蟹。和它们的危害相比，我和瓜子儿微不足道！”

尽管小兮现在已经产生了强烈的求生欲，但是，她知道孰轻孰重。英雄，不是生而为之，而是他们面对国家和民族的危难时，义无反顾地选择大局和大义。

面临艰难抉择的罗局长，此刻心情无比沉重。如果按照小兮提供的位置进行轰炸，必将彻底摧毁溶洞，那么，小兮和瓜子儿还有生还的可能吗？

他们，已经得到一次上天的眷佑了。

可是，小兮再次把自己和瓜子儿置于死地。

危情仍旧刻不容缓，再耽搁下去，就会有变异虾蟹爬出废墟。只要爬出来一只，剩下的就会陆续爬出，就像黄河决堤一样。

就在这时，小兮发现手电筒的光越来越弱。这个手电筒充电后，已经跟随小兮半个多月，现在电量即将耗尽。

罗局长也发现视频背景越来越暗，大声喊道：“小兮，你的手电筒没电了，赶紧带着瓜子儿找到藏身的地方。”

小兮环顾四周，发现距离暗河七八十米的地方有一个洞口，便带着瓜子儿跑过去。

手电筒最后一丝电量耗尽，小兮打开卫星电话的照明功能，观察面前这个洞。洞口三米多高，不足两米宽，洞内却很宽阔，入洞十几米拐弯，不知道下面有多深。

奇怪的是，一个巨大的蟹壳贴在洞顶，像房间的天花板。洞里散落着几十块大小不一的虾甲蟹壳，最小的蟹壳一尺见方，最大的六七十平方米，依次递减，好像按大小顺序排列一样。

“这么大的变异大闸蟹，是怎么进来的呢？”小兮想不明白。按理说，洞口那么小，它是进不来的。

“它进来的时候，还没有这么大。”罗局长分析道。

小兮一拍额头，老公安就是老公安，一眼就看出真相。看来这只变异大闸蟹，一直在这个洞里生长，一直长到洞体大小。膨胀的肉体顶不破山洞，又动弹不了，活活憋死在这里，然后被后来的变异虾蟹蚕食。

依次排列的蟹壳，应该是这只变异大闸蟹在不同时期蜕掉的。

小兮指挥瓜子儿把那些蟹壳，像玩俄罗斯套娃一样，由小到大套在一起，足足套了九次。

最小的蟹壳，有一米高，体内有五六立方米，小兮和瓜子儿可以并排趴在里面。

小兮刚趴好，瓜子儿就把她扒拉到自己身下。有前面的经历，它知道危险会来自上方，要用自己的身体为小兮做一个肉盾。

瓜子儿的暖心动作，感动了无数观众。每个养狗的人，怎么看自家的狗怎么不顺眼了。

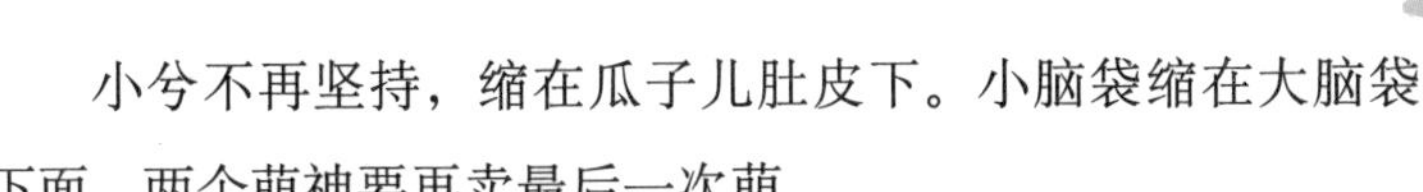

小兮不再坚持，缩在瓜子儿肚皮下。小脑袋缩在大脑袋下面，两个萌神要再卖最后一次萌。

小兮不知道上边九层蟹壳能不能抵挡住导弹的冲击波。她做这些，只是想让大家安心，给所有关心她和瓜子儿的人最后一丝希望。

“罗局，我们藏好了，很安全。您快让火箭军发射导弹吧。”小兮对着卫星电话说。

罗局长含泪拨通了陈司令的电话。

陈司令下达第二道命令，三枚导弹呼啸着扑向原始森林。

南岛市公安局监控中心已成一片泪海，直播解说员已经无法正常解说了。虽然小兮和瓜子儿找到掩体，但是即便他们不被导弹炸死，也会被闷死的。稍微懂点儿物理常识的人都知道，几层蟹壳不可能承受住一座山的重量。

“跟苏劢说几句话吧。”罗局长哽咽着对小兮说。

现在，小兮非常想听到苏劢的声音。他才是她真正能靠得住的人，值得她信任的人，不会在最后一刻背叛她的人。

小兮知道苏劢爱她，尽管他的爱那么克制，不像二哥爱得那么执着、那么持久、那么变态，但他的爱背后是责任，二哥的爱背后是征服欲。

罗局长打开三方通话功能，苏劢的面孔出现在卫星电话屏幕上。

消防队、特警队已经撤到两公里外的丛林里，苏劢望着屏幕上的小兮，泪流满面：“小兮，你放心，不管你和瓜子儿

埋得多深，我也会把你们挖出来。你答应我，无论遇到什么困难，永远不要放弃。”

“苏劢，我能求你一件事吗？”小兮强忍泪水，憋出一个微笑。

“你说。”

“你先答应我。”

“好，我答应你。”

“今天的行动没有救援，只有消灭。特警和军队要尽最大努力消灭所有跑出去的变异虾蟹。你马上带着刀姐上直升机，丛林里很危险。”

“你放心吧，我会好好照顾刀姐的，不用你担心。”

“你救不了我，也救不了瓜子儿。就算你把我们挖出来，我和瓜子儿已经和那些石头，泥土没两样了，捡都捡不起来。我躲在这里，就是想让罗局能下定决心一举消灭变异虾蟹。这次一定要彻底摧毁溶洞，如果我和瓜子儿还能活着，只能说明这轮打击又失败了。”

苏劢没有做声，两股粗大的泪线垂下脸颊。

“我和瓜子儿活到现在，已经创造奇迹了。即便死了，都死得这么牛 ×。这么大个头的坟，不比秦始皇、武则天的坟头小，以后谁想把我们挫骨扬灰都难。”小兮竟然耍起贫嘴。

“小兮，我不会放弃你的！”

“非得把我们挖出来，再送到火葬场烧一遍，然后再埋到一个小坑里，你这不是折腾死人嘛！”

“小兮，我们一起努力好不好？不到最后一刻，我们都不要放弃。”

“你说一句爱她能死咋地？”刀姐的脸出现在屏幕上，呵斥完苏劦，接着对小兮说，“小兮，你答应我，你必须活下来，不为他，就算为了我，你也一定要活下来。咱姐俩没处够呢……”刀姐说着，“哇”的一声，又开始哀号了。

看到刀姐，小兮再也控制不住泪水。在罗局长和苏劦面前，她都能控制住，但是看到呵护她成长的刀姐哀号，她也抽噎起来。

“小兮，我知道你是觉得不好面对我才走的，咱姐俩之间会存在这样的问题吗？你怎么能这么想呢？”刀姐也顾不上脸上的妆容了，狠狠地抹着眼泪。

“这……”小兮有点儿歉疚，她真不是为了刀姐才选择远离尘世的。

“汪！”小兮不知道怎么回答刀姐时，善解人意的瓜子儿插嘴了。

“刀姐，瓜子儿跟你说话呢。”小兮哽咽着岔开话题。

刀姐痛苦地望着瓜子儿和小兮：“瓜子儿，大姨妈爱你。”

“汪汪！”瓜子儿秒回。

“它说它也爱你。”小兮说。

“为什么不告诉我？”刀姐继续质问小兮，“如果我知道你喜欢他，我还会跟你争吗？我啥事儿跟你争过？”

“刀姐……”小兮不知道说什么好了，她不想让刀姐内疚。

“小兮，你把我置于何地啊？你是仗义了，不仗义的人就是我了。”刀姐含着泪埋怨。

“姐姐，你对我已经很仗义了。姐，如果……万一……我和瓜子儿能活着出去，今后我罩着你。我已经修炼成盖世神功了，杀过蟒，打过虎，拍过黑社会，我肯定能罩得住你。你以后不用对任何人强颜欢笑，不用假装强大，也不用再和任何人耍心计。”

“说话算话，你和瓜子儿必须都得给我全须全尾地出来。”

“嗯，放心吧，瓜子儿会保护我的。”

刀姐转向苏劢：“苏劢，该你了！该说的话别憋着，都啥时候了！”

“我要等她出来，我要当着她的面说。”苏劢转向小兮，“小兮，我在外边等着你和瓜子儿，不见不散！”

“嗯。我尽力。你身边还有谁在？”

温柔、文丽、时间、李刚强、郑中天和数名特警凑过来。他们也非常想和小兮说句话，但他们更想把时间留给苏劢，所以没有上前。

听见小兮询问，他们才流着泪望着小兮和瓜子儿，七嘴八舌地鼓励小兮，叮嘱她一定不要放弃，一定要好好地走出来。

蔡中秋也凑过来，“汪汪”地叫了两声，好像埋怨瓜子儿刚才不理它。

瓜子儿也对蔡中秋“汪汪”两声，两个小伙伴用它们的语言聊起来。

“瓜子儿，来，看镜头，我们拍张照片。”

“别拍！”罗局长厉声阻止小兮。

“怎么了？”小兮不解地问。

“不吉利。”罗局长说。

接着，小兮听到听筒里传出一片呜咽声。没有人觉得这位公安局局长说出这样迷信的话，有什么不合适。

小兮狠狠地抹了一把脸，手上湿漉漉的。她不想给这些战友留下可怜巴巴的遗容，女神要有女神的样子，女英雄从来都是向死而生的。

最值得欣慰的是，瓜子儿陪着她与世界告别。她知道，瓜子儿已经原谅了她，在如此危险的时候，还用身体保护她。

罗局长看看表，说：“导弹马上要到了。小兮，开着电话的免提和视频，让我们随时都能看到你。”

“嗯。”

“捂住耳朵。”

小兮把卫星电话放在地上，摄像头对着自己和瓜子儿，尔后艰难地翻身，面对瓜子儿，捂住瓜子儿的耳朵。瓜子儿的耳朵太大，她的手仅能勉强堵住它的耳孔。

小兮嗅嗅鼻子。

“怎么了？”罗局长问道。

“有股臭味儿。”

文丽说：“你选择的位置不太好，是圣女的肛门部位。”

小兮愣了一下：“好吧，希望圣女不会一屁股坐死我，她还是把我和瓜子儿当屁放出去吧。”

瓜子儿已经预感到呼啸而来的导弹，用两个大爪子捂住小兮的耳朵。

小兮和瓜子儿互相捂着对方的耳朵，这个画面像催泪弹一样，再次暖哭无数人。

苏劢、刀姐、李刚强和特警队队友无一不是泪流满面。他们虽然一直鼓励小兮坚强，但谁都知道，小兮和瓜子儿要面临什么样的危险。

三枚导弹呼啸而至。

第七十四章　史上最牙碜的吻

这次导弹没有分批次发射，而是一起砸向圣女山，直接钻入溶洞，飞抵暗河。

在数亿双眼睛注视下，三枚导弹钻进本已垮塌的溶洞。三声沉闷的爆炸声响起，一时间地动山摇，已经塌陷的半边山又矮了一半。

一团蘑菇云腾空而起，遮天蔽日。

小兮的卫星手机脱手，画面抖成虚影。

导弹精确地击中了暗河河道，随着三声爆炸，无数虾肢蟹腿如天女散花一般，砸向溶洞各个角落，顿时泥肉四溅。

这条美丽的溶洞彻底垮塌了。

这次爆炸产生的冲击力，比上次强十倍有余，百公里外都有明显震感。

小兮和瓜子儿所在的山洞也垮塌了，成千上万吨山石砸

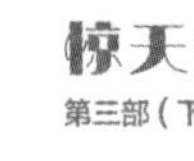

下来，九层蟹壳像鸡蛋壳一样不堪一击，一触即碎。

随着视频里传出轰隆隆的巨响，众人通过卫星电话传回的画面，看到瓜子儿脑后的蟹壳忽然碎裂，砸下来，瓜子儿的脑袋也随之砸向地面。一块石头砸向卫星电话，画面黑了。

“小兮！”刀姐捂着眼睛瘫倒在地。

不等烟雾散尽，苏劢便朝仍在坍塌的圣女山跑去。

地面还在战抖，山体还在塌陷，沉闷的响声不断从地下传来，像圣女哀号。山石像巨浪一样咆哮着向外翻滚，吞噬丛林。几十米高的参天古树被洪流推倒，溅起漫天灰尘。

苏劢迎着泥石流扑上去。李刚强、时间和数名消防员追上来，扑倒苏劢，接着他们被漫天的灰尘淹没。

南岛市公安局监控中心，女警再次拨打小兮的电话，已成关机状态。

罗局长让技术员一帧一帧地播放小兮最后传回来的视频。虽然画面一直抖动，虚成一团，但仔细辨认，还能模糊地看出大概。

最后一帧画面显示，不知是石头还是蟹壳碎片，看不出有多大，覆盖了摄像头，卫星电话无疑是被这块疑似石头的物体砸碎了。

倒数第二帧画面显示，瓜子儿头顶右侧的蟹壳全部断裂，另一块看不清多大的石头砸碎第九层蟹壳，石头大部分在画面以外，它头顶上的蟹壳已全部碎裂，它的脑袋被碎裂的蟹壳推向地面。

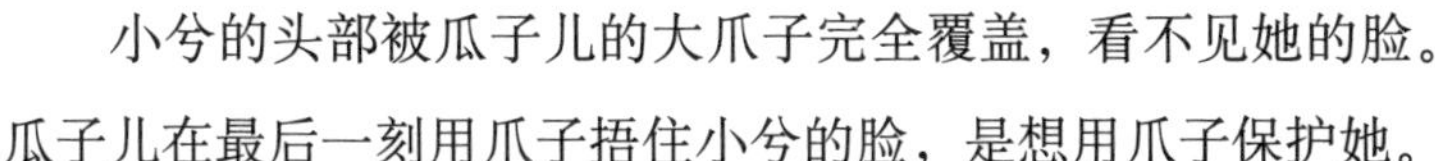

小兮的头部被瓜子儿的大爪子完全覆盖，看不见她的脸。瓜子儿在最后一刻用爪子捂住小兮的脸，是想用爪子保护她。

倒数第三帧画面显示，蟹壳还没有碎裂，巨石落得太快，相当于二十五分之一秒。

画面中，看不出瓜子儿和小兮还有任何生还的可能。

全世界网民的心头再次被悲痛笼罩，这次，他们无法相信奇迹了。

坍塌状态持续了两分钟，山体再次向外延伸两百多米，距离苏劢和李刚强等人不足百米。

灰尘渐渐消散。众人松开苏劢，和他一起爬上坍塌的山体。他和消防员们拿出消防铲，按照罗局长提供的坐标深挖。

苏劢虽然悲痛欲绝，但头脑很清醒，确定最佳位置后，朝斜下方四十五度方向挖掘。

工兵队伍还在路上，挖掘机、钻地机无法进入原始森林。罗局长借调的大型运输机还没到位，暂时只能靠消防员锹挖镐刨。从第一轮导弹发射到现在，不过半个小时。从罗局长接到铁塔电话，到现在也不过一个多小时。

刀姐没有登上直升机，坚持和众人一起上山，要和大家一起把小兮和瓜子儿挖出来。尽管这里十分危险，零星的小范围坍塌还在继续。

越来越多的直升机飞抵圣女山上空，数名消防员和特警队加入挖掘队伍中。苏劢和消防员挖了十几分钟，还没挖到一米，两架直升机就投下几十个小型地钻。

小型地钻钻了半个小时，罗局长担心的问题出现了。尽管他有心理准备，仍旧十分吃惊。坍塌的山体底下，忽然爬出数十只变异虾蟹，距离苏劢等人只有两公里。那些变异虾蟹比较分散，短短几秒钟就逃进丛林。特警和武警用榴弹枪消灭了几只变异小龙虾。

温柔正愁人手不够之时，更尴尬的情况出现了，直升机的弹药不够用了。

他们进入巨龙山脉时，并没有做好充分的战斗准备。当时他们的主要任务是寻找小兮和瓜子儿，所以没有携带太多弹药。

温柔眼睁睁地看着那些变异虾蟹跑进丛林，焦急万分。忽然一阵轰鸣声传来，众人抬头一看，数架军用运输机从头顶掠过，数百名空降兵依次从飞机上跳伞，数百个伞花组成一幅美丽的图案，绽放在原始森林上空。

参战的快速反应部队，主要由陆军航空兵和海军陆战队组成。海军陆战队的战机率先到达，由于战机在丛林里难以发挥作用，被调去歼灭跑出巨龙山脉的变异虾蟹。第一批跑出去的变异虾蟹，目前已经入侵五六座城市、上百个村镇、数条江河，已造成数千人伤亡。由于那些江河浑浊不堪，进入江河的变异虾蟹不知所踪。

罗局长命令温柔，集中警方直升机火力，保护负责挖掘的消防队，把消灭变异虾蟹的任务交给陆军航空降兵。

温柔让特警和武警操作几架无人机进入几个洞里侦察。

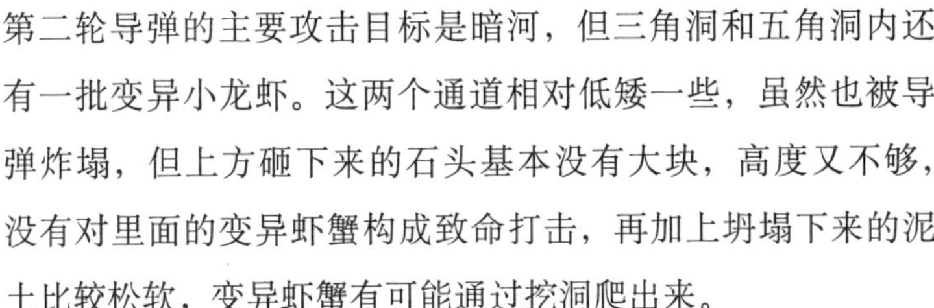

第二轮导弹的主要攻击目标是暗河，但三角洞和五角洞内还有一批变异小龙虾。这两个通道相对低矮一些，虽然也被导弹炸塌，但上方砸下来的石头基本没有大块，高度又不够，没有对里面的变异虾蟹构成致命打击，再加上坍塌下来的泥土比较松软，变异虾蟹有可能通过挖洞爬出来。

罗局长根据小兮和铁塔提供的线索计算一下，以三角洞、五角洞和“大堂”的空间，应该能容下一两百只变异虾蟹。

罗局长又想起小兮藏身的那个洞。那个洞不大，也不高，应该不会有大块石头落下。小兮和瓜子儿上方罩着九层蟹壳，尽管蟹壳不够坚硬，转移一部分冲击力应该没问题。

罗局长内心又产生一丝希望，命令救援队加快挖掘速度。

黑，黢黑。

小兮从未经历过这样的黑暗，更没想过黑暗竟然如此令人恐惧。

瓜子儿的脑袋砸下来时，小兮是准备死的。于是，她紧闭双眼，感受死亡的过程。也不知道她死了多久，剧烈的战斗终止后，不断有碎末从瓜子儿的爪缝里渗到她的脸上。

她觉得无法呼吸了，便用双手推开瓜子儿的爪子，睁开眼睛一看——

眼前比闭上眼睛还黑。

以前，她经历过伸手不见五指的夜晚，但夜晚再黑再暗，多少还能有点儿天光，最多算浅黑，适应之后，恍惚还能看到东西。现在，这里，什么都看不到，没有任何光源，是名副其实的漆黑，就像掉进墨汁坛子里，过多久都适应不了。

“瓜子儿。”小兮轻轻喊了一声。

瓜子儿没有反应。

瓜子儿的脑袋在小兮左侧。小兮摸摸它的脑袋，又喊了几声，它还是没有反应。

瓜子儿死了。小兮早就知道它会死，不是说好一起死的嘛，怎么现在它却先死了，她还活着？

除了瓜子儿的脑袋，小兮能触及的地方，全是石头、蟹壳碎片还有土，卫星电话已经摸不到了。

小兮被瓜子儿压得有点儿喘不过来气，挣扎一下，除了双手和脑袋之外，其他地方都动不了。她放弃挣扎，就这样死去吧，挺好的。苏劢肯定来不及救她了。

她虽然不知道自己距离地表多深，估计两三个小时内他们也不可能把自己挖出去。最关键的是，以目前的条件，她恐怕撑不到半个小时。

瓜子儿的体重太大，它身上还压着蟹壳和山石。她在瓜子儿身下，没有一下子被压扁，那是她的大限还没到。

想到这个问题，小兮有点儿奇怪。按理说，她和瓜子儿应该被砸成肉酱才对，自己怎么还有时间计算大限的问题？

小兮感觉呼吸越来越困难，渐渐头晕眼花，意识模糊。朦朦胧胧之间，她听到“嘤”的一声在耳边响起。

是幻觉吧？

接着，瓜子儿的呻吟声，一声接一声地传来。

小兮感觉双臂还能动，拼尽最后一丝力气，再次搂住瓜子儿。她感觉瓜子儿的脑袋转动一下，粗重的气息喷到她的脸上。

她努力使自己的头脑清醒一点儿，感觉瓜子儿的两个爪子在她的头部向上撑了一下。

她头上的空间没有丝毫变化。

瓜子儿又吃力地撑了几下，没有任何效果。

“算了，瓜子儿，放弃吧。”小兮吃力地说，“你顶不起来。”

压在瓜子儿身上的蟹壳，最厚的，有三十厘米，最薄的也有十厘米，能砸碎九层这样蟹壳的石头得有多重？瓜子儿怎么可能顶起来？现在他们还能活着，只能说来索命的地府工作人员，一时还没找到他们而已。

瓜子儿不信命，换个策略，扭动几下身子。它的肚子很软，这样做虽然没有减轻小兮身上的压力，但也没有加重。它扭动几下之后，小兮听到有东西从它身体一侧“噼里啪啦”地掉下来。

应该是瓜子儿后背上的碎蟹壳。

接着，小兮感觉自己的意识越来越清醒，麻木的身体渐渐有了知觉，似乎已经感觉到血液开始畅通了。

她能感觉到，瓜子儿在竭力拱起身子，争取多给小兮腾出一点儿空间。

小兮忽然产生希望。

“瓜子儿，继续。”她说这句话，好像没有刚才那么吃力了。

瓜子儿继续扭动身子，碎蟹壳不断地从它身体两侧落下。最后，它居然能跪起来，小兮甚至可以在它身下坐起来。

小兮忽然想起身上还有一件可以发光的东西——打火机。她打着打火机，看到右侧距离她三十厘米左右有块大石头，大石头下面的蟹壳碎成粉末。瓜子儿上方的蟹壳碎成小块，不断地堆到左侧一个三角形空间里。

瓜子儿跪起后，猛烈地扭几下身子，将它身上的碎蟹壳全部甩落，“腾”地一下站起来。

小兮却被瓜子儿抖落的碎蟹壳埋上了。她急忙起身，从碎蟹壳堆里钻出来，发现自己的腰部以下、瓜子儿的半条腿以下，都是碎蟹壳。

小兮从碎蟹壳堆里挣扎出来，抱住瓜子儿的大嘴。瓜子儿伸出长舌头舔了她一下，结果舔了一嘴粉末，吐了半天。

小兮抬头向上看，终于明白她和瓜子儿为什么没被砸死。砸在瓜子儿身侧的那块石头有两米高，与落下的石头形成一个三角形空间，把她和瓜子儿夹在里面。

尽管被埋在山底下，小兮知道，苏劢绝对不会放弃她，罗局长也不会。就算她和瓜子儿被砸成肉酱，苏劢也会小心翼翼地把肉酱刮下来，装进塑料袋，带回家好好地爱。就算不爱，也会当作花草的肥料。

瓜子儿开始扒斜上方松软的碎石。大闸蟹、小龙虾是打洞能手，刨地却是狗的本能。瓜子儿小时候，经常在门口刨

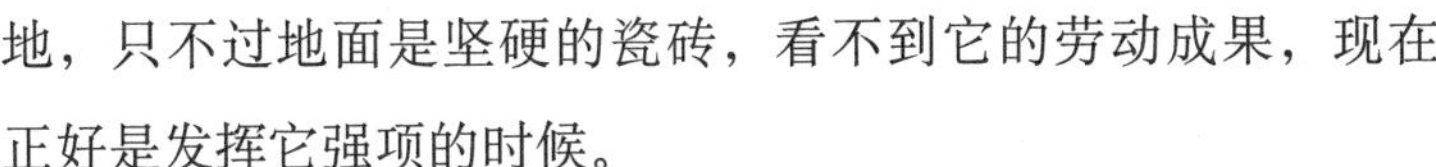

地，只不过地面是坚硬的瓷砖，看不到它的劳动成果，现在正好是发挥它强项的时候。

小兮矛盾了，不知道要不要让瓜子儿刨。瓜子儿用爪子刨，苏劦等人用挖掘机、钻地机挖，万一两边方向搞错，瓜子儿岂不是白白耗费体力吗？再者，她身边的氧气有限，不能随便浪费。最关键的是，瓜子儿盲目地瞎挖，万一把这个仅有的空间挖塌了，就更麻烦了。

小兮制止瓜子儿。

小兮关掉打火机，她必须要保证空间里稀有的氧气能撑到苏劦找到她。

小兮和瓜子儿安静地卧下。尽管眼前漆黑一片，但有瓜子儿陪伴，她一点儿都不觉得害怕。

“瓜子儿，咱俩谈谈心吧，咱俩已经很久没有推心置腹地谈话了。唉，也不知道他们多久才能找到我们，一天？一个星期？一个星期不吃不喝，估计我能撑下来，你行吗？我知道，就算把你饿死，你也不会吃我，对吧？你不是那样的狗。”

瓜子儿“嗯”了一声，表示赞同。

“小时候，我非常希望自己变成孙悟空，会七十二般变化，斩妖除魔，可惜我都没有实现，今天却像孙猴子那样，被压在一座山底下。不对，孙悟空是男的，我是女的，我现在应该是三圣母啊，或者是三圣母她妈瑶姬，这娘俩都被人放在山底下压过，没想到这事儿也遗传。我带着一只哮天犬，等着我的沉香或者二郎神来救我。我还是当三圣母吧，我早

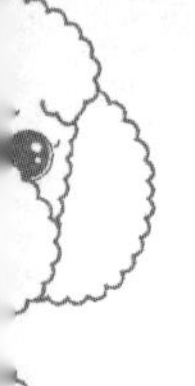

就成圣母了，排行老三。对了，大圣母和二圣母是谁呢？没听说过，不会无缘无故就跑出来一个三圣母啊，肯定还有大圣母和二圣母。这事儿出去再考究吧。来救我的，肯定不是我儿子，还是二郎神来救我吧，焦恩俊叔叔那样的。外边那个哥哥的颜值，不输于你恩俊叔叔……”

小兮和瓜子儿东拉西扯半天，忽然觉得不能再扯了，太费吐沫。他们要是这么一直扯下去，用不了七天，三天就得渴死。

小兮搂着瓜子儿默默地待了十分多钟，瓜子儿忽然站起来，叫了一声。

它又感觉到什么了？又一轮轰炸吗？

苏劢等人用小型地钻挖半个小时，十架运输直升机载着钻地机和挖掘机到了。鸟枪换炮，十台钻地机、十台挖掘机一起工作，一小时就挖进三米。以这个进度，三天三夜就能挖到小兮的位置。

温柔、文丽、时间都拼到弹尽粮绝，只剩下手枪、匕首和警棍。上百名陆军航空兵和南岛特警在周边为消防队警戒，上千名解放军把守各处，十架海军陆战队直升机在上空盘旋，随时准备击毙爬出来的变异虾蟹。

美丽的圣女山转眼变成窟窿山，不时有变异虾蟹爬出来。大部分变异虾蟹刚一露头，就被就地消灭，也有少量逃进丛林。

钻地机和挖掘机正在工作，一百米外斜上方忽然拱出一

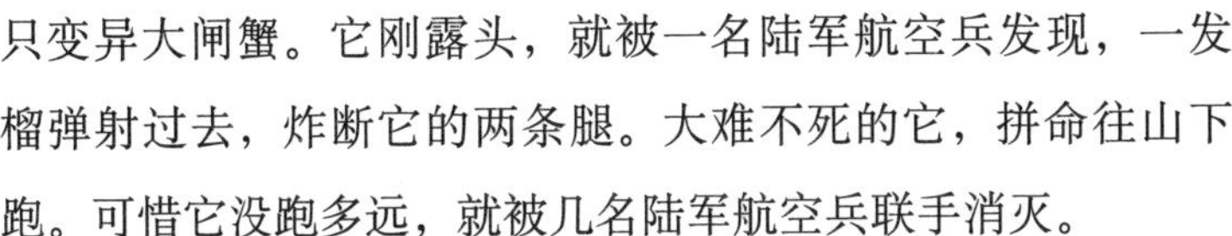

只变异大闸蟹。它刚露头，就被一名陆军航空兵发现，一发榴弹射过去，炸断它的两条腿。大难不死的它，拼命往山下跑。可惜它没跑多远，就被几名陆军航空兵联手消灭。

数名陆军航空兵跑向那个洞口，正要查看里面还有没有变异虾蟹时，一只变异小龙虾钻出来，刚露头就被榴弹击中脑袋，顿时炸晕了，滚下山去。

山下几名陆军航空兵躲闪不及，被撞殉职。变异小龙虾体重太大，虾壳无比坚硬，被它撞一下，和被坦克撞一下差不多。

接着，又有五六只变异虾蟹钻出来，陆续被消灭。

一分多钟内，再无变异虾蟹爬出。

一名陆军航空兵端着连发转轮榴弹枪来到洞口，想用一梭子榴弹把洞里所有变异虾蟹一举消灭。他正要扣动扳机，忽然洞里传来一个声音："别开枪，自己人！"

小兮不是成心恶搞经典，但是在那一刻，这句话不经过她的大脑，直接从丹田而起，冲破喉咙，响彻天空。

那名陆军航空兵来不及躲开，一条泥狗驮着一个泥人从洞里一跃而出，从他头顶凌空飞过，身后拖着一股狼烟。

小兮和瓜子儿在山底下压了那么久，满脸满身都是灰尘、石屑和蟹甲粉末，连牙缝里都塞得满满当当。

小兮一语成谶，圣女山被重新塑型后，她和瓜子儿从"圣女"的屁股钻出来。

小兮骑着瓜子儿跃出洞口的同时，大喊一声："后边还有！消灭它们！"

第二批导弹虽然全部命中暗河，炸死、砸死大部分变异虾蟹，但由于爆炸威力被水和变异虾蟹的尸体、石头冲抵，仍有一小部分存活下来。

几个善于挖掘的变异虾蟹从一处没有坍塌的溶洞里爬出来，一路朝斜上方挖掘，经过小兮和瓜子儿所在位置附近。

小兮听出变异虾蟹挖洞的声音之后，突发奇想，让瓜子儿接着刨。

坍塌的山体十分松软，不一会儿，瓜子儿就挖到变异虾蟹挖出的洞里，看到数只挖掘能手正在辛勤地劳作。

此刻，数只体型庞大的变异虾蟹竟然联袂作战，有的在前面挖土石，有的在后面把碎石、泥土运到底部的空间里。它们挖出来的洞，足有四五米高，三米多宽，小兮骑上瓜子儿行走，都不会碰到脑袋。

小兮和瓜子儿悄悄退回去，心里窃喜，坐等享用它们的劳动成果。

第一只变异大闸蟹挖到地面之后，一道阳光射进洞里，瓜子儿挖的那个洞里顿时亮了。小兮和瓜子儿探头往外看了看，感到眼睛火辣辣地疼，赶紧闭上。

小兮转过身，打着打火机，和瓜子儿盯着火苗看了一会儿，做好适应阳光的准备。

前面那些变异虾蟹被消灭后，后边的变异虾蟹就不敢贸然出去了。

小兮等不及了，骑上瓜子儿，从变异虾蟹挖出的洞里狂

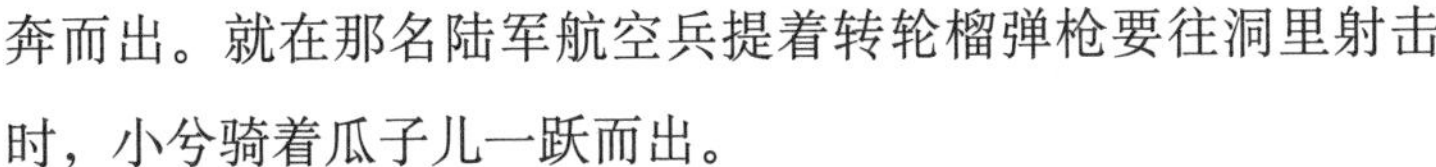

奔而出。就在那名陆军航空兵提着转轮榴弹枪要往洞里射击时，小兮骑着瓜子儿一跃而出。

小兮这一声呐喊太振奋人心了。这个镜头出现在视频中时，举国欢腾，全球欢腾，全太阳系欢腾……七大行星蹦起三光年，脱离轨道，转了好几天才转回去。

大型挖掘机到位之后，苏劢和刀姐被安排到直升机里等消息。听到小兮那声高喊，二人同时从直升机里跳下来，然后刀姐就被一只变异大闸蟹夹走了。

那只变异大闸蟹尾随瓜子儿跑出来，速度比瓜子儿还快，洞口的陆军航空兵根本来不及消灭它。

变异大闸蟹冲出洞口后，径直往山下冲去。它路过直升机时，刀姐正好从里面跳出来，恰好落在它的大钳子两指中间。它想躲都来不及，只好带刀姐走。

小兮没想到，自己刚来到"阳间"，就听到刀姐鬼叫。瓜子儿见大姨妈被那个王八犊子叼走，不等小兮下达指令，立即如猛虎下山般追上去。

此时，上百支榴弹枪对准变异大闸蟹，就像当初在龙山剿杀蟹王一样，他们却不敢开枪。以榴弹的威力，未必能炸死变异大闸蟹，但炸死刀姐的可能性更大。刀姐背上没有那么坚硬的甲壳。

转眼间，变异大闸蟹挟持刀姐冲进丛林，小兮骑着瓜子儿越过一个又一个陆军航空兵，紧追不舍。

进入丛林，变异大闸蟹因为体型巨大，不得不减速慢行。

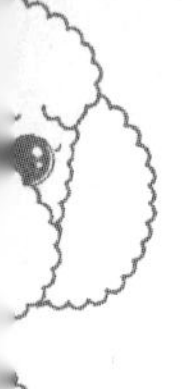

瓜子儿追上来，一口咬住它的一条腿。

变异大闸蟹拖着瓜子儿往前爬出几百米，最后实在不耐烦了，停下来用另一个大钳子朝瓜子儿砸下来。

小兮和瓜子儿一起飞出去。瓜子儿跌落在地，小兮却抓住空中的一根藤条，荡出去，又荡回来，松手，再抓住另外一根藤条，继续往前荡去，在十几米的半空中疾速穿梭，追赶变异大闸蟹。

“刀姐，别怕，我来救你！”小兮在半空中边追边喊。

在大钳子里的刀姐循声一看，吓傻了：“泥鳅精？”

苏劢、温柔、文丽和时间见状，也直接变成泥塑。

刀姐被变异大闸蟹抓走后，直升机立即起飞追赶。虽然他们在丛林上方看不清地面的情况，但是通过无人机追踪拍摄，林内的场景还是能看得清清楚楚。

最惊讶的人，应该是文丽。小兮是她一下一下摔打出来的，她太了解小兮有几斤几两了，但是眼前这个小兮，她不认识。

所有观众都怀疑导播把《蜘蛛侠》电影片段切过来，所有人都确信，屏幕上出现的人，绝对不是小兮。

小兮在丛林中穿梭的速度非常快，很快超出变异大闸蟹一百多米，尔后借着一根藤条的回荡之力，转个圈，朝变异大闸蟹斜前方飞过去。

就在小兮距离变异大闸蟹十几米时，她忽然松开藤条，拔出腰间的警棍摁了一下，矛头蹿出来。她双手握着矛杆，朝变异大闸蟹口腔斜刺过去。

旋矛稳、准、狠地刺进变异大闸蟹的口腔，矛头旋转，把变异大闸蟹的口腔搅成糨糊。

变异大闸蟹手舞足蹈地狂扭，小兮被甩出十几米高，跌落下来，恰好下面有根藤条，她双腿弯曲，用腘窝缠住藤条，止住下跌之势。

小兮静止，变异大闸蟹轰然倒地。

看直播的观众惊得瞠目结舌，忘记欢呼，忘记鼓掌。

逛一逛国际旅游集团公司的员工和股民，刹那间觉得自己升级了，无比自豪，好像刚才炫出神技的人，就是他们自己。

苏劦、温柔、文丽、时间先后从直升机上索降到地面，望着一动不动的巨型变异大闸蟹，仍旧不敢相信刚才自己看到的一切是真实发生的。

小兮已经不是史上最强临时工了，这货绝对来自漫威。

刀姐的三魂七魄依旧没有归位，她坐在变异大闸蟹的大钳子上，傻傻地望着挂在藤条上的小兮。

“帅哥，接我一下好吗？”小兮对仰望她的苏劦说。

苏劦急忙伸出双臂。

泥猴子一样的小兮闭上眼睛，腘窝一松，伸展双臂，做自由落体运动。

她赌苏劦能接住她，赌自己能落在苏劦的怀里。

万一赌输了……那一定摔得很难看。

小兮挟带的巨大冲击力把苏劦砸倒在地，但苏劦仍旧保持环抱她的姿势。

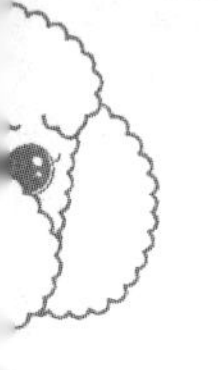

苏刕忽然控制不住地吻上小兮的嘴唇。

温柔、时间笑着转过身去。

“我检查一下作业。”文丽背着手走到小兮和苏刕身边，“苏队，你吻得也太没诚意了，蜻蜓点水的不要，要吻就深吻。”

刀姐哭了，觉得不再亏欠小兮那么多。

苏刕和小兮吻得十分忘情。她从未吻得如此投入，从未吻得如此陶醉。

其实，接吻的技术和经验并不重要，重要的是跟谁吻。

无人机拍下他们热吻的画面，直接送到观众面前，引发醋海海啸。男兮粉无法接受这个现实，苏刕无端招来无数黑粉。

祝福？那都是客套话。女神吻了别的男人，哪有心情祝福？除非不是真爱。

连兮粉都不愿意接受，二哥该如何接受？如果他还活着的话。

这个画面，别人怎么看怎么觉得十分浪漫，男主角的感受却与他们想象的完全不同。

小兮牙缝里都是泥土和巨蟹的碎甲，两条舌头绞在一起，像混凝土搅拌机拌料，堪称史上最牙碜的吻，不是真爱还真下不去嘴。

第七十五章　更大的危机

“汪！”小兮和苏劢正在缠绵时，忽然一声狗叫传来。

苏劢终于解放了，急忙松开小兮，惶恐地抬起头。

小兮却死死勾住他的脖子：“再来五块钱的。”不等苏劢同意，她又吻过来。

小兮能听出瓜子儿在什么地方叫，五秒钟内它跑不过来。

刚吻到五毛钱，小兮就觉得不对了。

瓜子儿的叫声十分惊恐，接着一阵密密麻麻的变异大闸蟹爬行声传来。

从杂乱的声音可以判断出，绝对不是一两只变异大闸蟹，可能是一群。

小兮扭头望去，影影绰绰看到瓜子儿狂奔而来，身后跟着密密麻麻的变异大闸蟹。

小兮和瓜子儿跃出洞口后，那名手持转轮榴弹枪的陆军航空兵一个趔趄跌倒在地，接着后面的变异虾蟹排着队拥出洞口，爬得漫山遍野。虽然被负责警戒的陆军航空兵击毙几只变异小龙虾，仍有十几只变异大闸蟹钻进丛林。

温柔、文丽和时间手里只有几枚手雷，貌似很难抵挡蟹群。丛林里的陆军航空兵较为分散，均处于单兵作战状态，很难对变异蟹群构成威胁。丛林上空的几架海军陆战队直升机，视线被浓密的枝叶遮挡，也无法攻击蟹群。

“上飞机！”小兮大喝一声。

“小兮，你先上！”温柔说。

“没时间客气了，你们先上，我有瓜子儿！”小兮说。

温柔一挥手：“文丽，上！”

文丽把几枚手雷塞到小兮手里，攀上绳索。

“时间！”温柔喊道。

时间也把手雷塞给小兮，爬上直升机。

温柔焦急地看看刀姐，刀姐肯定攀不上去。如果让她自己上，肯定挡在前面，后面的人谁都上不去。只能把绳索拴在她腰上，将其吊离。

“温柔，快上！”小兮对温柔喝道。

温柔来不及多想，把手雷塞给小兮，攀上绳索。

“苏劦！”小兮对苏劦喊道。

苏劦掐住刀姐后腰，把她举到绳索前。刀姐抓住绳索，双脚一通乱蹬，连一寸都没爬上去。

小兮诧异地望着苏劦。

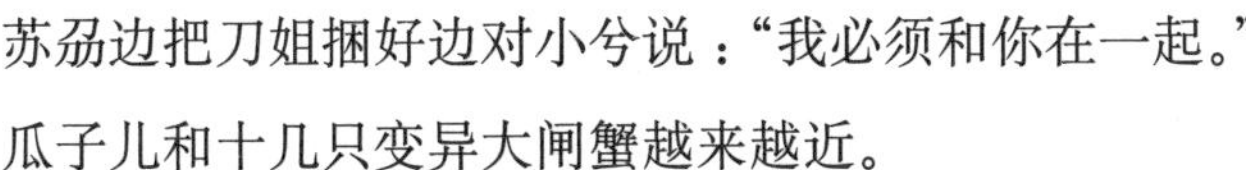

苏劦边把刀姐捆好边对小兮说："我必须和你在一起。"

瓜子儿和十几只变异大闸蟹越来越近。

"快，上升！刀姐，抓紧！"苏劦一边喊，一边对飞行员做手势。

形势危急，直升机再不起飞，就有可能被变异大闸蟹拍爆炸。飞行员立即起飞，吊着刀姐疾速上升。

这是刀姐这辈子坐过的最刺激的空中缆车。

小兮从变异大闸蟹口腔里拔出旋矛，面对汹涌而来的变异蟹群，单手持矛斜指天空，挡在苏劦面前，像只小母鸡一样护着她的男神。

面对这种阵势，苏劦的肝胆不停地突突："小兮，我觉得——我们还是应该跑。"

"机会难得，能酷就酷五秒。"小兮笑着说。

"快跑！"头顶忽然传来一声大喊。

小兮和苏劦抬头一看，数名海军陆战队队员顺着绳索，降落在瓜子儿身后，一起对着蟹群扣动扳机。几声巨响过后，前面的变异大闸蟹纷纷中弹，制造一个惨烈的翻车现场。

瓜子儿趴在小兮和苏劦面前，不停地摇尾巴，示意小兮赶紧爬到它的背上。

小兮冲苏劦喊道："上！"

苏劦来不及多想，翻身跨上瓜子儿后背。小兮冲无人机飞吻，收起警棍，翻身爬上瓜子儿后背。

瓜子儿驮着他们飞出去。

这是苏劢第二次骑乘瓜子儿。第一次，他被变异大老鼠撞成重伤，被小兮搬到瓜子儿背上，不能算骑乘；这一次，也是在情急之下，瓜子儿并没有介意，驮着他们夺命狂奔。

海军陆战队队员仅仅击中前面几只变异大闸蟹，巨大的蟹壳，成为巨大的盾牌，消减了榴弹的威力。

后面的变异大闸蟹疾速冲破海军陆战队队员组成的单薄防线，继续追击瓜子儿。

小兮一手搂着苏劢的腰，一手摘下手雷扔出去，两条蟹腿在爆炸声中飞向天空。

一个个手雷飞出去，瓜子儿身后传来一串爆炸声，随后便是蟹腿乱飞。只可惜，手雷基本都是落地后爆炸，只能炸断蟹腿，很难炸死变异大闸蟹。

变异大闸蟹横着走，小兮不可能瞄准它们的面门。

瓜子儿驮着小兮和苏劢风驰电掣般向前飞奔。树木越来越稀，变异大闸蟹的速度越来越快，和瓜子儿的距离越来越近。

冲在最前面的一只变异闸蟹距离瓜子儿尾巴两三米时，一阵汽笛似的叫声穿透丛林，一群大象迎面冲过来。

象群似乎早有准备，在瓜子儿冲向象群的瞬间，迅速让开一条路。瓜子儿冲进象群里，后面那些变异大闸蟹却纷纷撞在大象身上。

象群离开人岛后，一直在寻找瓜子儿和小兮。由于它们失去嗅觉，只能靠听觉寻找。先后两轮导弹的爆炸，使它们本能地想往更远处跑，却被几只变异虾蟹堵回来，七八头大

象先后被屠杀。

面对这么庞大的恐怖动物，象群无可奈何，头象只好带领剩下的大象到丛林中躲避、游荡。它们听到瓜子儿的叫声，象群忽然找到方向，及时出击，救下小兮和瓜子儿。

这些大象普遍都是两三米高，在变异大闸蟹面前却显得无比渺小，但它们没有退缩，勇敢地冲上去。

大象庞大的身体撞在蟹腿上，把变异大闸蟹撞得东倒西歪，有的还被撞断腿。

但是，变异大闸蟹粗壮的大腿很厉害，像剁肉馅一样剁向象群。两头大象被开膛破腹，当场毙命；一头大象被切掉鼻子；一头大象被划开后背，伤口达三十厘米深，白森森的脊骨露出来……

没有一头大象不受伤。

体型庞大的大象，像皮球一样，被这群变异大闸蟹踢来踢去。大象明知彼此实力相差悬殊，但依旧毅然决然地选择以卵击石，以延缓它们攻击瓜子儿的时间。

瓜子儿停下来，扭头大声呼唤象群。

瓜子儿和小兮救过的那头公象跑过来，身材娇小的象妹妹跟在它身后。兄妹俩横在瓜子儿、小兮和苏劢身后。

象妹妹和瓜子儿的体型差不多，还没有长牙，依然勇敢地把瓜子儿倚在身后。

尽管瓜子儿特别敢牺牲，特别能战斗，但是它知道，自己和变异蟹群的实力相差太悬殊，应该把它们留给那些手持榴弹枪的战士。它不住地对象群吼叫，想把它们喊回来。没想到，它不但没喊回大象，还喊来一只变异大闸蟹。

面对疾速扑过来的变异大闸蟹，守在瓜子儿面前的公象勇敢地迎上去，两根一米多长的象牙刺向变异大闸蟹。

象牙即便刺中变异大闸蟹，也很难给变异大闸蟹造成致命伤害。变异大闸蟹的一只脚刺穿公象的身体，公象轰然倒地。

象妹妹长啸一声，朝变异大闸蟹撞过去。变异大闸蟹抡起大钳子砸向象妹妹头顶。那个比挖掘机挖斗还大的大钳子，一下子就能让象妹妹脑浆迸裂。

关键时刻，瓜子儿扑上来，一口咬住变异大闸蟹的一根指头，大钳子砸偏了。

同时，瓜子儿后背上的小兮猛地跃起来，踩着苏劢的肩膀飞向变异大闸蟹，把一颗手雷投进它的口腔里。

随着沉闷的爆炸声，变异大闸蟹轰然倒地。

数十名海军陆战队队员空降，对蟹群展开剿杀。

公象倒在地上奄奄一息，象妹妹趴在公象身前哀鸣。

瓜子儿也在公象身边趴下，焦急地向小兮和苏劢求助。苏劢脱下上衣，堵住公象后背上的血窟窿，希望能帮它止血。小兮也脱下上衣，堵住另一个血窟窿。

公象的气息越来越虚弱，无比牵挂地望着象妹妹，拼尽最后一丝力气，用长鼻子钩住象妹妹，把它推到瓜子儿面前，祈求瓜子儿能替它照顾象妹妹。

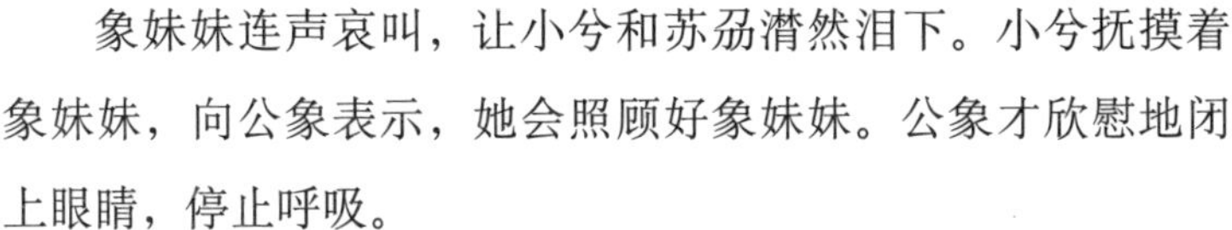

象妹妹连声哀叫，让小兮和苏劢潸然泪下。小兮抚摸着象妹妹，向公象表示，她会照顾好象妹妹。公象才欣慰地闭上眼睛，停止呼吸。

海军陆战队队员用“红箭8”便携式地对地导弹攻击变异蟹群，使其死伤惨重，剩下几只狼狈逃窜。

象妹妹很难过，守着公象的尸体久久不愿意离去。其他大象也跪伏在那些惨死的大象尸体前，场面十分悲壮、肃穆。

小兮记得，她第一次见到象群时，应该有二十几头，现在剩下不到十头。

小兮和瓜子儿都很愧疚。虽然他们救过公象，但是象群以如此惨重的代价回报他们，让他们不知道如何感激。象群，用实际行动证明，人类把“禽兽”“畜生”当作骂人的词汇，是十分不恰当的。

也许那句“禽兽不如”，可能是对的。

在海军陆战队和南岛特警队护卫下，小兮、苏劢和瓜子儿带领象群，回到隐仙湖畔。数架重型直升机已经停在那里。南岛动物园李园长带着几位大象饲养员来接象群。

瓜子儿走后，李园长一直觉得动物园吃了大亏，这回多少还能弥补一点儿损失。

大象们时已经意识到，它们赖以生存的家园不再安全。在小兮和瓜子儿的引领下，大象依次登上直升机。象妹妹依依不舍地用鼻子钩着瓜子儿的脑袋，不舍得离去。

送走大象，苏劢、刀姐和南岛特警陪着小兮回到人岛。

南岛特警队重新配备弹药，专门保护小兮和瓜子儿。

飞天洞内外一片狼藉，群猴已经不在了。

罗局长告诉小兮，一只变异大闸蟹和一只变异小龙虾先后上岛。李国根率领特警赶到时，已经有大批猴子遇难。李国根想带走幸存的猴子，但是猴子畏惧直升机，也怕特警队队员，远远地躲开了。

小兮望着洞壁上的斑斑血渍，不停地抽噎。她把双手拢在嘴边，对着丛林一声接一声地喊："兄弟们，我回来了！"

瓜子儿也不停地吼叫。那些猴子，不仅是小兮的兄弟，也是瓜子儿的兄弟。

小兮和瓜子儿的呼唤声，在人岛上空此起彼伏，久久回荡。许久，树林里才传出猴子的叫声，接着二十几只猴子从茂密的枝叶间穿梭而来，扑向小兮和瓜子儿，有的爬上小兮的肩膀，有的爬上瓜子儿的后背，"叽叽欧欧"地哀叫。

飞行员和贱猴也回来了，说明到圣女山救小兮的那群猴子应该回来了。

小兮清点一下猴子，猴群原来有五十四只，现在仅剩下二十八只，损失了近一半，前猴王就不在其中。飞行员看出小兮眼中的疑惑，连叫带比画，向她讲述前猴王被变异大闸蟹吃掉的过程。

夹板猴把猴崽子抱到小兮面前。它是受前猴王所托，替小兮照顾猴崽子。猴崽子见到小兮，立即蹦到她的肩上，搂着她的脖子不松爪子。

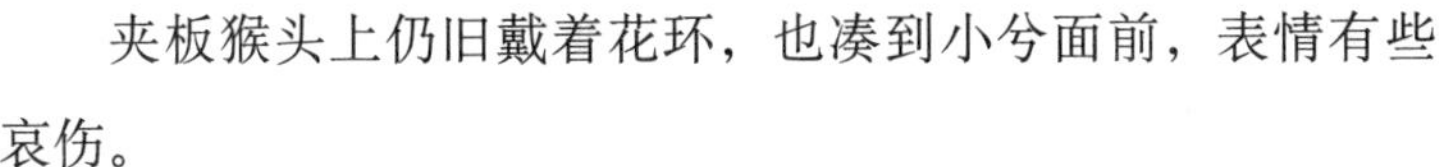

夹板猴头上仍旧戴着花环，也凑到小兮面前，表情有些哀伤。

小兮从它的表情感觉到，它知道那个仪式的含义。可惜它刚刚结婚，蜜月还没过，前猴王就走了。

小兮和瓜子儿把群猴带上直升机。有小兮和瓜子儿陪伴，群猴不再害怕直升机，也不再害怕温柔、刀姐、苏劢等人。

直升机缓缓升起。小兮搂着群猴和瓜子儿，望着越来越远的人岛，再次流泪。她留恋人岛，留恋隐仙湖，留恋飞天洞。虽然飞天洞和二哥发现的那个溶洞相比不值一提……

再美的溶洞，也成为她的记忆，但飞天洞还在。

“我们还会回来的，这里是我们的家。”小兮对瓜子儿和群猴说。

李国根在会上，汇报了抓捕二哥的进展情况，怀疑二哥和土佐很可能被变异虾蟹吃掉了，负责追捕二哥的杨黎明也可能遇难了。

杨黎明本来不应该参加这次行动，但抓住二哥是他的夙愿，他想靠这件事扳回一局。二哥团伙藏在隐仙湖原始森林，让他颜面扫地。之前他拍着胸脯保证，二哥团伙肯定离境，并且为此和边防部队闹得很不愉快。现在看来，边防部队是对的，二哥没有跨过他们的防线。

杨黎明从小练篮球，眼疾手快，成为警察后，又进行过专业格斗训练。他身高臂长，力大敏捷，尽管特警个个都是

擒拿格斗高手，但在他的手下，却走不过几个回合，连他的格斗教官南山都是他的手下败将。

杨黎明才是正儿八经的南岛第一勇士。

二哥在海外的履历，也让罗局长担心其他人应付不了，特批杨黎明、李国根等六人组成抓捕组，乘坐直升机抓捕二哥。

尽管抓捕组的主要任务是抓捕二哥，但看到变异虾蟹不能不管。抓捕组飞抵人岛上方时，看到两只正在捕杀猴群的变异大闸蟹和变异小龙虾，便把它们干掉了。

杨黎明和李国根结合罗局长提供的原始森林地形图进行分析，确定二哥有可能逃跑的几条路线。直升机和两架无人机这几条路线上仔细搜索，遭遇三只变异虾蟹，杨黎明等人携带的榴弹几乎用光。

他们在距离圣女山十公里处，发现了二哥和土佐。二哥和土佐被一只变异大闸蟹追得无路可逃。

二哥打光自动突击步枪里的子弹，围着三人合抱的参天大树转圈。变异大闸蟹速度很快，二哥和土佐几乎转晕了。

如果杨黎明和李国根在直升机上袖手旁观，看着两个罪大恶极的人遭到报应，是不是一个最好的结局呢？就算不是，至少不应该下去救他们吧？

就在二哥和土佐放弃抵抗，准备以身投喂变异大闸蟹时，抓捕组从天而降，两颗榴弹击中变异大闸蟹，二哥和土佐趁机逃脱。

二哥和土佐逃出一公里，被杨黎明追上。二人见杨黎明

孤身一人，手里没有枪，就不跑了。

李国根等人被几只变异虾蟹缠住无法脱身，杨黎明只身追上来。他头盔上的摄像头拍下他追捕二哥和土佐的过程，实时传回南岛市公安局监控中心。

一米八五的土佐，没把两米的杨黎明放在眼里。整天玩凶斗狠的他和从死人堆里爬出来的二哥，应该能将杨黎明轻松拿下。

土佐掏出匕首刺向杨黎明，没想到杨黎明出手如电，一把抓住他持刀的手腕，另一只手往下边一抄，抓住他的裆部，体重一百公斤的他，被杨黎明轻松举起，重重摔到地上。

土佐口吐鲜血，当即失去反抗力。杨黎明麻利地把他铐在一根树根上。

二哥傻眼了。

在 18 号院，土佐武力值排名第二，没想到被杨黎明一招制服。

二哥击倒土佐的最快纪录是三十秒，杨黎明仅用五秒。

二哥感觉自己碰到了绝世高手。

这个高手太高了，二哥不得仰着头，全神贯注、聚精会神地应对。

二哥摆好格斗架势，左拳在前，右拳在后，摇头晃脑地不停移动，瞅准空当，快速近身，一记直拳打向杨黎明胸口。

杨黎明一个大嘴巴子把二哥扇翻在地。

二人几乎同时出手，但二哥的拳头没打到杨黎明的胸，杨黎明的大手却结结实实地扇在二哥左脸上。二哥当即感觉眼冒金星。

杨黎明专门练过篮球抢断技术，二哥的小脑袋摇得再厉害，也没有篮球速度快。

超级无敌的二哥，在瓜子儿面前都能耍几招，没想到被杨黎明用家长教育儿子的招数抽蒙了。

二哥不服，爬起来再战，各种拳脚组合，往杨黎明身上招呼，但没有一招奏效，脑袋却被杨黎明像玩篮球一样，转眼间拍了十几下。

杨黎明爆发力强，反应快，手大臂长，力气大，就算二哥使出降龙十八掌，也未必好使。

二哥小时候，姥姥经常用街上有人“拍花儿”吓唬他。“拍花儿”，意思是，只要坏人往小孩头上一拍，小孩就失去意识，乖乖地跟坏人走，最后被挖出心肝脾肺。

现在，二哥彻底领教了“拍花儿”。他被杨黎明拍得头昏眼花，鼻孔喷血，筋疲力尽，完全失去抵抗能力，开始想起姥姥……这经历，太屈辱了。

杨黎明彻底制服二哥，把他也铐在一根树根上，然后联系李国根，让他们过来把二哥和土佐押上直升机。

李国根等人还没到，一只变异小龙虾却来了。

杨黎明一边呼叫支援，一边和变异小龙虾周旋。好在他还有两颗手雷，第一颗手雷炸断变异小龙虾两条腿，第二颗手雷掀掉半边虾壳。

变异小龙虾虽然遭到重创，但没有丧失战斗力，拖着残躯走向铐在树下的二哥和土佐，伸出钳子夹住土佐的右腿，往嘴里送。

土佐的手被铐在树根上，变异小龙虾狠狠一扯，他的手顿时脱离胳膊，血喷一地。

关键时刻，杨黎明再次救了土佐。他化警棍为长矛，刺进变异小龙虾失去虾壳的那部分身体。旋矛一阵旋转，搅得虾肉碎屑乱飞。

变异小龙虾丢下土佐，转身举起大钳子砸向杨黎明。杨黎明低头欲闪，却没闪过，大钳子砸在他头盔上的摄像头……

后面的事儿，警方一无所知。

李国根等人消灭几只变异虾蟹后，赶到现场，发现杨黎明、二哥和土佐都不见了，现场鲜血淋漓，两只手铐铐在树根上，一只手铐已经被血染红。

杨黎明的头盔也在，摄像头已经碎裂。

一缕有规则的血迹向前延伸七八十米后中断，可以判断出，土佐逃离现场，仅爬出七八十米。

从现场的惨状分析，三人应该遇难了。

蔡中秋寻遍方圆百米，均没有发现三人的踪迹。

抓捕组采集现场血样，带回南岛市公安局。化验结果显示，现场的血迹，是杨黎明、二哥和土佐的。

杨黎明终于实现了他的愿望，抓住二哥，没想到却付出生命的代价。

小兮感到心痛的同时，也有些遗憾。她曾经发过誓，如果二哥放出变异虾蟹，她就算追到天涯海角也不会放过他，可惜她没有机会了。

瓜子儿回到高尔夫球场，积极配合医疗队给它疗伤。医疗队花了二十多个小时，从它体内取出上百颗弹头。

小兮看到那堆弹头，又心疼又内疚。瓜子儿带着这么多弹头，一次次把她从地狱里拽出来，而她居然还残忍地虐打它。这段往事，她什么时候想起，什么时候心痛。

小兮把群猴送进动物园，没想到猴园里的猴子欺生，群猴刚进猴园，就遭到惨烈撕咬。群猴死活不愿意留在动物园，小兮走到哪儿，它们就跟到哪儿。

小兮实在没办法，就把它们暂时带回豁子坟别墅。

温柔、文丽、时间等人把小兮和群猴送到豁子坟别墅，都不愿意走。他们有太多问题想问小兮，于是小兮把他们留下吃饭。

群猴和他们在影视剧、动物园里看到的猴子不一样，非常守规矩，整齐地坐在小兮身边。前猴王走了，“副宰相”代管猴群日常事务。只要哪个猴子调皮捣蛋，它上去就是一通呵斥，于是那个猴子就变成听课的小学生。除了猴崽子一直盘在小兮脖子上，它不敢管。

“它为什么叫飞行员？”文丽指着飞行员问。

时间也好奇地望着小兮：“对啊，它为什么叫贱猴？怎么

个贱法？”

小兮没有网文大咖编故事的本事，众人把她问得很尴尬。她有一说一，自己一丝不挂地溜达，飞行员把她的文胸套在脑袋上，像个飞行员，因此得名；贱猴偷她的内裤，所以叫贱猴。这些能说吗？

这事儿要放在刀姐身上，即便没有人问她，她也会主动炫耀。小兮是闷骚，回到城市就是淑女了，怎么可能有一说一呢？更何况还有这么多男特警在场。最重要的是，她的男神苏劢目不转睛地盯着她呢。

于是，小兮绞尽脑汁地编造：“飞行员啊，它在树上蹿得最快，像飞行似的；贱猴呢，总在我面前犯贱……”

小兮实在编不下去，偶尔瞄一眼苏劢。众人都看出小兮的心思，就是不走。

陈天涯也来了。他为了庆祝小兮和瓜子儿安全归来，专程返回南岛。

刀姐虽然对陈天涯的失礼行为耿耿于怀，但不再怀疑他对自己的感情。毕竟他是上市公司的CEO，商场风云变幻，而他确实在南岛浪费了很多时间，不回去打理公司业务，也说不过去。这些天，他一直想来南岛向刀姐赔罪，但是刀姐在巨龙山脉和搜救队寻找小兮和瓜子儿，他只好坚持每天电话问候。

结束生长抑制剂研究工作，陈天涯和南岛，只剩下“爱一个人，恋一座城”的关系，红中生物股票上涨势头放缓，逐渐淡出公众视野。

逛一逛国际旅游集团公司的股票一直上涨，致使小兮和刀姐的身价翻了好几倍。陈天涯这次带来公司的宣传团队，希望能拍点儿小兮、瓜子儿、刀姐和他的日常交集，在网上发一发，以此向股民证明，红中生物和瓜子儿、小兮还有关系。

其实，红中生物为瓜子儿做的贡献，远比逛一逛国际旅游集团公司要大。如果小兮和刀姐当初有一个人离开逛一逛国际旅游集团公司，加入红中生物，红中生物也不会卑微到靠蹭她们的热度维持股价增长。

对此，小兮感到愧疚。她劝刀姐："要不你们结婚吧，你们结了婚，就捆在一起了。"

"那也不能这么快啊！"刀姐说，"即便我再憋疼，上杆子也不是买卖。"

小兮想想也对。刀姐跟陈天涯正式交往不过半个月，说不定刀姐的心，还挂在苏劦那儿呢。

陈天涯感觉刀姐和小兮在聊关于他的话题，就躲到一边跟胡言搭话："罗局怎么没来？他不是一直担心小兮和瓜子儿吗？"

"他都快忙飞了。"胡言说。

"变异虾蟹的事儿，不是移交部队处置了吗？"

"可不止虾蟹，可能还有更大的危机出现。"

"啊？"

胡言的话，着实把大家惊着了。还有什么危机，比到处吃人的巨型变异虾蟹更大？

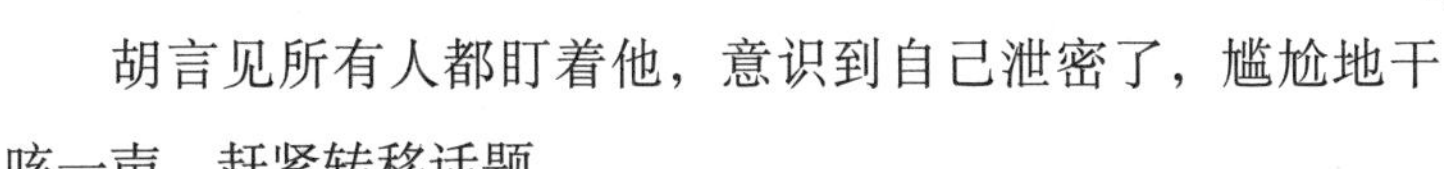

胡言见所有人都盯着他，意识到自己泄密了，尴尬地干咳一声，赶紧转移话题。

特警的保密意识都很强，就没有人再问。

唯独好奇心极强的刀姐还在追问：“胡言，说话别说一半啊，还有什么危机？”

“唉，没事儿，可能我想多了。”胡言王顾左右而言他。

刀姐还想刨根问底，小兮偷偷捅捅她，示意她别再难为胡言。

刀姐不情愿地埋怨道：“吭哧瘪肚的，还是老爷们儿吗？说半截话，真急死人！”

小兮心里隐隐不安，同时也有些疑惑。胡言是有经验的老刑警，怎么会犯这种低级错误呢？

第七十六章　暗　杀

特警们在小兮家待到十点多钟，才依依不舍地散去。刀姐把陈天涯领回自己的豪宅。苏劢不再扭捏，男主人似的和小兮把众人送到院外。文丽临走前，还不忘嘱咐小兮："好好亲，认真点儿，别浮皮潦草的。"

小兮终于可以好好洗澡了，把全身上下里里外外擦了三遍肥皂，刷了三遍牙。她这些天，一直用水果刷牙，虽然那东西是纯天然的，毕竟没有牙膏好用。

她之所以这么做，就是为了还苏劢一个一尘不染的吻。

小兮下楼时，群猴都睡着了，只有苏劢坐在小酒吧里品红酒。

苏劢主动递给小兮一杯酒，自然得好像在自家一样。

小兮嗫嚅地问："有件事……不知道你会不会生气？"

"不会。"苏劢不等小兮说完就答应了。

小兮觉得十分对不起苏劢。就在同一天，曾经有一个男人吻过她，当时她还下定决心跟他亡命天涯。虽然他可能已经死了，但她仍觉得必须把这件事向苏劢坦白，否则她就像做贼似的。一旦苏劢从别人那里知道这件事，她脸上更不好看。

苏劢默默地听小兮讲完溶洞里发生的所有事情，许久没做声。

小兮心里有些不安："你——生气了？"

苏劢一把把小兮搂到怀里："我心疼了。"

小兮不知道苏劢说的是不是真心话，正纠结时，一滴眼泪滴到她的脸上。

她信了。

苏劢搂着小兮，搂得很紧。

小兮也紧紧地抱住苏劢，闭上眼睛，用心感受苏劢怀抱里的温暖。这是她曾经幻想过无数次、魂牵梦绕的拥抱。

但是，为什么她仍旧没有安全感呢？

小兮原以为自己不再缺乏安全感，因为她已经能战胜一切，但是在苏劢的怀里，她忽然感觉再度失去安全感。

苏劢的怀抱，反倒让她越来越没有安全感。这是她从来没有想过的。

除了胡言提到的那个危机，另一件事也让小兮心里越来越不安。

小兮每天都到高尔夫球场陪伴瓜子儿，同时跟飞行教练

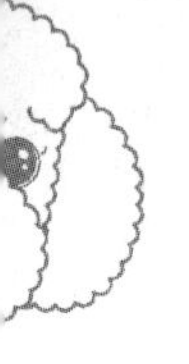

学习驾驶直升机。

罗局长希望每个特警掌握这门技术。虽然他们已经把剿杀变异虾蟹的任务，全部移交军方，但作为一支与变异虾蟹作战经验最丰富的队伍，南岛特警队要随时做好支援部队的准备。

变异虾蟹造成的伤亡数字依然不断攀升。

军方已经消灭了绝大部分变异虾蟹，但至少还有几十只下落不明。先后有数位目击者报告，有五六只南下入海，有一只游向台湾，另一只游向海南岛，还有一只极有可能在香港或者澳门登陆。

另外数十只北上，三山五岳都有发现变异虾蟹的报告。长江、太湖、洞庭湖、鄱阳湖相继发现变异虾蟹，数量不明。一只变异大闸蟹进入阳澄湖，一只变异小龙虾到达盱眙。

四只变异大闸蟹进入钱塘江，经杭州湾入海，引起杭州人、魔都人恐慌。有人看到一只东渡日本，一只取道韩国，还有两只绕过胶东半岛，在天津登陆，不知道它们想干什么。

变异虾蟹上山或者下水后，找到它们的难度加大。如果不尽快消灭它们，下次它们再出现时，说不定就是一艘航空母舰。

断断续续练了几天，小兮基本掌握了直升机驾驶技术，又多了一门手艺。虽然她没有法定的飞行驾照，但遇到危急情况，能把直升机顺利地开起来，才是真有用。

陈天涯带来的宣传团队根本用不上，因为大批记者都以

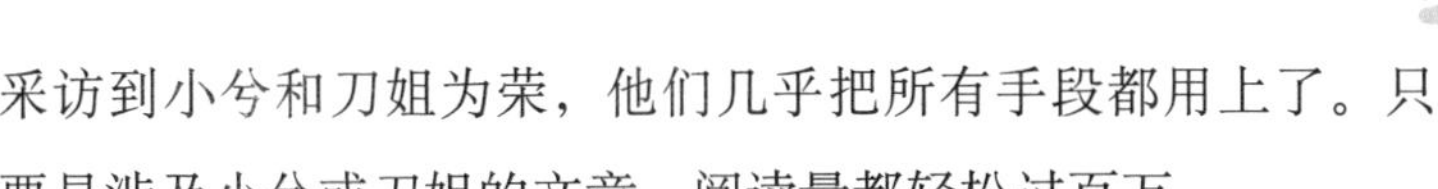

采访到小兮和刀姐为荣，他们几乎把所有手段都用上了。只要是涉及小兮或刀姐的文章，阅读量都轻松过百万。

刀姐和陈天涯的恋情公之于众，红中生物的股票果然大涨。

刀姐在高尔夫球场遇到胡言，又缠着他问："你说的那个更大的危机，到底是什么呀？"

陈天涯觉得这个问题可能涉密，拦着刀姐不让她问。

胡言却是一副无所谓的样子："没事儿，这事儿局里已经公开了，我正好想听听陈总的意见。罗局怀疑东临碣石生物公司是出来背锅的，以那家公司的实力，根本攒不出这么大的局。"

东临碣石生物公司，就是导致南岛动物变异的元凶。赵川归案后，那家公司被取缔。警方经过调查研究，感觉这个案子超出东临碣石生物公司研发能力范围，怀疑背后隐藏着更大的犯罪集团。

"我一直都觉得哪块不对。"陈天涯说，"我从来没听说过这家公司。这种无名小公司，怎么可能组织起那么强大的研发团队呢？"

"你觉得什么样的公司有能力做这件事？"胡言问。

"太多了，境外就有好多家。"陈天涯说，"我觉得，国内的生物公司，一般没有这么大的胆子，他们也没有必要做这种损人不利己的事情。商人，求财发财才是最重要的事情。"

"胡言，你神神道道的，这算什么大危机啊！"刀姐撇嘴道。

“战争都是损人不利己的事儿，不是每天都在发生嘛。这是什么？这是生化武器，比枪炮都值钱。你怎么知道他们不会为了谋取利益，进行更具毁灭性的实验呢？”胡言反问陈天涯。

刀姐终于明白真正的危机是什么了。平时毫无战力的小龙虾、大闸蟹，变异后就把国家弄得焦头烂额，要是让老虎、狮子、大鳄鱼变异，想想尿意就上头。

“现在国家对变异动物管控这么严，就算他们有实验品，还不得赶紧处理掉，还能让它们跑出来？”刀姐反问。

“但愿是这样。”胡言担忧地点点头。

“我能帮警方做什么？”陈天涯问。

“你能给我们当顾问，那就太好了。”胡言赶紧说。

“没问题，我正闲得慌呢。”陈天涯一口答应。

刀姐有点儿小感动。陈天涯成为警方顾问，就有理由留在南岛了。这次，他显然不是为了瓜子儿，而是为了陪她选择留下来，虽然也有点儿蹭她热度的嫌疑。

瓜子儿的自愈力没有退化，手术三天后就拆线了。在医护人员的精心治疗下，它还恢复了嗅觉。

小兮得知瓜子儿恢复嗅觉后，身上故意保留苏劢的味道，凑到它跟前。

瓜子儿把她浑身上下嗅了个遍，显然闻出了苏劢的味道，却没有发脾气，反而一直围着小兮转圈，伸着大长舌头，“哈

咴哈咴”地想表达什么。

从原始森林返回南岛之前，小兮就一直观察瓜子儿对苏劦的态度。让她感到意外的是，瓜子儿不但不介意苏劦骑乘它，反而跟他很亲昵，像很久未见的哥们儿。

这是不是意味着瓜子儿接受苏劦了？还是受到二哥的刺激后，它更希望小兮和苏劦在一起？

小兮带着瓜子儿到动物园看望象群。象妹妹远远地看到瓜子儿，长鸣一声，第一个冲过来，用长鼻子钩住瓜子儿，与它滚作一团。

对此，小兮有些担心。象妹妹和瓜子儿体型差不多，好像还未成年。尽管大象都有良好的家教，但瓜子儿骚起来可是六亲不认的。如果它对象妹妹做出点儿出格的事儿……

小兮摘下警棍，随时准备充当现代版的法海。在她这里，白蛇和许仙绝对不能在一起。

其他大象也纷纷跑过来，围住小兮和瓜子儿，用长鼻子跟他们打招呼。瓜子儿和大象快乐地玩耍。群猴终于接受了动物园，和大象在一起，它们还是很快乐的。

回到高尔夫球场，瓜子儿还是不停地在小兮身上嗅来嗅去，尔后继续伸着大长舌头对她“哈咴哈咴”地表达什么，好像还有什么未了的心愿。

小兮猜出瓜子儿的心思，便给苏劦打电话：“瓜子儿想你了，你马上过来！”

苏劦有点儿不敢相信，下班后立即赶到高尔夫球场，瓜子儿果然摇着尾巴热情地迎接他。两人一狗玩耍一会儿后，瓜子儿摇着尾巴在小兮和苏劢面前趴下，他俩骑上瓜子儿在高尔夫球场一通狂奔。

两人一狗一直玩到夜幕降临。

小兮和苏劢坐在球场的河边，望着满天繁星，仿佛又回到了原始森林。那段与大自然无限亲密接触的日子，让小兮很是怀念。她想起自己经常在飞天洞口想念苏劢，瓜子儿猜出她的心思，还狠狠地瞪她。

现在，瓜子儿心里的醋坛子消失了，一动不动地站在河里，东一下西一下，逮了半个小时，也没逮到一条鱼。

高尔夫球场里的蚊子，不比原始森林里少。瓜子儿见小兮和苏劢“噼里啪啦”地驱赶蚊子，放弃捉鱼，走到他们身后，一个爪子捂住小兮的脸，一个爪子捂住苏劢的脸，糊了他们一脸泥巴。

苏劢终于可以肆无忌惮地和小兮、瓜子儿抱在一起了。他和小兮之间的障碍彻底没有了。

小兮沉浸在前所未有的幸福中，那种隐隐不安的感觉再次冲击她的幸福感。

二哥真的死了吗？

从头到尾，没有人见到二哥死了。活不见人，死不见尸，只有一摊血。

小兮也几度认为自己必死无疑，但她现在依然好好的。

万一二哥还活着，看到她和苏劢在丛林间那一吻，会做

出什么事来？

她终于知道自己莫名的恐惧感来自哪里了。从前她没有安全感，是怕自己受到别人伤害。今天，她担心她最爱的人受到伤害，担心离她最近的人受到伤害，担心瓜子儿受到伤害。

小兮向罗局长申请，带领瓜子儿再回隐仙湖，寻找证明二哥死亡或存活的证据。只有确定他生死，她才能安心地享受美满的爱情。

罗局长也觉得有这个必要，就派温柔、文丽、时间等特警和蔡中秋，跟随小兮重返原始森林。

现在的原始森林，仍然很危险，偶尔会有变异虾蟹从坍塌的圣女山里钻出来。生命探测仪不时发现山里有生命存活的迹象。

小兮和特警带着瓜子儿、蔡中秋在杨黎明、二哥和土佐消失的地方勘查了很久。瓜子儿和蔡中秋一直没有发现三人身上的气味离开现场，他们的活动范围应该就在方圆一百米内。

小兮拉着瓜子儿和蔡中秋，循着二哥和土佐的气味往回走一遍，追踪到坍塌的圣女山下，没有发现土佐和二哥的气味出现分叉，排除了二哥和土佐往回跑的可能性。

没有任何证据显示二哥和土佐还活着，也没有任何证据证明杨黎明已经牺牲。

但是，小兮心里仍旧有些不安。在返回南岛途中，她忽然想起一件事。

“回去。”小兮对直升机飞行员说。

众人再次回到现场，小兮抬头观察那棵曾经铐着二哥和土佐的树，树上缠着一根藤条。远处，也有稠密的藤条悬在古树之间。

小兮爬到树上，砍断一根藤条，递到瓜子儿鼻子前。瓜子儿嗅了嗅半截藤条，忽然对小兮“汪汪”大叫。

二哥还活着。

对此，小兮十分肯定。如果藤条上是别人身上的气味，瓜子儿的反应不会如此强烈。

虽然特警们对小兮的“神技”佩服得五体投地，但小兮自己心里清楚，对于拥有真实战场经历的二哥来说，应用此神技的难度并不大，只需有足够大的胆量和足够快的反应。这两点，二哥都不缺。

小兮立即给罗局长打电话，让他立刻派人保护苏劦、刀姐和婷婷。她有一种强烈的预感，二哥已经潜回南岛。

苏劦接到小兮打来的电话时，他驾驶消防车已经驶入海滨别墅区大门。海滨别墅区发生一起火灾，他们要火速赶往现场。

小兮此前就住在海滨别墅区隔壁的海滨小区，与海滨别墅区一墙之隔，可以从楼上俯瞰别墅区。

“你现在立即返回消防队。”小兮大声喊道。

“火势很大，不容有失！”苏劦有些为难，“失火的地方，还是名人住宅，处理不好，肯定被公众诟病的。”

“哪个名人？”小兮诧异地问道。

“黎解放。”

没错，就是那个击退虾王的癌症晚期患者。这两天他在网上又火了。随着变异虾蟹造成的伤亡越来越大，他再度被网民骂上热搜。即便网民众口一词地要求严惩他，但南岛警方也没有理由严惩他。他已经是癌症晚期了，就算判刑，都得保外就医。

网民一致盼望黎解放早点儿死，意外的是，他的身体却越来越结实。儿子儿媳妇都死了，他放不下那个窝囊的孙子小肉球儿，憋着一口气，生生把癌细胞一点一点地憋死在身体里。两个月后，他不但能生活自理，还能行走自如。虽然他还不能接送孙子，不能出去捡破烂儿，但帮忙打理日常家务没有问题。

信念就是一种灵丹妙药。

黎解放不上网，对劈天盖地的网络暴力一无所知。但是，来自身边的骚扰他不能不屑一顾。隔三岔五就有人混进别墅区，往他家别墅门上抹屎泼尿。别墅区里几个命丧虾王之口的遇难者家属更难缠，他们一旦想不开，就跑到他家里吵闹。

黎解放的抠度不减，只雇一个保姆，负责做饭和接送孙子上下学。学校也没有尽到保护肉球儿的责任，他三天两头被人欺负，经常哭哭咧咧地跑回家。

以前，肉球儿可不是这样的。同学们都知道他家有钱，争相巴结他。现在他父母双亡，变成孤儿，也没有得到同学丝毫同情。同学们都认为他家遭此劫难，是报应，活该如此。

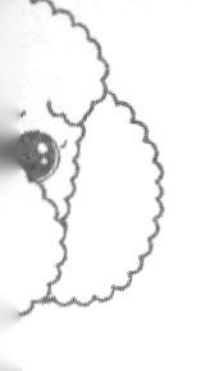

为此，黎解放到校领导办公室闹过好几次，没想到，校领导、老师都用鄙夷的目光看着他，用憎恨的口气对他说，“我们实在管不了，不行您就给孩子办转学吧”。

实在没地方讲理，黎解放就怪肉球儿太㞞，却不自责自己连累了孙子。他这辈子，谁都没怕过，但孙子却发生基因突变，长大一定是受气货。怎么办啊？亲孙子，他不能不管。他越想越担心，那些人对他只是吵吵而已，万一对肉球儿下狠手呢？万一趁他们熟睡时，把别墅点着了呢？

还真不能怪他有迫害症。这事儿要放在他身上，他早就火烧连营了。

生活简朴的黎解放，忍痛大出血，买来几十个灭火器，屋里屋外每个角落都放一个，以防有人纵火。

百密总有一疏，黎解放千防万防，他家还是着火了。

“我怀疑有人故意纵火。”苏劦对小兮说。

“这是警察的活儿。你现在赶紧掉头回消防队。我严肃地提醒你，梁武还活着，极有可能潜回南岛。你，有可能成为他第一个猎杀目标。只要他制造火灾，你就会不请自到。苏劦，这是一个陷阱，你千万不能去！”

“我是队长，已经到现场了，怎么撤？”苏劦无奈地说。

消防车已经在黎解放的别墅前停下。火势很猛，三层别墅的每个窗口，都有熊熊的火舌。周边的居民兴奋不已，纷纷拿着手机拍摄后，立即上传微信朋友圈，传播这个大快人心的消息。

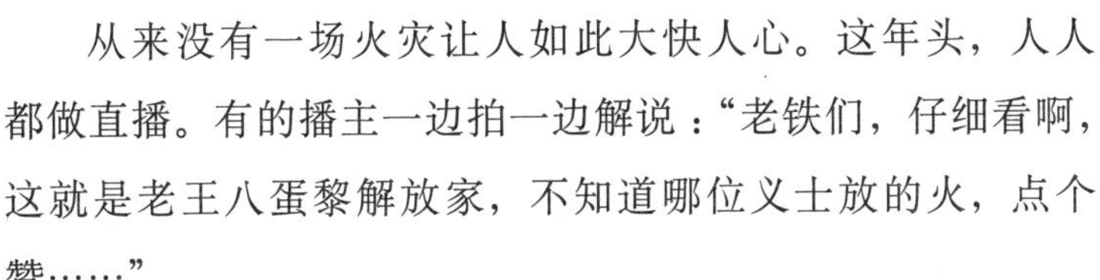

从来没有一场火灾让人如此大快人心。这年头，人人都做直播。有的播主一边拍一边解说："老铁们，仔细看啊，这就是老王八蛋黎解放家，不知道哪位义士放的火，点个赞……"

居民看到消防车停下，纷纷围过来，拍摄苏劢。

"你千万不能下车！听见没有？"小兮焦急地对苏劢喊道，"这场火灾，极有可能是梁武故意制造的，目的就是吸引你过来。现在，说不定他就猫在哪个地方等着狙击你呢！"

"小兮，你也太敏感了吧？"苏劢说，"黎解放是全民公敌，想烧死他的人，排队都能排出南岛市区，轮都轮不到梁武。"

"别人再恨他，也恨不到纵火烧死他的程度，那是犯罪，会坐牢的。"小兮恳切地对苏劢说，"我求你了，苏大队长！梁武是职业杀手，他的职业就是杀人，他以杀人为乐。你的职业是救人，咱别拿自己的劣势跟他的优势较劲行吗？"

苏劢十分为难，也很感动。小兮太在乎他了，所以才这么着急。

不仅苏劢觉得小兮过于敏感了，就连特警都觉得小兮有点儿反应过度。

这次，小兮的预感十分准确。此时此刻，在海滨别墅区隔壁的海滨小区里，在小兮曾经住过的房间窗口，一支狙击步枪正瞄着苏劢乘坐的消防车，只等他开门下车。

那个房间和海滨别墅区一墙之隔。那次虾王在别墅区肆虐，小兮就是在那个房间里看到在海滨别墅区横行的虾王，带着瓜子儿及时赶去，救下谭香。

杀手选择在这里狙杀苏刕，显然不只是因为狙击位置理想，而是另有一层含义。

苏刕把手搭在门把手上，车门缓缓打开。

那根手指扣住扳机。

苏刕把车门推到一半时，忽然觉得小兮的担心不无道理。如果梁武还活着，他极有可能成为梁武第一个猎杀目标。摸清苏刕的生活轨迹是需要时间的，放火引他出来，确实是简单易行的办法。

苏刕关上车门，安排其他消防员下车救火。

此时，火灾现场的视频已经在网上疯传，有一些人还在直播。网民刚才关注黎解放家失火，现在开始关注苏刕。苏刕有点儿犹豫，堂堂消防队队长，新任应急管理局副局长，来到火灾现场，不下车有点儿不像话。

“我不下车真不合适。”苏刕对小兮说，“我会找到相对安全的位置。”

“不行！”小兮发飙了，“你绝对不能下车！”

小兮发完飙之后，愣了一下，接着看到直升机里所有人都直直地看着她。这么多年，她只对瓜子儿发过飙。

“应急管理局刚刚成立，我又是主抓业务的副局长，黎解放还是广受关注的网红，这件事肯定得上热搜。”苏刕说。

小兮见拦不住苏刕，拿出女孩子要挟男孩子的撒手锏：“苏刕，你给我听着！你要敢下车，咱俩就分手！”

苏劢正在犹豫，手机里又传出嘟嘟声："好吧，我听你的。有电话打进来了，我先挂了啊。"他说完挂断电话。

小兮依旧魂不守舍，担心苏劢不听她的话，焦急地催促飞行员加快飞行速度。

时间笑着对小兮说："女神，你现在的状态，可不像苏队的女朋友，有点儿像他妈。"

"罗局也认为这把火可能是梁武放的。"温柔刚才和罗局长通过电话。

得知二哥可能活着时，罗局长就觉得黎解放家这把火着得有点儿蹊跷，命令特警队所有留守队员全部出动，又抽掉数名刑警，以黎解放家为中心，在方圆一公里内展开地毯式搜查。如果这把火真是二哥点的，这是抓捕他的绝佳机会。

苏劢接到的电话，是罗局长打来的，嘱咐他千万不要下车。这时，他才感觉自己有点儿对不起小兮，不该跟她争执。

苏劢不知道，如果不是小兮及时阻止他下车，他现在已经到另外一个世界救火了。

小兮拨通刀姐的手机，却一直没人接听。一种不祥的预感袭来，她急忙拨打陈天涯的电话，得知陈天涯和胡言在去逛一逛国际旅游集团公司南岛分公司的路上。

得知二哥可能还活着，警方便一直联系刀姐，也是联系不上。通过卫星定位，找到了刀姐手机的位置。陈天涯急坏了，也跟着警察去找刀姐。

现在，苏劢在车里顶着极大的压力。

黎解放家失火的消息，很快传遍网络，点赞无数。男神苏劢驾到，网友开始纠结。爱憎分明的男神，怎么能帮黎解放家救火呢？网友都不希望他出手。结果，他如网友所愿，果然没有下车，网友纷纷为他点赞。

但是，苏劢一直不下车，这就不对了吧？

中国网络上的某些微博大V，是银河系道德素质最高的，是人类道德陪审团主席。他们当中，马上有人跳出来，批评苏劢有违职业道德。他们的理由是，别人可以爱憎分明，你是苏劢，你跟普通人不一样。作为职业消防官兵，你到现场怎能不下车救火呢？

现场群众也不高兴了，有人一边拍摄一边解说："各位老铁，好好看看啊，这就是你们胆小如鼠的男神，见火势太大不敢下车……"

一些人整齐划一地喊起口号："苏劢，下车！苏劢，下车！"

苏劢不下车，杀手比任何人都着急。他的手指在扳机上不停地摩挲着，祈祷愚蠢的人们能助他一臂之力，赶紧把苏劢赶下车。

新任应急管理局局长顶不住各方舆论的压力，给苏劢打来电话，命他立即下车救火。

局长姓姬，之前任南岛卷烟厂厂长。在他任期，因管理松懈，导致烟厂发生重大火灾，致使五人死亡，他被就地免职。

市里成立应急管理局后，他就莫名其妙地成为局长，苏劢归他领导。

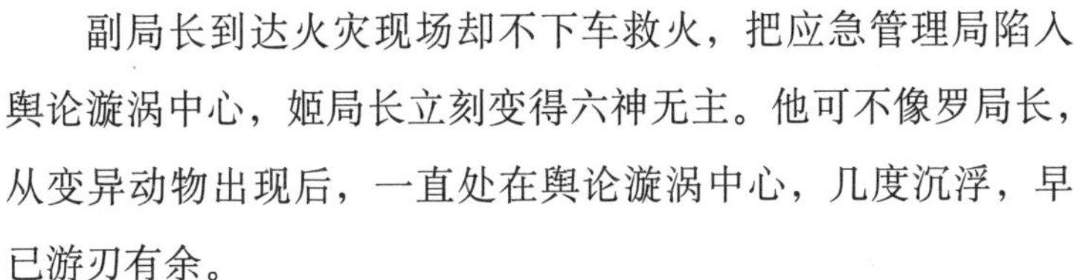

副局长到达火灾现场却不下车救火，把应急管理局陷入舆论漩涡中心，姬局长立刻变得六神无主。他可不像罗局长，从变异动物出现后，一直处在舆论漩涡中心，几度沉浮，早已游刃有余。

从未受过如此大规模关注的姬局长，一边赶往火灾现场，一边给苏劢打电话，命令他立即下车，平息众怒。

苏劢不知道怎么回答姬局长，只好推说罗局长不让他下车。

姬局长顿时感觉自己的权威受挫。消防现在不归公安局管辖，罗局长凭什么命令他的副局长，凭什么干涉应急管理局的事儿？

姬局长拨通罗局长的电话，核实苏劢的说法。

罗局长说明情况后，姬局长笑了：“亲爱的罗局长，您当这是拍电影啊？一个死人还能拿枪瞄着消防队队长？开什么国际玩笑！您应该知道，我局现在承受的压力有多大！全国人民都在盯着我们呢，我局官网都瘫痪了。苏劢必须下车救火，这不但涉及我局的形象问题，也涉及南岛市政府的形象问题。罗局，我们必须以大局为重！”

罗局长严肃地说：“姬局，自从南岛市出现变异动物之后，公安局一直承受着巨大的压力。那种一天死多少人的压力，比现在救不救火的压力，大十倍百倍，我不是照样顶过来了嘛。您不用管他们，他们永远是对的。但是，苏劢万一出现意外，这个责任，可不是您能承担得起的！”

姬局长有点儿拿不准了，便答应罗局长，不让苏劢下车。

罗局长还是有点儿不放心，又给苏劢打电话，嘱咐他千万不能下车。苏劢答应罗局长后，给小兮发条微信，向她保证，自己绝对不会下车。

杀手见苏劢迟迟不下车，现场的人越来越多，就觉得一定是警方得到了什么情报，让苏劢产生戒备，不然他不会到火灾现场还不下车。如果自己的推断成立，接下来必然有大批警察到达现场，他非但不能射杀苏劢，连逃跑的机会可能都没有了。

杀手想到这里，收回狙击步枪，正要离开房间时，忽然看到一辆轿车停在消防车前，一个秃顶中年男人跳下车，指着苏劢大声喝道："苏劢，你给我下来！"

姬局长挂断电话后，觉得自己中了罗局长的圈套。

现在国家对枪支管控如此严格，普通人怎么可能有枪呢？就算有，也只能是射程、准度都不高的土枪，根本伤不了苏劢。退一万步说，持枪杀害国家干部，那是死罪，谁有这么大的胆子？现在的罗局长可能患上迫害妄想症了，在他眼里凡事都可疑，树叶落下来都能砸死人。苏劢作为火灾现场总指挥，如果他到达火灾现场不下车就是严重的不作为，应急管理局负有不可推卸的责任。这件事儿一旦闹大，应急管理局局长必然被问责。

姬局长觉得自己不能替罗局长背锅。于是，他火速赶往火灾现场，命令苏劢下车。

苏劢看了看姬局长，没有做声。

姬局长一把拉开车门，吼道："苏刕，别忘了，你是军人出身的应急管理局副局长，就算你现在不是军人，还是公务员。我以应急管理局局长的名义，命令你下车救火。一个子虚乌有的推测，就把你吓成这个㞞样？你还是党员吗？还是男人吗？共产党员的牺牲精神和敬业精神，都被狗吃了吗？"

对于姬局长的义正词严，围观群众报以雷鸣般的叫好声和热烈的掌声。

苏刕从来没有受过这样的侮辱。他一直以自己的牺牲精神和敬业精神感到骄傲。今天他居然被别人骂成缩头乌龟，让他实在忍无可忍。

但是，他还是忍了。

不只是缘于罗局长的警告，他更不想因为自己的任性让小兮难过。他不忍心看到小兮为他流泪。遭受过巨大苦难的小兮，不能再承受他带来的任何悲伤。

小兮、瓜子儿和温柔等特警乘坐的直升机在海滨别墅区上空缓缓降落。距离地面还有五十米时，小兮忽然看到姬局长强行拉开消防车车门。

"你给我下来！"姬局长大喝一声，抓住苏刕，粗暴地往车下拽。

姬局长当然拽不动苏刕，转身冲起哄架秧子的围观群众喊道："我是市应急管理局局长，你们过来搭把手，把这个贪生怕死不作为的㞞蛋包给我拽下来！"

所有消防员都在救火，无暇顾及苏刕。

围观群众早就对某些享乐在前、吃苦在后的干部恨之入骨，顿时被姬局长壮士断腕的壮举感动，一拥而上，抓住苏劢往车下拽。

“两个人上车，把他推下来！”姬局长大义凛然。

小兮立刻被下面的一幕吓坏了，顿感钢爪抓住心头，急忙拉开直升机舱门，高喊：“放开他，他不能下车，危险！”

尽管她运用腹式呼吸法高喊，仍旧没有穿透围观群众热烈的叫好声。

直升机距离地面还有五六米，小兮纵身跳下去，边跑边喊：“放开他，他有危险！！”

一个壮汉从另一个车门爬进去，奋力把苏劢往下推。姬局长和四五个壮汉合力往下拽。苏劢挣脱不过，被他们强行拽到车外。

围观群众大声欢呼、鼓噪。

“砰”，一声刺耳的枪声，终止了他们的欢呼、鼓噪声。

现场的所有人看到苏劢胸前和后背，同时喷出一股血浆。

一颗子弹洞穿苏劢，鲜血喷了姬局长一脸。

第七十七章　神秘助攻

苏劢胸口中弹，直挺挺地栽倒在地。

小兮哭喊着扑过来，跪在地上，用身体遮住他的头部和胸部，防止杀手二次射击。她泪流满面地摁住他胸前不断往外涌着鲜血的伤口，嘶哑地哭喊：“救护车！救护车！”

枪声像凝固剂，大剂量地撒向欢呼的围观群众。围观群众瞬间凝固了。

那几个强拉苏劢下车的人，停顿一下，看了看苏劢，突然转身就跑。

姬局长瘫倒在地，呆呆地看着苏劢已经被鲜血洇透的制服，艰难地往后挪动着屁股。

“妈的，死得太窝囊了吧？”苏劢咧嘴笑着，直直地盯着小兮。

“你不会死的。六枚导弹都没有炸死我，一发子弹你还扛不住？”小兮哭喊道。

温柔已经判断出杀手的位置，指挥特警前往隔壁小区围捕。文丽、时间等特警护着小兮和苏劢。医护人员把苏劢抬上担架。

小兮跟着担架跑，紧紧握着苏劢的手。她必须给他活下去的信心，不能让他放弃。救护车的后车门打开后，她跟随医护人员钻进救护车。

瓜子儿跟在救护车后面跑，时不时地叫一声。

“我听见……咳咳……瓜子儿……咳咳……给我加油了。”苏劢艰难地说。

“是的，它让你不要放弃。”小兮眼含热泪，点点头，“加油！”

苏劢缓缓地抬起手，抚摸小兮的脸庞，用拇指拭去她的泪水，眼中闪出一些遗憾，然后变化成两个、三个……一团小兮的脸。

苏劢肺部淤血，堵得他无法呼吸，眼神有些散乱，意识开始游离。

“我先走了……你……你别难过。”苏劢用尽最后一丝力气，断断续续地说出这句话，那只修长的手从小兮溢满泪水的脸上猛然滑落。

“不，不！苏劢，你要敢走，就是不爱我！你要真爱我，就一定能挺住！”

苏劢再无回应，沉沉地睡去。

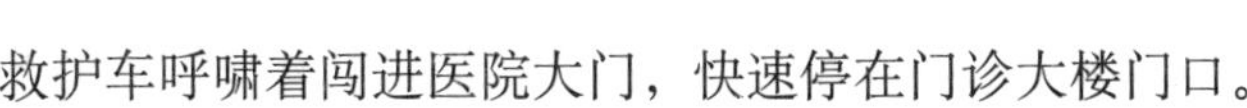

救护车呼啸着闯进医院大门，快速停在门诊大楼门口。

一群医生、护士跑出来，把苏劢火速推进手术室。

小兮和瓜子儿被关在手术室外。

小兮靠在墙上，身体慢慢滑到地上，十指插入发间。

瓜子儿趴在小兮面前，用嘴巴不停地蹭着小兮的腿。

小兮突然坐直身体，双手合十，闭着眼睛默念："苏劢，如果你走了，你就是不爱我了！如果你爱我，就一定能挺住！"

她反复默念这几句话。她相信苏劢肯定能听到，相信苏劢肯定爱她，肯定能挣脱死神的手，回到她身边。

瓜子儿也坐直身体，把两个前爪并在一起，模仿小兮祈祷。

文丽、时间远远地看着小兮，不知道如何安慰她。他们也恨自己，如果早一点儿认可小兮的判断，早点儿赶到火灾现场，或许苏劢就能躲过这一劫。

罗局长赶到手术室，直直地盯着小兮："小兮，是我太粗心了……"

小兮依旧默默地祈祷、祈祷……

姬局长也来到手术室外。他来到医院，在卫生间里站了一会儿，想擦掉脸上的血迹，但想想又没有擦。他看看罗局长，踯躅着不敢上前。

那些把苏劢拽下车的群众，怕警察找麻烦，有的人都买了最早离开南岛的车票，或者驾车，纷纷离开南岛。

那声枪响，苏劢前胸后背喷出的血浆，促使网络舆情立

刻反转，围观起哄的群众和质疑苏劦不作为的网民，意识到自己要成为买人血馒头的人，忙不迭地删除视频和留言，恐怕慢一步就被人问候祖宗十八代。

别人都可以一躲了之，唯独姬局长躲不了。他硬着头皮蹭到手术室门前。

罗局长见到他，二话不说冲过去，一脚把他踹倒在墙脚，上前薅住他的衣领，怒吼道："我说的话都是放屁吗？我再三跟你强调他有危险，你为什么还拉他下车？"

姬局长想了想，却不那么害怕了："罗局，你我都是处级干部，你作为公安局局长，这样对待同级干部不好吧？我有没有犯错误，应该由组织定性对不对？非常时期，出现意外有人牺牲是正常的事情，你至于这样大呼小叫吗？"

罗局长喝道："什么叫意外？如果不是你把苏劦强行拉下车，能有这事儿吗？这是一条人命，懂吗？你懂吗？"

"打死这个杂种！"文丽一声怒喝，和时间一起扑上去，从罗局长手中抢过姬局长，推到墙角一阵痛殴。

姬局长跪在地上，不再讲组织原则，而是不住地求饶。他一边求饶，一边瞄着瓜子儿。

现场这些人，打他骂他，日后都可以追究责任，但如果他被瓜子儿咬了，就不好说了，至多赔他医药费。

瓜子儿撕人的场景，他看过好多遍，想想都肝颤。

身边的吵闹、叫骂，都没有分散小兮的注意力。对她来说，没有什么比为苏劦祈祷更重要。

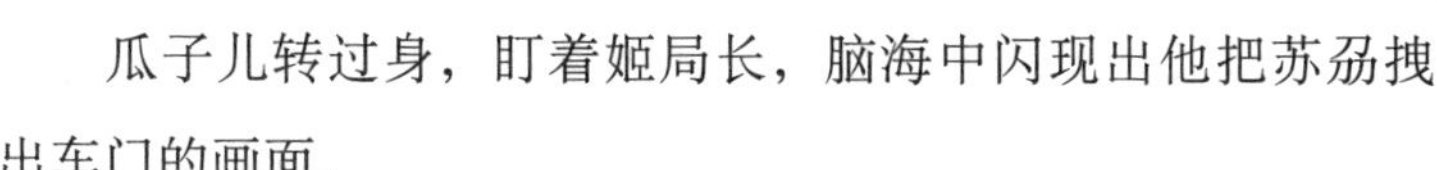

瓜子儿转过身，盯着姬局长，脑海中闪现出他把苏劢拽出车门的画面。

苏劢是小兮最爱的人，它努力克服心理障碍，好不容易接受他，但是这些人却联手杀了他。

它又想到苏劢关心它、讨好它的各个画面。

它扭头看看悲伤到无语的小兮。

它站起来，慢慢地走向姬局长。它走得很慢，慢到让所有人感到恐怖。

姬局长不再求饶，指着瓜子儿尖叫："狗……狗……狗过来了！你们快拦住它，快拦住它啊！"

没有人阻拦瓜子儿。

文丽和时间松开姬局长，闪到一边。

罗局长迅速走进洗手间。

"罗局，我错了，我错了！您别走啊，让人拦着它呀！"姬局长嗓子都喊劈了。

瓜子儿站在姬局长面前，嘴里发出"呜呜"的威胁声，亮出血红的牙龈，两排尖利的狗牙顶在姬局长脸上，丹田发力："汪！"

姬局长立即昏死过去。

枪声响起时，李国根和李刚强率领两组特警抵达海滨别墅区门口。温柔根据弹道分析，给他们提供了杀手的大概位置。

两辆防暴警车立即呼啸着闯进海滨小区。

同时，温柔矫健地翻过海滨别墅区围墙，奔向小兮住过的那栋楼。

两辆防暴警车撞掉海滨小区地下车库的栏杆，冲进车库后急停。

李国根率领一组特警奔向电梯口，李刚强率领一组特警冲向楼梯口。

郑中天第一个冲到楼梯口，拉开安全门往里冲，忽然一枚手雷从楼梯上方滚下来。

特警一组的人大意了。此时距离那声枪响不过十几秒钟，温柔判断杀手在十楼，他们也认为杀手不可能这么快抵达地下二层，因此对那枚手雷毫无防备。

楼梯口空间狭小，如果手雷在这里爆炸，几个人肯定同时受伤。眼看手雷即将滚到众人脚下时，站在最前面的郑中天一脚把手雷踢出去。

手雷距离郑中天脚尖半米处爆炸。

郑中天的一条腿被炸烂，整个人飞出几米，撞倒身后李刚强等人，当场身亡。

“嗒嗒”，几乎在手雷爆炸的同时，楼梯上方一梭子子弹射下来，李刚强等三名特警中弹。

尽管他们都穿着防弹衣，但距离射击点太近，防弹衣被弹头穿透。

楼梯口和电梯口紧邻，李国根等人冲过来，密密的弹头穿透安全门射进去。

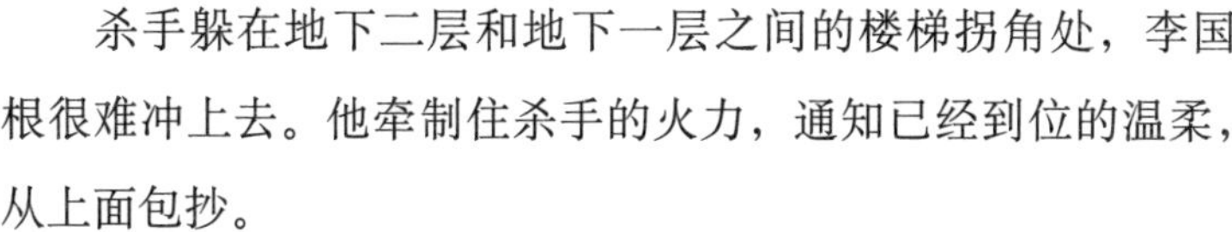

杀手躲在地下二层和地下一层之间的楼梯拐角处，李国根很难冲上去。他牵制住杀手的火力，通知已经到位的温柔，从上面包抄。

温柔翻进海滨小区，冲进楼里的一刹那，就听到地下室传来手雷爆炸声。她端枪从一楼来到地下一层，看到杀手趴在地下一层和地下二层的楼梯拐角处，头上罩着黑色面罩，正用冲锋枪朝地下二层扫射，时而扔出手雷。

温柔连开两枪，击中杀手的两条腿。杀手翻身正要向温柔射击，温柔又开两枪，分别击中他的两条胳膊。

至此，杀手无力举枪，失去抵抗力。

温柔冲下去，一枪托砸在杀手的脑袋上，一把扯下他头上的面罩。

温柔愣住了，诧异到怀疑人生。

杀手不是梁武，也不是土佐。

这个人让温柔几乎崩溃。

居然是年逾七旬的癌症晚期患者黎解放。他为什么要暗杀苏劢？

温柔仍旧不敢相信，七八十岁的人，就算没病也应该老眼昏花了，他怎么可能在两百米外一枪命中苏劢？

黎解放挣扎着醒过来，竟然高呼口号：“完碎，完碎……”

温柔忽然意识到自己上当了，中了真正杀手的声东击西之计，急忙命令外围特警围住整栋楼。

这确实是二哥设计的声东击西之计。

二哥没想到特警来得这么快。从他开枪到被特警围住只用了半分多钟，这不在他的意料之内。他认为，特警最快也得五分钟赶到，他有足够的时间逃离现场。

二哥计划让黎解放把特警全部吸引到地下停车场，他从二楼电梯间跳窗逃走。不料他刚跳下去，就被特警围住，头顶还盘旋着两架直升机。

二哥举起双手。

他不是投降，而是一手握着枪，一手握着红色遥控器。

“各位警官，你们尽管开枪。只要我手指一松，刀姐就会被炸飞的。”二哥非常镇定地说。

二哥手中的遥控器，特警都认识，是一个经过改装的松发式炸弹起爆器。一旦他中弹，或者别的原因，手指一松，炸弹就会被引爆。

“刀姐在哪儿？”温柔从楼里走出来。

“就在那辆车里。”二哥指指不远处的轿车，“后备厢。”

二哥夹着枪，拿出车钥匙，摁了一下，轿车后备厢缓缓打开。

有个特警跑到车后，看到身上绑满炸弹的刀姐还在昏睡。

温柔没想到这么容易就找到刀姐。但是，虽然近在咫尺，却不能救她。二哥只要手指稍稍一松，刀姐就可能尸骨不存。

二哥对数十名特警吼道：“如果你们不想让李莉为我陪葬，就退后。”

二哥迎着特警，走到轿车后，关上后备厢，微微一笑：

“你们千万别送我，万一我一紧张，没准儿就引爆炸弹。”

二哥驾车扬长而去，特警没有拦他，也没有追。

二哥驾车驶出市区，从南岛湖东南一公里处的十字路口出城，走入天网工程的盲区。

不过，特警都知道他去哪儿了，他也没有隐藏行踪的意图。

温柔很清楚，二哥跑掉还能抓回来，现在他们的首要任务，是确保刀姐的人身安全。

罗局长接到温柔的现场汇报，惊讶得下巴都快掉到地上。他料到刀姐会落在二哥手里，只是无法理解二哥如何让黎解放这个病入膏肓、奄奄一息的老人为他做掩护。

“他找的人是我。让他放了刀姐，我跟他去。”小兮淡定地对罗局长说。

小兮的脸上已经没有悲伤，只有冷酷。

苏劢的手术还在进行中，但是大夫说，他脱离危险的概率不足百分之十，让警方通知家属。

小兮停止祈祷。她知道接下来自己该做什么了。

她现在除了仇恨，还有对刀姐的担忧。

“小兮，我知道你心里很痛苦，但是，无论如何都不能冲动。”罗局长劝慰她。

“我必须去。就算违纪，我也要去。这是我跟他的私人恩怨，必须做个了断。”小兮一字一板地说。

“你还想跟魔鬼谈判吗？即便我们想谈，上杆子也不是买

卖，懂吗？”罗局长的态度很坚决。

上杆子不是买卖，东北民谚，翻译过来就是主动求人做不成生意。小兮忽然明白，她和二哥的博弈中，自己输在哪儿了。在溶洞里，原本是二哥求她跟他走，后来却变成她求他。她太上杆子了，二哥反倒不珍惜。如果那个结果，是二哥付出很大代价得到的，他一定不会轻易被土佐策反，也就不会放出那些变异虾蟹。

不仅是和魔鬼谈判，做生意、谈恋爱都是如此，谁主动谁吃亏。矜持的女生一辈子占到的便宜多了去了，公司里负责谈判的人，一定要找慢性子，千万别找伶牙俐齿的，最好是口吃，结结巴巴地聊到对方嘴上起火泡，什么条件都答应了。

“想要达到目的，就必须沉住气。我们要看清对方的意图，但不要让对方看清我们的意图，我们才有机会赢。”罗局长说。

小兮表面上很淡定，其实内心的怒火已经熊熊燃烧。她明白，以她现在的状态，见到二哥后，一定会失去理智，恐怕难以达到报仇的目的。

小兮强忍悲痛，强压怒火，努力沉住气。她此时沉住气的唯一目的，就是为了更具爆发力。

老到的罗局长猜对了，没过一会儿，他就接到了二哥的电话。

“让小兮一个人过来，不许带瓜子儿，不许带武器。”

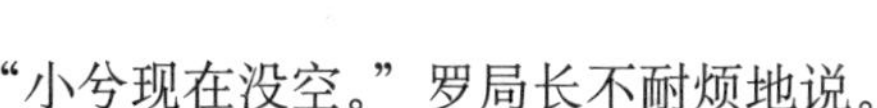

“小兮现在没空。”罗局长不耐烦地说。

二哥有些匪夷所思：“她很忙啊？”

“苏劢受伤了，正在抢救，她在手术室外等消息。我也很忙，你有什么事儿，可以找公安局的办公室主任。”罗局长突然打起官腔。

二哥不是推销办公耗材，找办公室主任干什么？他换种口气，问：“为了那个救火的，她都不顾闺蜜的死活了？”

“梁武，你还想骗小兮几回啊？上次你已经答应好好的，最后你还是把你的承诺当屁放了嘛。狗改不了吃屎，即便小兮去了，也不过是个添头，对吧？”

当着小兮的面杀了刀姐，让小兮痛苦，这是二哥的目的，也是他复仇的方式。即使死亡是唯一选项时，他也要亲手摧毁心目中最美的东西，疯狂蹂躏他的最爱，最后和她同归于尽。

二哥的意图没有对任何人说过，没想到却被罗局长一语道破。

“你来南岛，就没想活着回去。你想和小兮同归于尽，对不对？你手上已经有个李莉，你一定会杀掉她，我怎么可能傻到再搭上小兮呢？”

“你们就眼睁睁地看着我杀死李莉？别忘了，你们是警察！”二哥恶狠狠地吼道。

罗局长心平气和地说：“没错，我们是警察，但警察也得核算成本啊。李莉和小兮都是公众人物，当然小兮的分量更重一些。为了救一个公众人物，再搭上一个分量更重的公众人物，我们怎么跟公众交代？”

罗局长祭出“公众”这个大杀器，二哥有点儿扛不住了。老家伙果然不好对付，说的话句句在理，这是逼他妥协。看来他要想见到小兮，就必须先放了刀姐。

“我要和小兮通话。”二哥要换一个对手。

“我不会让你和她通话的。”

“如果她来见我，我就放了李莉。”

“那小兮呢？用小兮的命换李莉的命，对我们来说，结果是一样的。”

“这么说，就是没有商量的余地了？”

“除非你能保证她俩的人身安全。”

“……行，我保证。”二哥说。

“你拿什么保证？你的信誉度，在我们这里已经归零了。”罗局长说，“保证不是上嘴唇碰下嘴唇就行的，我必须看到切实可行的计划。”

“你要我怎么保证？”

“我不知道你怎么保证。作为警察，我必须保证她俩的人身安全。满足这个条件，我才有可能让你见到小兮。”

罗局长以守为攻，把难题抛给二哥。二哥想见到小兮，就必须自己想办法“保证”小兮和刀姐的人身安全，而且这个公安局局长可不是瞎编几句话就能糊弄得了的。二哥行走江湖这么多年，再次遇到了真正的对手。第一个称得上他的

对手的人是杨黎明。

“这样吧，我给你半个小时，想想这个问题怎么解决。我们也想想，希望能给公众一个满意的答复。你也替我这个局长考虑一下，我也不容易。”

罗局长像市侩的官场老油条，打着官腔，说得轻描淡写，就像置身事外，慢条斯理地处理跟他关系不大的生活琐事。

能不能见到小兮，对于二哥来说，是死后能不能瞑目的大事儿，是对他的爱情能不能做一个彻底的交代。但是，对于罗局长来说，这只不过是他每天要处理的诸多事情中的一件小事儿，他所承受的最大压力，不过是给公众满意或者不满意的交代而已。

不能让公众满意的办法，南岛市警方肯定不会执行，二哥顺着这个思路开始思考。

罗局长利用这段时间，审讯黎解放。他必须弄明白，黎解放为什么成为二哥的帮手。

黎解放一边治疗一边接受罗局长的讯问，小兮旁听。

望着奄奄一息的黎解放，罗局长的心情十分复杂，又十分心痛。就是这个病入膏肓的糟老头子，引发了这场空前的变异动物危机，还断送了两个前程远大的年轻人生命，而他现在躺在床上，警方却对他束手无策。即便能判他死刑，他可能都熬不到宣判那天。在几个月前，这个可恶的老头子为了给山区贫困小学捐款，还在街上捡破烂儿。

小兮脸上很平静，谁也看不出她在想什么。

黎解放用胜利者的目光望着罗局长和小兮，得意地说出一句前两年很流行的网络语言：“我就喜欢看你们讨厌我，却又干不掉我的样子。”

罗局长没有被他激怒，淡淡地说：“你的儿子儿媳都死于你制造的灾难，你有什么值得得意的？你，不过是时代造就的畸形怪胎。”

“畸形怪胎？”黎解放对这个评价似乎很认可，“畸形怪胎又不止我一个，多了去了。”

“你家的火，是你自己放的，对吧？”罗局长问。

“对。”黎解放点点头。他一点儿都不想隐瞒。就算罗局长不问，他也想找个人分享一下自己的壮举。

胡言走进来，把一摞传真资料递给罗局长。

罗局长大致翻看一遍：“你年轻时，当过民兵连长，难怪你会玩枪。”他继续问黎解放，“你为什么帮梁武暗杀苏劢？”

“人活在世，总得干点儿有意义、有价值的事儿，对吧？”黎解放反问。

“你觉得这件事很有意义、很有价值？”

黎解放点点头：“应该是我这辈子做的最有意义、最有价值的一件事了。”

“意义在哪儿，价值又在哪儿？”

“一个男神，一个女神，在一起，想想就很美好啊！你知道多少人对他们羡慕嫉妒恨吗？苏劢死了，甄兮落单，你知道会有多少人感激我吗？”黎解放说完看看小兮，目光中充满

邪恶。

小兮依旧冷冷地望着他，既不厌恶，也不愤怒，仿佛黎解放在谈与她无关的事儿。

“这么大岁数的老人，会因为这个无聊的原因去杀人？”罗局长当然不会相信黎解放的解释，“别忘了，你还有一个让你放心不下的小孙子，还搭上一栋本属于你孙子的别墅。”

黎解放很淡然：“我孙子的钱，他几辈子都花不完。我已经安排好了。”

罗局长对胡言努努嘴，胡言打开治疗室门，招招手。陈少南把肉球儿带进来。

“爷爷，咱家的房子让坏人烧落架了，我的玩具全没了。”肉球儿见到黎解放，就放声哀号，心疼他的玩具。

“就知道哭，完蛋玩意儿！”黎解放无奈地叹息一声。

“他怎么那么坏啊，为什么要烧我的玩具？”肉球儿一边哭一边回头看看小兮，“小兮阿姨，您一定把那个坏人抓住，要他赔我玩具！”

小兮看了肉球一眼，没有任何反应，连一丝嘲讽都没有。

“叔叔，我长大能当特警吗？”肉球儿又问胡言。

“为什么要当特警？”胡言问。

“我一定要抓住那个烧我玩具的人，打死他。”肉球儿一本正经地说。

黎解放表情复杂地望着肉球儿，一下子不知道该对这个孙子说什么。

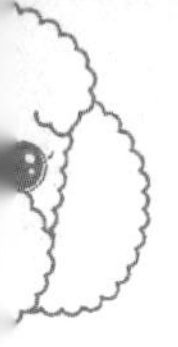

“你敢告诉他真相吗？”罗局长问黎解放。

“你们对孩子这样做，很不道德！”黎解放低声愤愤地说。

“你还敢谈道德？”罗局长感到很无语，“这是你当民兵连长时，接受的价值观教育吗？”

“能让孩子出去吗？”黎解放问。

罗局长冲胡言努努嘴，胡言让陈少南把肉球儿带出去，关上门。

罗局长问：“现在你可以说了吧？”

“没啥说的。”黎解放淡淡地说。

“我……”胡言举拳想揍他。

罗局长拦住胡言。他知道，黎解放现在经不起胡言一拳，连小兮的粉拳他都经不起。

罗局长心平气和地说：“你和梁武已经没有任何希望了，但是孩子还有希望。我们可以给他安排一个有利于他成长的环境。”

罗局长最后这句话，让黎解放看到了希望。如果政府愿意接管他的孙子，那他就后顾无忧了，比托付别人更放心。

黎解放相信政府。

第七十八章　孤身犯险

黎解放一直提心吊胆，担心有人报复他的小孙子。

近期，肉球儿经常收到小朋友的“死亡威胁”，连学校都不敢去了。虽然“死亡威胁”来自小朋友，但是谁敢保证那些往他家别墅门上抹屎泼尿的人不会对小孩子下手？

他正发愁时，忽然接到一个电话，问他家里需不需要保镖，并兼职教授孩子练习拳击和散打，培养孩子勇敢的品质。

这个电话真是及时雨，黎解放想都没想，就让打电话的人到家里面试。

除了人身安全，黎解放最担心的，就是肉球儿的软弱性格。

保姆送肉球儿上学后，黎解放接见了打电话的年轻人。他问及年轻人的经历，年轻人只是简单地说他出生在深圳。

提到深圳，黎解放来了兴致，无限感慨地说：“三十年前，我也在深圳混过。深圳是个好地方，花花世界。”

“深圳有没有给你留下难忘的记忆？”年轻人问。

“有，绝对有！现在家里没有别人，我也不怕你笑话。当年我在深圳，搞过一个女人。”黎解放从来不端架子，现在又想尽快和年轻人拉近距离，当哥们儿处。两个男人拉近距离的最好方式，就是分享难与旁人言的秘密。

年轻人听到黎解放这么说，并没有表现出窥视的兴奋，反倒有些意外地问：“搞过一个……女人？男人搞女人，有那么难忘吗？”

“那要看怎么个搞法了。我搞的那个女人，是发廊小姐，长得绝对带劲儿，不过不便宜。我当时在工地搬砖，那点儿收入，哪玩儿得起她啊！有一天，我捡到一个钱包……”

“捡到一个钱包？”年轻人诧异地问。

“钱包里有两百块钱。我当时就想个歪招儿，豪爽地把两百块钱都甩给她，说要跟她谈恋爱。两百块，放在现在不算钱，那时候可是我几个月的工资啊。”黎解放貌似还挺心疼。

“你爱上她了？”年轻人不动声色地问。

“爱个屁，她就是个鸡。我这么做，就相当于买个年票，一把付了，以后就免费了。那时候穷，生理需求又强烈，瘸驴只能拉破磨，不想招儿不行。再者说，到工地上跟工友谈到我玩儿过卫红发廊那个女的，特有面子。没想到，那个女的还真对我动了感情。我后来因为捅伤人进了局子，她还挺着大肚子到监狱看我。她怀孕了，我的。”黎解放自豪地说。

“你出狱后，找过她吗？”年轻人依旧面如止水。

“没有。”

“为什么？”

“她已经有个拖油瓶，万一她真缠上我，我家里的老婆孩子怎么办？再者说，她要是正经人家闺女，冲她的模样，我抛妻弃子都值得，但她是千人摸万人骑的鸡，我这么好面儿的人，怎么可能跟这样的鸡结婚呢？”

“你看不起她？”

“唉，也不是看不起。后来，我听说她染上性病，故意传给好多男人，我还能去找她吗？那时的她，疯起来连自己都敢砍。”

“你看不起她？”年轻人又追问一句。

“我现在后悔死了。”

“后悔什么？”

“现在，我身边只有小孙子一个亲人，而我又可能不久于人世，连个托付的人都没有。其实，我还有一个儿子，如果能找到他，我的小孙子就有了可托付的人。”

“你是指那个——鸡——生的孩子？即便他活着，你觉得他会接受你的托付吗？你们从来没见过面，你连那个孩子是男是女都不知道，没尽过一天做父亲的义务，见面就把一个屎孩子托付给他，你不觉得很过分吗？”

黎解放叹息一声，肯定地说：“他是男孩儿，他肯定会的！”

“为什么？”

黎解放又叹息一声，摇摇头："不说我了，反正我也不会见到他。你家在深圳哪个区？"

"哪个区我不知道。我没去过深圳。我只知道，我妈妈在深圳开过一个发廊。"年轻人盯着黎解放说。

"你妈也是开发廊的？"

"卫红发廊。"

黎解放听到"卫红发廊"四个字，顿时石化了。

年轻人的眼睛又恢复了黄轩式的忧郁。

"你妈妈叫……"

"梁卫红。"

这个年轻人，就是二哥。

黎解放激动地站起来，颤颤巍巍地朝二哥走过来。

"别动，坐下！"

黎解放这时才注意到，二哥手里出现一把手枪，枪口正对着他，眼睛似乎要喷出火来。

为了让黎解放把话说完，二哥强压快要爆炸的情绪，几次差点儿压不住了。他心目中最后一丝美好也被黎解放摧毁了。他心中那么圣洁的妈妈，死得那么龌龊，死之前还把性病传给那么多男人。

看来，自己报复社会的天然属性，也是妈妈遗传给他的。

"孩子，我是你……"黎解放百感交集。

"你闭嘴！"二哥冷冷地喝道。

"你恨我？"

“我问你，如果有人管你妈叫……那个字，你什么感受？”

“我不知道你是……”

“她毕竟为你生下一个孩子，别人可以那么叫她，你为什么叫得那么自然、那么得意？”

“……”

“你从来没有爱过她，一点儿都没有。哪怕有一点点，你都不会顺口说出那个字！”

“是，都是我的错，你怎么骂我都行。老天有眼啊，这时候把你送到我身边，我死而无憾啊！”

“我绝对不会替你照顾那个败家子。”

“孩子，我现在有钱，有几个亿呢。只要你愿意照顾肉球儿，这些钱都是你的。当然，肉球儿是你的亲侄子，你肯定得给他留点儿。”

“几个亿算个屁，连我百分之十的身家都不到！”二哥一脸鄙夷。

黎解放听说二哥这么有钱，怔住了，难以控制的喜悦之情溢于言表，继而又有些失落。二哥那么有钱，当然看不上他手里的几个亿，更不会看在钱的分上，照顾他的肉球儿。

二哥没有说大话，他和梁文的资产，早已经过百亿，近期还打算借壳上市，套股民的钱。梁文说过，他的就是二哥的，不管什么时候，只要二哥想要，他立刻分二哥一半。

“知道我为什么来见你吗？”二哥问。

“为什么？”黎解放充满期待地问。

“我本以为，在你这里能听到一段让我感动的爱情故事，没想到——你毁掉了我生命中仅存的一点儿美好。在我眼里，她是神圣不可侵犯的，但是在你心目中，她就是个——连你都叫她——”二哥的嘴唇战抖着，浑身都在战抖，有点儿失声。最后，他咬牙说出那个字，“鸡！”

话音未落，二哥猛地扑向黎解放，一把将他摁倒在沙发里，把枪口顶在他的额头上，目光中充满仇恨。

黎解放被二哥的满脸杀气震慑住了，知道二哥已经对他动了杀机，但是他还是死死地盯着二哥：“你要杀死你的亲生父亲？”

二哥死死地盯着黎解放，手指一直在扳机上战抖。许久，他松开黎解放，缓缓坐回原来的位置，收起枪，抬头望着天花板。

二哥收回视线，移到黎解放脸上：“杀了你，太便宜你了，我妈妈在地下都不会答应的！我必须让你再经受一次折磨，在痛苦中慢慢死去！”

黎解放不解、不安地望着二哥：“你——你怎么折磨我？”

“哈哈，这个话题有点儿沉重，咱们还是换个话题吧。从天上忽然掉下一个儿子，你高兴吗？”

这是黎解放最愿意谈及的话题，赶紧说：“这是我这辈子最高兴的事儿，比当初你哥哥出生时还高兴呢。”

二哥微笑着点点头：“我是你的亲生儿子，你我否定不了这个事实。我愿意做你的儿子，爸爸。”

黎解放老泪纵横，激动地答应一声：“儿子！”

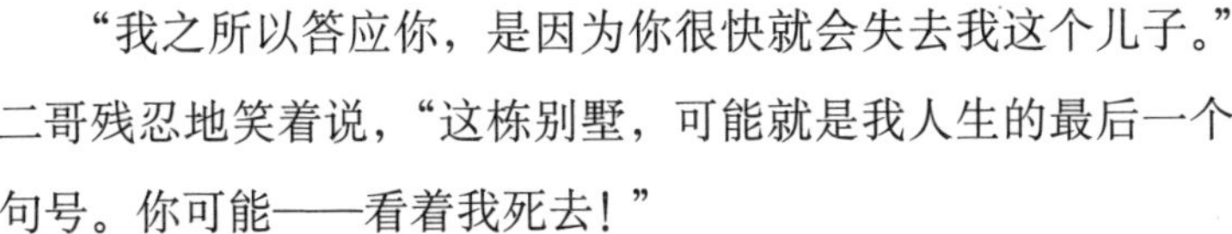

“我之所以答应你，是因为你很快就会失去我这个儿子。”二哥残忍地笑着说，“这栋别墅，可能就是我人生的最后一个句号。你可能——看着我死去！”

“为什么这么说？”黎解放惊讶地看着二哥。如果真如他所说，那真是对自己最痛苦的折磨。他叫自己一声爸爸，可能就是为了加深自己的痛感。

“为什么？你心里还有什么解不开的疙瘩？爸爸现在有的是钱，你也有的是钱，再大的事儿，拿钱摆不平？我就不信，这个社会上还有不吃鱼的猫不吃肉的狗！”

“你应该知道梁武吧？就是那个国家A级通缉犯，把原始森林里的变异虾蟹放出来的梁武。我就是那个梁武，你花多少钱，能把我的命买回来？”

黎解放愣住了，半天没缓过神来。这两天，这个名字对他来说如雷贯耳，江湖上充满了“二梁”的传说，就像他年轻时听过的“二王”一样。

黎解放顿时蒙圈了。如果他就是那个梁武，就不是钱能摆平的事儿了。他痛哭流涕地问：“孩子，你那么有钱，怎么——怎么还走到那一步了啊？”

“我怎么走到这一步的？就是因为你嘴里轻松说出的那个字！你知道吗？我从小到大，只要别人嘴里说出那个字，我的心就哆嗦，不管这个字是从谁嘴里说出来的，我就会恨他。就因为那个字，我跟哥哥从小就不吃鸡蛋。我杀了别人一家五口，就是因为一盘鸡蛋！”

“哈哈！”黎解放忽然大笑，笑出眼泪，“没错，就冲这事儿，不用验DNA，你肯定是我儿子，你身上有黎家的基因。他们都说我是变异动物的罪魁祸首，没想到你把这事儿发扬光大了。梁武，不，你应该叫黎武，上天注定我们父子联手弄出这么大的动静。哈哈，爷们儿嘛，不能名垂千古，也得遗臭万年才中！”

黎解放笑完之后，又开始痛哭，开始怀疑自己年轻时作孽太多，才得到这么奇葩的报应。

二哥一直冷冷地望着黎解放，有些感慨，有些悲哀，也有些愉悦。

小兮的判断没错，二哥就是从树上逃走的。

南岛市公安局监控中心只看到变异小龙虾一钳子砸黑杨黎明头盔上的摄像头，但是那一钳子并没有砸死杨黎明。杨黎明低头躲过去，头盔上的摄像头被砸坏了。

杨黎明躲到另一棵树后，以树做掩护，和变异小龙虾周旋，同时等待援军。

断了一只手、一条腿的土佐，匍匐着爬离现场，在地上留下斑斑血迹。

“你一个人斗不过它。”二哥对杨黎明喊道，“快放开我，不然咱俩都活不了！”

变异小龙虾听到二哥拼命喊叫，又捉不到杨黎明，就朝二哥爬过去。

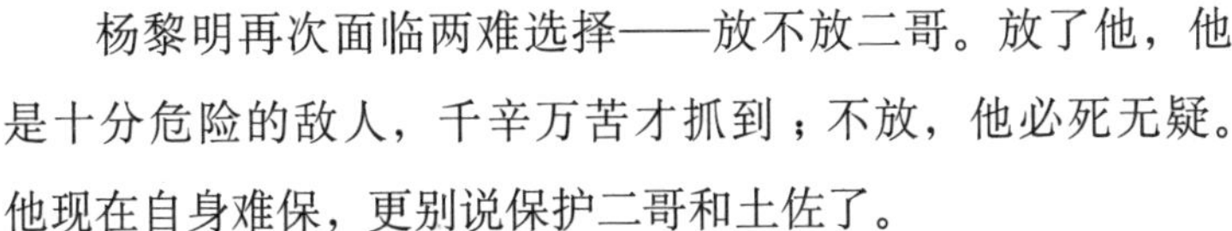

杨黎明再次面临两难选择——放不放二哥。放了他，他是十分危险的敌人，千辛万苦才抓到；不放，他必死无疑。他现在自身难保，更别说保护二哥和土佐了。

变异小龙虾蹒跚地爬到二哥面前，要取二哥性命时，杨黎明从它身下蹿出来，一矛刺进它的口腔，将它逼退，同时把手铐钥匙扔给二哥。

杨黎明掩护二哥打开手铐，二哥起身从杨黎明腰间拔出手枪，对着杨黎明后脖颈儿连开三枪。

杨黎明两次救他，他脱身的第一时间，就开枪杀杨黎明。

杨黎明倒下，变异小龙虾就不再追二哥。土佐已经爬出七八十米，二哥从他身边跑过去。

“二哥，二哥，您别丢下我呀！”土佐冲着二哥背影号叫。

二哥头也不回，径直往前跑。

“二哥——二哥——”土佐望着二哥的背影大喊，“您不能不管我，我 × 你妈！”

二哥突然转身走到土佐面前蹲下：“你刚才骂我什么？”

“二哥，二哥，对不起，我是疼糊涂了，顺嘴瞎说的。二哥，您千万不能丢下我啊！我腿断了，手断了，自己走不了啊！”

二哥冷冷地说：“不是你执意要把那些玩意儿放出来吗？”

“二哥，您不能这样待我，我救过您啊！您被铁塔他们围攻的时候，是我救了您啊！”

“救过我又能怎样？你回头看看刚才救过我的人是啥下场？”二哥指指杨黎明。

土佐没有回头，他已经听到三声枪响：“二哥，我对您这么忠心，您就这么对我？”

“你对我没用时，你的忠心连一坨狗屎都不如！”二哥轻蔑地望着土佐，像望着一坨狗屎，然后在土佐绝望中起身。

“您就不怕我落在警察手里？”土佐祭出撒手锏，“姓梁的，我比撕家和铁塔知道得多！”

“又他妈的浪费一发子弹。”二哥摇摇头，头都不回，对土佐举起枪。一颗弹头钻进土佐的眉心。

“这回你省心了吧？”二哥吹了吹枪口。

二哥杀死土佐后，又回到那棵树下，伪造自己血洒现场的假象，尔后抬头观察一下那棵树，看到那些不断向上延伸的藤条。他觉得小兮能借助藤条飞走，他也能做得到。就算他做不到，也没啥危险。那些藤条离地只有五六米，摔不死他。

二哥爬上那棵树，从树杈顶端纵向抓住一根藤条。

逃出隐仙湖的原始森林，二哥杀死一个人，抢走他的手机，打通梁文的电话。

梁文没有责怪二哥，只是告诉二哥，他正在逃亡的路上，无法派人接二哥。

同时，梁文告诉二哥一件事：“你爸爸在南岛。如果有机会，你去见他一面吧。”

“什么叫……我爸爸？”二哥从来没想过，他和梁文不是亲兄弟。他们从小同甘共苦，生死与共，是彼此最亲的人，可以为对方付出性命，怎么可能不是亲兄弟呢？

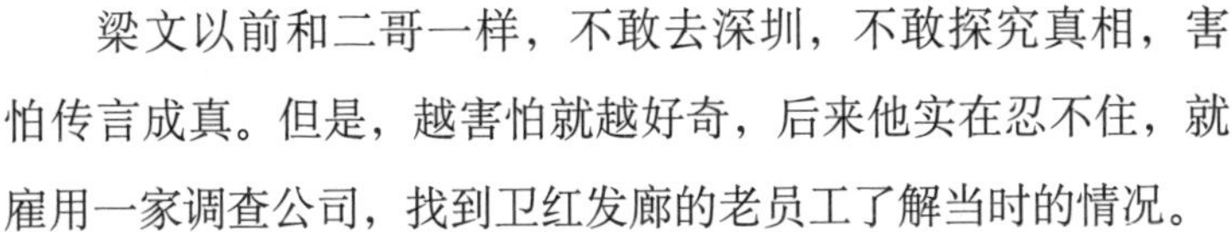

梁文以前和二哥一样，不敢去深圳，不敢探究真相，害怕传言成真。但是，越害怕就越好奇，后来他实在忍不住，就雇用一家调查公司，找到卫红发廊的老员工了解当时的情况。

那位老员工是梁卫红的好姐妹，现在已经过上好日子，生个聪明的女儿，考上名牌大学。她凭着记忆，把梁卫红的两段感情梳理一遍。

调查公司顺着她提供的线索，把“许文强”和“费翔”的底细逐渐调查清楚。

梁文也无法接受自己和二哥同母异父的事实，就没有告诉二哥。当梁文得知二哥放出变异虾蟹后，就意识到二哥的末日到了，没必要再瞒他了。

所以，二哥潜回南岛，不仅为了复仇，还想见见他从未谋面的父亲。

不管二哥有任何愿望，黎解放都愿意满足他。

二哥的愿望就是报复小兮。报复小兮的办法，就是杀死她最在乎的人和狗。苏劢和小兮的那个吻，让二哥想起就痛不欲生，必须让他们为此付出生命的代价。

梁家兄弟除了贩卖野生保护动物，还走私军火，弄到武器对二哥来说不是难事儿。

他想好复仇计划，让黎解放配合他。黎解放放不下肉球儿，找家律师事务所，立下遗嘱。

二哥让黎解放用保姆的身份证，租下小兮租住过的房子，把那里当成狙击点。

击毙变异大老鼠后，小兮就把这套房子退掉，房东一直没有租出去。二哥深信，在这套房子里狙杀苏劦，一定能扩大报复小兮的效果。

绑架刀姐后，二哥让黎解放点燃那栋价值千万的别墅。黎解放虽然很心疼，但为了帮助儿子实现愿望，他忍痛割爱。反正他给孙子留下的钱，孙子三辈子都花不完。

待火燃起，黎解放从容不迫地离开别墅，来到海滨小区，取出二哥准备好的武器，到地下二层楼道伏击特警队。

黎解放讲述完毕，笑吟吟地看着罗局长和小兮。虽然四肢都被打残，他仍旧十分自豪，为自己有这么牛 × 的儿子感到自豪。

“你恨我吗？”黎解放问小兮。

“蛆虽然恶心，你会恨蛆吗？”小兮淡然反问。

黎解放见小兮若无其事，感到很挫败。如果小兮恨他，他会觉得很过瘾，没想到小兮竟然视他为蛆。

“好，好，就算我是蛆，我也替儿子爬遍你全身，恶心你一辈子！”黎解放身残话不残。

罗局长对胡言说：“你跟医院说，把他转到重症监护室，提供最好的医疗条件。”

“好的。”胡言答应。

“重症监护室一天得花多少钱？”黎解放非常关心这个问题。

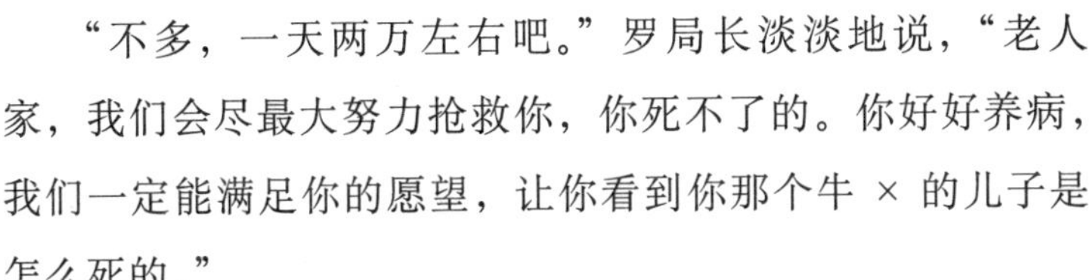

“不多，一天两万左右吧。”罗局长淡淡地说，“老人家，我们会尽最大努力抢救你，你死不了的。你好好养病，我们一定能满足你的愿望，让你看到你那个牛 × 的儿子是怎么死的。”

罗局长说完走出去。

“我没有医保，重症监护室的钱谁出？”黎解放号叫道。

“你说呢？”胡言说，“你在这儿住一年，就得几百万元。你不会以为公安局能给你报销吧？”

罗局长刚审完黎解放，二哥就把电话打过来。

“很抱歉，我没想出来更好的办法。你让小兮来，我放了李莉，否则我就杀了她！”

二哥确实想了半个小时，也没想出两全其美的办法，却想明白罗局长在不知不觉间利用了他。不管他选择哪种办法，都是替人质降低风险，都在为警方解救刀姐创造条件。

“对不起，我不能答应你。公众也不会同意的。”罗局长见二哥识破他的动机，只好继续耍赖，再次搬出公众这个挡箭牌。

“那我就没办法了。你们就等着给刀姐收尸吧。不对，恐怕收不了尸，她会被炸得稀碎。虽然结局不太完美，我们就都留点儿遗憾吧。我刚才发现，原来刀姐身材竟然这么好，应该就是传说中的人间尤物吧。看看这胸、这屁股，我都有点儿下不去手了。我这么做，都是被你们逼的，没法子。不过，我这个人向来勤俭节约，能用一次就用一次。在她变成肉末之前，我肯定会用一次，带着炸弹消费，一定很刺激，哈哈！”

刀姐的声音忽然从话筒里传出来：“呦，你的作案工具不是被小兮踢废了吗？还好使呢？来啊，姐姐什么都怕，就是不怕这个。你千万别十二秒啊，姐姐遭不起那个罪！”

“十二秒”的典故，二哥当然知道，是男人都受不了这种羞辱。想到自己的生命之蛋被小兮踢成那样，二哥就恼羞成怒，吼道：“这是你自找的！”

“没毛病，姐姐就好这口，你倒是来呀！姐姐就当不花钱叫了个鸭子。鸭子，你还不如你妈呢，你妈干一回还能挣五毛钱呢，你给姐姐服务，一分钱都挣不到！”

刀姐为什么说二哥妈妈服务一次只赚五毛钱呢？不是便宜就是贱呗。

刀姐醒来后，已经看清眼前的形势，二哥之所以绑架她，就是想利用她把小兮骗过来。

仗义的刀姐不可能让二哥的诡计得逞，但是她手脚受限，唯一的武器就是那条毒舌。她之所以如此肆无忌惮，就是想激怒二哥，希望二哥盛怒之下把她杀了，那样小兮就不用过来了。她相信特警能把二哥打成肉泥。

刀姐不是不怕死，而是不想用小兮的命换她的命。

小兮清清楚楚地听到二哥和刀姐的对话。她了解二哥，知道他最在意的人，就是他妈妈。刀姐如此辱骂他妈妈，他真有可能杀了刀姐。

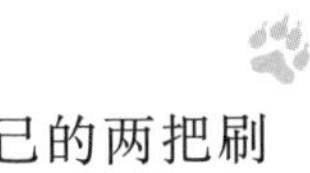

小兮一把抢过电话："梁武，你掂量一下自己的两把刷子，别等我过去，你再有心无力。"

二哥被刀姐无底线地羞辱后，还没来得及发怒，注意力就被小兮转移了。小兮说到点子上了，那是他在人世间必须要做的事儿。

"只要你过来，我保证不碰她。"二哥说。

刀姐扯着嗓子喊："小兮，你千万别过来！我他妈的今天骂死这个婊子养的野杂种！"

小兮说："梁武，你能不能用胶带把她的嘴封上？"

小兮相信刀姐举世无双的骂功，她一定能骂得二哥怀疑人生，二哥忍无可忍就杀了她。

"你放心吧，只要你过来，我不会碰她一指头。"二哥平静地说，"她说得对，我就是婊子养的野杂种。我妈是小姐，卖淫的，一点儿都没错。刀姐，你再骂几句，我洗耳恭听。"

刀姐举世无双的骂功瞬间被破。

小兮知道妈妈在二哥心目中的分量，那是他内心最脆弱的地方，最敏感的命门，也是他最大的弱点。但是现在看来，这一点已经不是他的致命弱点了。

黎解放已经摧毁了妈妈在他心目中的圣洁形象。

小兮对罗局长说："罗局长，请您相信我！我能救出刀姐，我了解他的弱点！"

"你有什么具体的营救方案？"罗局长问。

"我暂时不能说。"小兮说，"就像去伤心崖营救小光那

样，说出来就会暴露。梁武比瓜子儿的反应能力更强。”

罗局长心里有些矛盾，无法相信小兮的话。苏劦只有百分之十的生还概率，非常渺茫，几乎等于没有可能，冷静的小兮肯定知道这一点，她此去或许就是想与二哥同归于尽。

小兮见罗局长犹豫，补充道：“我说过，这是我和梁武的私人恩怨，必须做个了断。当然，我需要特警队的配合。”

“你能不能向我和还在抢救的苏劦保证，你肯定能平安归来？小兮，凡事无绝对，如果一旦苏劦醒来，你不在他身边……”

“好，我向您保证，他醒来时，第一眼就能看到我。”

小兮独自驾驶警车赶往 18 号院。距离大门三百米时，她掉头下车。

二哥已经在 18 号院四周安装摄像头，不管警察从哪个方向靠近，他都能看得到。

小兮现在只有一个念头——报复。她要在二哥人生最后一段时间里，摧毁他的邪恶灵魂。

小兮肯定没有她说得那样有把握。她有把握用自己换回刀姐，然后就没有然后，她根本就没打算活着回去。

虽然她有计划，但那个计划只是为了应付警方。二哥现在已经没有弱点。一个没有弱点的人，是很难打败的。

想要打败他，除非把妓女再次变回圣女。

按小兮和二哥的约定，二哥拆除了刀姐身上的炸弹，把

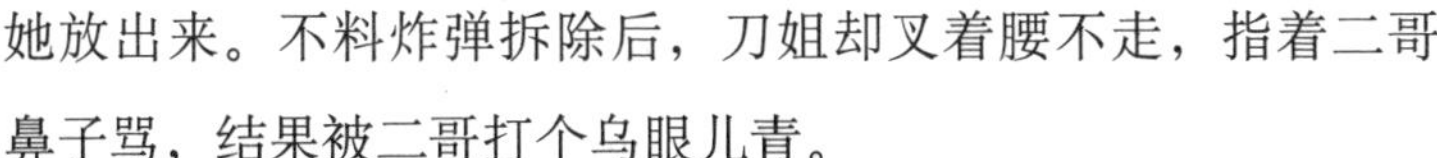

她放出来。不料炸弹拆除后，刀姐却叉着腰不走，指着二哥鼻子骂，结果被二哥打个乌眼儿青。

二哥答应不杀她，但没说不打她。

刀姐的左眼变成熊猫眼，仍旧不肯走。二哥实在没办法，只好给小兮打电话，让她劝刀姐离开。

“我就不走！要死咱俩一起死！”刀姐冲着手机吼。

“谁也死不了。”小兮说，“要不然罗局也不会让我来的。”

刀姐想想也对，罗局长那么靠谱的人，肯定不会让小兮冒送命的危险：“那——万一你那啥了呢？”

“你见过比我命还硬的人吗？”小兮反问。

刀姐妥协了。六枚导弹都炸不死的人，在地府肯定有后台。

刀姐把手机递给二哥，费了好大劲儿攒了一口痰，吐到他脸上。

二哥也不客气，挥手给刀姐一拳，刀姐右眼也青了。

小兮远远看着刀姐走出 18 号院大门，还以为她戴着墨镜。待她走近才看出来，原来是两只眼睛青肿，真成熊猫了。

二哥站在刀姐后面，枪口一直对准她。

刀姐一瘸一拐地走到小兮面前。

小兮问：“他打你了？”

“也没吃亏，我还吐他一脸痰呢，恶心死他。”刀姐不放心地抱抱小兮，忽然摸到小兮腰上的硬东西，吃了一惊。

“你不会跟他……”刀姐眼泪汪汪地望着小兮。

“我的命比他的命金贵多了，你放心吧。”

“苏劦走了，是吗？”刀姐刚才从二哥口中得知他暗杀苏劦的事儿。

“就算苏劦走了，你还有我，还有瓜子儿呢，难道我和瓜子儿加一起，都比不上苏劦吗？你能为他去死，就不能为我和瓜子儿活着？”刀姐可怜巴巴地说。

小兮再也无法控制眼泪。自从医生宣布苏劦只有百分之十的康复概率后，这是她第一次流泪。她抹了一把眼泪，艰难地对刀姐笑了笑：“刀姐，放心吧，碰到我，死的人一定是他！”

“你必须答应我，为了我和瓜子儿，一定好好的！”

“为了你和瓜子儿，我肯定好好的！”

刀姐仍旧不放心地望着小兮。

“你再不走，就拖累我了。”小兮低声说。

刀姐流着泪驾车离去。

小兮迎着枪口走进 18 号院。刀姐走了，她放松下来，十分冷静，坦然地走到二哥面前。

二哥的呼吸倒急促起来，有些激动，放下枪，控制不住地想拥抱小兮。

“别动！”小兮忽然举起右手。

二哥愣住，不敢再动。

第七十九章　高空肉搏

小兮右手握着一个小遥控器，和二哥手里的差不多，只是型号不同而已。

“姓梁的，我可以死，但绝对不会再让你碰我。你的目的达不到，只能带着遗憾走。”小兮冷冷地望着二哥。

二哥愤怒地看着小兮，再次感觉自己被羞辱。

“你很痛苦，是吗？我再告诉你一件让你更痛苦的事儿。”小兮淡然地说。

“什么事儿？”

“我这么做，不只是为了救刀姐，主要还是为了苏劢，为了我的男人。”

“你的男人？”

“对，我的。他才是我爱的人。我可以为他去死，可以为他杀了你，甚至不惜搭上我自己。”

小兮的话，深深刺痛了二哥，让他顿时产生一种前所未有的挫败感。

“不过，我还得谢谢你。本来我已经决定跟你走了，觉得我和他绝不可能了，没想到你会主动放弃我，我跟他才拥有了刻骨铭心的爱情。这段爱情，虽然短暂，但很甜蜜。谢谢你的成全，叶无怨。”

二哥懊悔得要爆炸。

二哥十分沮丧，觉得自己输得一败涂地。他虽然杀了苏劢，但没有达到报复小兮的目的，却报复了自己。

二哥凄然一笑：“没错，我确实输了。小兮，你再得意，最终还不是跟我一起走吗？”

“那又怎样？就算跟你一起走，我也会去找他，我的灵魂永远和我的男人在一起。”

这时，二哥完全相信小兮就是来和他同归于尽的。她反反复复地用“我的男人”折磨他，就是因为她知道，他最不想听到这四个字。这四个字，像针一样扎着他的心，让他一刻也不想在这个无可留恋的世界上停留。

“你摁吧，我们一起魂飞魄散，连做鬼的资格都没有！”二哥故作镇定。

“我不着急，我还有话没说完。”

“……好，我认真听，你说吧。”

“你死之前，必须明白一件事儿。不管你妈妈生前是干什么的，不管世人叫她婊子、妓女、失足女还是鸡，但你不行，

你只能叫她妈妈。”小兮严肃地说。

“包括她给我一个这样的人生吗？”二哥反问。

“当然。没有她，你连这样的人生都没有。虽然她对你没有尽到母亲的责任和义务，你可以怪她、恨她，但你不能骂她，更不能侮辱她。”

“她本来活得就很低贱。”

“比偷狗还低贱吗？她不贪污不受贿，不偷不抢不骗不碰瓷儿，不走私野生保护动物，靠自己能力吃饭，谁更高尚，谁更低贱？”小兮这番话，像一盆清水，把二哥妈妈污浊的形象洗得越来越干净。

“在你心里，从来不觉得她低贱，是吗？”

“你妈妈在我心里是什么样子，并不重要，因为她与我无关。我可以看不起她，但你不行。不管有多少人攻击、谩骂她，你都应该无条件地站在她身前，替她接受污言秽语。”

二哥流泪了，冰冻的心慢慢融化。

“很欣慰我还能看到你为妈妈流泪。梁武，说实话，我也很可怜你。你长成现在这样，不是你自愿的，你妈妈确实负有很大的责任，不过她也算得到报应了，一个人孤零零地倒在没有温度的城市，逢年过节连个烧纸的人都没有。”小兮的声音越来越轻。

“你为什么要跟我说这些？”二哥狐疑地打量小兮。

“因为我想给你看一样东西。”小兮拿出一张地图，“你妈妈的坟地，在深圳梧桐山。这是你妈妈生前的好姐妹提供的。”小兮摇摇头，“可惜啊，你再也没有机会拜祭她了。”说完，她把地图递给二哥。

二哥痛苦地看着那份地图，像看到妈妈一样，双手颤抖起来，不敢接过去。

良久，他抬起头，泪流满面：“小兮，如果你满足我这个愿望，我放你走。”

“对不起，我满足不了。”小兮一字一板地说。

“那——你为什么让我看这个？”

“很简单，我只是想让你看看，然后带着遗憾走。喜欢刺激的你，是不是觉得很刺激？”

“你的心——真的就这么狠吗？”二哥痛苦地望着小兮。

“我心狠？这是你和这个世界最大的误会！你杀了我心爱的人，放出那么多变异虾蟹，造成无数人伤亡，让你承受这点儿惩罚，就算狠了？”小兮突然厉声质问。

“我错了，我真的错了。小兮，对不起！只要你能让我到妈妈坟前磕个头，烧张纸，别说放你走，我什么都能答应你。”二哥哀求道。

小兮摇摇头：“对不起，我做不到。”

“以你和南岛警方的关系，你肯定能做得到啊。”

“我确实能做到，但我不想做。我来到这里，不是为了成全你的。”

二哥拿出手机，拨通罗局长的电话：“罗局，只要你安排我到深圳拜祭我妈妈，我就放过小兮。”

罗局长沉吟良久，没有回应。

二哥着急了，吼道：“听着，你答应我的条件，我就放小兮走；你不答应，我就和小兮一起死！”

罗局长仍未表态。

“这件事儿你能拍板，你必须答应我，否则，你就想着怎么跟公众交代吧。”二哥继续吼叫。

“……把手机给小兮。”罗局长慢条斯理地说。

二哥摁下免提键，把手机举到小兮面前：“罗局跟你说话。”

“罗局，即便你答应他，他也不会放我走。”小兮对着手机说，“他是言而无信的小人，我不会在这样的人身上栽两次跟头。”

“小兮，我建议，你再相信他一次。”罗局长说。

“我做不到！”

“小兮，人之将死，其言也善。”

“他的人生字典里就没有善字！他杀了我心爱的人，让我饱受痛苦，现在即便是轮，也应该轮到他了！”

二哥说：“小兮，难道你生命中只有那个叫苏劢的人吗？你想想瓜子儿，以瓜子儿对你的感情，你要是死了，它肯定还做一次八公的！”

小兮嘲讽地笑了笑：“我怎么越听越像你要拯救我似的呢？”

“不，是我求你。我知道，你一直都是善良的女孩，从你捡到我的钱包开始，到你冒着风险关闭溶洞里的电闸门。小兮，这是我人生中最后一个可怜的愿望，用我的愿望，换你一条命，超值的。”

小兮沉默良久，对罗局长说：“给我派一架直升机。”

“我不会驾驶直升机。”二哥说。

“我会！”

十五分钟后，一架直升机在18号院降落。

罗局长的意思是让飞行员载着二哥和小兮，但小兮担心出现意外，白白搭上一条人命，坚持自己驾机去深圳。

小兮会驾驶直升机，让二哥有点儿意外。直升机刚一升空，他的更大意外就来了。

直升机在空中不停地摇摆，像喝醉一样，几次差点儿扎下去。

二哥实在难以淡定，哆哆嗦嗦地问：“你你你……真能开吗？”

小兮没有回答。

“你学多长时间？”

“三个小时。”

小兮虽然学过几天，但由于特警们轮流上机，她的练习时间，加在一起不会超过三个小时。现在，她早已将生死置之度外，反倒非常镇定。

二哥的肠子都悔青了。他本想抱着必死的决心来到南岛，没想到忽然多出一个愿望，不想现在就死。

女司机小兮驾驶直升机滚过山头，踉踉跄跄地飞了两个

多小时，几次险些坠落，摇得二哥吐了八回。

小兮全神贯注地驾驶直升机，反倒没吐。

直升机飞抵深圳时，已近黄昏。深圳警察在护林员的指引下，找到梁卫红的坟墓。

直升机准确地降落在一片空地上，距离那座坟墓只有三十多米。

深圳警察按照二哥的要求，撤到五百米外。

面前微微鼓起的小土包，像梧桐山的痤疮，已经成为来往游客歇脚的地方，怎么看都不像坟墓。土堆上堆满破塑料袋儿、果壳皮。

最扎眼的，是上面还有一个包裹不明液体的安全套。不知道这是对梁卫红的嘲讽，还是对她最后一段职业生涯表示抗议。

查出性病后，二哥心目中那位圣洁的妈妈，就发起绿色运动，以廉价优质的服务，广撒火种，期盼星星之火可以燎原。她以一己之力，为提高深圳医疗部门和江湖郎中的收入，做出了很大的贡献。

这个安全套，为了证明自身的价值，多年以后还是找到了她。

深圳警方给二哥准备好纸钱、锡箔等祭祀物品。在山林里烧纸原本是不允许的，但二哥获得了特殊许可。

二哥坚持把购买祭祀品的钱还给深圳警察。中国大多数地方都有这个规矩，这种钱必须自己出。

深圳警察也没有客气，加了二哥的微信，收他一百二十五块钱。

二哥虔诚地跪在妈妈的坟前，点燃纸钱和锡箔，久久地望着燃烧的火苗。

小兮冷静地望着二哥。此时，她对他奇葩的经历已经没有感慨了。在他身上发生任何事情，她都不会觉得奇怪。他和他的父母，将人性中的恶，已经发挥到极致。

二哥哭道："妈，感谢您给了我一个与众不同的人生，给我的生命里带来一丝阳光。我生命中最快乐的日子，就是和您在一起的日子。您走后，那种快乐就没有了。十二岁之后，这个世界留给我和哥哥的，只有鄙视、嘲笑、讥讽和仇恨，别人轻易拥有的美好，我们都可望而不可即。我们看得见，却摸不着。这里不是人间，这里就是地狱。所以，我们在地狱里用别人的幸福装饰，把我们的地狱，也变成别人的地狱，让那些人在我们面前战栗、哀求。我们唯一的希望，就是您不是他们说的那样，您是圣洁的。这么多年中，我们害怕真相，害怕传言变成真的。没想到，在我生命的最后一天，我们终于团聚了，看来一切都是注定的。我的生命源于深圳，也终于深圳，从您这里来，最终回到您这里，很圆满。"

二哥望着已经化为灰烬的纸钱和锡箔，又恭恭敬敬地对着土包磕了三个头，然后站起来说："妈，感谢小兮让我回到您的身边，所以，我必须带她去见您！"

二哥说着，举起枪，对准小兮。

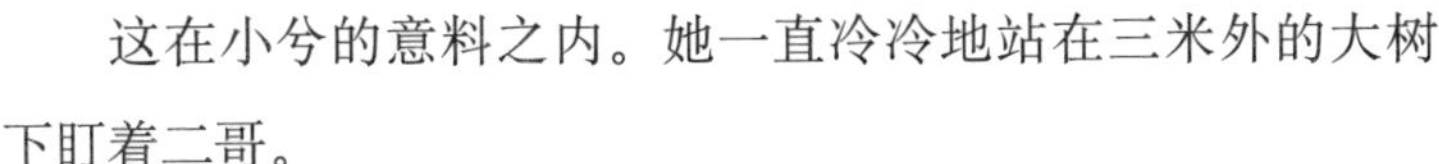

这在小兮的意料之内。她一直冷冷地站在三米外的大树下盯着二哥。

“刚才你有机会走，你为什么不走？”二哥喝道。

二哥说得没错。刚才二哥专注地和妈妈告白时，小兮完全可以转身逃走，借助树林掩护，和不远处的警察会合。这里已经被警察团团包围，二哥不可能逃掉。

但是，小兮没有走。

“因为我说过，只要你放出那些东西，天涯海角都没有你的容身之地。”小兮慢慢地走到二哥面前，一手握着炸弹遥控器，一手握住二哥的枪口，顶在自己额头上，“开枪啊，然后我松手，咱俩就成为两堆肉末。”

小兮手中的遥控器是松发式的，按下去不爆炸，松开就爆炸。她一直握着遥控器，但手指没有按在按钮上。驾驶飞机时，她一直在手里攥着，这时才真正按下去。

二哥眼里再次流露出深情，伸出手想抚摸小兮的脸。小兮侧身，握着遥控器的手忽然下沉，一肘击在二哥握枪的手腕上。手枪脱手，被小兮抢过去。

小兮的身手虽然不如二哥，但这是她反复设计好多遍的，迅速地用身体最坚硬的部位击中二哥的腕部。

二哥见她侧身，以为她躲避他的抚摸，没想到她会出手反击，所以没有在第一时间扣动扳机。当他反应过来，她已经躲过去，弹头击中她身后的树。

小兮夺下枪，连开三枪，击中二哥腹部。

二哥身中三弹，动作丝毫不受影响，几个翻滚躲到坟后。

小兮把手伸向后腰，熟练地解开了挂在身上的炸弹，扔向坟后的二哥。

挂在她身上的炸弹有一个挂钩，跟胸衣的挂钩一样。十几岁就做这个动作的她，自然十分熟练。

不等炸弹落地，小兮松开按钮，同时躲到大树后。

小兮解炸弹时，二哥已经看到，落地后急忙前滚。他仅仅滚出五六米，身后就传来“轰”的一声，他被冲击波又送出三米多。

二哥回头看到让他无比心痛的一幕。

梁卫红的坟墓被炸开，一颗骷髅头弹出地面，朝二哥面门疾速飞过来。

二哥躲闪不及，骷髅头不偏不倚地扣在他的脸上，摘不下来了。

骷髅头怎么能扣在二哥的脸上呢？

梁卫红的尸体毕竟掩埋二十多年，皮肉早已腐烂，鼻子、眼睛的位置烂成窟窿，那个窟窿恰好卡在二哥的鼻子上。二哥的鼻子大，卡得很紧，一时摘不下来。

也许是梁卫红二十多年没见到儿子，想亲亲他，两排牙齿紧紧地贴到二哥的嘴上。

一个白森森的掌骨横着飞过来，拍在二哥咽喉上，一根半指骨脱落，三根半指骨扣在脖子上。

小兮从树后转出来，看到这个情形，不禁觉得自己下手

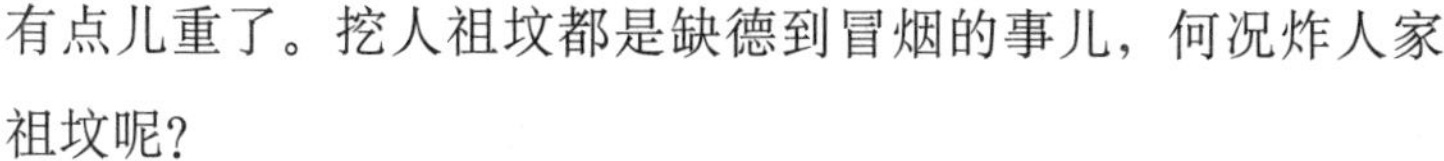

有点儿重了。挖人祖坟都是缺德到冒烟的事儿，何况炸人家祖坟呢？

小兮注意到，二哥虽然腹部中了三弹，并没有流血。看他的体形，应该穿着防弹衣。

小兮举枪瞄着二哥的头部，但是二哥脸上卡着骷髅头，她不确定弹头能否穿透骷髅头。她刚移动枪口打他的腿，他已经移到一棵树后，把骷髅头扯下扔出去。

没想到骷髅头在鼻子上卡得太紧，二哥扯得又快，结果刮得鼻子鲜血淋漓。

二哥把脖子上的掌骨掰下来，摔到地上，骨屑四溅。

“这是你妈妈的尸骨，你能不能轻点儿摔？”小兮故意提醒二哥。

二哥抓狂，内心被各种复杂情绪挤爆，从腰里拔出一把手枪，冲小兮连开三枪。

小兮被二哥的火力压制，躲在树后无法探头。

以二哥的身手，小兮恐怕很难坚持到五百米外的深圳警察到位。

“叶无怨，你妈妈是劳模，一生和六千三百四十二个男人上过床，其中三百五十二次没戴套，但只制造出两个产品。所以，你和你哥是幸运的。”小兮扯着脖子喊。

二哥愤怒至极，高声骂道：“死到临头的人，还有心情胡说八道？”

“你妈妈的工作日记本上都记着呢，时间地点人物收入，一个都不少。在她最后一个多月里，薄利多销，一天能办七八个，至少两百人被她传上性病。你想看看她的工作日记吗？”

二哥无法确定自己想不想看。他妈妈和六千多个男人上过床，绝对不是值得骄傲的事儿。

“这应该你妈妈的唯一遗物，你收下吧。”小兮掏出一个发黄的笔记本，朝二哥扔过去。

二哥伸手来接，小兮猛地从树后闪身，朝二哥连开几枪，可惜都击中防弹衣，并未伤及二哥。

这个笔记本，的确是梁卫红生前的好姐妹交给警方的。

小兮拿出笔记本，是想拖延一下时间。二哥识破小兮的意图，就没有再去捡笔记本，迂回到小兮藏身的树后。

二哥把枪口对准小兮，正要扣动扳机，忽然上方传来“汪”的一声巨吼，吓得他肝胆俱裂。

瓜子儿如猛虎下山般从上方冲下来。

一切都是按小兮的计划进行的。

小兮向罗局长承诺她可以全身而退时，还没有想出万全之策。她当时只想救出刀姐，与二哥同归于尽。去特警队的路上，她忽然从预审黎解放的过程得到启发。黎解放本来准备对抗到底，罗局长轻松一句话，就让他全撂了。

罗局长让黎解放看到希望。只要警方妥善安排好肉球儿，他就选择与警方合作。

小兮决定也让二哥看到一个希望。只要二哥有所求，就能打败他。

小兮一点儿都不同情二哥的妈妈。不是因为她是失足女，而是她临终前报复社会的行为。常言说，人之将死，其言也善，这货在临死前还殃及那么多人，太恶毒了。二哥在这一点上，太像他妈妈。

二哥的一生，确实是毁在她妈妈手里。如果不是他妈妈扮演的社会角色，他就不会那么自卑，不会仇恨社会，也不会因为一盘鸡蛋犯下灭门血案。

小兮违心说服了二哥。如果是一般人，恐怕没有三言两语就把梁卫红洗净的本事，但小兮做到了。在二哥内心深处，确实希望有一个人洗白他妈妈，哪怕能替他妈妈说一句话，他马上就能原谅他妈妈。

在二哥心目中，妈妈太圣洁了。

当二哥提出到深圳祭奠他妈妈时，小兮马上就想答应，不然不会给他一张地图。但是，她没有立刻答应。上门推销不是好买卖，每个条件都得让二哥付出巨大代价争取，否则他不会珍惜。

罗局长这只修炼多年的老狐狸，可不是白给的。小兮跟着他，现在也变成了小狐狸。

小兮知道自己的策略有点儿残忍，但是要制服二哥这种没有底线的人，也是不得已而为之。

这里确实是梁卫红的坟墓，不然炸出来的尸骨也不会直奔二哥而去，抱住他的脑袋就亲。不过，小兮再恨梁卫红，也没想炸毁她的坟。比梁卫红更可恨的人，都没有挖出来鞭尸，她才作多大的孽啊。

温柔、文丽等特警带着瓜子儿比小兮提前半小时到达梧桐山。他们担心，二哥发现他们的行踪对小兮不利，就没敢就近埋伏。第一声枪响时，瓜子儿就脱缰而出，奔向现场，在危急时刻赶到。

二哥刚绕到小兮的背后，瓜子儿就如猛虎下山般冲下来，一口叼住二哥，一通狂甩。

二哥眼花缭乱。

任何人在瓜子儿如此操作下，都毫无反抗之力，不管他曾经接受过什么样的训练。

瓜子儿狂甩十几秒钟后，将二哥抛向斜上方，撞在树杈上，跌进炸开的坟墓里。他妈妈出去了，他进去了。

二哥毕竟接受过特种训练，落地之后很快清醒过来。在瓜子儿再次扑过来时，他从腰里掏出手雷，扔向瓜子儿。

“瓜子儿，闪开！”小兮见状厉喝一声。

瓜子儿也嗅到硝烟的味道。它最讨厌这种味道，也知道手雷的厉害，“噌”地一下蹿出去。

“轰”，手雷距离瓜子儿一米处爆炸，数粒钢珠和弹片击中瓜子儿。

瓜子儿此时穿的已经不是防刺衣，而是特制防弹衣。手雷弹片的力量比子弹弱得多，没有对它构成伤害。能对它构成伤害的是爆炸产生的冲击波，尽管它及时跳出去，仍被推倒在地。

瓜子儿立足未稳，二哥又扔过来一颗手雷。这次爆炸点距离瓜子儿更近，震得它有点发晕，刚站起来，踉跄一下又跌倒。

二哥向瓜子儿投掷手雷的同时，仍举枪和小兮对射。

小兮并不急于击毙二哥。只要她再拖延一分钟，援兵就能赶到。

但她和二哥互射几枪后，发现情况并没有向她预计的方向发展。

二哥奔向直升机。

他不是不会驾驶直升机吗？

二哥麻利地钻进直升机，坐到驾驶员位置。

当二哥熟练地发动直升机时，小兮意识到自己上当了。

二哥骗了小兮，他的飞机驾驶技术，足以当小兮的教练。

看来他还是不想死啊。

深圳临海，如果让二哥逃到公海，再想抓他就难了。小兮从树后跑出来，一边举枪射击一边追。

直升机慢慢起飞。小兮助跑三十米，在直升机升起两米时，她一跃而起，抓住直升机的起落架。

警用直升机的起落架是雪橇式的，像直升机踩着雪橇板上一样。

直升机升到五六米，二哥在驾驶舱里对小兮举起枪："亲爱的，永别了！"

二哥扣动扳机，随着"砰"的一声枪响，直升机闪了一

个趔趄，倾斜四十五度，险些跌落。

瓜子儿跑过来，纵身而起，扒住直升机的起落架。它的体重太大，致使直升机无法保持平衡。二哥不得不放弃射击，全神贯注地控制直升机。

瓜子儿一直试图爬进机舱。直升机被它摇得不停颠簸，几度坠毁。

温柔、文丽、时间和深圳特警赶到时，直升机已经在颠簸中跌跌撞撞地上升五十多米。

特警们吃惊地望着天空，喊都不敢喊，生怕分散小兮和瓜子儿的注意力。这个高度，相当于十五层楼，他们一旦摔下来，一点生还的可能都没有。

这个画面，他们只在成龙的早期电影里见过，现在就出现在眼前，感觉到的不是刺激，而是胆战心惊。

直升机朝瓜子儿和小兮所在位置方向倾斜。小兮虽然攀上起落架，却无法爬进机舱。瓜子儿一通挣扎后，两只后爪蹬上另一侧起落架，暂时稳定身形。直升机也随之处于水平状态，小兮趁机爬上去。

直升机舱门已经关闭，小兮开枪打坏舱门锁，拉开舱门，对准二哥就是一枪。

枪没响，没子弹了。

二哥笑了笑，举起枪对准小兮。

小兮把手枪砸向二哥。二哥刚抬起的枪口被干扰一下，小兮趁机扑进机舱，双手抓住二哥的手枪，一口咬住他的

手腕。

二哥忍着疼痛，仍旧没有扔掉手枪。

小兮虽然不是二哥的对手，但二哥此刻需要腾出一部分精力驾驶飞机，只能单手和小兮搏斗，一时也占不到便宜。

二哥的腕部动脉差点儿被咬断，于是转动手腕，手掌摁在小兮额头上，把她推出去、

小兮险些跌出舱门。

“小兮，我最后再求你一次，跟我走！”二哥喊道。

小兮再次扑上来。

……

小兮一次又一次被二哥推开，但她一直没有放弃。

直升机踉踉跄跄地飞行，小兮和二哥在机舱里肉搏五六分钟。二哥甩不掉小兮，小兮也无法控制二哥。

搏斗中，忽然一声枪响，小兮觉得胸前一热，左胸被鲜血染红。

二哥也怔了一下。他确定自己再次击中小兮。这次貌似是要害部位，他清晰地看到小兮胸口洇红。

二哥忽然觉得颈部变紧。

瓜子儿的爪子伸进来。它虽然浑身包裹防弹服，唯独爪甲露在外面。警方这样设计，就是为了便于它战斗。它的爪甲钩住二哥的衣领，二哥紧紧抓着直升机的操纵杆，企图和它比拼内力。但是，它的力量实在太大，二哥最终被它从舱门里拽出去，接着惨叫一声，跌落下去。

此时，直升机已经攀升三百米，下面是壮阔的海面。

奥运会高台跳水项目的高度是十米，再高运动员就危险了。国内有过一则新闻报道，一个男子为了寻求刺激，从二十五米高的桥上跳进水里，随后家里就给他办了丧事。美国有一项高空跳水项目，跳台也仅有四十八米，参赛者必须经过严格训练，且达到标准后才能参赛。据说全世界能承受直降四十八米产生的撞击力之人，不会超过四十个。

世界上最高跳水记录是六十一米，不过那位创造纪录者，也因此摔断脊骨。

二哥摔下去的高度是三百米，是世界纪录的五倍。就算他经过严格训练，但安全着陆的难度系数太大了。

何况二哥没有直接落入水中。

从三百米高空坠落，只需七点八秒就能到达海面。二哥不知道高空跳水的极限是六十一米，还以为只要保持垂直入水姿势，就有一线生机。于是，他调整身形，双腿并拢，脚尖绷直，希望脚尖先入水，尽量减轻水面对头部的撞击力。

就在他距离水面一百米时，低头往下一看，心里顿时拔凉拔凉的。身体还没入海，心就沉入海底。

他的正下方不是海面，而是小岛。小岛很小，目测不足一百平方米，还没有小兮豪宅的客厅大。再下落六十米，他仔细一看，这个小岛四周还有八条腿、两个大钳子……

第八十章　始作俑者

二哥彻底看清了，那绝对不是岛。如果是岛，就太小了，要是变异大闸蟹，那就太大了，比圣女山溶洞里任何一只变异大闸蟹都大。

这只变异大闸蟹跑出溶洞时，并没有这么大。它进入海里之后，食物充足，随随便便就能抓到鲨鱼、海豚等各种海鲜。最主要的是，它不用惨烈打斗，一天到晚都在吃，所以体型体重暴增。

二哥绝望地惨叫一声，脚尖一麻，触到蟹壳，一米七五的身高秒变六十厘米，两条腿摔成四条腿，两根胫骨穿过五脏六腑，共同托举一个脑袋，一股绚丽的血浆迸发而出，朝四面八方喷洒，染红蟹壳，最后形成烂番茄摔在蟹壳上模样的图案。

变异大闸蟹的蟹壳砸出一个大坑，裂开几道缝。需要几枚榴弹才能干掉的变异大闸蟹，几乎被二哥一下子撞废。还好，二哥砸中的位置距离它的头部较远，否则它就跟着二哥一起领盒饭了。

虽然遭受重创，但丝毫没有影响变异大闸蟹的食欲。它翻转身体，抖下背上的碎肉，连骨头带肉吞进口腔。

二哥摔出去之后，直升机处于无人驾驶状态，一边乱转，一边朝斜下方坠落。

瓜子儿也随着机身旋转。

小兮胸口不断冒血。她顾不上止血，在旋转中艰难地爬到飞行员位置，用手一摸，低头一看，顿时傻眼了。

操纵杆不见了。

操纵杆被二哥掰断带走了，直升机完全失控，旋转着朝斜下方坠落。

“瓜子儿，抓紧！”小兮冲瓜子儿高喊。

小兮知道，她和瓜子儿从这个高度摔下去必死无疑，但是如果以倾斜角度入海，或许还有一线生机。

瓜子儿奋力蜷起身子，后腿钩住起落架另一侧的栏杆，终于稳住身形。

小兮一手扒着座椅，一手捂住不断涌血的伤口。一滴滴鲜血飞出机舱，洒在瓜子儿的脸上、鼻子上。尽管身体不断地旋转，它依旧闻到鲜血的味道，判断小兮受伤了。

直升机旋转半分钟后，斜着坠入海面。“轰”的一声巨响，直升机变成一个大火球，螺旋桨旋转着飞向天空。

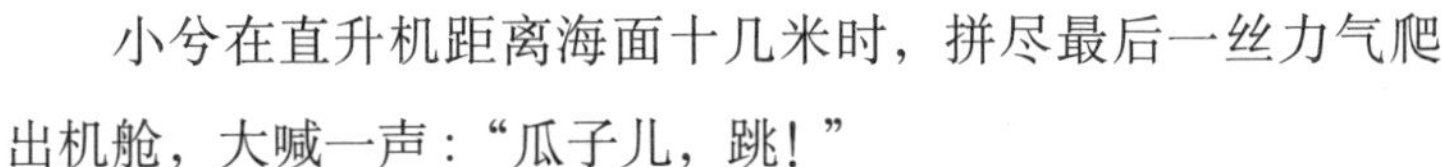

小兮在直升机距离海面十几米时，拼尽最后一丝力气爬出机舱，大喊一声：“瓜子儿，跳！”

小兮跳出机舱。

瓜子儿见小兮跳下去，也松开直升机起落架，和小兮先后跌入海中。

十几米外的直升机爆炸产生的大火和冲击波扑过来时，小兮和瓜子儿恰好沉入水中，躲过一劫。

中弹后，小兮胸口一直流血。现在，她失血过多，实在游不动，放弃挣扎。

小兮已经掌握游泳要领，即便放弃努力，身体也浮在海面上。她看到熊熊燃烧、逐渐下沉的直升机残骸，同时一个螺旋桨从斜上方砸过来。

螺旋桨没有被炸断，四个桨叶仍旧很完整。

但是，小兮没有力气躲避了。

几乎在同时，瓜子儿冒出海面，距离小兮五六米。

“啪”的一声巨响，一个桨叶落在距离小兮三十厘米的地方，溅起一团水花。随后，瓜子儿连声惨叫。

桨叶没有击中小兮，却击中瓜子儿，它身边的海水瞬间被鲜血染红。

防刺衣防刺不防弹，防弹衣防弹不防刺，更何况桨叶又重又大，还挟带着爆炸的余威。

尽管小兮十分担心瓜子儿的安危，但她实在无力过去查看它的伤势。她的眼皮重得抬不起来，感觉灵魂正在缓慢地从体内抽离。

就在小兮即将闭眼时，让她更绝望的东西来了。

一只变异大闸蟹从前方疾速掠过来。

来就来吧！小兮闭上眼睛。

走就走吧！虽然她不舍得刀姐，不舍得瓜子儿，但是……她这次真的撑不住了。

小兮一点儿没有为自己感到悲伤，反倒有一丝欣慰、一丝期待，终于可以和她的男神相聚了。她知道，她的男神正在前方等她。否则，他走了，她留下了，也是无法忍受的悲剧。

小兮的灵魂与身体剥离，缓缓上升。灵魂很轻，仿佛风一吹就会散。她看到了自己的尸体，曾经白皙漂亮的胸部，变成一个丑陋的大窟窿。

小兮狠狠地咒骂二哥："婊子养的，你打哪儿不好，非得往这儿打，猴崽子睡觉都没有摸的了！"

小兮看到那只体型无比巨大的变异大巨蟹，在十几米外伸出一只大钳子，夹她的尸体。

瓜子儿抢先一步，一口叼住小兮，奋力朝岸边游去。

小兮的灵魂飘在瓜子儿的头顶，心痛地抚摸着它的脑袋："瓜子儿，你自己逃命去吧，别管我了。我已经死了，身子没用了，就送给那个王八犊子吃吧。"

她转念一想，好像不妥，自己的尸体又跟二哥混到一块儿了，好像有点儿对不起苏刕。

直升机坠落的位置，距离岸边一公里左右。瓜子儿的游

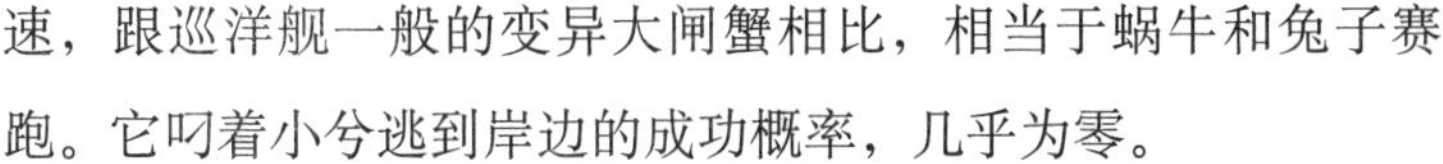

速，跟巡洋舰一般的变异大闸蟹相比，相当于蜗牛和兔子赛跑。它叼着小兮逃到岸边的成功概率，几乎为零。

小兮知道瓜子儿已经精疲力竭。它刚才在直升机上挣扎那么久，又被直升机桨叶击中，流了那么多血，如果再得不到抢救，它可能也因为失血过多而死。

但是，小兮此时已经和瓜子儿阴阳两隔，阻止不了它。

除非出现奇迹，比如后面的变异大巨蟹忽发心脏病，猝死。

“嘭”的一声巨响，小兮的灵魂瞬间被炸碎，纷纷扬扬，飘得满天都是。

“不要这样好不好？我已经死了，还这么折磨我的灵魂，难道我比二哥还可恨吗？”

小兮纷纷扬扬的灵魂，在半空中好不容易聚到一起，又被切割成好几片。

小兮碰到一个飞快转动的直升机螺旋桨，她的灵魂被桨叶切成好几片。温柔、文丽、时间乘坐直升机赶来，对变异大闸巨蟹发起攻击。

小兮忽然又产生一丝希望，瓜子儿还有救。

可惜，刚才那颗榴弹并没有重创变异大闸蟹，瓜子儿距离它太近，温柔等人不敢攻击靠近瓜子儿那端。榴弹在蟹腿和身体的连接部爆炸，居然没有炸掉一条蟹腿。

变异大巨蟹的腿，直径一米多，不会轻易掉下来的。

瓜子儿没有回头，也不管身后有啥危险，闷头径直奋力朝岸边游。它的身后，它的血和小兮的血交融，形成一条红色彩带，随着波浪在阳光下荡漾。

温柔、文丽和时间又朝变异大闸蟹发射几颗榴弹，仍旧无法将它杀死。一颗榴弹的威力，远不如从三百米高空坠下的二哥。

几颗榴弹在身边爆炸后，变异大闸蟹有点儿蒙圈，就不敢再追瓜子儿。

“我下去！”文丽不等温柔许可，抓着速降索跳出机舱，“把我送到它的口腔位置。”

直升机吊着文丽，缓缓送向变异大闸蟹口腔的前方。

文丽一手抓着绳索，一手取下榴弹枪，瞄准变异大闸蟹的面门射击，随后就是“轰”的一声巨响。

这一记重创，超过砸下来的二哥。变异大闸蟹张牙舞爪地翻个身。它在翻身的过程中，两条腿剐到悬挂文丽的速降索。直升机承受不住如此大的力量，一头折进海里。

温柔、时间和飞行员纷纷落水。还好，这次直升机没有爆炸。

小兮有点儿心疼。今天警方损失了两架直升机，代价确实有点儿高昂。

这一记重创，仍旧没有结果变异大闸蟹。变异大闸蟹急了，放弃瓜子儿和小兮，朝十几米外的文丽冲过去，张开大嘴，要把她一口吞下。

文丽又装上一颗榴弹，对准变异大闸蟹的大嘴扣动扳机。

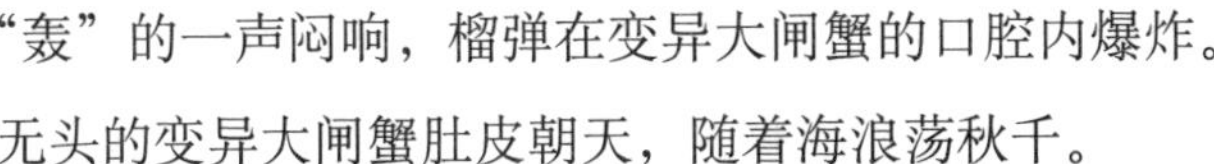

“轰”的一声闷响，榴弹在变异大闸蟹的口腔内爆炸。

无头的变异大闸蟹肚皮朝天，随着海浪荡秋千。

“林妹妹，干得漂亮！”小兮亲了亲文丽，继续找瓜子儿。

文丽等人围剿变异大闸蟹时，瓜子儿还是不管不顾地奋力往前游，仿佛一切都与它无关。现在，它只有一个念头，尽快把小兮送到医院。

虽然瓜子儿也身受重伤，但它不能抛弃小兮，尽管小兮已经没有呼吸了。

对小兮来说，瓜子儿只是她的一个宠物，但是对瓜子儿来说，小兮却是它的天空、它的世界、它的全部。以前，小兮上班后，它就一动不动地守在门口，一天只做一件事——等她回家。

小兮现在想起来，感觉那时的自己很残忍。她体验过等待的滋味，半个小时她都受不了。但是，瓜子儿对她的等待，日复一日，年复一年。

“瓜子儿，来世我做你的狗，你做我的主人。”小兮搂着瓜子儿的脑袋说。

瓜子儿没有小兮这么多感慨，只是简单粗暴地往前游。从它身上溢出的每滴鲜血，都像小兮三年来点点滴滴的记忆。小兮心疼，想收集起来，但力不从心。她不知道自己的灵魂还能飘多久，三天还是七天？她不想喝孟婆汤，不想忘记瓜子儿，希望带着对瓜子儿的记忆进入下一个轮回。

瓜子儿叼着小兮跑上岸。

岸边，除了深圳警方的直升机，还有两架南岛警方的直升机，其中一架载着医院的救护人员，一架载着瓜子儿的医疗队。

瓜子儿把小兮交给医护人员后，便瘫倒在地。

救护人员立即检查小兮的伤势，兽医检查瓜子儿的伤势。

瓜子儿的防弹衣已经撕裂，背部有一道一米长、十厘米深的大口子，肌肉翻卷在外，不知道流了多少血。

温柔、文丽和时间先后上岸，争相奔向小兮。

大夫对他们摇摇头。小兮已经停止呼吸，停止心跳。

温柔、文丽和时间跪在小兮身边，泪如雨下。

“大夫，您再救救她，她的命很硬的！”文丽和温柔抽噎着央求大夫。

大夫只好一边给小兮输血，一边把她抬上直升机，送到深圳医疗设施最完备的医院。

医生心里很清楚，小兮已经没有任何抢救价值了。他们这么做，只是为了完成罗局长和南岛市政府“全力施救”的要求。

小兮被送到医院时，各种生命体征全部消失，被诊断为“死亡”。

小兮早就知道自己死了，不然她也看不到这一切。她感谢所有人在最后一刻都没有抛弃她，也感谢瓜子儿始终没有放弃她。

小兮的灵魂飘到手术室上方，看着医生护士徒劳地折腾她的身体。

“唉，已经没希望了，太可惜了！”中年大夫摇摇头。

这是小兮第一次如此清晰地看到自己的身体，一边看一边感慨。凭良心讲，虽然身体上插满各种管子，皮肤惨白，胸部还有个洞，但还是能看出来，身材没有走形变样，两条腿依旧圆润修长。

她突然意识到，以前那对让她不满意的B罩杯小豆包，在她身上大小正合适，几乎完美。看来，啥东西不一定越大越好，还得看切合度。

唉，再完美又能怎样，不过是一堆骨肉而已。还好，灵魂还可以与苏劦结伴而行。不知道灵魂之间怎么相爱，能接吻吗？能生出小灵魂吗？

苏劦一直没有醒过来。这也是小兮到现在没有难过的原因。黄泉路上，有心爱的人陪伴，她就心满意足了。让她唯一感到遗憾的是，身边缺一只狗，但她不能为了弥补这个遗憾，强行把瓜了儿带走。

小兮的灵魂信号感应一下，便看到了瓜子儿。

瓜子儿躺在深圳最专业的宠物医院里特制的大病床上，兽医们正在给它输血、缝针。因为血流得太快太多，兽医顾不上给它打麻药。它忍着剧烈疼痛，吐着舌头，艰难地呼吸。它如此努力，就是希望能见到小兮。它承受如此巨大的痛苦，就是希望小兮能活过来。

小兮又感应一下苏劦，可能离得太远，感应不到，也许是因为她还不能熟练地驾驭灵魂。她突发奇想，如果搭乘wifi

信号，能不能感应到苏劢呢？她急忙找到wifi，因为是公用的，没有密码。

但是，wifi信号载不动灵魂。

这还用试吗？

忽然一个声音传来："苏劢已经醒过来了，你们一定要救活小兮。"

小兮忽然凌乱了。她循着声音看到了罗局长。罗局长和温柔等特警在手术室外焦急地等待。

这个喜讯，来得太悲摧了。

小兮之所以那么淡定，是因为她确定苏劢醒不过来。那样，她就可以和苏劢结伴而行。现在，苏劢醒了，她却走了，这……这不是恶搞吗？

苏劢，你千万不能醒过来啊！你赶紧给我死回去！

苏劢死不了，已经成为既定事实。小兮马上就不想死了，赶紧溜回手术室，望着紧闭双眼的身体，对自己说："不行，你尘缘未了，还没有结婚，还没有生过孩子，大别墅的产权还没有处理……太多大事儿等着你做呢，你必须回去，去体验你刚刚开始的爱情，完成你照顾瓜子儿的责任。"

但是，小兮的身体一动不动，大夫们已经对这个被他们下了定义的身体用尽平生所学，却依然毫无反应。

小兮的灵魂钻进自己的身体里，极力配合大夫的抢救的工作。但是，灵魂和肉体却怎么也融合不到一起。

小兮和大夫们又折腾了几个小时，还是完全失败。主刀

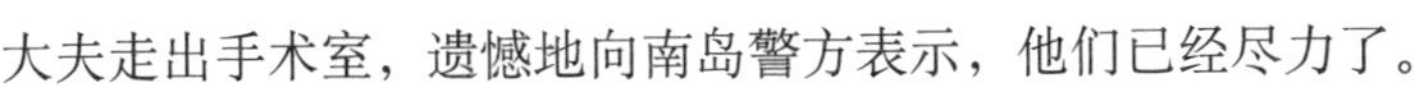

大夫走出手术室，遗憾地向南岛警方表示，他们已经尽力了。

小兮的遗体蒙着白色床单，要被护士从手术室推到太平间。

小兮的灵魂飘荡在手术室外的走廊上方，俯视走廊里的每个人，俯视自己缓缓前行的遗体，难过得想哭，却流不出眼泪。

灵魂没有感情，自然没有眼泪。

一阵急促的“嗒嗒”高跟鞋叩地声传来，哭成泪人的刀姐跑到担架车前，一把揭开白床单，痛苦地望着小兮，撕心裂肺地吼道：“小兮，小兮，你不是保证你能回来吗？你怎么能狠心抛下我和瓜子儿……”

陈天涯推着轮椅迎上来。轮椅上的苏劢挣扎着要下地前扑。他刚做完手术，一直躺在ICU病房。得知小兮病危，不顾医生劝阻，拼死赶到深圳。

苏劢不相信小兮会死。就算她死了，他也要把她喊回来，因为他就是她喊回来的，他必须当面偿还这笔感情债。

他记得，他被推进手术室时，小兮一直在手术室外祈祷，他能听到小兮发自内心的诚挚呼唤。为了不让她失望、伤心，为了告诉小兮，他是爱她的，他拼命挣脱死神的魔爪，逃回人间。

罗局长和陈天涯把苏劢搀起来。

苏劢久久地凝视着小兮，轻轻地抚摸着她的脸，泪水一滴一滴地落在她的脸上。

“小兮，你不是让我回来吗？你怎么走了呢？”

小兮的灵魂诧异地望着苏劢，原来她的祈祷，他真的听见了。

小兮的灵魂不想走，也舍不得走。她实在舍不得苏劢，舍不得刀姐，更舍不得瓜子儿。

苏劢伸出战抖的双手，捧着小兮的脸，抽噎着说：“小兮，现在我也对你说，如果你走了，就是不爱我。如果你爱我，就一定会回来的。”

苏劢缓缓伏下上身，轻轻吻着小兮的嘴唇。做这个动作，对他来说是非常危险的。他胸部中弹，刚做完手术，伤口还没有愈合。身体略微前倾，都要承受巨大的痛苦。

走廊里的人，好像看到罗千雅生前的最后一幕，看到荣杰深情的一吻。

除了刀姐，所有人都心痛地转过身去，不忍再看。

刀姐的脸，已经被泪水涂成京剧脸谱，还不停地抹着眼泪。小兮的脸，在她的泪光中走形变样，手指微微动了动。

刀姐急忙狠狠地抹了一把泪水，近距离盯着小兮右手的中指。她希望刚才看到的一幕，不是错觉。

小兮的中指再次弯向刀姐。

刀姐声嘶力竭地吼叫：“她动了，她真的动了！”

小兮的中指朝刀姐慢慢竖起——跟平时用来骂人的手势一样，但刀姐一点儿都不介意。只要小兮能做到，冲她竖起另一根中指都行。

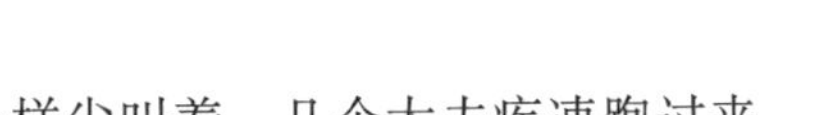

刀姐像患失心疯一样尖叫着。几个大夫疾速跑过来。

现场所有人的目光都聚集在小兮的右手上。

小兮再次对这个世界竖起中指。

当苏劦的嘴唇吻上小兮后，小兮觉得一股真气从嘴唇进入，顺着喉咙，直入丹田，抵达她的四肢百骸。

小兮像个充气娃娃一样，被苏劦吹起来。在走廊上方飘忽的灵魂“嗖”地一下被那股真气吸入体内，与肉体完美结合。

她觉得身体很沉、很沉，想坐起来，却动不了。她使尽全身力气，也只能动了动手指。

苏劦这一吻，把小兮激活了。

牛皮不是吹的，小兮可以吹一吹。

用现代医学理论恐怕难以解释，难道真有真气一说？

小兮的灵魂再也不能脱离肉体，无法像以前那样肆无忌惮地偷窥世界和众人的内心了。

昏睡三天后，小兮才缓慢地睁开眼睛，看到刀姐、陈天涯、温柔、文丽、时间、李国根都在身边。

深圳医院为小兮、苏劦特意安排一间特殊病房，病房里只有两张病床。两张病床离得很近，苏劦可以随时拉拉小兮的手。

这次，小兮真实地看到让她销魂的笑脸，看到笑脸上的眼泪，不停地往下流啊流，却怎么也流不到下巴上。他的脸有点儿长，堪比明星王 × 宏和 × 尊。

小兮虚弱地说："告诉你一个坏消息。"

"什么坏消息？"苏刕问。

小兮指指胸部："这里被打穿了，小白兔的鼻尖被打没了。"

"公平，我的也被打没了，咱俩以后谁也别嫌弃谁。"苏刕指指自己的胸部。

苏刕胸部被子弹洞穿，弹孔和小兮的居然一模一样，不愧是一个枪手所为。

众人虽然觉得不应该听小兮和苏刕说私房话，但是谁都不舍得离去。以前挺自觉的人，不知道现在为啥这么没眼力见儿。

"看看这个包治百病的画面，你们啥气儿都消了。"时间把手机递到小兮面前，摁下视频播放键。

"时间，不能给她看这个。"苏刕想阻止，却来不及了。

小兮清楚地看到，二哥被瓜子儿从直升机里生生拽出去，摔到变异大闸蟹后背上，瞬间变成一摊番茄酱。

画面太血腥了，让小兮感到胃里很难受。

尽管小兮心里最痛恨二哥，但她看到这个画面，一点儿也高兴不起来，只有一声无奈的叹息。她知道，二哥走到今天这种地步，原因非常复杂。只把成因归咎于他妈妈，是有失公允的。

雪崩之后，没有一片雪花是无辜的。

"给黎解放看过了吗？"小兮问。

"他强烈要求，当然看过了。"时间说。

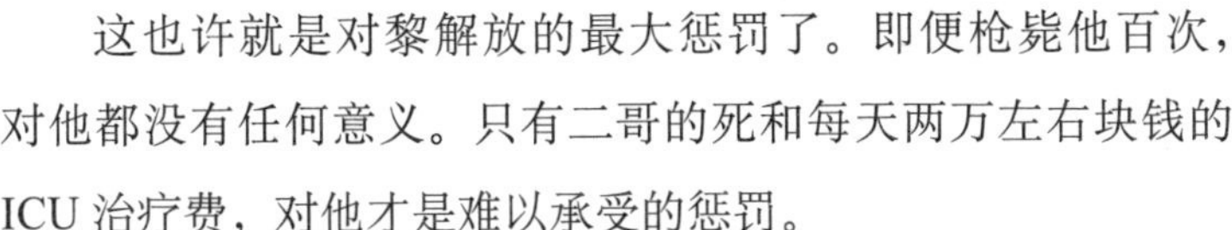

这也许就是对黎解放的最大惩罚了。即便枪毙他百次，对他都没有任何意义。只有二哥的死和每天两万左右块钱的ICU治疗费，对他才是难以承受的惩罚。

他恨不得立即死掉，但每次都被肉球儿强行拉回来。

“瓜子儿怎么样了？”小兮问道。小兮的记忆里，瓜子儿似乎没有生命危险，但她还是担心它遇到意外。

众人没有回答，纷纷指指窗外。

一阵高亢的“呜呜”狗叫声从窗外传来。小兮听得出来，那是瓜子儿想念她时才唱的歌。

小兮的病房在二楼，瓜子儿在楼下。它能听到小兮说话，能听到小兮打听它的消息。

在小兮再三要求下，刀姐、温柔等人把她的病床推到窗前，扶她坐起来。看到瓜子儿那一刻，她彻底泪奔了。

瓜子儿上次做手术时，全身的毛都被剃光。这次后半身的毛也都剃光了，缠着厚厚的绷带。温柔告诉小兮，瓜子儿背部被直升机桨叶击中，出现一米多长、十厘米深的伤口。

小兮昏迷的日子里，瓜子儿每天都会来到这里，守护它的主人。

狗对人的感情，是唯一有可能超过爱情和亲情的感情。

小兮和苏劢“同居”了一个月。这是小兮这些年里，感觉最幸福的一个月。虽然他们躺在两张床上，谁都无法起身，但是每天睁眼就能看到对方，可以不限时地凝视着对方。

大夫给小兮和苏劢立下规矩，拉手可以，但不许接吻。他们都是肺部受伤，接吻会导致呼吸急促，血液循环加速，对伤口愈合不利。

有一天，他们在关灯之后，噘着嘴够对方。就在两张嘴即将接触时，病房墙角的扬声器里忽然传来尖厉的声音："住嘴！"

小兮和苏劢差点儿吓出肺穿孔。护士二十四小时轮班盯着他们，防止他们失控。

一个星期后，瓜子儿拆线了。全身消毒后，被医生特批进入病房陪伴小兮。

姬局长受到党纪处分，调离应急管理局。

网民纷纷呼吁苏劢出任应急管理局局长，但苏劢资历、级别不够，只能担任副局长。南岛市一位副区长出任应急管理局局长。

小兮和苏劢的痊愈速度差不多。他们出院那天，特警队和消防队派来专车接他们。刀姐、陈天涯一起来到深圳，陈天涯特意带来一瓶价格不菲的法国香槟，和他们到酒店庆祝。

他们正在寒暄时，胡言和陈少南表情凝重地走进房间。

看到他们，小兮感到十分亲切，一一与他们拥抱。他们好像不太投入，象征性地抱一下后，胡言看看刀姐，犹犹豫豫地拿出一副手铐。

陈少南拿出一张纸。

这是逮捕的标准程序啊，温柔、文丽、时间等特警十分

诧异，这里有他们逮捕的人吗？

“怎……怎么了？”小兮结结巴巴地问。

“我们已经查出制造变异动物的幕后黑手。”胡言说。

“谁呀？”刀姐看看在场的所有人。

胡言和陈少南走到刀姐面前。

众人惊得下巴掉了一地。小兮的眼睛瞪得比灯泡还大，万分意外地盯着刀姐。

“你们肯定搞错了。”刀姐厉声喊道。

“证据确凿，不然检察院不会签发这玩意儿。”陈少南举起手中盖有鲜红印章的逮捕证。

胡言把手搭在刀姐胳膊上，把她往旁边推了推，把手铐铐在刀姐身后陈天涯的手腕上。

陈天涯叹息一声，把香槟交给刀姐。

“知道为什么红中生物在短时间内就能研制出生长抑制剂了吧？因为膨大剂就是他们的黑产品。陈天涯，你应该剖腹谢罪啊！”胡言冷冷地说。

原来，这场人类历史上旷世灾难的始作俑者，就是陈天涯。

这时，众人才明白为什么陈天涯总是积极靠近警方了。在瓜子儿变异之后，他第一时间跳出来，和南岛警方玩谍战游戏。尽管他一直以“投机”名义做掩护，但还是被敏感的警方看出端倪。

南岛警方查处东临碣石生物公司时，就感觉不对。他们调查走访了大量生物行业的产销链条，确定背后一定有个大财团支持东临碣石生物公司。他们顺藤摸瓜，发现多条线索都与陈天涯有关系。

陈天涯主动承揽研究生长抑制剂工作，也就合情合理了。他以此为借口接近南岛警方，随时掌握南岛警方破案线索，随时制定应对方案。

其实，那个生长抑制剂他们早就研制出来了，因为他们掌握着膨大剂配方，之所以不能立即拿出来，就是怕同行怀疑，同时也为陈天涯接近专案组核心成员提供条件。

为了确保万无一失，陈天涯还安排东临碣石生物公司出来主动背锅。

至于陈天涯追求小兮和刀姐，纯属搂草打兔子，捎带手的事儿。他这样做，就是想以恋爱为名，从侧面了解警方侦查动向。

小兮有幸躲过他的陷阱，老到的刀姐却掉坑里了。

陈天涯第一次和刀姐缠绵时，接到总部亲信发来的微信，告诉他红中生物的一个秘密实验基地已经引起警方注意，所以，他才连夜让亲信订好机票，天没亮就匆匆离开刀姐，赶到基地处理所有实验半成品和原料。

其实，那个信息是南岛警方故意泄露给陈天涯的亲信，目的就是让他们自行销毁危险品，免得他们效仿二哥，走投无路时用其报复社会。

但是，警方无法确定红中生物到底拥有多少个实验基地。于是，在请陈天涯当警方顾问期间，通过侧面诱导，让他选

择丢车保帅，逐渐销毁所有实验品，毁灭罪证。

这些证据对警方固然很重要，但是它们一旦被投放到社会上，就更危险了，所以警方只能放弃。

这时，小兮才明白，精明的胡言为什么在她家里能犯下那么低级的错误了，他在放线钓鱼，等陈天涯主动上钩。

尾声　新的战争

刀姐在她的大别墅里又喝多了。

“王八犊子，隐藏得太深了！我一点儿都没察觉，让他睡了那么长时间，我他妈的还管吃管喝！”

“睡了就睡了呗，你还吃亏咋地？”小兮说完，忽然意识到什么，“你们——做保护措施了吗？”

刀姐立即下意识地摸摸肚子。她的月事一直很准，几乎分秒不差，这个月已经三天没有动静了。

“快，快快，赶紧去医院。”小兮拉着刀姐朝外走，“最恨你们这种简单粗暴型的，万一再弄出一个小梁武，我看你怎么办！”

她们刚走到门口，小兮就接到罗局长打来的电话。

现已查明，红中生物公司在境内外共有三个变异动物实验基地，境内两个已被警方摧毁，境外那个基地，突遭身份不明的武装分子袭击，导致上百种变异动物出逃，数百名研究人员和工作人员遇难，变异动物正向四面八方扩散，一路上大肆杀戮，造成的伤亡难以计算。该国军警完全控制不住，宣布进入战争状态，并向中国军方、南岛警方紧急求援。

那些变异动物，包括但不限于小龙虾和大闸蟹，品种应有尽有……最要命的是，该实验基地距离中国边境不足百公里，他们怀疑已有部分变异动物进入中国境内，如果不及时控制，中国将成为第二个出现变异动物危机的国家。中国军方已调集大批军力，在数百公里的边境严密布控，暂将变异动物拦在国门之外。南岛特警正在集结，将于一小时后出发。

罗局长还是那句没有温度的话 ：“小兮，你有权利拒绝。”

刀姐脱口而出 ：“小兮，你不能去！”

刀姐立即用手机上网查看，最新消息报道，十余只七八米高的变异螳螂、变异蛐蛐、变异蚂蚱已经闯入中国境内，造成边民上百人伤亡。

形势万分紧急。

小兮还能拒绝吗？

一小时后，全副武装的小兮、瓜子儿和特警登上大型运输机，在苏劢、刀姐担忧的目光中飞离南岛，直抵边境。

这次，小兮和瓜子儿将在异国他乡迎接新的挑战。

在那个国家里，二哥是接济万民的大善人，是年轻人崇拜的偶像，是身家过百亿的成功人士，而小兮却是杀死二哥的刽子手。

……